ALMA PURA

I

A GUERRA DAS ALMAS

MURILLO POCCI

SKULL EDITORA

Editora: Skull
Editor Chefe: Fernando Luiz
Capa: Erick Alves
Revisão: Camila Alves, Maciel Salles
Diagramação: Yueh Fernandes
Ilustrações internas: Daniel Pinheiro Lopes

Dados Internacionais de Catalogação na Publicação (CIP)

POCCI. Murillo
Alma Pura – A Guerra das Almas . Vol. 1/ Murillo Pocci. -- Brasil: Editora Skull. 2021
346 pp - 16x23

ISBN: 978-65-86022-77-3

1. Fantasia Nacional 2. Aventura 3. Título

Índices para catálogo sistemático:

1. Ficção brasileira

Editora Skull
www.skulleditora.com.br
@Skulleditora

MURILLO POCCI

ALMA PURA

I

A GUERRA DAS ALMAS

SKULL EDITORA

Skull Editora 2021

1 ª Edição

INTRODUÇÃO

Havia uma garota. Seu nome era Elizabeth Olivier, seus cabelos eram castanhos e curtos e seus olhos eram azuis como o mar no qual viajou pela primeira vez de navio, aos oito anos de idade.

O navio em questão era o Imperatriz, a primeira embarcação destinada a cruzar o mar cinzento e dar a volta ao mundo. Era um dos navios mais rápidos já feitos, com velas de causar inveja para qualquer outra nave e uma capacidade de sobrevivência e administração de suprimentos. Além disso, podia carregar 3 mil pessoas facilmente em toda a sua extensão.

Só não estava preparado para o acidente que iria sofrer, que mudaria para sempre o destino de Elizabeth e das pessoas ao seu redor.

Essa catástrofe, por trás de uma simples falha, escondia um plano para que um homem, repleto de ambições e desejos megalomaníacos, pudesse dominar o mundo.

Ele apenas não contava que no momento derradeiro de seu plano, ele seria traído por aquela no qual ele mais confiava.

Elizabeth, esse homem e essa mulher foram as bases para uma das guerras mais intensas dessa terra, que abalou todo o reino e fez a história mudar.

Essa foi a Guerra das Almas.

PARTE 1

OS FEITIÇOS

"Encontre a Alma do Imperatriz,
Encontre o Coração!".

CAPÍTULO 1

DANIEL

Daniel acordou novamente pela voz que ouvia na sua cabeça. Olhou para a janela e percebeu que a lua ainda era visível no céu. Mesmo assim, precisava levantar e se arrumar para o dia que estava ainda para nascer.

O jovem acendeu as velas do candelabro de cobre que ficava na cabeceira de sua cama e expulsou parte da escuridão de seu quarto. Andou em direção ao guarda-roupa, onde escolheu as roupas que iria usar. Optou pela bermuda de tecido marrom, semelhante a um saco de batata e uma camisa branca com babados. Trocou-se facilmente no escuro ainda dominante do quarto, já que tinha tanta experiência. Acordava tantas vezes sem a luz do sol que quase não precisava da luz do candelabro para andar na escuridão.

Abrindo a porta, saiu para o corredor que terminava em uma escada de madeira velha. De fato, o corredor todo apresentava uma face de construção abandonada, mesmo que Daniel e seus tios ainda morassem lá.

Desceu a escada com o cuidado de sempre, com uma mão segurando o corrimão e a outra, o lampadário. No final, virou-se e entrou na primeira porta a direita que dava em direção a cozinha.

— Acordou na hora desta vez?

Marcus, o tio de Daniel estava na cozinha, preparando o café para ele e seu filho. Na mesa havia um pão quase negro (embora a luz fraca fizesse com que ele parecesse totalmente queimado), uma faca rústica com cabo de madeira e um grande pedaço de queijo branco. Nas paredes da sala podiam ser vistas diversas cordas e ferramentas de decoração que acordavam com a profissão de Marcus. Ele era um mecânico de navios, e sonhava que seu sobrinho o seguisse na profissão, por esse motivo que Daniel precisava acordar todos os dias antes mesmo que o Sol oferecesse sua presença.

— Mera coincidência... As vozes ainda continuam na minha cabeça — Daniel sentou-se e colocou uma mão em frente do rosto. A cozinha estava mais iluminada que qualquer outro aposento, e chegava a machucar os olhos do jovem de quinze anos.

— Entendo, as vozes — Marcus terminou de preparar o café e sentou-se de frente para Daniel — E você lembra o que elas disseram dessa vez?

— Não me recordo de todas as partes, mas me lembro principalmente do final, onde eles cantavam algo. *Encontre a Alma do Imperatriz, encontre o Coração...*

Marcus fez uma expressão e, mesmo com as sombras sobre seu rosto, Daniel pode identificar ali uma mistura de medo e preocupação.

— Você conhece essa canção, tio?

— Sim, conheço. Poucos a conhecem na verdade. É uma canção do mar, que piratas cantavam para assustar outras embarcações antes de roubá-las.

— Então você pode cantar ela para mim?

Marcus pula da cadeira, espantado com o pedido.

— Jamais! Essa canção traz maus agouros, Daniel! E ainda mais, você já sonha com ela, não necessito cantá-la para você. Agora coma, não vamos nos atrasar hoje.

Não falaram mais nada durante o café da manhã. Não falaram mais nada durante todo o caminho até o porto da cidade de Ludarius, onde Daniel sempre morou com seus tios. Porém, um único pensamento não deixava de sair de sua cabeça. Uma canção de piratas ecoava em seus pensamentos. Uma canção de mau agouro. Isso significava que ele corria perigo, ou que ele era perigo para as pessoas ao seu redor?

A cidade de Ludarius

CAPÍTULO 2

A VIDA NO PORTO

Daniel e Marcus moravam quase colados ao porto de Ludarius, um dos locais mais movimentados da cidade e que basicamente nutria sua economia pela importação e exportação com navios mercantes. Esse era o principal trabalho em Ludarius, ser um negociante de especiarias. Logo depois deste, os fiscais e soldados eram também peças importantes da cidade, mas não entravam sempre nesta lista por serem soldados do próprio reino. Logo após os negociantes e soldados, as pessoas mais importantes do porto eram os mecânicos de navios. Todos se conheciam, sem exceção, e eram muitos. Cada atracadouro tinha três equipes de homens e mulheres que se revezavam para consertar as embarcações que chegavam. O grupo de Daniel, além de seu tio, contava com dois ex-marinheiros, uma engenheira de naves e outro jovem, dois anos mais jovem que Daniel, chamado John.

No dia em questão, John estava percebendo a distração de Daniel, que deixava ferramentas caírem e ficava com um olhar perdido no mar que ainda era escuro antes do nascer do sol.

— Só estou preocupado com o teste para a marinha que terei que fazer no meu aniversário John, nada mais. — Foi o que Daniel respondeu quando John perguntou o motivo de sua distração. Satisfeito com a resposta, o menino foi ajudar os outros membros da equipe.

Daniel não mentiu por completo. Aos dezesseis anos poderia se candidatar à marinha, mesmo com seu tio sendo contra essa ideia, temendo que o sobrinho sofresse perigo durante algum ataque ou alguma guerra futura. Além disso, Daniel sabia que seu pai fora morto em mar e entendia que isso seguia a mente de seu tio, como um terror próximo. Mas, o que mais lhe preocupava naquele momento não era a candidatura, e sim a música de seu sonho e seu significado que continuava o perseguindo e deixando-o curioso.

Na parte mais inferior da embarcação que estavam reparando, Marcus percebia as expressões de seu sobrinho. Tom, um dos ex-marinheiros, se aproximou de Marcus, perguntando:

— Ele anda sonhando com aquela maldita música novamente?

— Sim — Marcus não tirava os olhos do sobrinho enquanto conversava com o colega de trabalho.

— Isso só pode ser bruxaria marinha, Marcus, não percebe? — Tom se encurvou sobre Marcus, com a voz tensa e seu rosto de olhos arregalados — É uma maldição que o pai dele está lançando!

Marcus, em um súbito movimento, lançou seu braço ao pescoço de Tom, empurrando-o contra um dos pilares de madeira que sustentavam o deque da embarcação. Tom perdeu o ritmo de sua respiração momentaneamente, respirando ofegante, tentando capturar algum ar pelo espaço espremido entre o pilar e o braço de Marcus, no qual estava seu pescoço.

— Meu irmão está morto — Marcus sussurra — E um morto não pode amaldiçoar os vivos.

O Sol começou a despertar sobre o mar do Oeste. Daniel percebeu, contra a luz do Sol, uma grande embarcação próxima a costa do porto. O navio parecia possuir diversos detalhes em dourado e vermelho escarlate, e os tripulantes utilizavam as mais finas e requintadas vestimentas. Marcus se aproxima do seu sobrinho.

— É o Rainha Dourada, o bebê do Império — Marcus apontou para a carranca de ouro localizada na ponta do navio, em formato de uma sereia carregando uma coroa, também dourada com detalhes vermelhos.

— Por que gastar tanto ouro em algo tão frágil que pode se romper a qualquer momento? — Daniel não tirava seus olhos do navio. Seu tio sabia que ele estava se referindo ao acidente que matara seu pai.

— Quero que faça uma entrega para mim. —Pela primeira vez Daniel desviou o olhar do mar e percebeu que seu tio segurava um pequeno pacote enrolado em seda.

— Quero que entregue isto para uma loja de misticismo no antigo centro da cidade. Ela fica em uma praça com uma fonte. Saberá qual é quando chegar lá.

— Mas por que eu? — Daniel nunca tinha que fazer esses serviços de entrega para além do porto — Por que não manda John como sempre?

Marcus enrugou sua expressão para o sobrinho, mostrando que não estava mais ordenando ou pedindo como um parente, mas sim como um chefe de equipe.

— Porque você já olhou demais para o mar hoje.

OCEANO REBELDE

O jovem reparador de navios

CAPÍTULO 3

AZUIS COMO O MAR

Eram claramente perceptíveis as diferenças entre o porto e o antigo centro de Ludarius. O centro, que já fora um ponto importantíssimo de trocas entre as cidades vizinhas, agora andava abandonado. Isso dava-se ao fato de que as antigas cidades vizinhas haviam se rebelado contra o Império nos primórdios da era atual. Ludarius era a única cidade que havia se mantido fiel ao Império que se fixou ao longo dos anos.

Daniel já havia visitado o centro antigo quando era mais jovem, mas não imaginava que o lugar poderia ter mudado tanto durante os últimos oito anos desde sua última visita. Na época, ainda era possível ver algumas crianças brincando nas diversas praças, onde as fontes jorravam águas cristalinas.

Agora tudo parecia mais escuro, como se uma nuvem de tempestade pairasse sobre as casas, mas sem chuva. Era possível ver a poeira dando voltas em alguns becos, no lugar onde as crianças se escondiam no esconde-esconde. As fontes não jorravam mais água.

Não era à toa que a casa do Imperador havia passado por uma reforma fazendo com que todas as janelas ficassem voltadas para o porto. Aquele lugar estava para sempre esquecido e não havia por que procurar coisas ali. O palácio antigo mantinha-se abandonado, já que não havia mais outro reino naquele continente que não fosse o Império.

Mesmo assim, Daniel andava pelas ruas escuras e cheias de sombras de casas e hotéis falidos com apreensão, mas não a ponto de travar. Deveria ser esse o principal motivo pelo qual seu tio tinha mandado ele ao invés de John. Ele ficaria paranoico com ladrões e outras criaturas que conhecemos pelos contos de terror. Daniel, por si só, se assustava apenas com a sensação de esquecimento daquelas ruas.

Chegava ao final da longa avenida que ligava o porto com o centro antigo. O caminho terminava em uma praça, na qual as especiarias eram trocadas antigamente. Alguns gatos andavam pelos telhados e pulavam as janelas dos estabelecimentos abandonados. Daniel acreditava que era impossível que alguém ainda conseguisse viver lá, tão isolado de toda a vida portuária e de suas aventuras diárias.

Mas, entre todos estes estabelecimentos arruinados, Daniel conseguiu encontrar um em especial que ainda apresentava boas condições, comparando-se com as lojas ao lado. Na fachada, uma placa com o desenho de um chapéu roxo pontudo e uma estante de exposição cercada de vidro extremamente limpo deixavam bem claro o fato de que aquela era uma loja de misticismo, ou feitiços, como os antigos chamavam.

Não encontrando nenhuma outra loja com aquelas características e tão bem cuidada quanto aquela, Daniel entrou na loja pela porta da frente, fazendo com que um sino preso a porta tocasse por conta da abertura. Ninguém respondeu ao som.

Daniel não sabia por quem deveria chamar, pois não sabia nem se havia alguém para responder. Mas, depois de um tempo em silêncio, Daniel começou a escutar uma voz leve e doce. Ao adentrar um pouco mais no estabelecimento, Daniel percebeu que a voz cantava. Não chegou a ouvir toda a música, mas ouviu as últimas duas frases da melodia:

"Encontre a Alma do Imperatriz,
Encontre o Coração!"

O rapaz sentiu as pernas arrepiarem. Não estava no oceano, nem em um barco pirata e nem mesmo no porto para ouvir canções do mar. Tinha certeza que não estava sonhando, ou estaria? Não, não estava. Podia sentir suas pernas tremendo. Até por que, se estivesse sonhando, não teria sentido seu corpo esbarrar no tecido que estava atrás dele.

— Cuidado, meu jovem! — As palavras roçaram no cangote de Daniel, que pulou para frente dando meia volta e percebendo que o tecido que havia pisado fazia parte de um manto que um velho senhor usava. Era coberto de símbolos místicos e adornado com pedras que pareciam valiosas. Já o senhor não apresentava uma aparência tão boa quanto o manto. Sentia-se que havia vivido mais do que o esperado. Seus olhos estavam enterrados em uma face quase cavernosa, coberta de uma barba longa e desfiada. Embora parecesse assustador, havia um quê de simpatia e gentileza naquele senhor. Cobria a careca com um chapéu pontudo semelhante ao da placa que estava na fachada da loja.

A jovem também se virou e ao olhar para ela, Daniel pode perceber que seus olhos possuíam uma tonalidade que se destacava de todas as outras cores da loja. Não pode se concentrar muito neles já que, ao pular para longe do velho, acabou esbarrando o pé em uma pilha de livros no chão que fez com que se desequilibrasse. Caiu com o traseiro no pavimento, fazendo um pequeno barulho na madeira antiga do assoalho.

A menina foi ajudar Daniel a se levantar e quando ela estava próxima, ele pode entender o motivo pela qual os olhos dela chamaram sua atenção. Eram azuis, mas diferente dos vários itens azuis da loja, como poções, livros, acessórios. Nenhum deles exibiam o mesmo azul que os olhos da garota. Ela tinha olhos azuis como o mar que ele havia encarado tanto durante a manhã.

Além disso, vestia botas de cano médio, amarradas com cadarços negros e uma calça de couro, também negra. Sua camisa tinha babados nas mangas, um pequeno decote amarrado com um laço bem feito, quase de marinheiro. Sobre a camisa, um colete preto por dentro e vermelho escarlate por fora estava todo abotoado. Seus cabelos curtos e marrons cobriam metade de sua testa e quase chegavam à altura de seu olho esquerdo

— Está tudo bem? — A voz continuava macia como quando cantava a maldita música — Se machucou?

— Não, está tudo bem — Daniel se levantou tentando não acertar mais nada — Vocês estavam esperando uma encomenda?

A jovem olha para o velho feiticeiro, que estava com uma expressão de quem faz muito esforço para se lembrar de algo.

— Encomenda... — Ele passou a mão pela barba — Sim, encomenda! Estávamos esperando uma sim! Você veio do porto, não é? Pedi para Marcus fazer um reparo em um objeto de grande valor para mim. Seria você o filho dele?

— Filho não, sobrinho. Eu trabalho com ele nos reparos de navios.

— Reparo de navios? Hummm — O feiticeiro colocou novamente sua mão sobre a barba, olhando para cima. — Sim, isso faz muito sentido. Escute, perdão pelo susto que lhe dei, não era minha intenção. Sou Umbelon, Feiticeiro mor de Ludarius. Ou pelo menos o último que sobrou. E essa é minha discípula...

A jovem se levantou e ficou ao lado de Daniel. Era quase de sua altura, e agora apresentava um sorriso meigo no rosto.

— Elizabeth. Muito prazer — A jovem estendeu sua mão para Daniel, que a cumprimentou de volta. Depois das devidas saudações, Daniel entregou o pacote que havia trazido para Umbelon, torcendo para que não tivesse quebrado o que quer que estivesse lá dentro. Durante todo o tempo Elizabeth e Daniel trocaram diversos olhares e sorrisos. Os dela eram meigos, enquanto Daniel retribuía com sorrisos tímidos e constrangidos. Depois dos registros serem feitos, Umbelon sacou uma bolsinha e entregou três moedas para Daniel. Elas eram antigas, porém ainda tinham valor e Daniel ficou surpreso de alguém possuir dinheiro atual em um lugar tão esquecido.

Ao se despedir, Elizabeth foi com Daniel até o final da praça. Ela parecia encantada com algo, como se ele fosse um animal raro, de outro continente.

— Acredito que está não será a última vez que nos veremos, Daniel. Umbelon vive quebrando coisas e pedindo para as pessoas repararem para ele.

— Isso é estranho vindo de um feiticeiro.

Elizabeth deu uma risada, e Daniel começava a suspeitar que todos os sons emitidos pela garota possuíam algo de gracioso.

— É que o forte dele não são encantos, mas sim poções. Enfim, agradeça seu tio pelo serviço.

Daniel confirmou que agradeceria e voltou para o porto de Ludarius, saindo da escuridão e voltando para seu mundo. Chegando ao porto, encontrou seu tio esperando-o. Já era tarde e os mecânicos já estavam voltando para suas casas. Ao parar ao lado de Marcus, Daniel perguntou, cheio de curiosidade, o que havia dentro do embrulho.

— Uma maquete de navio — Marcus disse, rispidamente — Nada demais.

Daniel ficou surpreso. Um feiticeiro que vivia no meio de uma praça esquecida na parte morta da cidade junto com uma discípula de olhos azuis como o mar possuía uma maquete de um navio. Aquilo era sim algo curioso.

Durante o percurso de volta para casa, Daniel não havia percebido que o bolso de sua bermuda havia rasgado.

Daniel e Elizabeth: Um primeiro encontro

CAPÍTULO 4

AS ONDAS

Daniel estava vasculhando todas as partes do quarto

— Que droga, onde será que está? — Ainda estava de pijama, e sujava a barra da calça e os joelhos, agachando no chão. No andar debaixo, conseguia ouvir sua tia Marian gritando.

— Daniel, desça logo! Você precisa comer!

— Só um instante!

Era final de semana, portanto Marcus e sua equipe podiam tirar o dia de folga. Isso queria dizer para Daniel que, basicamente, passaria o dia sem fazer nada, mofando dentro de seu quarto. Talvez pudesse ler um livro.

— Daniel! — Sua tia começava a soar como uma louca gritando com um gato no telhado — Venha almoçar!

— Já vou! — Daniel abriu seu guarda-roupa e começou a se trocar. Decidiu desistir de sua busca e aceitar que havia sido descuidado.

Havia acordado de manhã, e, ao perceber que sua bermuda estava com o bolso de trás rasgado, começou a procurar por toda sua casa pelo medalhão que sempre carregava consigo. Possuía um valor pessoal para Daniel, e quase insignificante para o ser vendido. Mesmo assim, precisava achar aquilo. Mais tarde iria ao porto, procurar no chão pelo qual tinha passado ontem.

Ao descer, sua tia, uma mulher loira e grande em todos os sentidos físicos, estava com os braços cruzados na altura do busto, com uma expressão raivosa.

— Que barulheira era aquela lá em cima? Por acaso está ficando louco e dançando sozinho? O que deu em você, menino! Tem que mudar esse seu comportamento se quiser mesmo entrar na marinha! E tem mais uma coisa...

E o sermão continuou enquanto sua tia ia para a cozinha. Não demorou muita para que Daniel começasse a ouvir seus tios discutindo sobre qual futuro ele deveria tomar, marinha ou ser vice comandante da equipe do seu tio. Daniel suspirou. Eram quase todos os finais de semana a mesma coisa desde o último ano para cá.

Mas dessa vez seria diferente. Desta vez, Daniel ouviu alguém batendo na porta da casa. Seus tios não escutaram por estarem entre berros e gritos, mas Daniel foi andando até a porta pela espremido corredor para ver quem estava querendo incomodar em um momento tão sagrado quanto aquele. Abriu a porta desejando dar um abraço e um sorriso a primeira pessoa que aparecesse para fazer com que seus tios adotassem a postura de casal amável e exemplar.

Teria feito isso se a pessoa do outro lado da porta não tivesse olhos azuis como o mar.

— Elizabeth? — Daniel forçou um pouco o olhar para se certificar que era a mesma garota do dia anterior. A luz do sol do porto fazia com o que cabelo da jovem parecesse mais claro e que seus olhos ficassem mais brilhantes. Mas apesar disto, a pele da garota não parecia menos pálida de quando estavam na cidade.

— Eu não disse que aquela não seria a última vez que nos veríamos? — A menina sorria com a cabeça inclinada. Em suas mãos, segurava um medalhão de prata com um desenho de um navio em alto mar. Na parte de trás do medalhão, existiam algumas formas geométricas talhadas em alto relevo que Daniel nunca havia entendido.

— Onde você achou isso? — Daniel pegou o medalhão e colocou em frente à luz que entrava pela porta aberta, tentando conferir se o medalhão continuava com os mesmos arranhões de antes. Estava plenamente arranhado, como no dia anterior.

— Estava no chão.

— O que? — Daniel virou e encarou os olhos azuis.

— No chão.

— Que chão?

— Da loja do Umbelon. Quando você tropeçou nos livros e caiu no chão, deve ter deixado cair do bolso. Encontrei quando estava arrumando os livros, e meu tio disse que não conhecia esse objeto. Pensei que era seu e, escondida de Umbelon, vim para o porto. Conversando com as pessoas, descobri seu endereço.

— Como assim?

— Bem, na verdade me falaram para seguir os berros de uma mulher.

— Não, como assim veio escondida de Umbelon?

— Ah, é que ele nunca permitiu que eu viesse para o Porto. Mas já que estou aqui — Elizabeth olhou para os lados, cheia de ansiedade e espontaneidade — Se incomodaria de me mostrar o lugar? Sempre quis conhecer essa parte da cidade!

Daniel olhava incrédulo para Elizabeth. Lá estava a garota que ele mal conseguia olhar com segurança, na porta de sua casa, escondida de um velho feiticeiro, pedindo para que ele lhe mostrasse o Porto de Ludarius em vez de ficar mofando em casa.

— Daniel, porque demônios você não está aqui? — Marian saiu da cozinha e, ao ver os olhos de Elizabeth, diminuiu a voz — Oh, não sabia que estava conversando com alguém...

"*Não acredito*", pensou Daniel, "*ela não está gritando?*".

— Tia, essa é Elizabeth, uma amiga minha. Ela pediu para que eu...

E agora? Se Marian soubesse que Elizabeth vivia na cidade, nunca deixaria seu sobrinho sair de casa com gente desse tipo, que vive no passado e no escuro, em meio a escombros. Marian era uma das pessoas que mais idolatrava o Novo Império. Discutia até sobre os ratos e baratas que ocasionalmente passavam no porto, falando que eram mais belos do que os da cidade.

— Se não se importa, gostaria que seu filho pudesse me acompanhar em um passeio hoje pelo porto, senhora.

Daniel olhou incrédulo para Elizabeth. Aquele argumento era tão... tão... simples, e ao mesmo tempo tão convincente! Mostrava neutralidade, e não denunciava a verdade de Elizabeth viver com um velho numa praça abandonada.

Marian olhou para Daniel, depois para a jovem. Olhou para a cozinha, encarou o marido, olhou para fora de casa, onde um rato passava despercebido pela rua. Olhou novamente para Daniel.

— Volte antes de escurecer.

— Aquele é o posto do porto que a equipe do meu tio fica — Daniel estava andando ao lado de Elizabeth, que olhava animada para tudo e todos. Algumas pessoas a encaravam com estranheza devido suas roupas empoeiradas, mas passavam por ela como se fosse uma garota comum do porto. Com a comissão que tinha recebido do seu tio pela entrega da encomenda para Umbelon, Daniel comprou uma cesta de camarões fritos que dividiu com a jovem, para não sentirem muita fome.

— Isso é maravilhoso, é tão... Novo! — Elizabeth falou depois de comer três ou quatro camarões. Daniel sorria com o entusiasmo da garota.

Para Daniel, aquilo era apenas mais um passeio pelas ruas que passava quase todos os dias da semana, mas Elizabeth se sentia uma exploradora de terras desconhecidas, como os antigos viajantes da Era das Grandes Descobertas.

— Por que Umbelon nunca permitiu que viesse para o Porto? — Daniel estava lotado de perguntas sobre a garota, mas não queria transformar um passeio confortável em um interrogatório rígido.

— Por alguma razão que desconheço. Sempre que eu pedia, ele recusava, dizendo que não haveria nada de interessante no porto. Como ele estava enganado!

— Para mim não parece tão interessante assim... — Daniel virou seu rosto para o mar, enquanto se aproximavam do posto onde trabalhava durante a semana.

— Como não? Me fala, quantos navios, mais ou menos, você e a sua equipe cuidam durante um dia?

— Humm — Daniel estava relembrando os últimos dias que se passaram. Era época de colheita no reino, e muitos navios estavam viajando mares distantes para aproveitar a venda — Na última semana tivemos seis ou cinco navios por dia.

— E cada um vinha ou ia para um lugar diferente, certo?

Estavam se aproximando do posto da equipe.

— Sim, é época de colheita no reino, e os navios estão navegando rápido pelos mares para pegarem os melhores produtos. Essa velocidade toda causa vários danos. Além dos ataques piratas.

— Piratas! Piratas! — Era a primeira vez que Daniel via alguém pular de alegria ao falar de piratas — Imagine todas as histórias que esses navios carregam consigo!

"*Sim*", pensou Daniel, "*Histórias de navios destruídos e náufragos morrendo de fome*". Seu rosto ficou com uma expressão sombria por um tempo. Decidiu não pensar nisso e, sentado na beirada do Porto, com Elizabeth ao seu lado, continuou com as perguntas.

— Você já fugiu para o Porto antes?

— Não — Elizabeth encarava o mar com seus olhos da mesma cor, encantada — Era impossível.

Daniel levantou as sobrancelhas

— Como assim, impossível?

Elizabeth suspirou e virou-se para Daniel

— Umbelon não aguentava mais me impedir de vir para cá, então elaborou um feitiço que faria com que eu não pudesse passar para esse lado da cidade. Toda vez que chegava perto do porto, meu corpo não conseguia ir adiante. Umbelon me aprisionou na cidade.

"Mas existia uma forma de anular esse feitiço. Graças a sua visita, Daniel, eu consegui vir para cá. Deixe-me explicar melhor. O feitiço proibiria que eu viesse para essa parte da cidade, mas não afetava objetos do próprio porto. Isso quer dizer que, quando cheguei à fronteira do feitiço, segurando seu medalhão, o feitiço não reconheceu minha essência, e permitiu que eu passasse da fronteira. Seu medalhão foi a chave para que eu escapasse daquela prisão mágica"

— Além disso — Elizabeth olhava para o mar novamente — Esse medalhão possui essência mágica, então ajudou a romper momentaneamente o feitiço.

— Mágica? — Daniel estava de boca aberta. Não conseguia entender como poderia haver uma parede mágica entre a cidade e o porto que só funcionasse com Elizabeth. Entendia que não tinha sabia nada sobre magia, mas, mesmo assim, não compreendia isso facilmente — Esse medalhão tem magia?

— É claro que tem, você não consegue... — Elizabeth se interrompeu por sua própria arrogância — Me desculpe, esqueci que você não recebeu treinamento mágico. Isso que dá viver com um velho feiticeiro toda vida.

Elizabeth sorriu, e, durante o pôr-do-sol, os dois conversaram sobre diversas coisas. Daniel falou mais sobre o porto e Elizabeth falou mais sobre a cidade arruinada.

— Sabe, — Daniel falou, enquanto os dois estavam indo de volta para a avenida que interligava as duas regiões de Ludarius, porto e cidade — Eu poderia me encontrar com você amanhã na praça e você me mostraria às partes da cidade, assim como fizemos com o meu lado hoje. Gostaria de ver como as coisas são, quais segredos as ruínas escondem.

— Bem, — Elizabeth pensou sobre o assunto — Não acredito que vai ter muita coisa interessante para mostrar, mas vai ser um prazer poder te retribuir o que fez por mim hoje. — Sorriu para Daniel e logo depois suspirou, olhando para frente — É aqui, a fronteira entre este mundo alegre e a minha cidade esquecida — Ficou por um tempo em silêncio. Daniel não deixava de olhar para ela. — Pode me passar o seu medalhão, por favor?

Daniel entregou a peça para a jovem e tentou se concentrar muito para ver se notava qualquer resquício de magia quando ela passasse pela avenida. Qualquer ondulação ou vibração no ar.

Nada. Elizabeth suspirou, jogando o medalhão de volta para Daniel. A voz dela continuava com a mesma maciez do dia anterior.

— É isso, presa novamente no passado.

— Ei, não pense assim. — Daniel olhava para a garota com compaixão — Vamos nos ver amanhã, e eu vou tratar de contar mais coisas sobre o porto.

— Mesmo? — Elizabeth parecia ter novamente um brilho nos olhos. Daniel começava a suspeitar que aquilo fosse alguma espécie de magia — Obrigada Daniel, obrigada mesmo!

Elizabeth se inclinou para abraçar Daniel, mas seu corpo simplesmente parou no meio do caminho. Daniel entendeu o que ela queria dizer. O corpo da menina encontrava-se firme no vazio do ar, congelado em um pulo. Notou, neste momento, que as mãos da garota pareciam ficar mais pálidas. "*Deve ser efeito da magia*" pensou consigo enquanto a garota se contorcia para trás.

— Viu só? Magia. — Elizabeth sorriu meigamente — Obrigada novamente pelo dia de hoje... Amigo.

Daniel sorriu, mostrando seus dentes em vez de dar um sorriso constrangedor

— Não tem de que, amiga. Até amanhã!

Os dois se despediram sorrindo e balançando os braços, cada um indo para suas casas, descansar para um dia de mais exploração e descobertas um sobre o outro.

No entanto, não haviam notado que, durante o dia inteiro, foram perseguidos por uma pessoa vestida com um manto cinza dos pés até a cabeça, com o rosto coberto por uma máscara branca. Olhando para a grande lua branca sobre o céu de Ludarius, a Renegada via que o momento que mais a preocupava nos últimos oito anos de sua vida havia chegado.

Renegada

Arquivos da Sociedade Nº 1

Documento pós Operação Olivier

RENEGADA

8 anos atrás

Renegada estava se cansando do balanço da embarcação que passava pelos Mares Rebeldes. Não acreditava que o nome viesse de suas ondas, mais bruscas do que as do Mar Imperial. Sempre tinha imaginado que essas águas possuíssem esse nome pelo fato de ficarem ao lado do continente que, anos atrás, havia se rebelado contra o Glorioso Ridículo Império.

Olhou pela pequena fresta que havia aberto na carcaça do navio. Como estava embarcando clandestinamente, não podia contar com o privilégio de um aposento quente e seco. Tinha que se contentar com o canto escuro que tinha elaborado para não ser pega, mal conseguindo esticar as pernas.

No lado de fora, podia ver que o dia estava ensolarado e que o porto de Ludarius não parecia tão distante.

"*E ela veio parar aqui*", pensava enquanto passava pelas ondas que ficavam cada vez mais revoltas.

Em meia hora estavam desembarcando no Porto. Renegada conseguiu passar despercebida pelos guardas e membros da embarcação que haviam viajado nos últimos cinco dias. Mal estava aguentando o cheiro das roupas de couro que estava utilizando. Em sua cabeça, para esconder seu cabelo e o rosto mascarado, usava um longo chapéu caído para frente e carregava sua lotada mala com a mão esquerda. Ao se distanciar um pouco mais do movimento em volta da embarcação, virou-se para dar uma olhada no transporte.

Era uma grande e luxuosa embarcação. Na extremidade da proa havia uma grande estátua dourada de uma sereia carregando uma coroa dourada com detalhes vermelhos. O nome "Rainha Dourada" estava estampado em letras garrafais na lateral. Destacava-se pelo tamanho em comparação com os outros navios atracados, mas Renegada já havia visto coisas maiores.

"*Sou uma das poucas pessoas vivas que ainda pode dizer isso*"

A tarde estava no seu fim quando Renegada hospedou-se em uma pequena hotelaria mais distante do porto e próxima da antiga cidade de Ludarius. Ao entrar no quarto, a primeira coisa que fez foi deixar sua mala sobre a cama, tirar a vestimenta de couro e entrar na banheira cheia de água quente.

Relaxou durante alguns minutos e assistiu o pôr-do-sol da cidade. O rosto por trás da máscara estava sério, pensativo. Depois de muito tempo em silêncio, falou em voz alta para si mesma:

— É realmente mais bonito do que muitos outros. De qualquer forma, é o mesmo sol, só visto de outro ponto de vista.

Saiu da banheira e vestiu seu típico manto cinzento. Olhou seu reflexo e deu um suspiro

"*Nunca mais,*", pensou, "*Agora eu estou do outro lado. Agora estou contra eles*".

Desceu as escadas. Sentiu que estava sendo observada por diversas pessoas, mas não ligou. Era sempre assim quando chegava a uma nova cidade, ainda mais em uma cidade do continente das Terras Rebeldes.

Saindo da hospedagem, começou a andar para mais longe do porto, até chegar em uma avenida que ligava os movimentados atracadouros com a cidade esquecida de Ludarius, cenário de uma das últimas batalhas do Império contra os rebeldes. Na luz da noite, a cidade parecia mais apavorante, e Renegada teve que admitir que até mesmo ela sentia arrepios olhando para as estruturas fantasmagóricas, mesmo tendo visto outras coisas bem mais apavorantes.

— Muito bem — Renegada falou para si mesma e depois respirou profundamente — Onde você está, Elizabeth?

CAPÍTULO 5

UMA VOLTA AO PASSADO

Daniel atravessava a avenida que ligava o Porto de Ludarius com a cidade. Não parecia mais tão assustadora quanto à primeira vez que tinha passado por lá na semana. Sentada na beira do banco da praça onde ficava a loja de feitiços, Elizabeth olhava sorrindo para Daniel. Ela estava com um chapéu de couro marrom pontiagudo, como se fosse uma miniatura do chapéu de Umbelon, e uma bolsa de colo.

— Você demorou. Pode se explicar? — Elizabeth pulou do banco, e ao fazer isso, a bolsa emitiu um som de vidrarias batendo umas nas outras.

— Minha explicação é uma tia histérica — Daniel demorou em conseguir convencer a sua tia, falando que somente ia dar uma volta pelo porto e conversar com alguns vendedores sobre as mercadorias da época da colheita. — Aonde vamos hoje?

— Para o centro da cidade. Já foi lá?

Daniel arqueou as sobrancelhas.

— Não é... Perigoso?

— Está tudo bem — Elizabeth deu dois tapas na bolsa — Eu tenho como nos defender.

Daniel ficou pensando no que teria dentro daquela mala, mas quando viu a garota se distanciando em direção a outra avenida ligada com a praça, deu de ombros e começou a seguir a jovem.

A cidade, a cada passo que davam mais para dentro dela, ficava mais e mais destroçada. Daniel nunca havia visitado um campo de guerra, então não tinha como comparar aquele cenário com nada na sua cabeça. Pedaços de madeira balançavam podres sobre janelas semi destruídas de sobrados em estado de decomposição. Os pilares imploravam para cair, cupins mordiam as madeiras que estalavam e, em um canto ou outro, um barril rompia pela força do tempo. As paredes de concreto estavam cheias de rachaduras e buracos feitos à força.

— Feitiços. — Sussurrou Elizabeth — Ludarius foi um dos últimos campos de batalha na guerra contra os rebeldes... — Elizabeth olhava para baixo e ficava chutando pedrinhas — Me desculpe.

Aquilo foi inesperado para Daniel. Virou-se para olhar o rosto da garota e percebeu que a jovem estava com uma expressão triste.

— Desculpas? Por que está me pedindo desculpas?

— Olhe para onde eu trouxe você...

Daniel parou de andar e percebeu que estavam em outra praça, muito parecida com a praça na qual Umbelon e Elizabeth viviam, mas com algumas diferenças sutis, como uma fonte no meio, ao invés de uma casa. Daniel, uma vez, tinha ouvido alguém falar sobre como a cidade de Ludarius era repleta de praças padronizadas que só tinham uma ou outra diferença que as caracterizavam. Algumas possuíam estatuetas, outra fontes, e algumas outras até mesmo poços.

Na praça em que estavam, Daniel percebeu que a fonte estava quebrada, e o que deveria ser sua estátua estava estilhaçada no chão;

— Você me apresentou todo um mundo novo e vivo — Elizabeth suspirou — E eu pensei que poderia retribuir o favor... te apresentando minha cidade morta. Desculpe-me.

Daniel virou-se para Elizabeth e percebeu que ela estava com o rosto para baixo, e com as mãos fechadas. O jovem se aproximou da garota e colocou suas mãos sobre os ombros dela. Imediatamente Elizabeth levantou o rosto e encarou Daniel com seus belos olhos azuis.

— Elizabeth — E nesta hora Daniel deu seu sorriso mais amigável que pôde — Eu estou adorando estar aqui com você.

A jovem subitamente corou com o comentário que não esperava e isso fez Daniel dar uma leve risada. Voltou a olhar a cidade destruída. A praça dava para outras três ruas além da qual eles haviam chegado. As duas laterais pareciam outras ruas comuns, mas a do meio se alargava com o dobro de tamanho das outras avenidas da cidade. As casas desta rua, por mais que estivessem destruídas, facilmente apresentavam uma melhor estrutura e até mais requinte do que as ruínas que já tinha passado. Mais ao longo da grande rua, outra praça estava totalmente destruída. Era uma praça que possuía quatro pilares, e cada um deles havia caído sobre o outro, não deixando pedra sobre pedra. Após essa praça havia um grande portão duplo de ferro que estava arrombado e, atrás dele, um palácio cinza, com bandeiras rasgadas hasteadas e cortinas rasgadas voando com o vento pelas janelas destruídas.

"O Palácio do Antigo Rei", Daniel deduziu.

E também acertou sua dedução quando percebeu que, acima de todas as ruínas da praça em frente ao palácio, havia uma pessoa em pé.

Ela vestia um manto cinza.

A Renegada olhou os dois jovens conversando bem próximos um do outro. Sabia que estavam comentando sobre o fato dela estar ali, bem no meio de toda aquela ruína. Estava convicta disso e de acordo, pois era exatamente o que ela queria que eles pensassem. Se avançassem mais um pouco, seria extremamente perigoso para eles.

"Principalmente para Elizabeth", Pensou a Renegada por trás de sua máscara.

Haviam andado por muito tempo pelas ruínas de Ludarius e sabia das armadilhas que se escondiam nas sombras das praças e casarões. Não iria permitir que nenhuma dessas criaturas chegassem perto o suficiente para machucar aquelas crianças.

Mas ao olhar para trás de Daniel e Elizabeth, Renegada percebeu que era tarde e que havia falhado em se adiantar contra as ameaças. Tudo que podia fazer era apontar para as três criaturas que se aproximavam deles pelas costas enquanto corria na direção de Elizabeth e Daniel.

— Será que ela é uma rebelde? — Daniel falava, sussurrando, por mais que a pessoa de manto cinza estivesse a metros de distância.

— Impossível, os rebeldes foram todos derrotados pelo Império — Elizabeth também sussurrava inutilmente e Daniel ficou curioso como ela tinha dito "Foram derrotados" em vez de "Tiveram suas cabeças decepadas pelo Imperador".

— Mas o que qualquer pessoa do Império estaria fazendo aqui?

Elizabeth encarou Daniel com seus olhos grandes e azuis

— Daniel, nós estamos aqui. E somos do Império

— Eu sei — Daniel desviou seus olhos da garota que o encarava — Mas é diferente. Não parece que aquela pessoa está aqui só por passeio. Ela parece... Misteriosa demais para isso.

— Misteriosa demais? Sério? — Elizabeth avançou — Acho que devíamos ir falar com ela.

— Espere! — Daniel foi para o lado da Elizabeth — Ela se mexeu. Ali, parece que ela está apontando para nós...

Elizabeth franziu os olhos

— Mas... Por que ela apontaria para nós?

— Porque... Ela não está apontando para nós — Daniel franziu os olhos e estremeceu — Ela está... Apontando para trás da gente!

Rapidamente os dois jovens viraram para trás. Atrás deles, três lobos gigantes, de um metro e meio de altura e quase dois de comprimento estavam com os dentes à mostra em um rosnado em conjunto. Seus pelos vermelhos estavam eriçados, e os olhos mortais, amarelos. Mostravam uma fome imensa por carne fresca.

Daniel e Elizabeth deram alguns passos para trás, mas logo os animais os cercaram. Daniel estava tremendamente assustado, mas a expressão que se vira no rosto de Elizabeth era de concentração, focada em um dos animais.

— Daniel? — Elizabeth estava se curvando e não esperou resposta do garoto — prepare-se para desviar deles.

— Do que você está falando? Eles...

Daniel não terminou sua frase e nem percebeu o momento em que Elizabeth havia colocado a mão dentro da bolsa. Dela, a jovem arremessou uma poção na criatura que estava a sua frente. A vidraria quebrou assim que se encontrou com a testa do Lobo, e a poção se transformou em uma nuvem roxa que fez o lobo espirrar sem parar, com as narinas e olhos irritados. De olhos fechados, o lobo gigante correu para longe, pelas ruas de Ludarius.

Daniel entendeu o que a garota havia dito para ele quando viu os outros dois lobos correndo em suas direções. Daniel desviou para a direção oposta que Elizabeth, ficando de costas para uma das ruas laterais da praça. Quando o lobo que estava de frente para a discípula de feiticeiro percebeu que ela estava pegando outra daquela poção, virou-se e se juntou ao seu companheiro para rosnar para Daniel.

— Daniel! — Elizabeth estava mexendo com mais alguma coisa em sua bolsa — Quando eu mandar!

O garoto estava dando passos para trás, entrando na rua lateral, quando várias pequenas explosões ocorreram em baixo das barrigas dos lobos. Aquilo não era feitiçaria, mas só algumas bombinhas que Elizabeth havia trazido caso algo desse tipo ocorresse. Por trás das explosões, o jovem ouviu a voz dela gritando:

— Agora! Corra! — Daniel, antes de correr, agarrou um pedaço de madeira do chão e golpeou o lobo gigante da sua direita na altura da mandíbula, deixando-o mais confuso. Depois largou a madeira e correu pela rua, se distanciando da praça e de Elizabeth. Desconhecia qualquer passagem daquela parte da cidade, então tentaria despistar os seus caçadores se escondendo.

Depois de tomar alguma distância, o jovem pôde ouvir os lobos uivando, e ao olhar para trás viu que os dois vinham em sua direção. Por um segundo ficou feliz por nenhum deles estar indo atrás de sua amiga, mas depois ficou apavorado ao ver que em uma corrida perderia fácil para a dupla que estava perseguindo-o.

Virou bruscamente para a esquerda quando os lobos haviam chegado mais perto, entrando nas ruínas do que deveria ter sido um restaurante. Rapidamente subiu as escadas enquanto os lobos decidiam qual deles passaria primeiro pela porta.

As escadas que não paravam de estralar, e ao chegar no segundo andar, se viu de frente a um corredor cheio de quartos. Ao passar por dois deles, viu que as ruínas haviam obstruído a passagem, e então ouviu um barulho de madeira quebrando, um uivo de dor e um baque grave. Um dos lobos, ao subir a escada, acabou quebrando os degraus, caindo em cima das ruínas e se ferindo. Mas havia ainda outro lobo inteiro.

Daniel andou até o final do corredor, para a janela de madeira podre. Da janela, via uma rua estreita, quase um beco. Do outro lado da rua, havia um outro sobrado, mais destruído do que o que se encontrava.

Daniel ficou parado enquanto ouvia o lobo gigante subindo as escadas com cuidado para não cair. O jovem não tinha como escapar.

A Renegada havia tentado seguir o rastro do jovem, espiando através das ruínas e praças que caminho ele havia tomado. Ao ver que o mesmo não havia seguido reto, e sim cruzado a esquerda para uma casa de dois andares, correu pela rua e entrou na casa ao lado. Subiu as escadas pulando sobre os degraus mais frágeis e chegou ao andar superior. Entrou na primeira porta a esquerda, que dava num quarto de casal que estava com a cama toda destruída. Chegou à janela, subiu o parapeito e pulou da fenestra em direção a janela do outro lado. Por pouco não caiu no espaço entre as duas residências. Subiu a janela com cuidado para não quebrar mais ainda a estrutura. Viu-se entrando em outro quarto de casal que apresentava características muito semelhantes ao anterior. Correu para a porta e abriu a força. A sua direita conseguia ouvir os passos de um lobo gigante. Olhou para a esquerda, e encontrou-se entre o animal caçador e a criança encurralada.

Daniel pulou de susto ao ver o manto cinzento saindo rapidamente de um dos quartos. Não sabia se temia mais o lobo que estava subindo ou a figura que acabara de aparecer e que corria em sua direção. Começou a se aproximar mais da janela e perdeu o ar quando a pessoa vestida de cinza o empurrou para fora da janela. Viu o mundo girar enquanto os dois rolavam sobre a cobertura externa do primeiro andar que rangia absurdamente alto e tudo ficou escuro quando caíram no feno que estava abaixo da cobertura externa da casa ao lado do restaurante/hotel que Daniel tinha sido arremessado junto com aquela figura misteriosa.

Antes que pudesse gritar, a mesma figura misteriosa tampou sua boca com a mão coberta por uma luva e se virou para ele. Daniel ficou arrepiado ao perceber que por trás do capuz do manto existia um rosto coberto por uma máscara branca como a lua, sem expressões, e com olhos negros. Não havia o desenho de uma boca nem de qualquer outra característica facial além dos olhos. Ainda assim, Daniel pode ouvir um sussurro vindo de trás da máscara.

— Fique quieto ou senão nunca vamos despistar esse lobo.

Daniel, por medo e por razão, obedeceu à ordem que vinha da máscara.

Pelo silêncio, foi possível ouvir o momento que o Lobo começou a morder a arrancar a madeira da janela, raivoso e incontrolável. Após abrir caminho, o animal deu um salto e caiu sobre a cobertura da qual Daniel e a figura misteriosa estavam escondidos. O jovem conseguia ouvir a madeira rangendo e seu perseguidor farejando seu cheiro. Subitamente o Lobo soltou um grande uivo e pulou para fora da cobertura. Era possível ouvir as pegadas se afastando.

Daniel pode dar-se ao luxo de um suspiro de alívio, mas depois de alguns segundos sentiu uma mão enluvada o puxando pela gola de sua camisa. Daniel não ofereceu resistência por ter se cansado na perseguição, e quando percebeu, a pessoa de manto cinzento estava entrando na casa velha e empurrando Daniel para dentro. Ao estabelecer seu equilíbrio, Daniel conseguiu falar

— Quem é você?

A pessoa não fechou a porta e se virou. Quando falou, sua voz se mostrou firme e feminina, como se uma mulher estivesse por trás da máscara tentando esconder sua personalidade, disfarçando sua voz o máximo possível

— Isso não te interessa.

— Então por que me salvou? — Daniel se via com total direito de saber quem era aquela pessoa que o havia salvado.

— Você não tem direito nenhum de perguntar nada pra mim.

Daniel estava preparado uma réplica, mas a máscara não parava de olhar para seu rosto, fazendo que ele se sentisse desconfortável e minúsculo. A figura começava a andar em torno dele, parando as suas costas. Dentre todo aquele silencio da cidade morta, a figura falou:

— Você deve se afastar de Elizabeth. Esqueça ela. Não a veja nunca mais.

Aquilo foi um soco no peito de Daniel. Virou-se para a figura, espantado. Como ela conhecia Elizabeth? E por que mandaria Daniel se afastar e fazer algo tão impossível quanto esquecer a garota da cidade morta?

— Nem pense em me perguntar por que estou pedindo isso, Daniel.

Outro golpe no peito seguido do anterior. Como ela sabia seu próprio nome?

— Como você sabe quem eu sou e quem é Elizabeth?

— Eu disse: sem perguntas. Você não entende como isso é perigoso Daniel, você e Elizabeth não devem ficar juntos

— Do que você está falando? Elizabeth é só uma garota normal!

— Não ouse! — A pessoa chegou mais perto de Daniel, apontando um dedo para ele — Não ouse dizer que Elizabeth é uma garota normal!

Daniel não entendia o que aquela pessoa estava querendo lhe passar, mas não teria muito momento para pensar nisso. Da parede rachada atrás dela, um dos lobos gigantes rompeu a madeira e rosnou para os dois. A pessoa com manto cinzento virou e se curvou em uma postura de ataque enquanto os outros dois lobos entraram na residência, rosnando

— Saia daqui Daniel. Esqueça Elizabeth e saia daqui!

Daniel não estava mais aceitando aquela postura submissa de não ter nenhuma de suas perguntas respondidas.

— Não! Eu não vou sair daqui até você me falar seu nome!

As mãos da jovem se fecharam em raiva e ela gritou

— Sem perguntas! — E ao virar para Daniel, posicionou suas mãos em direção a Daniel.

E quando o jovem percebeu, estava sendo jogado para fora da residência, em direção a parede da residência ao lado. *"Isso é magia! Ela me acertou com um golpe mágico! Não como os feitiços de Umbelon, mas magia como aquele bloqueio de Elizabeth ao porto!"*. Daniel rolou pelo chão da rua, e quando percebeu, a porta da residência estava fechada, e dentro da casa era possível ouvir gritos e latidos fracos. Estava havendo uma batalha dentro daquelas ruínas.

A vontade de Daniel era entrar novamente naquela estrutura e tirar daquela pessoa todas as suas respostas. Mas quando percebeu que luzes roxas saiam de dentro da casa e outros gritos cheios de ira, percebeu que não conseguiria o que estava querendo. Começou a se afastar rapidamente daquela casa.

Mas de sua cabeça não saiam às palavras que aquela pessoa havia dito. Esquecer Elizabeth? Ela não era somente uma garota comum? Do que aquela pessoa estava falando? Daniel lembrou-se de todos os acontecimentos que viveu com a aprendiz de feitiçaria. Claro que algumas coisas eram bem diferentes do comum, mas isso não significava que ela ou ele mesmo fossem os culpados de tudo aquilo.

Daniel tinha lágrimas nos olhos. De qualquer forma, não iria esquecer sua amiga Elizabeth, e nem deixar ela de lado.

Limpando o rosto, Daniel correu de volta a praça que estava antes de se afastar de Elizabeth.

Elizabeth estava sentada em um bloco de concreto que provavelmente havia sido parte da estátua que agora estava destruída na praça. Estava olhando a rua na qual Daniel havia corrido. Sua expressão era neutra e de incredibilidade. Havia simplesmente trazido seu amigo para um pequeno passeio, e agora ele havia desaparecido, seguido por dois lobos sanguinolentos.

Não fazia ideia do que fazer ou de onde procurar Daniel. Estava sozinha, e a noite começava a despertar. Lágrimas estavam começando a brotar dos seus olhos, deixando sua visão turva. Começou a ouvir um barulho distante, e imaginou que poderiam ser os lobos festejando a sua mais nova conquista. Começou a se encolher, abraçando as pernas, e ficou em silêncio. Ao fazer isso, pode perceber que na verdade o barulho parecia uma palavra.

— Elizabeth!

A jovem ficou atenta. Conhecia aquela voz e voltou a olhar para a rua. A visão continuava turva, e, pela escuridão, ficava mais difícil de observar o que estava se movimentando na frente.

— Elizabeth!

A imagem começou a ficar mais clara, e Elizabeth começou a correr em direção à rua quando percebeu que o vulto era seu amigo Daniel. Ao chegar aos braços do jovem, Elizabeth chorou de felicidade.

Voltaram para a praça onde Elizabeth e Umbelon moravam enquanto Daniel contava sobre como havia esquivado e despistados as criaturas. Não citou o encontro com a pessoa de manto cinzento. Olhava para a garota e não conseguia entender o motivo pelo qual aquela figura misteriosa de cinza havia dito para ela esquecê-la. Não importava. Não iria seguir essa ordem, não importa qual ameaça lhe fizessem.

— O que foi, Daniel? — Elizabeth reparou na cara pensativa do jovem.

— Não foi nada, Elizabeth. — Olhou para frente sorrindo — Obrigado por ter me trazido até aqui hoje. Acho que nunca me aventurei tanto antes na minha vida. Acredito que foi uma ótima experiência antes da Marinha.

— Marinha? Como assim?

Daniel respirou fundo olhando para as estrelas.

— Até hoje estava indeciso sobre o que eu deveria fazer. Deveria tomar conta da equipe do meu tio no atracadouro, ou deveria entrar no treinamento da Marinha? Mas hoje, depois de toda essa aventura juntos, tenho certeza de que, daqui a sete dias, quando eu fizer meu aniversário de dezesseis anos, irei me inscrever no treinamento da Marinha.

Elizabeth olhou para frente e respirou fundo

— Hum. Que coincidência.

— O que, você também vai entrar na Marinha?

Elizabeth riu alto, se apoiando no braço de Daniel. Por um momento, o jovem ficou desconfortável com aquilo, mas depois achou engraçado sentir a cabeça da amiga sobre seu ombro.

— Não, seu bobo — Elizabeth se concentrou para parar de rir e suspirou — É que daqui a sete dias também é meu aniversário de dezesseis anos. Nós nascemos no mesmo dia!

— Uau! — Daniel arregalou os olhos, surpreso e feliz — Podemos comemorar juntos!

— Sim!

Os dois voltaram rindo para a praça, e Daniel passou pela fronteira mágica que separava as duas partes da cidade. Desta vez, Elizabeth estava sorrindo para Daniel.

— Muito obrigado pelo dia de hoje, Daniel. Eu me diverti muito, apesar do ataque dos lobos.

— Eu também me diverti bastante — *"Apesar de ter sido mandado a esquecer de você. Não, eu não farei isso"*.

Elizabeth sorriu meigamente e, por um instante, Daniel ficou admirando-a, até o momento em que algo que o jovem não esperava aconteceu.

Por um breve momento, quase tão curto quanto um piscar de olhos, Daniel viu os olhos de Elizabeth perdendo toda sua coloração azul e tornando-se totalmente cinzentos.

— Como você fez isso?

— Isso o que? — Elizabeth perguntou, como se nada tivesse ocorrido.

— Os seus olhos! — Daniel voltou para perto da jovem, olhando nos olhos mais firmemente do que antes. — Os seus olhos ficaram cinzas!

Elizabeth riu, meio sem graça

— Daniel, do que você está falando? Como eles estão?

Daniel fez uma pausa.

— Azuis.

— Certeza?

— Da mesma cor que o mar. — Daniel falou baixinho.

— Então está tudo bem. — Elizabeth voltou a sorrir meigamente

Daniel piscou os olhos, desconhecendo qualquer forma de explicar o que havia acabado de ocorrer. Achava que sua vida estava começando a ficar rodeada da magia demais. Ficou pensando sobre isso enquanto a jovem Elizabeth lhe abraçava e ia para casa, como se fosse como qualquer outra garota comum. Em sua mente, Daniel só pensava no que a pessoa com aquela máscara havia dito.

"Não ouse dizer que Elizabeth é uma garota normal!"

A Renegada estava olhando para o céu por trás da máscara. Suas luvas estavam com marcas que mostravam que o tecido havia passado por imenso calor, como que se jogado em chamas.

Estava na praça principal de Ludarius, de frente ao antigo palácio da cidade. Já havia deixado as carcaças dos três lobos gigantes para trás e pensava no encontro que havia tido com Daniel naquela tarde.

— As peças do jogo estão se movendo.

Atrás da Renegada, um homem, de longos cabelos loiros até os ombros estava se aproximando dela. Ele vestia um manto cinza idêntico ao dela, só que estava sem o capuz sobre o rosto, revelando olhos cinzentos. Era mais alto que Renegada e apresentava uma força que não se mostrava totalmente pelos músculos.

— Finalmente, você quis dizer?

A Renegada fechou as mãos firmemente. Elas ainda doíam pelos golpes de fogo que havia utilizado na luta contra as três feras, mas o ódio que sentia por aquela figura era maior do que a dor.

— Não se aproxime mais de mim, Mestre das Almas.

O Mestre das Almas sorriu maliciosamente.

— Sinto muito, mas acho que sabe que não pode me impedir, não é?

A Renegada se virou e ficou de frente com o Mestre das Almas. Por trás da máscara, exibia um olhar aniquilador.

— O que você quer?

Mestre das Almas continuava com seu sorriso provocador.

— Você sabe que o garoto não vai te obedecer, não é? Ele não vai esquecer a menina.

— O nome dela é Elizabeth. — Renegada fez uma pausa — E sim, sei que ele não vai me obedecer.

A Renegada abaixou o rosto e Mestre das Almas deu uma gargalhada que arrepiou os pelos da mulher, de tanto ódio.

— Tudo bem, minha querida aprendiz...

— Ex-aprendiza! — A Renegada estava louca para dar um soco no Mestre das Almas, mas sabia que seria inútil. Ele era muito mais poderoso do que ela.

— Ex-aprendiza. — Mestre das Almas sorriu — Está tudo bem se Daniel não lhe obedecer.

Mestre das Almas se virou e começou a se afastar da Renegada, deixando as palavras no ar.

— Eu mesmo irei fazê-lo esquecer a jovem Elizabeth Olivier.

Arquivos da Sociedade Nº 2

Documentos pós Operação Olivier

RENEGADA

8 anos atrás

Renegada estava voltando de sua caminhada matinal pela cidade em ruínas de Ludarius. Estava conseguindo viver uma vida tranquila na cidade, depois dos acontecimentos dos últimos oito anos. Havia vivido diversos episódios que retornavam como pesadelos em sua mente todas as noites. Já faziam três semanas que a Renegada estava em Ludarius, vivendo no quarto da hotelaria Três Salmões, esperando pelo dia que toda aquela calmaria viesse a ruir.

— Não vai demorar muito — Sussurrou para si mesma, por trás da máscara, um dito popular antigo: — A calmaria sempre desmorona quando a névoa se aproxima.

Entrou na hotelaria, subiu as escadas e entrou no seu quarto, jogando na cama o couro dos lobos gigantes que havia caçado. O cheiro de carniça estava impregnado em suas luvas de couro cinza. Tirou as outras peças de roupa e entrou novamente na banheira que estava com água morna. Tinha pedido às arrumadeiras que colocassem a água um pouco antes do horário que normalmente chegava das expedições.

O pôr-do-sol de Ludarius estava em sua janela como nas últimas três semanas. A tarde de Ludarius nunca era nublada e Renegada podia observar o sol resplandecente iluminando os telhados do porto. Com o tempo, começou a perceber que aquela vista era diferente de todas as outras que tinha visto em sua vida. Parecia mais clara, mais vivida.

— É óbvio. São as primeiras luas que eu vejo longe... dele.

Suspirou e fechou os olhos, descansando os ombros na borda da banheira. Alguns minutos depois, levantou e cobriu suas costas marcadas com arranhões com seu manto cinzento. Percebeu que sua máscara estava um pouco solta e apertou as fivelas que firmava o acessório na sua cabeça. Pela varanda do quarto, olhou para a movimentação do porto, próximo ao momento no qual as equipes dos ancoradouros iam para seus lares depois de um dia de trabalho.

"*E a vida flui*". Renegada saiu do quarto e desceu as escadas.

No andar inferior, o restaurante da hotelaria estava cheio de homens fortes e grandes. Construtores e reparadores de navios conversando com marujos e um ou outro capitão comemorando uma boa viagem segura pelos mares.

A Renegada foi até o balcão e pediu que uma cesta de frutas e uma taça de vinho fossem levadas ao seu quarto. Não tiraria sua máscara em público para que as pessoas vissem seu rosto. Ao fundo, ouvia diversas conversas, e muitas delas possuíam assuntos bem similares.

Mas uma delas cobriu todas as outras quando um dos homens subiu na mesa de madeira do restaurante. Todos os olhos se viraram para ele. Os marujos, sorrindo. A dona da hotelaria com os braços cruzados e Renegada somente atenta às coisas ao seu redor.

— Todos aqui! Ei, todos, prestem atenção! — Era possível sentir de longe o cheiro de rum no bafo do homem, sem contar que sua voz dançava torta ao sair de sua boca — Meu nome é Alexander Theodore, e eu sou um reparador de navios... E não tenho vergonha nenhuma disso, entenderam?

Risadas ecoaram por todo o restaurante, e até mesmo a Renegada liberou um sorriso em sua boca por trás da máscara. Era bom estar em um lugar onde todos estavam sorrindo descontraídos.

— É isso aí, não tenho vergonha nenhuma! E quero dedicar um brinde aqui! Vocês ouviram? — A resposta era óbvia. — Um brinde à primeira equipe que reparou o navio Rainha Dourada, e fez um magnífico trabalho! Um brinde à equipe de Marcus Stormheart!

Todos bradaram o nome Stormheart.

O queixo da Renegada caiu de espanto.

Era essa a rua.

Havia encontrado um dos membros da equipe de Marcus que não estava bêbado, levou-o até fora do restaurante e fez com que o construtor confessasse o endereço do chefe da equipe. Ficava no outro lado do porto.

A lua estava cheia, e o céu limpo de Ludarius fazia com que as ruas não estivessem tão escuras. Uma ou outra tocha iluminava o caminho de tempos em tempos e alguns soldados faziam a ronda noturna nas ruas.

Renegada chegou a uma rua larga e ficou de frente a casa que o construtor havia lhe informado. As janelas do segundo andar estavam escuras e a jovem começou a pensar que Marcus já teria caído no sono. Chegou à frente da porta e bateu três vezes.

Um homem alto abriu a porta. Estava com a barba por fazer, e ainda usava o macacão que era uniforme padrão dos mecânicos de navios. Levou um susto ao abrir e encarar a imagem de Renegada na porta de sua casa. Sua voz era grave e rouca, como se tivesse gritado bastante no dia.

— Quem é você? O que você quer?

Renegada levantou um pouco o rosto. Por trás da máscara, estava muito emocionada ao encontrar aquele homem.

— Eu sou a última pessoa a ver seu irmão, Stormheart.

Documentação pós Operação Olivier

MESTRE DAS ALMAS

8 anos atrás.

Uma névoa começou a cobrir a cidade de Ludarius do porto em direção à cidade. Aquilo não era comum para aquela época do ano, e alguns soldados começaram até a estranhar aquele evento climático.

Enquanto isso, um homem com um longo manto cinza e cobrindo os cabelos loiros estava saindo de uma pequena embarcação ancorada no porto. As pessoas que olhassem para ele poderiam dizer até que aquela névoa cercava seus pés, que entrava no seu manto da mesma cor cinzento.

O homem tinha passos largos, e logo passava pelas ruas estreitas da cidade portuária. Não se incomodava com os diversos olhares que as pessoas lhe davam ou as coisas que umas sussurravam para as outras. Conseguia sentir exatamente o lugar onde deveria ir para encontrar o que estava procurando.

Logo chegou à hospedaria Três Salmões e sorriu da forma que sempre sorria quando estava perto de alcançar seu objetivo. Ao entrar na hospedaria, alguns olhares foram direcionados para ele e outros para a névoa que estava cobrindo as ruas de Ludarius. A dona da hotelaria nem reparou muito no homem. Não era a primeira pessoa coberta com um manto cinza que passava por aquela hotelaria nas últimas semanas.

O homem subiu as escadas e parecia que a névoa da rua preenchia agora a Três Salmões. Ao passar pelo corredor, era possível perceber que alguns lampiões estavam com suas luzes foscas. Ao virar o corredor, a porta de um dos quartos estava aberta.

Isso fez Mestre das Almas soltar mais um sorriso malicioso. Entrou no cômodo.

— Então, você finalmente chegou.

A Renegada estava em pé na varanda de seu quarto, virada para a porta aberta. Ao ouvir as palavras dela, Mestre das Almas entrou no quarto, que logo pareceu ficar mais escuro.

— Me desculpe pela a demora. Tive que preparar algumas coisas após o que fizemos.

Renegada virou sua cara coberta para fora do quarto, pela janela, olhando as ruas cheias de névoa.

— Não podia ter chegado de forma mais discreta?

— Para que ser discreto? Não há ninguém em Ludarius que saiba sobre nós. — Mestre das Almas permitiu-se sentar em uma cadeira de frente para uma mesa. — Pelo menos não ainda.

A Renegada olhou para Mestre das Almas e ele pode sentir a raiva da jovem. Mesmo assim, sorriu provocativo para ela.

— Sente-se, por favor.

A mulher ficou por um tempo parada, mas depois movimentou-se, sentando na cadeira ao lado oposto da qual Mestre das Almas estava sentado.

— Fala como se precisasse pedir por isso.

— Renegada, por favor, — Mestre das almas se acomodou na cadeira e tirou o capuz, revelando seus longos cabelos loiros e seus olhos cinzentos como se refletisse a névoa do lado de fora do hotel — Sabe que não tenho mais nenhum controle sobre você. Afinal, você traiu seu voto mais importante, lembra?

A Renegada abaixou a cabeça e olhou para as mãos cobertas pelas luvas.

— Aquilo quase custou minha vida.

— Eu sei.

Após um suspiro, a garota levantou novamente sua postura. Sua voz saiu mais séria e fria

— Então, você não tem mais poderes sobre mim?

— Não. — O Mestre das Almas deu uma leve risada. — Apenas aquele que me é conferido por ser muito mais forte do que você. Não pode me atingir, aprendiz.

— Ex-aprendiza!

Por alguns instantes os dois ficaram sem falar, se desafiando silenciosamente. A Renegada mostrou sua postura firme e disposta a contrariar seu antigo mestre, enquanto Mestre das Almas se sentava confortavelmente, a par de sua superioridade em comparação a jovem em sua frente.

— Então, você a encontrou? — Perguntou Renegada.

— É claro que a encontrei, não foi tão difícil seguir seu rastro. Primeira regra para se despistar de mim, Renegada: não jogue o jogo com as cartas que eu te dei. Usar seus poderes para se esconder no Rainha Dourada só deixou os rastros mais claros para minha visão.

— O que o faz acreditar que ela está aqui? — Renegada respondeu calmamente. Podia jogar esse jogo também.

— É claro que ela está aqui. Você não viria para as Terras Rebeldes só por turismo, minha querida.

"Querida!", pensou a Renegada, *"Seu nojento!"*.

— Está certo. Ela está aqui.

— Mas não é isso que me intriga. — Mestre das Almas estava com uma expressão séria, olhando para a cama do quarto. — Como você fez para trazê-la para cá? Como conseguiu trazê-la para Ludarius?

A Renegada ergueu e desceu os ombros, sem saber como responder aquilo. O Mestre das Almas se afundou mais na cadeira que estava sentado, ainda com uma expressão séria.

— Há algo que não está querendo me contar, Renegada.

Por trás da máscara, a jovem arqueou as sobrancelhas. *"Controle-se!"*

Ao perceber que a jovem não falava nada, Mestre das Almas se encurvou contra a mesa, aproximando seu rosto do da Renegada. Respirou fundo algumas vezes, fechou os olhos, e quando os abriu, haviam mudado suas cores de cinza névoa para um roxo forte.

— Conte-me! — Disse, e ao fazer isso, Renegada sentiu como se todo o quarto houvesse tremido e seu pescoço começou a ficar apertado. Percebeu que estava ficando cada vez mais difícil puxar algum ar para seus pulmões e então entendeu que o Mestre das Almas estava utilizando seu poder para controlar seu pescoço, apertando-o com uma mão invisível.

— Conte-me, Renegada, ou terei que tirar você desse jogo agora mesmo. E não pense que vou recuar.

Os olhos roxos do Mestre das Almas permaneciam encarando a máscara cinzenta. Renegada começou a perceber o que ele tinha dito sobre ainda ter poder sobre ela simplesmente por ser mais poderoso. Não iria aguentar mais

"Bastardo maldito".

— Daniel! — Falou com o pouco de ar que podia respirar pela fenda fina que Mestre das Almas estava permitindo. — Daniel Stormheart!

Então, foi como se o mundo parasse de tremer. Em um piscar de olhos, Mestre das Almas ficou novamente com o olhar cinzento e libertou o pescoço da Renegada, que respirou ofegante por trás da máscara. O homem voltou a se acomodar em sua cadeira.

— Então, o pequeno Stormheart está aqui. Isso é muito interessante. Conversou com ele?

— Não. — Renegada falou entre as respirações que estava dando. Seus pulmões estavam queimando de dor. — Ele estava dormindo.

— Entendo. Deixou algo com ele?

A Renegada, que estava com a mão no pescoço, olhou para o Mestre das Almas. Havia acabado de ser sufocada pelo poder dele. Não queria passar por aquilo tão cedo. Sentia que estava sendo humilhada pelo seu antigo mestre.

— Sim. Ele está com o Artefato Principal.

A feição do Mestre das Almas ficou totalmente séria. Ele se levantou da cadeira e foi até a varanda. Ludarius estava completamente enevoada.

— Alguma chance de eu pegar o Artefato dele?

Desta vez, a Renegada sorriu vingativa por trás da máscara. Levantou-se e olhou para o Mestre das Almas

— Impossível. Você me ensinou bem... mestre.

— Ex-mestre.

A Renegada não pode deixar de dar uma risada leve, porém demonstrativa de como estava feliz por ter vencido essa última etapa da batalha.

— O que pretende fazer com Elizabeth, agora que sabe que ela está aqui?

Mestre das Almas entrou novamente no aposento, olhando para a jovem.

— Não tenho nada a fazer com ela. Só vou fazer questão de que ela não saia dessa cidade.

— E como pretende fazer isso? — A Renegada havia perdido seu sorriso e agora estava novamente apreensiva.

Mestre das Almas começou a andar em direção a porta que passou para entrar no quarto.

— Eu tenho a alma dela, Renegada. — Parou de andar e encarou a jovem por cima do ombro. — Eu posso fazer o que quiser com ela.

O comentário arrepiou o corpo da garota, e antes que Mestre das Almas saísse do quarto, fez sua última pergunta.

— Você me deu uma dica para me despistar de você quando entrou no quarto. Por quê? Por que está me ajudando a fugir de você?

Mestre das Almas deu uma nova risada que fez com que a Renegada apertasse os punhos.

— Porque você vai querer fugir de mim, Renegada, e seria injusto demais não te dar uma pequena ajuda.

O homem já estava no corredor quando olhou novamente para dentro do quarto e para a jovem que outrora fora sua aprendiza.

— As peças ainda estão paradas, Renegada. Mas cedo ou tarde, o primeiro peão vai se movimentar. E nosso mundo vai se tornar um caos.

Mestre das Almas virou-se e desceu as escadas.

E a partir deste dia, Ludarius começou a ter dias nublados.

CAPÍTULO 6

SETE DIAS

A vida no porto de Ludarius continuava movimentada. A cada dia que a temporada de colheita do império avançava, mais e mais navios apareciam nos atracadouros e as equipes tinham cada vez mais trabalho. Isso conseguiu descontrair Daniel. O trabalho estava tirando dele qualquer tempo que pudesse usar para sentar e refletir sobre a escolha que faria em sete dias. Com o passar das manhãs, deixou para trás os acontecimentos da exploração das ruínas da cidade, com aquela figura vestida de cinza dizendo para ele esquecer Elizabeth.

Estava passando os dias longe da garota, mas sempre se lembrava do sorriso dela e da sensação de tê-la abraçando seu braço e colocando o peso da cabeça sobre o seu ombro. Daniel se sentia bem ao lado da amiga, e de tempos em tempos, sorria com suas memórias.

— O que foi, Daniel? — Marcus perguntou um dia no qual estavam trabalhando um ao lado do outro em um reparo.

— Nada tio. Só estava me lembrando de Elizabeth.

— Sei... — A feição de Marcus era séria, como se estivesse fundo em pensamentos — Quando vai vê-la novamente?

— Daqui a cinco dias. Também é o aniversário dela.

— Sim... Seu aniversário de dezesseis anos.

Daniel não pode deixar de perceber a seriedade de seu tio, mas depois de pensar bastante entendeu o que intrigava Marcus. Ele já havia perdido um irmão para o mar. Seria muito doloroso para o mesmo perder também um sobrinho, e Daniel já havia imposto sua escolha de ir para o treinamento da Marinha.

"*Quem sabe eu fique apenas como soldado da costa de Ludarius?*" pensou Daniel. Mas estava longe de querer isso. Toda vez que olhava para o mar sentia que o mesmo o chamava, que havia alguma coisa em uma terra distante que clamava pelo seu nome.

Já para Elizabeth, na parte morta da cidade, os dias passavam longos e arrastados. Quase todo o momento estava olhando para o porto e pensando no que Daniel estava fazendo, isso quando não estava no laboratório de poções, já que era muito perigoso sair para dar uma volta na cidade com os lobos selvagens a solta.

Passara os últimos cinco anos estudando os livros de magia de Umbelon e finalmente estava permitida de fazer as poções e mexer com as vidrarias que havia tanto estudado. Umbelon encorajava a garota a experimentar todo o estoque de ingredientes e ferramentas que ele tinha na loja. Certo dia, Elizabeth ficou curiosa a respeito disso.

— Umbelon, me esclareça uma coisa?

O feiticeiro, que no momento estava distraído em um livro grosso e azul, virou seus olhos para Elizabeth.

— Sim, minha querida aprendiz, qual é a sua dúvida?

— Você sabe, todos esses feitiços e ingredientes — Elizabeth falava olhando para o andar superior da loja, que possuía o dobro de livros do primeiro andar, além de diversas vidrarias e ingredientes em conservas. — Eu devo perguntar, de onde veio tudo isso? Você nunca me contou sobre seus dias antes de ser um vendedor de poções. Como aprendeu tudo isso e como adquiriu tudo?

Umbelon sorriu com a resposta, fechando o livro com o marca-página posicionado na folha que estava lendo. Levantou-se e foi para perto da jovem.

— Bem, Elizabeth, eu vim de uma família que era muito rica e acabei sendo o único herdeiro. Ingressar nos estudos mágicos antigamente era muito caro. Hoje em dia é impossível, mas na minha juventude era possível ter conhecimento de várias escolas de magia em diversas partes de ambos continentes, o Imperial e o Rebelde. As escolas criaram inúmeros tipos de conjuradores, de magos mercantis a, até mesmo, guerreiros manipuladores de magias poderosas.

— E você se formou como qual deles?

Agora Umbelon olhava para a cidade morta de Ludarius e não possuía mais um sorriso no rosto.

— Eu fui um dos guerreiros magos. Era bom em todas as matérias, modéstia à parte, mas na minha juventude participei de diversas campanhas para a exploração dos bosques do continente Imperial. Assim fui aprendendo sobre cada erva e cada ingrediente que está aqui, nesta loja.

— E por que parou? Por que abandonou as campanhas e veio para cá? —Umbelon suspirou.

— Eu recebi várias propostas para continuar nas campanhas, algumas até muito tentadoras... E, ao mesmo tempo, perigosíssimas. — Umbelon suspirou e sua cabeça levemente se inclinou para baixo. — Mas a magia começou a corroer a si mesma e houve uma perturbação enorme no equilíbrio das forças das dimensões mágicas. Alguns foram conquistando mais e mais poder, à medida que muitos de nós perdemos nossas forças...

Umbelon esfregou as mãos, e na palma de sua mão direita, uma pequena chama azul dançava com o vento.

— A magia se tornou preciosa e rara. As escolas acabaram... E os poderosos desapareceram com seu poder...

Elizabeth encarava a mão do homem, analisando a magia que ele estava executando. Umbelon suspirou e fechou a palma da mão, extinguindo a chama como se fosse uma bolha de sabão.

— Além do mais, eu fiquei velho demais para essas coisas. Acabei construindo essa loja para me assentar e ter um lugar para descansar até minha hora. —O homem sentou-se novamente na cadeira e Elizabeth voltou sorrindo para seus estudos, contente com a resposta que havia recebido e disposta a estudar firmemente para um dia, conseguir alcançar o nível de poder que seu mestre tinha.

Mas Umbelon, em vez de voltar para sua leitura, ficou olhando para fora da loja, lembrando dos dias em que batalhou nas campanhas. Em como era habilidoso com as chamas e como havia recebido congratulações. Lembrou-se de como foi batalhar pelo futuro que sonhava, pela justiça.

E lembrou-se de quando tudo isso foi retirado dele pelo Mestre das Almas, antes mesmo dele receber este nome.

Uma lágrima acabou caindo sobre a capa azul do livro.

ALMA PURA

Os dias haviam se passado e Daniel não conseguia dormir de tanta ansiedade. Quando o sol raiasse, seria o dia do seu aniversário de dezesseis anos, o dia que havia tanto esperado, o dia que entraria na Marinha. O dia que encontraria mais uma vez Elizabeth.

Na janela, as duas luas, vermelha e azul, brilhavam com suas luzes sombrias. Aquela estava sendo mais uma noite enevoada de Ludarius, e Daniel sempre se sentia desconfortável nestas noites. Aquele era outro motivo para estar acordado ainda.

Então começou a ouvir as vozes. Rapidamente conseguiu reconhecer a de seu tio Marcus, mas a outra voz não parecia a de sua tia. Era uma voz mais delicada e não tão agressiva quanto à voz da mulher da casa.

Não estava conseguindo entender o que as duas pessoas falavam, então delicadamente levantou da cama e deitou no chão, fazendo o mínimo de barulho possível, colocando seu ouvido contra a madeira do piso do quarto, que também era o telhado da cozinha.

Conseguiu ouvir a conversa, que parecia estar pela metade.

— Então você deixou que ele fizesse essa escolha? — Disse a voz misteriosa e delicada.

— É claro! O que você queria que eu falasse? — A voz de Marcus parecia revoltada, como se o homem estivesse tendo um confronto com ele mesmo — Nem eu mesmo entendo toda esta história!

— Mas eu só lhe pedi uma coisa, Marcus! Uma única coisa! —Daniel estava com diversas perguntas lhe atormentando na cabeça. Nada estava claro daquela conversa. O tom de voz sussurrado e irritado de seu tio lhe preocupava.

— E acha que foi uma coisa fácil que me pediu? Como eu iria impedi-lo sem lhe contar qualquer coisa? Como poderia fazer isso sem lhe contar sobre seu pai?

— Quieto! — A voz feminina se irritou, e pareceu levemente familiar para Daniel — Quer que nos ouçam?

Mas já era tarde demais. Sobre que pai Marcus estava falando? Seria o seu? Não, não havia o que guardar de Daniel sobre seu pai, ele havia se acidentado em um naufrágio. Ou será que não?

Agora que parava para pensar, Daniel não conseguia lembrar sequer o nome dele.

— Eu não me importo se eles ouvirem, tudo isso não é problema meu ou da minha família!

— Daniel é da sua família, assim como o pai dele foi! — Enquanto a voz feminina falava, parecia que as velas da cozinha estavam ficando mais fortes.

Então era mesmo sobre Daniel e seu pai que Marcus e a voz misteriosa falavam. Não sabia sobre qual segredo se referiam, mas aquilo ficava mais complicado para Daniel aceitar a cada momento. Queria descer e ver o que os dois iriam dizer sobre isso na sua frente. Estava quase se levantando para sair do quarto quando ouviu a voz feminina dizer:

— Eu o encontrei outro dia.

"*O que?*". Pensou Daniel.

— Onde? — A voz de Marcus parecia mais derrotada, como se tivesse perdido a disputa que estava tendo internamente.

— Nas ruínas da cidade. Ele estava com a garota.

"*Elizabeth*", Daniel ficava com os olhos arregalados e sua pele, arrepiada. "*Não pode ser*".

— Pensei que não haveria problema nenhum deles se encontrarem.

— Não haveria. Até agora.

O silêncio pairou na casa e Daniel segurou sua respiração para que nada impedisse que as duas pessoas no andar de baixo continuassem a conversa. Precisava da prova concreta de Marcus estava conversando com quem ele imaginava.

E o que ele ouviu depois do silêncio foi aterrorizante.

— O que eu devo fazer agora, Renegada?

Um suspiro, e Renegada tentou falar o mais baixo que podia.

— Ele precisa esquecê-la, Marcus. É extremamente importante para... — Então a jovem se interrompeu e firmou o corpo — Que barulho é esse?

O barulho era Daniel escancarando a porta de seu quarto. Havia ouvido a prova irrefutável de que na sua cozinha estava a mulher que lhe mandou esquecer sua melhor amiga, e dessa vez não a deixaria escapar. Ainda de roupão e com lágrimas nos olhos, começou a descer as escadas o mais rápido que podia, gritando.

Ao descer do segundo andar, ainda na escada, Daniel viu a Renegada cruzando o corredor principal da casa e se preparou para pular sobre a jovem, mas quando foi fazer isso, a Renegada moveu a mão enluvada em sua direção e novamente Daniel foi empurrado pelo poder da mulher misteriosa. Voou em direção as paredes, batendo de costas e caindo sentado no chão, porém não por muito tempo. Percebeu a Renegada saindo às pressas pela porta de frente da casa e levantou-se o mais rápido que pôde para segui-la. Viu seu tio tentar pará-lo, mas se esquivou do braço de Marcus e correu em direção à porta.

Escancarou a porta e, quando saiu em direção à rua, Daniel olhou para ambos os lados, mas não conseguiu encontrar nenhum vulto ou figura parecida com a mulher de manto.

A noite estava fria e Daniel ofegava. Então sentiu a mão de seu tio lhe puxando para dentro da casa pelo ombro.

Depois de fechar a porta, Marcus virou-se para Daniel. O jovem estava furioso.

— Quem é ela? De onde você a conhece! E quem é meu pai?

Marcus suspirou fundo e fechou os olhos, dizendo:

— O nome dela é Renegada, Daniel. Ela foi a última pessoa a ver seu pai vivo. — Marcus abriu os olhos, e viu um Daniel perdido em pensamentos confusos. — Sente-se a mesa. Eu tenho uma história para lhe contar.

Daniel estava sentado e, no outro lado da mesa, Marcus olhava para baixo. Com a voz baixa e parecendo derrotada, Marcus começou a falar, como se confessasse um crime:

— Daniel, me desculpe.

Daniel não se deixou fragilizar. Sentia que seu tio queria contar segredos e não iria dormir sem eles. Novamente, Marcus começou a falar:

— O nome de seu pai era Alexander Stormheart. E ele foi um dos maiores navegadores que esses mares já conheceram. Desde quando entrara na Marinha, meu irmão sempre teve o nome dele destacado. — Daniel ouvia atentamente seu tio, sem tentar ficar emotivo. O nome de seu pai, Alexander, começava a soar familiar na sua cabeça, e algumas lembranças começavam a clarear. — Ele possuía estratégias inabaláveis e perfeitas. — Continuou Marcus — E foi uma das figuras mais importantes de toda a história das guerras marinhas entre Rebeldes e o Império. Os aliados berravam de animação e vitória quando a Armada da Tempestade se aproximava, e os inimigos sabiam que a partir daquele momento haviam perdido a batalha.

— E como eu não me lembro disso tudo? — Daniel sabia que se recordaria de toda e qualquer viagem que fizesse pelo mar. Seria mais marcante ainda se estivesse entre os conflitos.

— É porque ele nunca te levou em uma expedição, Daniel. — Marcus agora não tinha mais a cabeça caída. Olhava para Daniel com sua expressão dura de capitão de equipe. — Não arriscaria a vida de seu único filho no meio de balas de canhão e espadas afiadas. Você sempre ficou aqui comigo após a conquista de Ludarius. Antes, ficávamos na costa imperial, e ele sempre vinha nos visitar. Mas você era pequeno demais, e não consegue lembrar-se de nada antes de nossa vida em Ludarius, não é? — Daniel concordou com a cabeça. Não se lembrava de nenhuma visão do mar além da que tinha de Ludarius. Seus tios nunca conversavam sobre a vida antes da cidade, pelo menos não em sua frente.

— Por que nunca me contaram sobre isso? — Daniel achava assustador que seus familiares não lhe contassem sobre coisas tão simples como essa.

— Por que a nossa vida era uma miséria, Daniel! — Marcus havia levantado sua voz — Vivíamos na parte mais pobre da cidade de Simariel, a cidade costeira e atual capital do Império. Eu mendigava para receber qualquer trabalho que me pagassem mesmo com as sobras de comida dos outros. Sua tia... prefiro nem me lembrar do que a sua tia precisou fazer para que conseguíssemos sobreviver nos períodos da guerra. Deixamos esse maldito passado para trás para começarmos nossa vida no novo continente.

Daniel e Marcus ficaram em silêncio. Dentro da mente de Marcus diversas memórias horríveis sobre a sua vida no Império estavam sendo revividas. Já Daniel não parava de imaginar em como a vida dos tios havia sido medíocre. Daniel via como a quantidade de mendigos aumentava no porto de Ludarius. Imaginava como seu tio deveria ter sofrido antes de se tornar chefe de uma equipe de reparadores de navio, e começava a pensar se não seria mais ético e correto continuar na equipe do tio após o aniversário.

Manteve-se forte e sério.

— O que aconteceu com meu pai? — Daniel encarou Marcus nos olhos e viu que ele continuava levemente perdido nos pensamentos do seu passado.

— Ele sobreviveu nas guerras — Marcus voltou a sentar de frente a Daniel — Na verdade, ele fez mais do que isso. Alexander Stormheart foi condecorado com a Medalha Leviatã. — Daniel arqueou as sobrancelhas e seu queixo caiu. Era possível contar nas mãos quantas pessoas haviam recebido o título Leviatã. Essa condecoração era entregue somente aqueles que realizavam os maiores feitos de todos nos mares. Daniel havia estudado e lido histórias de heróis que enfrentaram monstros, salvaram pessoas de catástrofes e recebiam o estimado título de Condecorados Leviatãs.

— O que ele fez para conseguir esse título?

— Alexander conduziu a embarcação real, com o Imperador e seu Príncipe, na frente da batalha pela conquista de Ludarius. — A cabeça de Daniel estava soltando fogos de artifício. O seu pai havia sido um herói na guerra, o grande conquistador imperial do continente rebelde!

— Isso é absolutamente incrível! — Daniel sentia que a vontade dentro de seu coração de entrar na Marinha havia aumentado muito! Agora tinha o objetivo de ser como seu pai. — E o que aconteceu depois? O que meu pai fez após a guerra? — Marcus suspirou. Embora estivesse empolgado, Daniel via que seu tio ainda apresentava uma feição triste.

— Depois de ser condecorado, seu pai recebeu uma última missão de honra. O Império permitiu que ele navegasse o maior navio já construído e desse a volta ao mundo. — Daniel ficou muito empolgado com o que viria a seguir, mas estranhou um pouco a afirmação.

— Como assim? Nunca ouvi falar que o Rainha Dourada fez uma excursão de volta ao mundo.

Marcus sorriu com a inocência do seu sobrinho.

— O Rainha Dourada não chegava aos pés da embarcação que Alexander controlou. — Daniel ficou surpreso novamente.

— Como assim? Você está querendo me dizer que...

— Já houve um navio maior que o Rainha Dourada. — Marcus interrompeu Daniel — Ele havia sido construído especialmente para comemorar a vitória e conquista do Império sobre os Rebeldes. Ele daria a volta ao mundo pela primeira vez, saindo do leste da Costa Imperial e encontrando o oeste da Costa Rebelde. O nome da embarcação era Imperatriz.

Silêncio se prolongou após essa informação. Daniel sentia que uma história secreta estava sendo contada para ele. Nunca tinha ouvido pessoas em Ludarius falando sobre este evento. Percebeu que Marcus estava guardando alguma coisa sobre a história desta embarcação.

— Mas... O que aconteceu? O que aconteceu com o Imperatriz?

Marcus estava com sua cabeça abaixada

— O navio partiu em direção ao Mar Cinzento... E nunca mais tivemos notícias da embarcação. O Imperatriz desapareceu há oito anos atrás... Assim como Alexander.

Daniel entendeu porque seu tio parecia tão triste e confrontado. Era a primeira vez que o jovem conhecia a história de seu pai e, após uma vida condecorada e de renome, ela tinha tido um final incompreensível.

— Mas, espere — Daniel lembrou-se de momentos antes da conversa — Você disse que essa mulher... — se esforçou para lembrar o nome que Marcus havia utilizado — A Renegada. Disse que ela tinha visto meu pai.

— Sim. De início. eu também não entendi do que ela estava falando. Chegou aqui em uma noite enevoada e afirmou ser a última pessoa a ter visto meu irmão. Então começou a contar a história de como havia escapado da embarcação com sua inteligência e força antes que a embarcação se perdesse no Mar Cinzento.

— Mas como podemos saber se ela está falando a verdade? Como saber que ela realmente estava no Imperatriz.

— Por que ela trouxe uma prova, Daniel. — Marcus olhou para o pescoço de Daniel — Ela trouxe uma lembrança do seu pai. — O jovem percebeu que seu tio estava olhando para seu pescoço, em direção ao medalhão que diziam ter sido um presente do seu pai.

Após isso, Marcus e Daniel não falaram mais sobre essa história, e sim sobre características de Alexander. Daniel descobriu que seu pai havia sido um homem bravo, corajoso e um ótimo líder. Antes, Marcus e sua equipe só cuidavam das embarcações de Alex, como era o apelido de seu pai e isso divertiu um pouco Daniel, aliviando a cabeça dos pensamentos sombrios do desaparecimento do seu pai e da embarcação Imperatriz.

Após conversar muito, Daniel subiu para seu quarto, pensando em dormir um pouco antes de ir se inscrever na Marinha. Mas, ao chegar e abrir à porta do seu quarto viu que a janela do quarto estava aberta. Sobre as cobertas de sua cama, havia uma carta. Daniel ajoelhou-se e abriu a correspondência.

ALMA PURA

"Querida Donzela.

Anseio a cada manhã por seus beijos. A distância que nos separa corta meu coração como espadas, mas só de lembrar-se de nossos últimos dias juntos, minha alma acalenta-se e posso lutar mais um dia nesta guerra.

E que guerra. Quase todos os dias, estamos tendo conflitos contra os navios rebeldes e nossos contatos estão mudos a mais de uma semana. Algumas vezes penso que estamos lutando não para a conquista, mas para nossa defesa. Sonho que isso não permaneça durante muito tempo e possamos entrar em Ludarius.

De longe, usando monóculo, consigo observar o litoral da cidade. As casas parecem acolhedoras, e o céu limpo e azul completa a visão de um porto quase Imperial. Seria um ótimo lugar para recomeçarmos nossa vida. Eu sei que não gosta quando toco nesse assunto, que é muito doloroso deixar sua família para trás, mas pense que estamos indo para uma nova família... A nossa família. Neste mesmo instante, escrevo outra carta para Daniel, nosso filho. Novamente não pude trazê-lo comigo, seria muito perigoso.

Estamos nos preparando para uma ofensiva majestosa e eu conduzirei a linha de frente, na embarcação junto com Vossa Majestade e seu filho, o príncipe. Não sei como aquele louco ambicioso tem coragem de trazer o próprio filho para uma expedição destas. Daniel é nosso maior tesouro e mais valioso do que qualquer terra que possa ser conquistada ou invadida.

Às vezes, me encontro olhando para as estrelas pensando se estamos no lado certo. Se temos lutado contra pessoas realmente malvadas e perigosas. Sei que tais coisas não existem: certo ou errado, perigo ou segurança. Tudo se trata de ponto de vista, e isso me deixa com menos vontade de tirar a vida de qualquer um.

Desculpe-me por lhe atirar tais palavras grossas, mas sabe como o mundo nos separa. Saiba que não penso em atacar rebeldes, mas sim proteger você e Daniel de qualquer ameaça. Só queria poder fazer isso com você ao meu lado e nosso querido filho no outro.

Se quiser visitá-lo, pode encontrar ele na casa de meu irmão, Marcus, no distrito marrom, perto da costa. Pergunte sobre o nome dele, e logo lhe informarão o caminho para a casa. Aconselho não ir com suas típicas vestimentas, podem chamar atenção.

Sonho com o dia no qual não precisaremos de nenhum segredo para viver nossas vidas em amor e felicidade. Sonho com o dia em que deixarei de ser seu futuro noivo para casar contigo e darmos todo nosso carinho para Daniel. Quando olho para seus olhos, vejo que ali está o motivo de todas estas aventuras: Encontrar você, encontrar meu coração, minha alma, e, junto contigo, fazer o mundo um lugar melhor.

Seu futuro noivo te ama até depois da morte. Milhões de beijos, minha Donzela.

Tenente Alexander Stormheart
Marinha Imperial"

CAPÍTULO 7

A MARINHA

Daniel abriu os olhos e percebeu que estava deitado no chão de madeira do seu quarto. Na mão direita, a carta de seu pai estava aberta. Ainda com os olhos semicerrados, Daniel ficou encarando o papel velho.

"*Ele me amava... E amava muito minha mãe*". Daniel ficava muito aliviado ao saber disso. Perguntava-se por que seu pai sempre o deixava com Marcus, e entendeu que era para a segurança da família que ele queria construir. Mas algumas coisas não pareciam corretas ainda em sua cabeça, como o fato de Daniel ficar com seus tios, e não com sua própria mãe, durante as viagens de Alexander. Pensou em perguntar para Marcus, mas percebeu que, depois da noite anterior, seria difícil fazer com que ele contasse mais coisas sobre a sua vida em Simariel. Já tinha lembrado muito do seu passado terrível durante a semana. Iria esperar as coisas se acalmarem.

Abrindo um pouco mais os olhos, viu que o dia estava com o céu limpo e o sol ainda se erguia no leste. Suspirou, pensando que havia chegado o dia que tanto havia esperado na vida. O dia que entraria para a Marinha, agora que tinha dezesseis anos. "*Quem sabe, um marujo tão bom quanto meu pai?*", mas logo abandonou essa ideia de sua cabeça. Seria o marujo que nasceu para ser, quer fosse bom ou mau.

Estava fazendo dezesseis anos, assim como Elizabeth, a qual estava com muitas saudades. Haviam combinado que se encontrariam na loja de Umbelon, e juntos passariam o dia no Porto, admirando o pôr-do-sol.

Daniel levantou-se e logo sentiu partes de suas costas doendo. Ao se trocar, Daniel olhou seu reflexo e viu que na região das clavículas possuía dois hematomas roxos. Então se lembrou de como havia sido arremessado contra a parede de madeira de sua casa pelo ataque da Renegada. Pensou em como uma única pessoa, que tinha apresentado uma voz tão mais delicada do que quando se encontraram pela primeira vez, poderia ter tanto poder em suas mãos. Sentiu o medo percorrer sua pele e engoliu seco enquanto terminava de se arrumar, quando se lembrou do que ela havia dito dentro daquelas ruínas:

"*Você deve se afastar de Elizabeth. Esqueça ela. Não a veja nunca mais.*"

"*Não*", Daniel pensou, "*Não importa a força dela, eu não vou esquecer Elizabeth*".

Vestiu uma calça longa de couro e uma camisa branca com golas, que estava limpa e com todos os botões firmes. Devia se apresentar com uma boa aparência para a Marinha aceitar o jovem.

Desceu as escadas, e tentou não reparar nas rachaduras da parede na qual seu corpo havia batido contra. Desceu todos os degraus e entrou na cozinha.

— Daniel, meu querido sobrinho! — Marian foi até Daniel e o apertou em um abraço que passava de confortável e se tornava sufocante. O jovem conseguiu olhar para Marcus, e pelo rosto dele entendeu que havia contado para a sua tia sobre a conversa dos dois na noite passada. — Nos desculpe querido, mil perdões de ter escondido esse passado horrível de você! Nunca foi intencional!

— Tia, tá tudo bem. — Daniel conseguiu se expressar, mesmo que espremido entre os braços e o busto da tia — Eu entendo vocês. — Marcus sorriu para o sobrinho e os três tomaram o café da manhã felizes, diferente de muitos fins de semana, nos quais seus tios não paravam de brigar pela escolha de Daniel. Mas parecia que aquela verdade, mesmo não tendo sido citada em toda a refeição, deixou os ânimos mais leves naquela residência. Para Marcus e Marian, era como tirar um peso das costas. Para Daniel, era descobrir mais sobre sua história e de sua família.

Após o café, Marcus e Daniel levantaram-se. O tio do jovem pegou um casaco longo e o vestiu. Daniel pegou um colete surrado de couro e vestiu sobre a camisa branca. Não estava muito confortável, mas Daniel não ligava. Olhava para tudo que seus tios haviam conquistado e sentia um tremendo orgulho de toda aquela casa e toda a vida em Ludarius. Esse pensamento seguiu Daniel por todo o caminho até chegaram ao quartel da Marinha. O jovem olhava para cada amigo e conhecido no porto e lembrava-se de histórias que tiveram. Olhava para as casas e sorria ao ver a beleza que, anos atrás, haviam sido admiradas pelo seu pai. Ao olhar para os navios no horizonte, uma lágrima de felicidade caiu de seu rosto.

Mas ao chegarem a Marinha, o rosto de Daniel congelou. Seu tio entendeu que o peso de uma decisão difícil pairava sobre o sobrinho, então colocou sua mão sobre o ombro dele de forma consoladora.

— Você já fez sua escolha Daniel. Agora é hora de cumpri-la.

— Eu sei. — A voz de Daniel tinha um pouco de pavor. — Mas é uma escolha que pode mudar para sempre minha vida. Eu posso me decepcionar com o que encontrar, ou pior, eu posso nunca mais voltar para Ludarius e... — Marcus colocou suas duas mãos sobre o ombro do sobrinho e deu um leve apertão. As clavículas de Daniel arderam um pouco e isso fez com que ele parasse de falar e olhasse para seu tio.

— Chega de falar dessas coisas, Daniel. — A voz de Marcus também estava emocionada. — Essa não é uma decisão definitiva, você sempre tem a escolha! Ludarius sempre vai estar aberta para você, assim como a equipe de reparadores Stormheart e, mais do que tudo, nossa casa.

Marcus soltou os ombros de seu sobrinho e, abraçando-o, falou entre lágrimas:

— Você é o filho que eu nunca tive. — Daniel também estava cheio de lágrimas e abraçando seu tio. Por mais que Alexander Stormheart fosse o herói Leviatã, eram seus tios que tinham feito os papéis de pai e mãe em toda sua vida.

Depois de um tempo, os dois se soltaram do abraço e, colocando um sorriso do rosto, Daniel caminhou confiante para a Marinha. Marcus ficou olhando para ele até se perder de vista, sorrindo orgulhoso pelo seu sobrinho, até o momento que deu meia-volta, dando de cara com a máscara pálida da Renegada.

Dessa vez, Marcus decidiu não abaixar sua força. Sério, encarava os negros furos pelos quais a Renegada estaria olhando para ele.

— Então, você realmente o deixou ir. — A voz de Renegada não parecia mais tão delicada. Estava furiosa por trás da máscara.

— É o destino dele, ser tão grande quanto o pai dele foi. — Marcus elevou sua voz até ficar na mesma altura da jovem que lhe dirigia a palavra.

Ela era mais nova do que ele, mas o homem estava deixando de lado qualquer ameaça que ela pudesse ser com os poderes que tinha nas mãos enluvadas.

A Renegada não se deixou ceder, e seu tom estava mais ignorante que antes. Não tinha nenhum medo da força física de Marcus. Teoricamente, podia derrubá-lo facilmente.

— O destino dele? O que você sabe sobre destino? E o pai dele desapareceu e foi esquecido... — Antes que pudesse continuar com o insulto, Marcus se aproximou mais da mascarada e a interrompeu.

— Não importa o que eu sei ou não sei sobre destino e vidas, ele que decide o que quer fazer de sua própria. E, é melhor não continuar a falar de Alexander Stormheart desse jeito. — A Renegada ficou por uns momentos em silêncio. Podia derrotar um homem, mas podia bater de frente com um homem extremamente humilhado e irritado?

— Você sabe que eu não poderei fazer nada para protegê-lo fora de Ludarius, não sabe? — A voz da Renegada havia diminuído e parecia ter sido derrotada por Marcus. Mas o mesmo não diminuiu seu tom de voz irritado.

— Não me importa o que pode fazer! Não precisamos de sua proteção. — Por trás da máscara, a Renegada arregalou seus olhos e deu um passo para trás, como se aquilo tivesse sido um soco para ela.

— Você não disse isso! — Marcus achou aquela reação estranha para alguém que não tinha obrigação nenhuma de proteger ele ou sua família, mas não expressou sua curiosidade.

— Disse e repito! — Deu um passo para frente e colou seu rosto próximo a máscara da Renegada, respirando quente sobre ela. — Não precisamos de você. Não quero sua proteção. — E, após falar isso, Marcus foi embora deixando uma Renegada desamparada. Seus olhos estavam arregalados, e ela respirava ofegante. Ao olhar para a esquina, viu o Mestre das Almas de braços cruzados, e isso a deixou mais acabada.

Ele sorria, maliciosamente e cheio de orgulho.

Após enfrentar a fila para fornecer seus dados, Daniel foi para uma pequena sala dentro do quartel da Marinha. Havia uma cama de hospital, uma escrivaninha branca e alguns instrumentos de exame médico. Segundos depois, um homem com uma roupa branca entrou na sala e se apresentou como Senhor Adrian.

— Então, podemos começar o exame? — Adrian arrumou os óculos sobre o rosto. Daniel conhecia o procedimento. Não era qualquer jovem que podia entrar na Marinha, era preciso fazer um exame médico para averiguar se o candidato tinha capacidade para ser um soldado.

Daniel desabotoou sua camisa e a colocou num cabide.

— De costas, por favor. — Adrian estava colocando o estetoscópio no ouvido e quando Daniel deu as costas para o doutor, o mesmo arqueou as sobrancelhas — Então, o que são esses machucados nas suas costas? — Daniel arrepiou-se ao lembrar da noite anterior, quando a Renegada lhe atacou. Ao sentir o dedo do doutor tocando os hematomas, respirou entre os dentes e apertou as mãos, resistindo à dor.

— Então? — Repetiu Adrian.

— Eu levei um tombo feio ontem. Escorreguei e bati minhas costas no degrau de casa. — Daniel pensou que a mentira seria muito mais simples de explicar do que a verdade. Além disso, a Marinha era um dos setores com maior disciplina das Forças Imperiais, perdendo para a Armada Imperial e as Forças Especiais. Não podia falar que estava se metendo em brigas e caças à lobos gigantes. Eram considerados atos de coragem, mas ao mesmo tempo, burrice.

— Deve ter sido um tombo bem grande mesmo. — Adrian falou com uma voz de ceticismo, como se não acreditasse na história de Daniel. O jovem aceitou que o doutor pensasse numa briga de rua do que algo como enfrentou na noite passado.

Daniel sentiu o toque gelado do estetoscópio pelo seu corpo, sentindo sua respiração e seus batimentos. Após isso, fez um exame de pressão, visão, respiração e reflexos. Adrian mexia a cabeça positivamente em cada exame, e Daniel ficava mais aliviado a cada etapa. Parecia não ter problema nenhum que o impedisse de entrar na Marinha.

— Ok. — Adrian arrumou o jaleco e sentou-se numa mesa do consultório que estava com os papéis referentes à inscrição de Daniel. Estava preenchendo um espaço com sua assinatura. — Leve estes papéis assinados pelos seus pais amanhã para o treinamento, não se esqueça.

— Tios.

— O que? — Adrian arrumou novamente os óculos.

— Meus tios. — Daniel estava de pé no outro lado da mesa. — Não conheci meus pais. — Adrian olhou novamente para os papéis e arqueou suas sobrancelhas, demonstrando surpresa. *"Ele se lembrou de onde conhece o sobrenome Stormheart"*, pensou Daniel.

— Claro. — Adrian falou baixo e depois se recompôs, entregando firmemente os papéis para Daniel. — Assinado pelos seus tios amanhã então.

— Pode deixar. — Daniel pegou os papéis, mas Adrian não os largou. Ao invés disso, se levantou olhando sério para Daniel.

— O que você disse? — Daniel de primeira não entendeu, mas viu, por dentro do jaleco do médico, a farda da Marinha Imperial, além de uma medalha pendurada no bolso do lado do peito. Não sabia qual seria a patente de Adrian, mas a partir daquele dia, ele era seu superior, e devia tratá-lo com respeito se não quisesse problemas.

— Eu quis dizer... — começou Daniel — Que amanhã irei levar os papéis, senhor. — Adrian demorou um pouco para soltar a mão de Daniel, mas após alguns segundos, o liberou sem dar nenhum tipo de sorriso. Daniel não sabia como aquela figura tão branda que havia entrado na saleta contigo podia estar agora tão aterrorizante imponente.

Saiu da Marinha, e de repente Ludarius parecia novamente uma terra a ser descoberta. No dia seguinte não seria mais um adolescente naquela terra paradisíaca que reparava navios. Daniel seria um soldado da Marinha Imperial.

Após passar em uma loja para comprar algumas frutas para ele e Elizabeth comerem durante o aniversário dos dois, o jovem começou seu caminho até a cidade velha de Ludarius. Percebeu que, de acordo que ia se aproximando das ruínas, o porto começava a ficar mais enevoado. De certa forma, isso fez com que algumas coisas viessem a sua cabeça, como o fato de Marcus e a Renegada terem discutido na noite passada sobre seu futuro. Ela não parecia aceitar bem que seu tio deixasse que Daniel fizesse uma escolha. Mas que escolha seria essa?

Se estavam se referindo à Marinha, por que a Renegada teria alguma coisa a ver com o fato de Daniel querer ou não ser um soldado? Na mesma noite, ela havia dito que tinha visto ele e Elizabeth, juntos. Marcus então conhecia a amiga de Daniel antes mesmo de ele entregar a maquete do navio para Umbelon. E, acima de tudo, ainda não estava claro o motivo pelo qual Daniel devia esquecer Elizabeth.

Quaisquer pensamentos sobre perguntas não respondidas saíram da cabeça do jovem quando ele começou a se aproximar da loja de feitiços de Umbelon. Ao entrar, ouviu o barulho de uma sineta sobre a porta anunciando sua chegada.

— Olá. — Daniel falou e não obteve nenhuma resposta.

Começou a entrar na loja, e parecia que ninguém estava lá dentro. Porém, enquanto entrava mais na loja, percebeu que nos fundos dela um vulto se movimentava. Percebeu, chegando mais perto, que era uma menina de cabelos longos e de cor acinzentada.

— Com licença. — Daniel falava baixinho, sem intenções de assustar a menina — Por acaso Elizabeth está aqui?

— Sim — A voz da jovem era fraca e baixa, como se estivesse se despedindo. — Daniel achou aquele tom bem familiar, mesmo que fraco e quando a menina se virou, Daniel deixou a cesta de frutas cair no chão empoeirado da loja.

— Olá, Daniel. — Elizabeth falou, arrumando o cabelo cinzento — Eu estava com saudades de você.

E quando ela abriu os olhos, Daniel viu que Elizabeth tinha olhos cinzas.

Arquivos da Sociedade Nº 3

Iniciação

RENEGADA

16 anos atrás

Era uma sala escura. O mestre sempre lhe ensinava os segredos sobre energias naquela sala. Mas havia chegado antes da hora combinada com ele, então a jovem Renegada estava meditando sozinha dentro da câmara.

Sentia uma leve irritação na nuca, devido às amarras de sua máscara. Estava tentando evitar coçar a cabeça, já que vivia com a máscara no rosto. Sabia que aquela era a única escolha que tinha. Não podia tirá-la por motivos maiores do que ela conhecia. Às vezes, achava ter muitas responsabilidades para uma criancinha de oito anos, mas a Sociedade havia feito tudo o possível para que Renegada amadurecesse rapidamente, lhe dando a melhor educação que poderia receber, além de mostrá-la, desde pequena, como o mundo funcionava pelas leis do poder e da sobrevivência.

Estava perdida nestes pensamentos quando uma porta se abriu atrás dela. Renegada pôde ter um vislumbre da sala esférica totalmente preenchida de espelhos na qual estava. Viu seu reflexo mascarado e, atrás de suas costas, viu um homem no auge de seus 22 anos com os cabelos loiros compridos e olhos cinzentos entrando na esfera e novamente fechando a porta.

Somente de entrar na mesma sala que ela, Renegada foi capaz de sentir o imenso poder que Mestre das Almas emanava, ainda mais naquela esfera, que tinha sido projetada especialmente para amplificar o alcance dos poderes das pessoas.

Mestre das Almas sentou-se em um divã que ficava próximo a uma das paredes espelhadas. Renegada somente conseguia vislumbrar um pouco a silhueta do longo cabelo do seu mestre, além dos olhos cinza, que brilhavam no escuro. Sabia que ele estava fazendo aquilo de propósito.

— Então? — A voz do Mestre ressoava profunda na esfera. — Como a meditação tem ampliado seus poderes?

— Muito, meu mestre. — A Renegada estava com a cabeça abaixada. Sempre falava assim com seu professor — Tenho sentido uma grande evolução em meus poderes.

O silêncio se prolongou na sala, até Mestre das Almas quebrá-lo.

— Pois eu não sinto quase diferença nenhuma nele. — "*O que?*", pensou Renegada. Estava se esforçando tanto em absorver energias para si que não conseguia aceitar tamanha reprovação de seu trabalho pelo mestre.

— Como é possível, mestre? — Indagou. — Tenho me esforçado tanto ultimamente em absorver novas energias. Será que você não... — Mestre das Almas não precisava nem olhar para a Renegada para lançar seu poder sobre ela dentro daquela sala. A jovem levantou sua cabeça em direção ao mestre, contra a própria vontade, já que ele estava no controle. Com seu poder, o Mestre começou a apertar alguns músculos da jovem, não para machucá-la, mas para deixá-la inconfortável.

— Você está duvidando da minha percepção, aprendiz? — Mestre das Almas se inclinou, virando-se para Renegada.

— N-não... Mestre... — Mestre das Almas segurou a jovem por mais alguns segundos e depois a soltou. Percebeu que sua discípula estava respirando ofegante após sentir seu poder sobre ela.

— Controle-se, Renegada. — o Mestre novamente se virou, colocando as pernas sobre o divã. — Nunca irá conseguir vencer uma batalha se ficar frágil após um golpe. Enfim, não pedi para vir aqui meditar hoje. Decidi lhe ensinar sobre um feitiço. — A Renegada arqueou as sobrancelhas, ansiosa para aprender um novo poder. Seu mestre sentou-se no chão, de frente para ela, e a pele da criança se arrepiou ao sentir o poder que emanava daquele homem.

— Existe uma forma muito eficiente de proteger uma pessoa, ou um grupo de pessoas, contra poderes que nós e os Rebeldes utilizamos. Basicamente, trata-se de um amuleto encantado com nossas forças de proteção.

"Quando uma pessoa cumpre um juramento e oferecemos o amuleto para

ela, a proteção do acessório começa a agir sobre a pessoa e quaisquer outras inseridas no juramento. Esse juramento não tem tempo de validade, e a única forma que pode ser rompido é se a própria pessoa que fez o juramento falar ao seu protetor que não necessita mais de sua ajuda"

Renegada ouviu tudo com atenção de aprendiz, e uma dúvida perigosa surgiu em sua mente.

— Isso quer dizer que um amuleto desses teria proteção — a jovem deu uma pausa e abaixou a cabeça — Até dos seus poderes?

O jovem Mestre ficou com uma expressão extremamente séria durante muitos segundos, até respirar fundo e entender que a pergunta da jovem não tinha más intenções.

— O amuleto protege de quaisquer poderes fatais e, de certa forma, faz com que as magias não letais sejam enfraquecidas. Porém, isso ainda não me impede de lançar objetos em sua direção, se é essa sua pergunta.

A Renegada engoliu em seco com a resposta de seu mestre, mas depois percebeu que o mesmo só estava lhe respondendo da mesma forma que havia sido questionado.

— E, há mais uma coisa. — Continuou o Mestre das Almas. — Só porque a pessoa rejeitou a sua proteção, não quer dizer que o amuleto tenha perdido sua força de proteção. Você pode oferecer o mesmo amuleto para outras pessoas e ele continuará oferecendo guarda. Você entendeu isto e promete nunca esquecer meu ensinamento? — Mestre das Almas fazia aquela pergunta para Renegada ao final de todos os ensinamentos e, como sempre, a aprendiz acenou positivamente com a cabeça.

Não sabia o porquê aquele jovem treinava muito mais com ela do que com os outros membros da Sociedade. Às vezes sentia que Mestre das Almas tinha planos grandes para ela e que estava sendo treinada para algo especial.

O jovem se levantou, foi até a porta da esfera e a Renegada precisou cerrar os olhos quando a luz externa entrou na esfera, mesmo estando com os olhos cobertos pela máscara.

— Agora venha, Renegada. — a voz de Mestre das Almas estava firme — A operação Olivier, sua primeira missão, acabou de começar. A criança nasceu.

CAPÍTULO 8

ESQUEÇA

As mãos de Daniel não paravam de tremer enquanto ele andava de um lado para o outro. Enquanto isso, Elizabeth, com seu leve vestido branco de alças, olhava preocupada para o amigo.

— Não sabia que ia ficar tão assustado com a minha aparência agora. — Em sua voz, a jovem exibia certa tristeza e desapontamento com Daniel.

O jovem parou e agachou de frente a Elizabeth, pegando nas mãos dela. Não percebeu que a amiga havia corado levemente pelo toque quente das mãos de Daniel. Ele não ligava pra isso agora. Ainda estava atordoado.

— Eu não estou assustado, Elizabeth. — Levantou sua cabeça e olhou para a jovem. Percebeu que ela estava levemente vermelha pelo fato dele segurar suas mãos, mas o que faria ele se afastar imediatamente, agora fazia com que Daniel segurasse as mãos da amiga mais firmemente. — Mas... O que aconteceu? Como seus cabelos... E olhos... Ficaram assim?

— Eu não sei de toda a história e estranho um pouco... — A expressão de Elizabeth se fechou, e parte do longo cabelo cinzento caiu sobre seu rosto. — Mas Umbelon disse para mim que, durante as experiências com poções que fiz ontem, devo ter passado por algum efeito colateral que culminou nessas mudanças. Eu levei um tremendo susto quando acordei, cheguei até a chorar... — Elizabeth parou, e Daniel pôde perceber que os olhos cinzentos estavam levemente marejados. Aproximou seu polegar dos olhos da jovem, limpando-os e levando uma mecha de cabelo para trás da orelha da amiga, que continuou: — Então Umbelon saiu para buscar algumas folhas e eu comecei a procurar os livros a respeito dos ingredientes que usei ontem. Estudei essas páginas por anos, e não me lembro de nenhuma que falasse sobre a descoloração de olhos ou cabelos.

— Então eu cheguei. — Completou Daniel.

— Sim. — A jovem respondeu com uma voz fraca, quase que forçada. Então, arqueou as sobrancelhas e olhou, com uma expressão de emergência para seu amigo.

— Daniel!

O jovem não teve nem tempo de responder. Num rápido movimento, Elizabeth se lançou para frente, ficando ajoelhada no chão de madeira enquanto abraçava o pescoço de Daniel, que corou ao sentir a pele macia da amiga em sua volta. O pescoço de Elizabeth exalava um perfume doce e agradável. Pôde ouvir a voz dela em seu ouvido, e era como se tivesse recuperado toda a energia e jovialidade do primeiro dia que se conheceram.

— Feliz aniversário, jovem soldado! — Daniel abriu um largo sorriso ao ouvir a risada da jovem, e também decidiu abraçá-la, pela cintura. Sentiu levemente a pele de Elizabeth se arrepiando com o toque caloroso do seu amigo. Por um momento, Daniel ficou reparando em como ela parecia estar fria, mesmo com aquele clima quente da cidade, mas decidiu abandonar essas reflexões, sorrindo e falando no ouvido da amiga.

— Feliz aniversário, jovem feiticeira!

Os dois ficaram rindo durante um tempo, até se soltarem do abraço. Elizabeth olhou para a cesta no chão e recolheu as frutas que Daniel havia comprado. Daniel se levantou e limpou da calça a poeira das ruínas que entrava na loja por causa do vento. Olhou para Elizabeth, que parecia novamente radiante, e perguntou:

— E então? Onde vamos comemorar nossos aniversários?

— Humm... — Elizabeth fez uma careta de pensativa — Que tal aproveitarmos o pôr-do-sol na costa do porto? — Daniel sorriu, pois era exatamente o que estava pensando em fazer. Teriam um passeio divertido até chegarem ao melhor lugar para se ver o pôr-do-sol em Ludarius, e aproveitariam cada segundo juntos, conversando e rindo, se distraindo de toda a aura misteriosa que os cercavam.

— Eu não poderia dar melhor ideia do que essa, Elizabeth.

— Então, o que está esperando? — Elizabeth segurou a cesta no braço e correu para porta — Vamos logo! — Daniel seguiu a amiga sorrindo e apressado. Ao olhar para a Elizabeth, teve a súbita ilusão de vê-la com seus cabelos curtos castanhos e olhos azuis como o mar.

Daniel e Elizabeth andaram pelas ruas enevoadas da cidade morta e pelas calorosas vias do porto de Ludarius conversando sobre a semana de ambos. Durante a passagem pela fronteira mágica entre cidade e porto, Elizabeth segurou a mão de seu amigo para que conseguisse atravessar, e após este momento, os dois continuaram de mãos dadas. Muitas pessoas encararam os dois jovens com olhares curiosos e estranhos, mas ambos não ligavam. Estavam em pleno aniversário e tinham direito de comemorar juntos.

Pelo caminho, Elizabeth contou sobre as experiências que teve com as poções e feitiços que finalmente estava botando em prática. Daniel permitiu que sua amiga falasse durante toda a caminhada.

Em vez de sentarem-se no cais de Ludarius, Daniel convenceu Elizabeth para que caminhassem mais alguns minutos, em direção ao farol que ficava na beira de um fiorde, localizado ao final do cais. Como o sol ainda iluminava as terras e o Oceano Rebelde, a grande lâmpada não estava ligada.

Daniel e Elizabeth sentaram-se na beira do fiorde e, enquanto comiam as frutas, Daniel continuou a contar sobre todos os acontecimentos importantes da semana, desde as descobertas sobre o passado de sua família, até o exame da Marinha. De primeiro momento, Elizabeth ficou boquiaberta com os acontecimentos relacionados à Renegada, mas, com o passar dos fatos, a jovem ficou com uma expressão mais pensativa, tanto pela Marinha não ser muito interessante para ela, quanto pelo fato de algumas coisas estarem borbulhando sobre sua mente.

— Então, seu tio já me conhecia? — Elizabeth olhava para o horizonte.

— Foi o que ele e a Renegada deixaram por entender. — Daniel estava comendo algumas uvas que estavam espalhadas pela cesta. — E ele sabe sobre o que ela disse para mim nas ruínas.

— Sobre... Me esquecer... — Elizabeth tinha uma expressão triste no rosto.

Daniel ficou encabulado sobre isso. Deixara se levar, empolgado para contar tudo o que aconteceu, que acabou deixando escapar essa informação no meio de seu relato. Houve um longo silêncio entre os dois, no qual somente o vento falava.

Olhando para o horizonte, Daniel falou, quase sussurrando.

— Eu não vou.

Elizabeth pediu para que o jovem repetisse, pois achava ter entendido somente metade de uma frase perdida.

— Eu não vou. — Daniel continuou — Eu não vou lhe esquecer, Elizabeth. Não importa o que digam, nada vai me fazer esquecer você. — Elizabeth não falou nada, porém se virou para Daniel, que continuou. — Quando a Renegada me mandou lhe esquecer, lá nas ruínas eu estava apavorado. Muitas coisas passavam na minha cabeça. Onde estariam os lobos? Quem era aquela mulher que falava comigo? Eu conseguiria sair vivo daquele lugar?

"Mas após ela dizer aquelas palavras, após mandar eu te esquecer, nada mais passou na minha cabeça além do fato de que não, eu não iria lhe esquecer, mesmo que aquela figura assustadora estivesse ordenando."

"Então, houve o momento no qual o mesmo assunto foi dito na minha casa, pela minha própria família! E meu pensamento não mudou! Não importava se meu tio concordasse ou não com aquela mulher que agora se apresentava como Renegada. Sangrei e me feri durante essas negações, e não mudei minha opinião. Eu não me esquecerei de você, Elizabeth, nunca!"

Daniel então percebeu que rapidamente Elizabeth jogou-se sobre no abraço do jovem. Sentiu lágrimas frias sobre seu ombro, e, quando olhou para a jovem, Daniel percebeu que seus olhos estavam cheios d'água que contrastavam com o sorriso gracioso da menina.

— E eu nunca vou lhe esquecer, Daniel — Sussurrou Elizabeth.

E então os dois jovens se beijaram enquanto o sol se punha no horizonte.

Fizeram o caminho de volta sem falar, mas com sorrisos no rosto. Elizabeth estava abraçada ao ombro de Daniel, e o jovem ficava extremamente feliz de tê-la tão perto. Tinha ficado surpreso com o beijo, mas logo se entregou ao carinho da jovem. Por instantes, sentiu aquela nova experiência com curiosidade e a cada momento foi aproveitando mais aquele prazer.

A jovem, após o beijo, não parava de sorrir e se acanhar no braço de Daniel. Sentia-se seguro com ele, como se nada de ruim pudesse acontecer, mesmo já tendo enfrentado tantos perigos durante o tempo que se conheciam.

Porém, aquela ação inesperada de ambos os lados havia causado um clima constrangedor entre os dois. Era como se Daniel e Elizabeth não soubessem o que fazer após o beijo. De fato, não sabiam.

— Então... — Elizabeth estava levemente envergonhada, porém começou a falar — Soldado da Marinha, não é? Quando começa o treinamento?

Daniel também estava envergonhado ainda, porém respondeu:

— Sim, soldado da Marinha. Os treinamentos começam amanhã de manhã, mas ainda não posso dizer que sou um soldado. Aprenderemos sobre todas as áreas: lutas, estratégias e até medicina. Posso me tornar um soldado, assim como posso me tornar um médico.

— Mas eu não entendo. — Elizabeth estava com sua curiosidade despertando — Você disse que o próprio médico sabia sobre sua família. Por que eles iam desperdiçar uma pessoa como você?

— Não é somente uma questão de sangue, Elizabeth. — Daniel olhava para frente. Ainda não conseguia olhar para o rosto da jovem por estar tímido. — Eles irão me mandar para a área na qual eu me destacar mais. E quem sabe eles queiram evitar algo?

— Tipo o que? — Elizabeth estava olhando para Daniel, mesmo que ele não retribuísse.

Daniel respirou fundo e suspirou, olhando para a jovem.

— Quem sabe eles não queiram outro navio desaparecido?

Chegaram à fronteira entre cidade morta e porto já durante a noite enevoada de Ludarius. Elizabeth atravessou como se não houvesse nenhuma barreira mágica aprisionando a jovem. Daniel fez a alusão de Elizabeth se parecer com um pássaro que, depois de voar durante todo o dia, voltava passivamente para sua gaiola.

Elizabeth virou-se e sorriu para o jovem.

— Obrigado pelo melhor aniversário da minha vida, Daniel.

O jovem sorriu em resposta.

— Eu agradeço pelo mesmo motivo, querida Elizabeth.

As bochechas da jovem coraram ao ouvir o adjetivo querida, e, ao perceber que tinha feito isso, Daniel também ficou sem graça. Ambos riram durante um longo tempo, até Daniel falar.

— Estava quase me esquecendo! Tenho um presente para você.

— Para mim? — Elizabeth sorria intrigada.

— Sim. Vai facilitar as coisas para nós.

Então, de seu bolso, Daniel pegou o amuleto que seu pai o havia dado.

— Agora sei quem meu pai foi. Tenho todas as memórias dele na minha mente... — Daniel lançou o artefato para Elizabeth, que o pegou, ainda confusa. —... Agora não preciso de um amuleto para lembrar quem ele foi. E, além disso, essa peça vai deixar que você venha para o Porto. Não estou te dando só uma peça de museu. Estou te dando um mundo, Elizabeth.

A jovem estava sem palavras, olhando para Daniel. Colocou o amuleto no bolso do vestido e começou a dar passos pausados em direção a barreira mágica. Quando percebeu que havia atravessado a fronteira sem problemas, a jovem correu e novamente se envolveu nos braços de Daniel, lhe dando outro beijo apaixonado.

Desta vez, Daniel se entregou ao sentimento de tocar aqueles lábios e sentir o leve corpo macio de Elizabeth em suas mãos. A garota estava fria, e Daniel a apertou firmemente contra o seu corpo. Sentiu o toque tímido da língua de Elizabeth sobre seus lábios e retribuiu o gesto abrindo mais a boca.

Não sentiam o tempo passar e se prolongaram no beijo por segundos, Elizabeth fazia carinho na nuca de Daniel, enquanto o jovem afundava sua mão pelo cabelo cinza da jovem, segurando-a no abraço pela cintura.

Pararam o beijo, e Elizabeth ficou com as mãos nos ombros de Daniel, que tinha seus olhos dilatados em direção a menina. Quando a jovem lhe olhou, percebeu que suas pupilas estavam da mesma forma.

— Eu preciso voltar para casa. — Elizabeth quase sussurrava.

— Eu também. Mas obrigado pelo dia de hoje.

Elizabeth sorriu e se permitiu dar um beijo curto em Daniel antes de começar a andar em direção a loja de Umbelon

— E lembre-se: não me esqueça!

Daniel sorriu, virando-se e falando alto para a jovem ouvi-lo:

— Nunca!

O garoto fez o caminho pelas ruas estreitas e enevoadas de Ludarius sorrindo como nunca! Havia beijado Elizabeth e tinha prometido, mais do que firmemente, nunca deixá-la sair da sua cabeça.

Porém Daniel não percebeu que as ruas de Ludarius começavam a ficar com uma névoa mais densa. E muito menos estava preparado para se ver de frente com um homem que vestia um manto cinza, e possuía olhos da mesma cor dos de Elizabeth.

Mestre das Almas olhou Daniel paralisado no outro lado da rua e sorriu maliciosamente. Sabia que o mesmo estaria ali, pois havia vigiado o jovem durante o dia inteiro. Havia decorado o caminho que ele havia feito.

"*Que menino burro*", pensou. Havia deixado que a névoa ficasse bem mais densa de propósito para que Daniel suspeitasse de algo, porém o estúpido não tinha percebido o sinal, de tão feliz que estava.

"*Tudo isso por um beijo ridículo. Vai fazer meu trabalho mais difícil*".

Mestre das Almas começou a avançar na rua e então ouviu a voz adolescente de Daniel falhando um pouco. Conhecia aquele tom. Era medo.

— O que você quer? Quem são vocês? — O menino berrava, e isso começou a chamar a atenção de algumas pessoas em um bar de um dos lados da rua. "*Quanta arrogância*".

— Ora, um simples homem não pode andar pelas ruas do abençoado Porto de Ludarius? — A voz de Mestre das Almas possuía um tom quase zombador para cima de Daniel e o homem de manto cinzento ficou surpreso quando o jovem lhe encarou de forma agressiva.

— Não quando o mesmo homem veste um manto cinza. Não é o primeiro que já vi andando assim por aqui. Espero que não se atreva a pedir o mesmo que sua parceira Renegada pediu.

Mestre das Almas ficou ligeiramente espantado com as suposições que o jovem fazia para cima dele. Estava claro que Daniel nunca havia sido instruído sobre a história completa de sua família e muito menos sabia sobre o jogo no qual estava participando como uma simples peça.

— Ah, mas você está me julgando mal, jovem Daniel. Eu não estou lutando lado a lado com a Renegada. Não, eu e ela temos opiniões muito diferentes sobre diversas coisas. Principalmente na questão de abordagem.

Mestre das Almas estava começando a ficar irritado com a plateia do bar, que não parava de crescer. Decidiu elevar um pouco a névoa, fazendo com que a vidraça ficasse totalmente coberta. Na região da porta, deixou a neblina tão densa que seria impossível de abri-la.

Daniel estava menos irritado e mais intrigado com a resposta de Mestre das Almas.

— Como assim? Você está contra ela?

— Contra não seria o termo certo. — Mestre das Almas andava em torno de Daniel, que não tirava os olhos dele — Veja bem, eu e Renegada já tivemos um belo passado antes, onde tudo fluía muito bem em nossos planos. Ninguém podia nos deter de conseguir o que queríamos. Não precisávamos pedir nada a ninguém. Mas, como eu disse antes, começamos a discordar em diversos fatos. Como, por exemplo, abordagem. — Mestre das Almas percebeu que Daniel notava o fato do homem falar tanto sobre abordagem. *"Exatamente como eu queria. Devo admitir que sou um homem de teatros"*

— O que você quer dizer com diferenças sobre abordagem?

— É muito simples! — A voz de Mestre das Almas se exaltou um pouco. — A Renegada se aproxima cautelosamente de você, e pede, quase implorando, para que você esqueça aquela jovem Elizabeth. Já eu, sou diferente. Eu não preciso pedir nada para você...

Mestre das Almas colocou sua mão sobre a cabeça de Daniel e agora era tarde demais para que o jovem fugisse. Estava imobilizado pelo poder do homem de olhos cinzentos.

—... Eu só preciso dizer para você — Mestre das Almas deu um sorriso malicioso, deleitando-se com o pavor do jovem. — Esqueça.

Um lampejo de luzes.

Mil imagens passavam pela mente de Daniel. Sóis e mares, luas e terras distantes passavam como raios. Uma névoa cinza e espessa cobria todo o redor. Começou a ver o fogo devastando florestas, a lava cobrindo os mares, os sóis e luas explodindo, deixando um céu negro e sem estrelas.

Uma música maldita de marinheiros ressoava na sua mente sobre um navio perdido, com acordes cada vez mais demoníacos. Mortos levantavam de suas lápides, demônios rasgavam o céu e transformavam a terra em um mundo caótico. Chuvas venenosas queimavam as peles de todas as pessoas vivas e meteoros deixavam palácios em ruínas numa orgia de terror e destruição.

Então houve um silêncio. Daniel caiu no chão de pedras do Porto de

Ludarius.

Seus olhos encaravam o escuro vazio.

E o nome Elizabeth não existia mais.

Mestre das Almas

Arquivos da Sociedade Nº 4

Documentos pós Operação Olivier

RENEGADA

8 Anos Atrás

Renegada caminhava calmamente pela avenida que ligava o porto de Ludarius com as ruínas. Havia visto aquelas construções quando ainda eram hospedarias que recebiam diversos marujos durante longas viagens. Isso, claro, até a Investida Imperial.

Renegada não estava naquela Investida, já que havia sido há dezesseis anos, ano no qual havia nascido. Porém, durante um exercício no qual estava compartilhando pensamentos com Mestre das Almas, o seu professor deixou que as memórias desta batalha entrassem no meio da telepatia dos dois e Renegada viu seu mestre em ação numa das maiores batalhas que o Império enfrentou.

E, exatamente aquela memória foi a responsável por tanto ela quanto Elizabeth estarem na cidade de Ludarius. Não sabia exatamente como aquilo havia influenciado, mas os fatos eram claros e agora a Renegada precisava fazer o seu movimento naquele xadrez com o que tinha em mãos.

Na sua frente, uma loja de encantamentos se mantinha limpa no meio de toda aquela ruína. Renegada achou o contraste da loja, com toda a destruição a sua volta, uma imagem bem interessante. Depois de um tempo parada, soltou um suspiro de pessimismo. *"Não vai ser nada fácil falar com ele"*, pensou.

Bateu na porta três vezes e, após alguns segundos, um homem baixo com um manto esfarrapado de feiticeiro apareceu na porta. Seu olhar parecia perdido, mas ao encarar o manto cinzento e a máscara da Renegada, cambaleou para trás, assustado.

— O que você quer? O que mais querem de mim? — O velho feiticeiro gritava como um bebê chorão.

"*Inferior*" pensou Renegada, "*porém com justificativa*". Entrou na casa e fechou a porta. O ambiente era escuro, e com uma voz mais baixa, mas firme, falou sem olhar para o velho.

— Cale a boca, ou vai acordar a menina.

O velho parou de falar na mesma hora, como se a jovem possuísse algum poder sobre ele. Renegada pensou como era irônica a ideia de ela conseguir fazer isso naturalmente com aquele senhor e como Mestre das Almas havia usado o poder dele para amplificar aquele domínio sobre a jovem.

Olhou para onde estava e percebeu que a loja estava repleta de livros e ingredientes de poção que ela nunca havia visto. Supôs corretamente que as maiorias daqueles itens seriam dc cxclusividade do Continente Rebelde. Os objetos estavam empoeirados, mas bem arrumados em estantes dos dois andares. Além destes artefatos, havia nos fundos uma escada em espiral próx-ima a um balcão. Uma porta atrás deveria levar ao quarto do feiticeiro. No meio da sala térrea, havia uma poltrona azul, uma mesa redonda de centro e um banco de quatro pernas. E descansando na poltrona, encolhendo o corpo, estava uma pequena criança de cabelos castanhos que passavam um pouco da altura dos ombros de uma forma graciosa.

Renegada se aproximou da poltrona e, por trás da máscara, sorriu ao ver a menina descansando com um semblante calmo. Olhou para trás e percebeu que o feiticeiro havia criado uma pequena bola de fogo que dançava sobre sua mão esquerda. Em seu rosto, ostentava uma expressão de alguém que sabia o que estava fazendo e que não tinha medo de atacar.

Renegada ergueu um braço, estendendo a mão em direção à bola de fogo.

— Não estou aqui para lutar contra você. Sou diferente do homem que o torturou há dezesseis anos. — Renegada falava calmamente, percebendo que o velho estava surpreso pela bola de fogo ter se extinguido contra a própria vontade. Não havia sido muito difícil neutralizar aquela energia — Como se chama, senhor?

O velho, um pouco constrangido, falou baixo.

— Me chamo Umbelon. O que você quer comigo?

A Renegada continuou olhando para a menina de oito anos por muito tempo até se virar para Umbelon, pedindo para o mesmo se sentar. O feiticeiro olhou para a mulher misteriosa que estava na sua loja sem saber o que falar. Além disso, Umbelon estava morrendo de medo. A última vez que havia visto alguém vestido com um manto cinzento igual o dela havia sido o dia mais triste da sua vida.

Renegada encostou-se numa estante cheia de livros, próxima do banco que o feiticeiro estava sentado. Com a voz trêmula, ele falou:

— O que você tem a ver com a vida desta criança?

Renegada engoliu seco. Não esperava uma pergunta daquelas e quase deu uma resposta perigosa. Porém, se concentrou, tentando passar o menos de informações preciosas para o ancião.

— Ela se chama Elizabeth e eu salvei a vida dela.

— Como? Eu a achei abandonada na praça em frente a esta loja.

— E alguns dias atrás ela estava a meio mundo daqui.

— Besteira. — A voz de Umbelon soava agressiva.

Renegada respirou fundo.

— Estávamos a bordo do Imperatriz. — A jovem percebeu que o velho havia ficado tenso. — Você sabe do que estou falando, não é? Por mais que esteja aqui. Você era um Poderoso, Umbelon. Você sabe sentir o mundo ao seu redor.

Agora Umbelon estava furioso.

— Quem você pensa que é para falar do meu passado, criança!

Renegada virou-se quando o velho levantou e estendeu sua mão aberta na direção dele. Na ponta de cada dedo, uma chama violeta dançava sobre as unhas da jovem. Umbelon parou de se mover na hora.

— Eu sou a aprendiz do homem que lhe tirou o objetivo da vida, dezesseis anos atrás!

Umbelon, mais chocado ainda, voltou a sentar no banco. Renegada olhou para a figura inferior a ela e suspirou, liberando o poder da sua mão e deixando-o correr livremente pelo seu corpo.

— Ou, melhor dizendo, era a aprendiz dele. Não posso mais dizer que estamos lutando no mesmo lado após o que aconteceu nesses últimos dias.

Umbelon, que falava com a voz fraca, perguntou:

— Como é possível? Como você conseguiu escapar com essa jovenzinha daquele navio? Podia sentir toda a embarcação e, de repente, ela desapareceu!

— É algo que ainda não está claro em minha mente, mas pretendo entender as conexões que fizeram com que Elizabeth chegasse aqui.

— Então, usou poderes?

— Exato.

Umbelon gracejou levemente.

— É necessária uma quantidade de energia muito grande para conseguir um feito desses. — Renegada virou-se para o velho, e por trás da máscara, o encarou seriamente.

— Qual parte você não entendeu sobre eu ser a discípula do homem que lhe tirou todo poder?

— Ex-discípula — Umbelon deu um sorriso provocador. — E ele não tirou todo meu poder, ainda me resta energia.

— Para fazer pequenas brincadeiras e acender o fogo de uma lareira. Magnífico.

Umbelon perdeu imediatamente seu sorriso provocador e o silêncio se estabeleceu no estabelecimento. Renegada não tirava os olhos de Elizabeth, até Umbelon perguntar para ela.

— O que significa a sua máscara?

Renegada, novamente ficou surpresa por uma pergunta inesperada e vendo que aquilo seria mais complicado do que havia pensado, respirou fundo.

— Uso desde pequena. Mestre das Almas que me aconselhou. Ele me encontrou abandonada nas ruínas do Continente Rebelde há dezesseis anos e decidiu cuidar de mim. Porém, por ser uma pessoa nascida fora do Império, nunca me aceitariam e foi decidido que deveria utilizar a máscara. — Quando terminou de falar, Renegada percebeu que o velho estava rindo.

— Engraçado. Você diz que ele encontrou você perdida e cuidou de você. Diga-me: como um homem com escrúpulos como o dele se preocupou com um bebezinho?

Renegada se virou e deu uma resposta ríspida, que pareceu, até para ela mesma, artificial.

— O Mestre das Almas pode ter feito coisas ruins para alguns Rebeldes, mas foi tudo em nome da glória do Império. Ele possui um coração benevolente.

Umbelon a encarou em silêncio, e Renegada percebeu que estava falando aquilo para a pessoa menos propícia a cair nessa conversa. Embora ela acreditasse piamente que Mestre tinha um quê de bondade, era difícil descrever isso após o que havia acontecido nos últimos dias. Todo o jogo havia virado de ponta cabeça.

Renegada decidiu tirar o assunto da conversa de cima dela.

— Como foi que você se sentiu?

— Sobre? — Umbelon estava curioso com a figura da Renegada.

— Quando o Mestre atacou você.

Renegada ouviu um suspiro longo do senhor, e depois que o mesmo demorou em responder, Renegada virou-se e viu que o velho chorava.

— Foi horrível. — Disse, entre os prantos. — Não existe maneira de descrever claramente... — Renegada se aproximou de Umbelon e ajoelhou de frente a ele, olhando para o rosto gasto cheio de lágrimas.

— Tente. — A jovem sentia que podia entender como o homem estava se sentindo.

Umbelon respirou fundo.

— Imagine ser torturada a cada dia de sua vida. Imagine como se uma mão estivesse dentro de você e apertasse seu coração a cada passo que desse. Ele poderia ter me matado nessa praça, bastava ele ter usado a força que já possuía. Mas não, ele precisava me deixar nesse estado, ele precisava me deixar vivo para servir de exemplo para os outros... A dor foi lancinante nos primeiros dias, até...

Renegada cortou o discurso do homem. Sabia exatamente como ele se sentia.

—... Até que você se acostuma com a dor e faz dela uma rotina.

Umbelon arregalou os olhos cansados.

— Como sabe? Você não vai me dizer que aquele canalha retirou sua energia?

— Não. Longe disto, ele foi o responsável por ela ter aumentado. — Renegada não parava de julgar a si mesma por estar falando bem de Mestre das Almas. — Só que não foi uma das melhores infâncias. Os ensinamentos eram repletos de tortura e controle. O medo é a única linguagem que ele entende ultimamente.

Ambos Poderosos, Renegada e Umbelon, naquele momento compreenderam que estavam na mesma parte do tabuleiro do jogo que travavam contra o Mestre das Almas: Eles eram as peças que já haviam caído.

Então a jovem virou e olhou a criança de oito anos na poltrona, descansando. *"Podemos ter caído... Porém o jogo ainda está de pé."*

Umbelon ficou mais triste com a notícia da jovem.

— Então, ele se tornou mais forte?

Renegada sentiu um arrepio passar pela nuca.

— Acredite, ele é o homem mais poderoso que já andou nestas terras.

O feiticeiro suspirou e depois olhou para a menina que estava na poltrona.

— Por que você a salvou?

Renegada se virou e olhou como Elizabeth dormia calma. Por trás da máscara, estava triste.

— Eu não consegui salvá-la. Só adiei o inevitável.

— Que é? — Umbelon olhava com a testa franzida para a jovem.

Renegada virou-se e encarou o feiticeiro. Por trás da máscara, seus olhos estavam marejados, mas sua voz continuava firme. Se havia algo que Mestre lhe havia ensinado, era nunca denunciar seu coração.

— O inevitável de que Elizabeth foi criada para morrer.

Renegada andou até a porta e, ao passar pela mesma, virou-se para Umbelon.

— Só entrarei novamente em contato com o senhor quando nossos próximos movimentos estiverem claros. — Renegada soou formalmente demais para uma jovem adolescente que havia acabado de se emocionar, mas Umbelon não fez nenhum comentário sobre isto e ela continuou. — Até lá, mantenha Elizabeth a salvo e protegida.

— Posso garantir isso. Tenho ainda alguns artefatos comigo que poderei usar para criar uma barreira. Ela jamais irá para o Império. É muito perigoso para ela, assim como para nós.

— Ótimo. Mais alguma pergunta?

Umbelon sorriu.

— Somente mais uma. Não é referente a operação.

Renegada inclinou levemente a cabeça para o lado.

— Sobre o que então?

— É sobre sua máscara. Você disse que deve utilizá-la para não ser criticada e julgada contra o Império. Porém, olhe onde está agora: em sua terra natal, o Continente Rebelde. Não necessita se esconder de ninguém aqui. Pode mostrar seu rosto para mim.

Renegada ficou por um longo tempo parada, rígida e tensa. Por trás da máscara, um misto de pensamentos e consequências surgiam em sua cabeça. Por fim, em um rápido movimento a jovem desfivelou a máscara de seu rosto e exibiu-o para o velho.

O sorriso de Umbelon saiu imediatamente do seu rosto, transformado em uma parede de seriedade e inferioridade da parte dele, que somente disse:

— Obrigado. Até mais ver. — e fechou a porta.

Renegada deu as costas para a loja, afivelou novamente a máscara em volta de sua face e foi andando para o Porto de Ludarius.

Ela não esperava que naquela noite outra pessoa visse seu rosto.

A jovem Renegada não havia percebido que os olhos azuis de Elizabeth estavam abertos.

CAPÍTULO 9

DIAS DE TREINAMENTO

Daniel levantou-se da cama antes do sol nascer. Vestiu a calça de couro cinza, a camisa branca de botões e o colete de cor azul marinho. Amarrou os cadarços da bota negra. Olhou-se no reflexo e viu que o uniforme da Marinha estava levemente sujo nos ombros.

Desceu as escadas e parou no meio do caminho, encarando a parede de madeira amassada. Lembrou-se da noite em que descobriu sobre o passado do pai e deu um sorriso. Estava feliz por estar seguindo o caminho de Alexander e mais feliz ainda de suas notas na escola estarem no caminho para que Daniel se tornasse um soldado naval.

Entrou na cozinha, onde Marcus estava preparando o café da manhã. Sua tia ainda estava dormindo. Daniel sentou alegre numa cadeira, de frente ao tio.

— Dormiu bem? — Marcus perguntou sem olhar para o sobrinho.

— Sim, descansei bastante depois do treino de combate de ontem. — Daniel havia se ferido bastante no dia anterior, quando treinou com um dos professores a luta de espadas. Havia caído diversas vezes durante o combate, por isso os ombros da camisa estavam sujos de terra.

— Nenhum pesadelo? — Marcus virou-se, levando consigo o bule de café para a mesa de madeira.

— Nadinha, uma noite tranquila, sem sonhos ou pesadelos. — Daniel sorria para seu tio, que estava com uma expressão intrigada. — Algum problema?

— Não, pelo contrário. Fico intrigado em como parou de ter pesadelos tão subitamente. — Daniel pegou um pedaço de pão mais macio que os outros e passou um pouco de gordura sobre ele, para dar sabor.

— Curioso como não me lembro destes pesadelos.

— Você me dizia que sonhava com algumas músicas.

— Quais músicas?

Marcus pensou rápido.

— Ah, não importa mais. Você as esqueceu e isso era o melhor a fazer mesmo.

— Esquecer... — Daniel tinha um olhar vago — Certo. Estou nervoso com a aula de hoje.

— Qual delas? — Marcus estava com um pedaço mais torrado de pão na mão direita.

— A última — Daniel tinha três aulas por dia. — Estratégia Naval.

— E qual é seu nervosismo? Essa não é uma das aulas que você tem boas notas?

— Sim, tenho ótimas notas nela. Mas...

Marcus percebeu que um medo estava segurando Daniel.

— O que foi, Dan? Pode falar para mim.

O apelido carinhoso fez com que Daniel conseguisse soltar as palavras da garganta

— É que... Hoje teremos uma prova de estratégia às cegas, como se estivéssemos em uma neblina. Alexander desapareceu em uma destas, não foi? — Daniel raramente chamava Alexander de pai. A figura paterna de toda sua vida havia sido seu tio Marcus, e não o grande Leviatã Stormheart.

— Daniel — Marcus respirou fundo e o jovem prestou atenção no tio. — Lembra-se do que sempre disse para mim durante este mês? Não iria deixar que o passado de seu pai fosse afetar seu futuro. A história não se repete e vocês não tem o mesmo final agendado. Daniel ficou em silêncio após a fala do seu tio, que terminou perguntando se alguém o provocava pela história de Alexander.

— Os alunos não, pois parece que nunca ouviram falar do sobrenome. Mas, às vezes, alguns professores me olham de cara feia, como se eu fosse amaldiçoado.

— Besteira! — Marcus se levantou e pegou sua bolsa de couro, indo em direção a porta da frente de casa. — Os mortos não amaldiçoam os vivos. Vamos logo, não vamos nos atrasar para sua aula.

O sol de Ludarius estava se erguendo no horizonte, e Renegada, no topo de um telhado do porto, estava se sentindo derrotada. Atrás dela, Mestre das Almas estava sentado, de olhos fechados, aproveitando o calor que o sol lançava sobre seu rosto, sorrindo maliciosamente.

— Perdão por ter desaparecido durante esse mês. — Mestre das Almas falava como se ignorasse o fato da Renegada estar de costas a ele, mal lhe dando ouvidos. — Tive que arrumar alguns problemas eventuais. Estamos chegando a um ponto importante no desenvolvimento da Operação Olivier.

Renegada tinha as mãos fechadas e com força.

— Seu maldito — Disse, rispidamente.

Mestre das Almas levantou as sobrancelhas

— Perdão?

— Você é um podre. Eu pedir para ele esquecê-la já bastava! Uma hora ou outra ele ia abandoná-la...

— Eles se beijaram, querida Renegada. — Interrompeu Mestre das Almas. — Ele nunca iria esquecê-la.

—..., mas enfeitiçá-lo com esse tipo de poder? — Renegada virou-se. Por trás de sua máscara, estava terrivelmente irritada. — Você é um monstro. E não me chame de querida.

— Ora, minha querida! — Mestre das Almas sorriu, pode ouvi a respiração pesada e furiosa da jovem. — Eu lhe avisei que faria isso, quando estávamos nas ruínas. Por que não me disse isto antes?

— E teria feito diferença?

— Humm... — Mestre das Almas olhou para cima e depois sorriu — Não, não teria feito diferença alguma.

Renegada tinha vontade de matar o homem a sua frente mais do que nunca. Não se importava com o fato de já ter pensado que atrás daquela figura podia existir alguém decente. Queria cortar a cabeça dele e vê-la rolar. Mas seria inútil. Mestre das Almas sobreviveria. Ele sempre sobreviveu.

Renegada voltou a admirar o sol que lhe acalmava. Botou as ideias em ordem e voltou a falar.

— Por que voltou para Ludarius?

Mestre das Almas estava sério e sua voz ficou sombria.

— Por mais que tenha enfeitiçado o jovem, não posso me garantir que ele vai ficar assim sem os devidos cuidados. E, afinal, eu queria estar aqui para o próximo passo.

— Que passo? — Renegada franziu a testa.

Mestre das Almas estava começando a descer o telhado.

— Ora, não é óbvio? É sua vez no jogo agora. Faça seu movimento.

Mestre das Almas desceu do telhado e Renegada virou-se para o sol, preocupada. Era sua vez de se movimentar no jogo, mas não havia movimento. Sentia-se como uma peça cercada de armadilhas. Não importava o que fizesse, parece que Mestre das Almas estava quatro passos à frente dela.

Renegada olhou para o sol, para tentar organizar suas ideias. Começou a revisar todos os últimos acontecimentos relacionados a Daniel, Elizabeth, Umbelon, Marcus, Mestre das Almas...

Então, repassou uma única frase na sua mente diversas vezes.

"Por mais que tenha enfeitiçado o jovem, não posso me garantir que ele vai ficar assim sem os devidos cuidados."

Renegada arregalou os olhos e deixou o queixo cair. Desceu do telhado e começou a correr pelas sinuosas ruas do porto de Ludarius.

Daniel entrou no Saguão dos Capitães com o clássico arrepio na nuca. Por mais que fosse uma das matérias em que se saísse bem, sentia um medo do que estava por vir durante a aula. Não sabia como funcionaria a lição do dia, sobre estratégias em meio a neblinas, e por isso teria que prestar o máximo de atenção.

Desceu as escadas em direção ao hall do saguão, onde diversas mesas de estratégia estavam localizadas. As mesas eram grandes tábuas desenhadas com mapas de mares divididos por grades, criados pelos professores e graduados. Algumas vezes, diversos navios estavam dispostos para que os alunos pudessem criar suas estratégias de cerco a partir deles.

Só que desta vez havia somente um barco colocado em cada mesa. Era uma miniatura diferente, com uma espécie de vidro de cristal posto abaixo do mesmo. Ao ser colocado sobre o tabuleiro, o quadrado de cristal cobria a área dos oito quadrados que cercavam o navio.

Daniel ficou investigando a miniatura e iria movimentá-la no tabuleiro quando ouviu o professor da classe, Sr. Strauss, gritar de forma firme e rígida:

— Não ousem mexer suas embarcações até minha ordem, cadetes! — Firmou-se um silêncio militar na sala, então Sr. Strauss começou a andar calmamente, impondo seus anos de tenente sobre os ombros.

— O exercício de hoje, como dito na aula anterior, é sobre estratégias em situações de névoas. — Strauss passou ao lado de Daniel e o mesmo sentiu sobre ele o olhar de repugnância que os professores lhe davam, mas fingiu não perceber. — Cada um de vocês tem a sua frente um tabuleiro comum, porém em baixo das miniaturas de embarcações foram postos cristais de luz. — Strauss deu meia-volta e continuou. — Seus tabuleiros estão pintados com diversos obstáculos e balas de canhão, pintados com uma tinta que só é visível através destes cristais. Desta forma, vocês só poderão ver o que está ao lado, a frente e atrás de seus navios. Se caírem em uma bala de canhão, morte. Se emparelharam com outra embarcação, morte. Se ficarem presos, morte.

Daniel percebeu que aquilo seria mais um labirinto de sorte do que estratégia. Não havia referências, nem como saber, de antemão, onde posicionar sua embarcação e onde desviar. Daniel estava nervoso.

— O objetivo de vocês é simples: — concluiu Strauss — Devem chegar ao outro lado da neblina. Cada um de vocês será analisado individualmente, para não permitir trapaças. Boa sorte a todos. Adam, começaremos por você.

Daniel não fazia a mínima ideia de como passar por aquele teste. Pensou em trapacear e tentar enxergar algo através do cristal, mas o saguão estava repleto de soldados veteranos e muitos deles estavam rindo em sua direção. Estava acostumado com as provocações de seus professores, mas aquilo estava beirando a humilhação. Daniel conteve seus sentimentos, e quando Strauss se aproximou dele, o encarou com a submissão adequada de soldado.

— Cadete Stormheart — O professor falava com uma grossa voz.

— Mestre. Strauss — Daniel respondeu com uma fala baixa.

— Pode começar o teste.

Strauss estava acompanhado de dois soldados que se mantinham sérios ao lado do tenente. Daniel não tinha como trapacear e percebeu que teria que topar a sorte. Nenhum dos outros cadetes havia conseguido sair da neblina e muitos haviam parado antes da metade.

Quando chegou sua vez, Daniel mexeu sua embarcação para o quadrado esquerdo, e logo de cara viu que um rochedo apareceu desenhado no quadrado a frente do seu navio, que estava com o cristal de luz sobreposto.

Strauss ergueu uma sobrancelha.

— Um rochedo não pode ser atravessado diariamente, não é mesmo, Daniel? Acho que uma boa ideia seria contorná-lo.

Daniel olhou para Strauss, sentindo a zombaria na voz do homem. Os soldados ao seu lado se seguraram para não rir, mas sorrisos e risadas contidas foram ouvidas no segundo andar do Saguão dos Capitães.

Daniel continuou o teste e a cada obstáculo que encontrava, Strauss fazia um comentário humilhante. Não havia feito nada com os outros alunos, Daniel já havia entendido que o tenente estava fazendo aquilo de propósito. Estava com tanta raiva que sua vontade era de cruzar a mesa e avançar para cima do professor. Mas qualquer movimento deste tipo seria considerado desobediência e garantiria a expulsão de Daniel da Marinha Real.

Contudo, apesar de todos os risos e zombarias, Daniel estava prosseguindo mais do que qualquer outro aluno da sala e todos estavam começando a ficar impressionados. Apesar disso, Strauss continuava superior, zombador e Daniel queria esfregar na cara do tenente que poderia vencer aquele desafio.

Próximo de chegar ao final da neblina, Daniel moveu seu navio e o deixou de cara com um desenho de uma embarcação. Os que estavam segurando os risos começaram a gargalhar e soldados veteranos começaram a chorar de rir. Os alunos estavam confusos, menos Daniel, que não tirava os olhos do tabuleiro, e Strauss, que dava um sorriso de satisfação.

— Chegou perto, pequeno Stormheart, mas seu navio foi destruído. Sinto muito.

Strauss se movimentou então para a mesa ao lado e derrubou a miniatura de Daniel, que ainda estava olhando para o tabuleiro.

Foi então que o jovem entendeu toda aquela cena.

Quando sua peça caiu, o cristal mirou para o quadrado no qual estava a embarcação que Daniel havia encontrado, porém também era possível ver os dois quadrados ao lado daquele desenho. Ambos possuíam embarcações.

Suspeitando mais daquilo, Daniel pegou sua miniatura e levou o cristal até bem próximo do seu olho esquerdo, fechando o direito. Podia enxergar todo o tabuleiro desenhado.

E, quando fez isso, percebeu que era impossível sair da neblina. Uma linha de desenhos de embarcação impedia a passagem por qualquer quadrado.

— Você trapaceou! — Daniel não se conteve e apontou um dedo para Strauss. — Seu desgraçado, não há como escapar da neblina!

Strauss deixou a mesa em que estava imediatamente e marchou em direção a Daniel. O jovem ficou parado sem saber para onde ir e o professor deu-lhe um tabefe na cara que fez com que Daniel andasse para trás.

— Seu insolente! Para minha sala, agora!

Daniel massageava a bochecha, ao mesmo tempo irritado e desesperado, pois sabia que havia cruzado as linhas de respeito da Marinha. Os soldados veteranos se dividiam entre aqueles que riam e os que somente olhavam maliciosamente para o jovem.

O garoto cruzou a sala, subiu a escada em espiral do lado oposto da qual havia descido para entrar no Saguão, adentrando na pequena sala do Tenente Strauss. Era um cubículo de madeira escura, com uma janela que ficava logo acima de um telhado inclinado para o pátio da fortaleza da Marinha. Strauss entrou atrás dele, mais controlado, e fechou a porta. Sentou-se atrás da mesa e olhou para Daniel, lhe provocando ira.

— Você sabe por que eu apliquei esse teste, Daniel?

O jovem ficou encarando o tenente durante muito tempo.

— Para concentração, senhor?

Strauss balançou negativamente a cabeça.

— Tente novamente.

— Para eliminar os menos estrategistas?

— Também não, tente mais uma vez.

— Pura sorte? — Daniel falava alto, de tanta irritação.

— Não Daniel, não, não e não! — Strauss levantou-se num pulo de sua mesa. Exibia um sorriso na cara. — Sabe por que eu passei esse teste? Só por você Daniel, só para lhe mostrar uma única coisa: Você não merece estar aqui. — Strauss cruzou a mesa e ficou frente a frente com o garoto,que estava bufando de raiva. — Seu pai morreu em uma névoa daquela e não foi um capitão bom o suficiente para cruzar um desafio de academia! Ele cresceu em volta de uma neblina de mentiras sobre sua honra e glória. Ele era um lixo que deu sorte, que nunca mereceu tudo que lhe foi dado. E você tem seu sobrenome sujo de sangue de três mil pessoas mortas no Imperatriz, moleque! Você nunca se tornará capitão enquanto eu viver.

Daniel estava tão irritado que não podia arriscar explodir lá dentro e perder a chance de provar para Strauss como ele estava errado. Virou-se sem pedir ordem e ia começar a andar em direção a porta quando ouviu Strauss dizer de peito estufado:

— Moleque bastardo. Eu tenho orgulho e felicidade em dizer que o bosta do seu pai inútil está morto.

Daniel parou de andar a porta e, quando percebeu, estava acertando um murro na cara do Tenente Strauss.

Renegada estava com passos apressados. Por trás da máscara, estava com seus olhos arregalados e diversas coisas corriam sobre sua mente. Não conseguia acreditar que Mestre das Almas havia deixado tal informação escapar e começava a suspeitar de que ele ainda não tivesse terminado seu movimento no jogo.

Em sua frente erguia-se a loja de dois andares do velho Umbelon. Fazia oito anos que tinham se encontrado e agora havia chegado o momento que havia avisado para o velho.

Agora era a vez do movimento deles.

Renegada chegou até a porta e deu três batidas fortes na madeira velha. Demorou um tempo, mas Umbelon lentamente abriu e deixou seu queixo cair.

— Então, chegou a hora?

— Sim. — Renegada falava rapidamente. — Posso entrar?

— Claro, por favor. Porém, aviso que não estamos prontos.

— Entendo. Nenhum de nós está... Nem mesmo eu.

Renegada entrou na loja e percebeu que pouco havia mudado durante oito anos. Chegou à conclusão de que a loja só estava mais empoeirada e possuía uma maquete de uma embarcação que lhe parecia familiar. Pensou-se em sentar, mas mudou de ideia. Estava agitada. Quando olhou para o fundo da loja, percebeu que Elizabeth lhe encarava, parada em pé. Seu cabelo cinza estava longo até a cintura e seus olhos, da mesma cor, tinham perdido toda a alegria que outrora Renegada havia conhecido.

— Eu conheço você. — Elizabeth falou rispidamente, surpreendendo a Renegada.

— Nunca nos encontramos antes. — Renegada tentava esconder da jovem a verdade que ela havia descoberto. — Pelo menos não cara a cara.

— Está errada. Eu lembro muito bem da primeira imagem que vi, oito anos atrás.

— Do que está falando? — Renegada começava a se sentir desequilibrada.

— Oito anos atrás. Você estava naquela mesma porta. — Elizabeth deu alguns passos adiante. — Não precisa se esconder atrás dessa máscara, Renegada. Sim, eu sei quem você é, Daniel me contou tudo. O que aconteceu com ele? Por que ele nunca mais me procurou? — Renegada estava chocada por trás de sua máscara. Não imaginava que Elizabeth e Daniel houvessem descoberto tanto. E muito menos havia imaginado que a jovem havia visto seu rosto naquela noite, anos atrás. Percebeu que a menina que havia visto crescer tinha se tornado uma jovem corajosa, assim como Renegada foi se transformando em uma justiceira contra Mestre das Almas. Percebeu como o tempo havia passado e como os eventos estavam se encaminhando ao inevitável. Os olhos de Renegada começaram a marejar quando ela se preparou para falar com Elizabeth.

— Ele nunca mais te procurou porque ele te esqueceu, Elizabeth.

— Do que você está falando? — A raiva confusa da jovem era nítida.

— Sente-se. — Renegada sentou no banco, enquanto Elizabeth sentou na mesma poltrona na qual a mulher havia visto a criança, oito anos atrás. — Eu preciso lhe contar sua história.

Daniel estava tremendamente assustado quando viu Strauss erguendo-se, massageando a bochecha. Daniel podia ver a ira no rosto do Tenente.

— Seu pedaço de lixo! Como ousa tocar em um superior? Eu devia lhe expulsar a pontapés da Marinha... — Strauss começou a dar um sorriso maligno enquanto levantava. — Mas vou fazer algo muito mais definitivo.

Foi nessa hora que Daniel percebeu que Strauss pegou uma bainha e retirou dela uma espada com uma lâmina curva e bem afiada. Daniel arrepiou-se, mas a ira ainda estava correndo solta sobre seu sangue. Começou a andar para trás cautelosamente enquanto o tenente ficava cada vez mais insano em ver sua presa fugir.

Então, Daniel percebeu que esbarrou sua mão em uma bainha de uma espada colocada ao lado de um manequim armado. O mais rápido que pode, segurou o cabo da espada e ergueu a lâmina a tempo de irromper o golpe que vinha de cima para baixo pelo tenente. Strauss ficou surpreso e continuou mais irritado com o jovem que estava lhe enfrentando. Aquele era o último resquício do Leviatã Alexander Stormheart. A morte daquele garoto ia garantir uma nova era na Marinha, mais pura e mais correta.

Porém Daniel, com destreza, rodou o corpo para o lado e deixou que Strauss acabasse o golpe em direção ao chão. O tenente investiu novamente, colocando-se em uma série de golpes vindo de todos os lados em direção a Daniel. O jovem conseguiu repelir todos os ataques, muitos com um esforço de cadete. Strauss começava a gargalhar. Então, em uma falha que o professor havia dado em sua defesa, Daniel avançou pelo espaço aberto e deferiu um golpe no braço direito do tenente, que deu um pequeno grito de dor. O garoto virou-se rapidamente para o inimigo, e aluno e professor começaram uma dança, procurando uma nova forma definitiva de avançar.

Mas Daniel levou vantagem neste movimento, pois recentemente havia o treinado, diferente do tenente. Strauss avançou insanamente, urrando de raiva e, quando chegou bem próximo, o menino repeliu a lâmina adversária para o lado, rolou pelo outro e concluiu o movimento acertando canela do tenente, em uma área na qual passava uma veia que começou a jorrar sangue pela abertura causada pela lâmina.

Strauss caiu no chão, gritando de dor e revolta, e berrou quase aos prantos:

— Guardas! Traição! Prendam este traidor!

Três guardas irromperam pela porta da sala do professor quando Daniel começou a correr em direção a janela. Como não havia outra forma de sair daquele lugar, Daniel se jogou contra a parede, ainda segurando a espada. O vidro se estilhaçou e o garoto sentiu como se não fosse a primeira vez que havia feito aquilo. Tinha uma vaga memória de uma ocasião muito semelhante, porém nada mais do que fragmentos de lembranças.

Daniel não podia se apegar muito a isso enquanto rolava pelo telhado inclinado para o pátio, onde diversos alunos olhavam, surpresos, e muitos soldados encaravam a situação perdidos. Só quando o garoto estava mancando em direção ao portão da Marinha que Strauss conseguiu se apoiar no parapeito da janela e gritar ordens de prisão contra Daniel.

O jovem quase não conseguiu passar pelo portão que estava descendo da fortaleza. Alguns arqueiros até mesmo tentaram lançar flechas em direção as pernas de Daniel, mas o mesmo já tinha aprendido como desviar de golpes como aqueles.

Daniel continuou uma corrida frenética enquanto era perseguido por soldados. Por estar sem armadura e ser mais leve, conseguia fazer curvas rápidas e passar por espaços pequenos dos quais os soldados da Marinha ficavam presos. A adrenalina corria solta pelo corpo de Daniel, assim como as lágrimas corriam tristes pela sua cara.

Havia vivido um mês do sonho de ser um soldado da Marinha.

Agora, era um traidor em fuga.

O jovem estava sentado à margem do Farol de Ludarius. Estava abraçando as pernas e seu rosto estava enterrado em seus joelhos. As lágrimas haviam cessado alguns minutos atrás e no colo de Daniel a espada continuava com a lâmina suja de sangue.

Ele havia feito aquilo. Havia ferido seu tenente pelo fato dele ter insultado seu pai. Era um motivo quase fútil para ter enfrentado Strauss. Mas havia feito e agora era tarde para reparar no erro. Ninguém aceitaria o fato de estar sendo insultado como desculpa para enfrentar um superior. Talvez apenas seus tios, que sabiam sobre a história da família.

Pensou imediatamente na sua família. Nesta hora, Strauss deveria estar mantendo sua tia presa no quarto dela enquanto Marcus estaria sendo torturado em um questionário sobre a localização do jovem. Pensou em correr imediatamente de volta para casa, mas se segurou. Aquilo não salvaria seus tios, pois também eram da família Stormheart, e o tenente havia deixado bem claro qual objetivo tinha com sua família.

Aquilo fez mais lágrimas caírem do rosto de Daniel e ele não percebeu que, atrás dele, havia uma jovem em pé, preocupada. Ficou surpreso quando ouviu a voz doce e frágil perguntar:

— Ora, por que você está chorando?

Daniel se virou rapidamente. A espada caiu do seu colo e o jovem quase que escorregou em direção ao abismo. Quando se estabilizou, Daniel começou a perceber que a jovem tinha olhos e cabelos cinzentos. Os longos cabelos e olhos fracos, porém, passavam uma melancolia.

— Então? — perguntou novamente a jovem.

— Não é da sua conta. — Daniel ficou sentado de lado para a jovem. Queria sair dali e ficar sozinho, mas sentia que algo lhe agarrava naquele lugar — O que está fazendo aqui?

— Nada demais, é que este lugar é muito importante para mim. — A jovem se aproximou mais de Daniel, que se sentiu levemente constrangido. — Na verdade, passei por um dos melhores momentos da minha vida aqui. E você, por que veio especialmente para este lugar, ficar pensando com uma espada no colo? Esse local é especial para você?

Daniel abriu a boca para responder, mas começou a refletir sobre onde estava. Só havia ido para o Farol de Ludarius uma vez, durante a infância. Podia ter fugido para qualquer lugar, mas por que escolheu especialmente aquele fiorde?

Percebeu que seria simplesmente pura casualidade.

— É só um farol. — Daniel falou firme.

A jovem suspirou, triste.

— Você realmente não lembra de nada, não é mesmo, Daniel? — Aquilo pegou o jovem de surpresa, que olhou novamente para o rosto que tanto lhe chamava a atenção.

— E como é que você sabe o meu nome? Quem é vo...

Mas Daniel não conseguiu terminar a frase. Quando percebeu, a jovem estava de frente para ele, com as mãos em torno do pescoço do jovem. O rosto dos dois estavam próximos um do outro e a jovem falou quase que em um sussurro fatídico.

— Por que eu sou a garota que te ama, Daniel. Sou eu... Elizabeth

Então, os lábios frios da jovem tocaram a calorosa boca de Daniel, que estava confuso com aquilo. Quem era aquela garota? Por que ela estava lhe beijando? O que significava tudo aquilo. O que, afinal de contas, toda aquela situação tinha a ver com o nome Elizabeth?

Então, como um sol de verão, tudo se esclareceu.

Daniel lembrou-se que aquele longo cabelo cinza já fora castanho e que aqueles olhos, agora cinzentos e fechados, já haviam sido azuis e exalavam uma alegria, um carinho enorme. Lembrou-se de que havia estado mais de uma vez naquele farol, quando tinha beijado aquela boca pela primeira vez.

Lembrou-se que aquela garota era Elizabeth, a amiga, a garota que ele havia beijado e que lhe amava.

Lembrou-se de todos os momentos que passaram juntos, de quando se aventuraram nas ruínas e havia se encontrado com a Renegada e que, juntos, haviam rolado por um telhado da mesma forma que havia feito sozinho naquela tarde, fugindo da Marinha.

E, ao lembrar de Renegada, lembrou-se que todos eles estavam contra uma figura maléfica que lhe enfeitiçou.

E, ao lembrar da figura, veio a dor.

Elizabeth se assustou quando Daniel começou a gritar. O jovem sentia como se uma mão esmagasse seu coração e outra fizesse o mesmo com seu cérebro, mas sem deixá-lo inconsciente. Começou a se debater no chão enquanto ouvia a voz de Elizabeth gritar assustada pelo seu nome. As imagens que tinha visto, de demônios e mortos andando sobre a terra, retornaram para lhe atordoar naquela manifestação pura do significado da palavra dor.

Entre seus gritos e gemidos, ouviu Elizabeth chamar pelo nome Renegada e então começou a sentir que alguém segurava seu corpo contra o chão. O toque das mãos sobre os ombros ardia, assim como todo seu corpo tremia de dor. Aquilo seria a morte? A vingança doce de Mestre das Almas por Daniel ter enfrentado seu feitiço, lembrando-se de Elizabeth?

E, afinal, o que aquela maldita mulher mascarada fazia junto com a garota que amava?

Daniel não conseguia raciocinar sobre mais nada, sentiu que as mãos invisíveis que estavam sobre sua mente e coração desistiram da ideia de deixá-lo acordado. Em um golpe final fulminante, Daniel desfaleceu sobre as mãos enluvadas da Renegada.

Nada mais existia ao seu redor além da escuridão e de um trecho de uma maldita canção:

"Encontre a Alma do Imperatriz,
Encontre o Coração!".

CAPÍTULO 10

O MOVIMENTO

Luzes violetas e verde claro iluminavam o quarto de Umbelon, aos fundos da loja de feitiçaria. Fumaças saiam do aposento, e na loja em questão, Elizabeth abraçava os próprios braços. As luas estavam iluminando uma Ludarius enevoada e Umbelon havia passado a tarde inteira com Daniel naquele quarto. Era possível ouvir, de vez em quando, alguns gritos que o jovem soltava pela dor que estava sentindo. Elizabeth sentiu um aperto de coração a cada apelo que Daniel dava pelo seu nome. Umbelon havia sido bem claro que ela não deveria entrar na sala.

Logo no início da noite, Renegada abandonou Elizabeth e Umbelon. Quando perguntaram para onde ela estava indo, ela somente virou-se e disse:

— Chegou a hora do nosso movimento ou, melhor dizendo, do movimento de Daniel. Mestre das Almas deixou bem claro que havia terminado sua investida quando enfeitiçou o jovem e agora é nosso momento de agir. Não posso esperar aqui a noite toda até ela acordar.

— Mas é injusto! — Elizabeth estava bem agitada no momento. — Você precisa contar para ele tudo que me contou, ele merece uma explicação.

— Não seja por isso. Você pode contar para ele. — E assim, Renegada fechou a porta, correndo para o porto de Ludarius, deixando-os a sós.

Depois de muito tempo, Umbelon saiu do quarto com uma cara de cansaço. Elizabeth foi rápida em sua direção, preocupada.

— Como ele está? —Umbelon exibia um ar cansado. — Consegui enfrentar o feitiço dentro dele, mesmo que isso tenha custado muito das minhas forças. Preciso descansar muito depois disto.

— Eu entendo, mas... Ele está bem? Você o curou?

— Fiz o máximo que pude, Elizabeth. — Umbelon sentou-se na poltrona azul da loja — Ele ainda está enfeitiçado, mas a maldição está presa. Ela não fará nada de mal ao jovem enquanto ela estiver aprisionada. Aprisionada no coração dele.

Elizabeth não pôde impedir que uma lágrima escorresse do seu rosto. O jovem que ela amava estava amaldiçoado para sempre, pelo mesmo homem que havia sugado a energia de Umbelon. Pelo mesmo homem que agora iam enfrentar com todas as armas que tivessem em mãos.

Elizabeth começou a andar em direção a porta do fundo da loja. Umbelon não a impediu, e, próxima da porta aberta, conseguiu ver o corpo de Daniel se mexendo ainda na cama. Entrou lentamente no quarto e encontrou-se encarando os olhos cansados de Daniel. Sentindo dó e tristeza, a jovem se aproximou da cama e deu um leve beijo na testa do garoto que respirou calmo.

— Elizabeth, o que aconteceu?

— Fique calmo Daniel, você está bem. Quando eu lhe beijei, quebrei o feitiço do Mestre das Almas.

— Quem?

— Você não o conhece. Ele foi mestre da Renegada, aquela mulher que conhecemos nas ruínas e que falava para você me esquecer. Hoje eles lutam um contra o outro.

— O que você está fazendo andando com aquela mulher, Elizabeth? Ela é perigosa! — Daniel soava apreensivo e confuso ao mesmo tempo.

— Daniel, fique calmo, não há nada de perigoso nela em relação a nós. Ela só está querendo nos ajudar e nos defender do homem que te amaldiçoou.

Daniel ficava mais confuso a cada frase de Elizabeth, olhando para ela com desespero da ignorância dos fatos. Vendo isso, a jovem suspirou e disse:

— Daniel, sente-se por favor. Preciso te contar minha história.

Marcus Stormheart estava com as mãos amarradas atrás da cadeira no meio da cozinha. Estava com a cabeça jogada pra frente e saliva escorria da sua boca inchada após os tapas e socos que levou. No quarto de cima, Marian deveria estar chorando deitada na cama. Não podia sair do cômodo, pois a porta estava trancada e vigiada por um soldado que segurava uma lança de ferro.

Haviam dois guardas, um em cada lado de Marcus e um deles usava uma capa vermelha de coronel. Na frente de Marcus, Strauss estava sentado em outra cadeira, massageando o próprio punho, olhando para o marinheiro.

— Você entende, Stormheart, — Strauss se ajeitou na cadeira. — Que se você não cooperar conosco no rastreamento de seu sobrinho, Daniel, você só estará prejudicando mais ainda sua situação?

Marcus continuou em silêncio.

— Marcus, você não me ouviu? — Strauss se inclinou para frente — Eu disse que se não me entregar Daniel, as coisas vão piorar para você.

Marcus ergueu um pouco o rosto e cuspiu um pouco de sangue.

— Eu nunca vou lhe entregar alguém do meu sangue, seu merda.

Então, em um pulo, Strauss se ergueu da cadeira que caiu e deu um soco na bochecha de Marcus, que tombou para o lado. O coronel segurou a cadeira e Marcus ficou balançando a cabeça, quase inconsciente.

Strauss se inclinou e colocou as mãos sobre as pernas do marujo.

— É sua última chance, sua escória! Onde está o merdinha do filho do seu irmão? — Marcus manteve a cabeça abaixada, sem resposta. Então, o tenente decidiu usar sua última estratégia.

— Tragam-me a mulher dele.

Marcus arregalou os olhos na hora, que começaram a ficar vermelhos. Strauss percebeu isso e começou a sorrir maliciosamente

Então, algo que nenhum deles esperava aconteceu.

O tenente ouviu um forte som vindo de suas costas e viu que a porta da frente da casa estava sendo arrombada por uma pessoa de manto cinzento com um chute. No mesmo momento, o guarda avançou pelo corredor com a espada erguida. Ninguém entendeu exatamente o que ocorreu, mas, no próximo segundo, o mesmo guarda estava sendo jogado por cima de todos presentes na cozinha.

Marcus começou a erguer a cabeça e viu que a pessoa de manto cinzento se aproximava mais ainda. O coronel que estava no seu lado, ainda de pé, entrou na sua frente. Marcus ouviu um estalo de dedos, e a próxima coisa que percebeu foi a capa do mesmo começando a pegar fogo no mesmo instante, de forma mágica. O fogo brilhava em cores laranjas, vermelhas e, em algumas partes, violeta.

O marujo, assustado, se inclinou para trás de uma única vez, com tanta força que empurrou a cadeira para trás, e acabou caindo no chão, rapidamente virando-se de lado para tirar o peso das mãos que haviam se machucado na queda. Do chão, com a visão inclinada, viu o coronel correndo para fora da casa. Um lanceiro desceu as escadas, provavelmente deixando de defender a porta do quarto no qual Marian estava presa. O manto cinza virou-se e atingiu o homem com uma magia que lhe arremessou para fora da casa.

Magicamente a porta de frente da casa se fechou, e quando a pessoa de manto se virou, Marcus pode ver, para seu alívio, que o rosto estava coberto por uma máscara branca.

Renegada andou em direção a um Strauss caído e assustado no chão. Estendeu a mão contra ele, e canalizou sua energia para que uma chama violeta cobrisse a luva de couro.

— Tenente Strauss — Renegada falava com uma voz imperativa, como se comandasse o soldado da Marinha — Espero que seja sábio e faça a escolha certa. Se não quer ter um final pior do que a capa do seu coronel medroso, recomendo que saia desta casa e deixe Ludarius imediatamente. Acredite, eu saberei se saiu ou não destas terras. E deixe sua pistola em cima da mesa.

Strauss, mais do que desesperado em se livrar da mira de Renegada, deixou sua pistola de cano médio sobre a mesa da cozinha e foi andando de costas até a porta da casa, sem deixar de olhar para a Renegada, Quando alcançou a entrada, correu em direção a fortaleza da Marinha.

Renegada andou rapidamente em direção as mãos de Marcus, desamarrando-as.

— Está ferido? — Renegada se levantou e pegou a pistola da mesa, olhando-a para ela e checando se Strauss havia deixado balas. Haviam três, e uma delas engatilhada — Ele havia deixado uma bala para cada Stormheart dessa casa. Verme Imperial.

Marcus se ergueu com dificuldade, e ao tentar falar pela primeira vez, gemeu sentindo o lábio inchado. Tentou novamente, mais calmo e cuidadoso

— Acho que quebrei minha mão direita — Marcus estendeu-a para que Renegada olhasse — Pensei que tinha dito que não precisávamos da sua proteção

— Não estou fazendo isso para te proteger — Renegada puxou o pulso de Marcus para perto, o que lhe causou dor, e colocou a mão enluvada sobre a dele. Emitiu um calor que ele resmungou contra, mas logo depois, soltou a mão do marujo. A mão dele estava novinha em folha, sem mais nenhum osso quebrado — Estou fazendo isso porque preciso da sua ajuda.

Marcus não entendeu o que a jovem estava falando, até que Renegada pegasse a pistola e entregasse para ele, direcionando-lhe o coldre.

— Preciso que esteja fora de sua casa nessa noite. Fique vigiando e siga o fluxo da névoa.

Marcus segurou a pistola com a mão que não estava mais quebrada, confuso.

— Não entendo, o que você quer que eu faça?

— Eu estou colocando minha vida em suas mãos — Renegada se aproximou de Marcus, e ele ficou assustado — Há um homem lá fora, vestido da mesma forma que eu, querendo matar você, Daniel, Elizabeth, todos nós! E você é o único que pode me salvar se esse homem me encontrar. Se eu já te protegi antes, me proteja agora!

Daniel estava sentado com as costas apoiadas na parede ao lado da cama. Elizabeth olhava para o chão, respirando fundo e lentamente. Não seria fácil contar para seu amigo tudo que havia descoberto sobre sua vida após conversar com a Renegada, mas tentaria fazê-lo da forma mais carinhosa que pudesse.

— Renegada e Mestre das Almas... ambos pertenciam a uma mesma organização chamada de Sociedade das Névoas.

— Eu nunca ouvi falar de uma sociedade com esse nome — Daniel começou a pensar se não iria ficar ainda mais confuso com aquela conversa.

— Quase ninguém ouviu nos últimos anos. A Sociedade era um grupo de cientistas e homens estudiosos que trabalharam a serviço do reino. Eram uma das sociedades mais antigas do Império e responsável por muitas ciências e técnicas que utilizamos hoje em dia. Com o tempo, essa mesma sociedade descobriu que o corpo humano possui e pode controlar diversos tipos de energias. O conhecimento popular disso chamou essas energias de... Magias.

— Então você está me dizendo que Magia é... Ciência?

— Exato, assim como feitiçaria. Os encantos e poções tem as mesmas origens dos estudos das marés ou dos remédios. Porém os feitiços utilizam ingredientes mais complexos, e as magias vão mais fundo nos estudos do corpo e da mente. E a Sociedade soube explorar muito bem isso. Em alguns lugares, membros ajudavam em construções de prédios, controlando objetos com suas energias. Outros participaram de expedições contra criaturas, e isso fez com que muitos deles se tornassem Leviatãs, assim como seu pai.

"Porém a Sociedade não era uma exclusividade do Império. No continente Rebelde também haviam pessoas poderosas que estavam estudando técnicas fortes de manipular energia. O Império soube disso, e ordenou que a Sociedade das Névoas direcionasse seus estudos ao uso da energia para combate. Nunca se viu um grupo de pessoas tão forte quanto os membros da Sociedade. Então, quando a Sociedade se tornou uma Força Especial do Império, ocorreu o primeiro ataque contra o Continente Rebelde."

"A Guerra dos Continentes começou vinte e quatro anos atrás, na primeira investida contra Ludarius. Nessa investida estava o maior grupo de Poderosos que a Sociedade já teve em toda sua história, entre eles um jovem de dezesseis anos com tanto controle sobre tanta energia que podia manipular até mesmo os músculos do adversário. A Investida foi fatal para o Continente Rebelde, mas não foi suficiente para que eles caíssem. Mas nesta Investida, os Imperiais conseguiram assassinar o Rei Mago do Continente Rebelde. Poucas pessoas sobreviveram. Uma delas era um bebê que foi salvo pelo jovem guerreiro da Sociedade. Ele a trouxe para o Império, e apelidou a criança de Renegada, por ter sido abandonada pelo seu antigo reino."

Daniel estremeceu. Então aquela era a história da Renegada, uma estrangeira na própria terra em que cresceu. Daniel entendeu um pouco mais o motivo dela usar uma máscara e de andar nas terras Rebeldes como se fossem suas. Mas ainda estava confuso, e aquela informação não estava clareando suas ideias.

— Elizabeth, entendo a importância disto tudo, mas por que está me contando essas histórias?

— É preciso Daniel, para que você entenda a situação que estamos agora. O jovem que salvou a Renegada voltou para o Império com planos novos. Ele havia percebido, durante o confronto, que a Sociedade era mais forte do que qualquer exército. Ao voltar para a capital imperial, o jovem tomou o poder da Sociedade, e ela começou a ser corrompida. Agora eles não eram mais um grupo de cientistas que lutava e pesquisava pela glória do Império. Se tornaram um grupo secreto que se escondia nas névoas e era controlado por um jovem Poderoso que agora era conhecido como Mestre das Almas.

"E esse mesmo jovem tinha um plano. A sociedade teve seus estudos direcionados para descobrir a fonte de poder definitiva, o objeto que tivesse o maior acúmulo de poder na natureza. Em quatro anos de pesquisas, eles descobriram a maior fonte de poder que existe: uma alma pura. A partir daí a Sociedade das Névoas começou seu processo para criar uma alma deste tipo. Sabiam que precisava ser um processo natural, então decidiram que seria necessário escolher uma família e envolvê-la em uma ilusão de paz e amor mundial para que a criança deste casal crescesse com a alma mais inocente possível..."

Elizabeth parou neste momento, olhando triste para o vazio da verdade que tinha descoberto há algumas horas atrás e que acreditava ainda não ter ingerido de forma completa.

— Elizabeth — Daniel parecia amedrontado, e a jovem lhe entendia. Aquilo parecia mesmo uma história de terror.

Elizabeth decidiu continuar, mesmo que em um tom grave.

— Eles escolheram a família burguesa Olivier... E iniciaram a Operação Olivier, porque o nome da filha do casal... Era Elizabeth... Elizabeth Olivier.

A jovem sentou-se no chão e agarrou as próprias pernas. Daniel levantou-se da cama e, mesmo sentindo a dor no peito, foi para perto de sua amiga, tirando o cabelo cinza da frente do rosto dela.

— Então seu sobrenome é Olivier... Meu Deus, Elizabeth, o que eles fizeram com você?

Elizabeth suspirou fundo. Agora vinham a pior parte da história para ela.

— A Operação era composta de três membros. A Renegada, que tinha oito anos de idade no começo da operação, ficou responsável de cuidar de mim, e me proteger de qualquer situação que pudesse deixar minha alma impura. Ela não podia deixar que eu visse cenas de morte, violência ou qualquer coisa que fosse relacionada a mal comportamento. Outro membro da operação era o próprio Mestre das Almas. Aquela era a missão mais importante da Sociedade, e ele não queria que desse errado. Faria de tudo com toda sua energia para que conseguisse uma alma pura.

"Mas o membro mais importante da Operação Olivier era o Ilusionista. Ele era um membro da equipe responsável de transfigurar toda a realidade ao nosso redor para que não fossemos testemunhas de revoltas ou crises. Tudo isso aconteceu na base do medo e ameaças vindas do Mestre, claro."

"Então, oito anos depois, a Operação estava concluída. Mestre das Almas analisou e viu que minha alma era pura e nunca tinha visto tanta energia na vida dele. Começaram a última fase da missão, e ela iria ocorrer dentro da maior embarcação já construída em toda a história"

Elizabeth parou de falar e olhou para o lado. Quando Daniel seguiu seu olhar, viu que a jovem admirava a miniatura de navio que Daniel havia levado para aquela casa na primeira vez que eles se viram

— O Imperatriz — Daniel parecia hipnotizado

— O navio que seu pai comandava iria atravessar o mundo e passar pelo Mar Cinzento, onde a Sociedade das Névoas havia estabelecido como local para guardar a alma a salvo — Elizabeth arrepiou ao perceber o quão direta estava sendo — Então, quando a embarcação entrou na névoa, começou o ataque. Eles... Eles... Eles...

Elizabeth não conseguia continuar. Colocou as mãos em formato de cruz na frente de seu peito, como se estivesse sentindo uma dor enorme, e então começou a chorar. Daniel rapidamente segurou a menina, que falava entre lágrimas

— Eles pegaram minha alma, Daniel. O Mestre das Almas tirou de mim a minha alma pura!

Elizabeth balançava chorando, enquanto Daniel continuava abraçando-a. Era tudo tão esclarecedor, e ao mesmo tempo tão difícil de acreditar. O jovem imaginava como tudo aquilo havia acontecido.

— Ele tirou a vida de todos daquele lugar Daniel — Elizabeth estava se acalmando um pouco

— Inclusive a do meu pai — Agora era Daniel que estava com lágrimas caindo sobre o rosto. Pensou no que Strauss havia dito sobre a morte de seu pai e via agora que ele não havia falhado em um simples exercício de academia. Ele havia sido assassinado, morto por um jovem ambicioso por poder.

— Renegada disse que quando olhou a forma com a qual Mestre das Almas estava descontrolado, percebeu que aquilo estava beirando a loucura. A Sociedade não era mais o que ela pensava, de homens que lutavam pelo bem. Mestre das Almas só estava interessado agora em ser o homem mais forte do mundo. Ela viu que precisava fugir dali, escapar daquele homem. Ela me salvou, e com a energia que ela estava concentrada, conseguiu me tirar daquele navio até essa praça destruída na frente da loja de Umbelon, que começou a cuidar de mim desde os oito anos.

Elizabeth ficou em um silêncio tenebroso olhando para o vazio enquanto

Daniel abraçava-a. Não era fácil para nenhum dos dois entender o porquê suas vidas estavam tão perturbadas ultimamente. O jovem esperava alguma resposta após tudo aquilo, porém continuou perdido e sem solução para os problemas que haviam sido esclarecidos.

Após um tempo, Elizabeth se levantou, e Daniel a acompanhou até os dois ficarem próximos da maquete do Imperatriz.

— A Renegada disse para mim que nem tudo está perdido — Elizabeth passava o dedo pela estrutura da embarcação — Ela disse que ainda é possível salvar minha alma, mas ela está localizada no meio dos destroços do Imperatriz, no Mar Cinzento, e a Renegada é a única pessoa que está de acordo em te levar para lá.

Daniel olhou para a embarcação por um tempo e depois encarou Elizabeth.

— Eu? Como assim? Ela não pode fazer isso sozinha?

— Não é tão simples. Minha alma está protegida por diversas barreiras... E você é o único que pode chegar até ela.

— Mas por que? Por que eu, e não ela que tem poderes?

— Porque o Imperatriz era o navio de seu pai, Daniel, e somente por ele que eu e Renegada fomos salvos. O sangue que corre nas suas veias é o mesmo sangue que pode ultrapassar essas barreiras e chegar até minha alma.

— Mas eu não sei o que fazer. Não sei como chegar até o Mar Cinzento, nem como achar o Imperatriz!

— Acalme-se — Elizabeth colocou suas mãos sobre as mãos do jovem — A Renegada me disse que irá te ajudar em todo esse caminho. Mas ela disse que não há como fazer isso agora. Você precisa fugir, Daniel.

— Fugir do que?

Elizabeth parecia irritada e desesperada, então andou para fora do quarto e foi para a frente da loja, onde Umbelon estava descansando na poltrona. Elizabeth apontou para a vidraça.

— Lá fora, em Ludarius, Mestre das Almas está caçando você, agora que se lembrou de tudo. Ele não vai fazer você se esquecer da próxima vez, ele irá te matar! Você é a pessoa mais importante da minha vida Daniel. Além de te amar... Você é o único que pode me salvar.

— Para onde eu devo ir?

— Para o Império. O Continente Rebelde não é mais seguro para você, e de lá estará mais perto de conseguir ir para o Imperatriz.

— Mas o que eu farei lá?

— Vai esperar. Renegada disse que assim que tudo estiver pronto, ela vai encontrar você.

Daniel estava irritado com tudo aquilo

— Você está falando igualzinho a ela! Não posso abandonar meus tios, meus amigos, tudo isso!

— Você não tem escolha Daniel, você não pode morrer! — Elizabeth gritou, e quando percebeu seu tom de voz, abaixou e falou com uma voz tristonha — Eu não quero que você morra... Eu te amo Daniel, e a única forma de continuar te amando é com você fugindo de tudo e se tornando um estranho... Me desculpe, me desculpe!

Elizabeth voltou a chorar e abraçou Daniel, que também estava com os olhos marcados.

— Venha comigo

— Eu não posso Daniel... Você me deu um mundo que eu não posso viver.

— Entendo — Daniel soltou-se do abraço de Elizabeth e acariciou o rosto da jovem — Então eu vou fazer o possível para recuperar sua alma. Eu vou fugir de Ludarius.

Renegada estava andando pelas ruas do porto seguindo a densidade da névoa. Não havia mais para onde fugir, e assim como todas aquelas peças, ela precisava executar o próprio movimento.

Andando pelas calçadas da Ludarius onde estava vivendo nos últimos oito anos, pensava em seu destino que se aproximava cada vez mais. Havia sido complicado determinar que teria que finalizar o movimento dela e de seus companheiros desta forma, mas não havia outra solução.

Devia fazer aquilo. Devia enfrentar o Mestre das Almas.

E tinha grandes chances de morrer naquela batalha.

Daniel não tinha tempo para ir atrás de uma mala. Elizabeth havia deixado bem claro que Ludarius estava lotada de soldados que estavam atrás dele.

Antes de sair da loja, Umbelon acordou e explicou para ele que o feitiço não havia sido retirado do seu corpo, mas preso no seu coração. Aquilo arrepiou sua nuca e fez com que ele estivesse menos seguro sobre a viagem que teria que fazer. Viveria com medo daquela sensação horrível de dor renascesse no seu corpo.

Elizabeth lhe acompanhou até a barreira mágica entre porto e cidade, e Daniel olhou para ela.

— Não posso lhe acompanhar, Daniel.

— Claro que pode. Você pode atravessar a barreira, lembra? Eu lhe entreguei o amuleto

— Ele não está mais comigo.

— O que? Por que?

— Porque outra pessoa precisa dele mais do que eu. E além do mais Daniel, sabemos que não há nada para mim após esta barreira.

Daniel ficou irritado

— Eu estou aqui, após a barreira, Elizabeth! O farol no qual nos beijamos está deste lado. A sua alma está aqui!

— Mas nenhum deles pode ser meu enquanto isso não tiver sido resolvido, Daniel. Enquanto eu não tiver minha alma, o farol não vai brilhar, e eu não vou poder te amar...

Daniel então rapidamente atravessou novamente a barreira em direção a cidade, agarrando o rosto de Elizabeth e beijando-a apaixonadamente. A jovem retribuiu o beijo, abraçando Daniel e afundando os dedos dela entre os cabelos rebeldes do jovem. Com o tempo terminaram o beijo se afastando lentamente. Elizabeth se manteve de olhos fechados e Daniel percebeu que não podia mais perder tempo. Era chegado a hora

— Eu te amo, e vou te salvar.

Daniel virou-se, atravessou a barreira para o porto, e correu para dentro da névoa densa de Ludarius.

Renegada virou-se em uma esquina e viu, entre a névoa, a silhueta de um manto. A voz que veio dela confirmou a presença.

— Então, você fez ele se lembrar.

Renegada parou e levantou a postura. Não necessitava se curvar mais para aquela figura.

— E Elizabeth descobriu sobre a Operação Olivier.

— Ela descobriu? — Mestre das Almas chegou mais perto, revelando seus olhos cinzentos — Acredito que queira dizer que você contou tudo para ela.

Renegada simplesmente riu provocante para seu ex-mestre, que não retribuiu, mantendo-se sério.

— E Daniel?

— A esse momento já deve saber tudo através de Elizabeth. Ele se lembrou dc tudo, e agora descobriu tudo pela boca da jovem Elizabeth, que ele ama.

— E o que você está fazendo aqui agora?

Renegada sorriu mais provocante por trás da máscara, inclinando um pouco a cabeça.

— Só estou aqui para distrair você.

— Então você decidiu sacrificar sua vida para a sobrevivência de um moleque?

— Você sabe que ele não é só um moleque. O sangue dos Stormhearts corre nas veias dele. O mesmo sangue que corre naquelas veias já te enfrentou, e você não levou a melhor.

— Mas no final das contas, quem é que está vivo?

Renegada decidiu provocá-lo.

— Isso será indiferente em alguns instantes.

Mestre das Almas decidiu não aguentar mais o tom que a jovem estava falando com ele, e concentrou sua energia para atacá-la.

Exatamente o que a Renegada estava querendo que ele fizesse.

Mestre das Almas ficou surpreso por muito tempo por perceber que o poder dele não estava conseguindo controlar o corpo da jovem. Com a energia que ele estava aplicando, Renegada devia estar ajoelhada no chão, sofrendo com a falta de ar.

Mas a menina havia sido esperta. Sabia que não tinha grandes chances contra seu antigo mestre, mas não deixaria que ele a derrotasse tão facilmente. Para esclarecer a mente do homem a sua frente, Renegada puxou o cordão que envolvia seu pescoço para fora do manto, revelando o amuleto que carregava no pescoço.

— Devemos admitir que Daniel foi muito útil quando ele entregou seu amuleto para Elizabeth. Assim ficou mais fácil para que eu ficasse com ele. Já que Marcus havia quebrado o juramento, o Amuleto estava novamente carregado de energia de defesa... Energia o suficiente para anular seus poderes de controle.

A raiva era visível no rosto de Mestre das Almas, que estava adotando uma postura de combate. Quando falou, sua voz parecia levemente alterada por uma loucura.

— Muito inteligente, Renegada, deveras inteligente — Os olhos de Mestre ficaram com um brilho mais forte, enquanto das suas mãos, chamas violetas erguiam-se, dançando freneticamente em suas palmas — Só que você esqueceu uma variável importantíssima para se sentir tão segura. Não poder te controlar não quer dizer que não posso te matar!

Renegada não havia esquecido disso como seu professor pensava, e quando ele lançou uma das chamas na direção da jovem, fazendo um movimento vertical com a o braço, Renegada já estava controlando um barril de água que estava próximo a uma loja de peixes da rua deserta.

Quando a chama estava próxima do seu alvo, o barril cheio de água foi magicamente arremessado entre os dois. O fogo místico encontrou a madeira e líquido, estourando o barril de água, que imediatamente evaporou pelo calor da chama.

Mestre das Almas se viu coberto de vapor, além da névoa que cobria Ludarius. Não conseguia ver a um palmo de seu rosto, mas podia ouvir os passos da Renegada ao seu redor, tentando confundi-lo. Começou a dar diversos socos no ar, todos envolvidos pelo calor de chamas violetas, azuis e verdes.

Até um momento no qual, depois de se acalmar, Mestre das Almas virou-se com a mão aberta, que encaixou perfeitamente no pescoço de Renegada.

Com sua força, o homem levantou a jovem pelo pescoço, que com as mãos tentava se livrar da mão que lhe apertava. Com uma voz insana de raiva, Mestre das Almas começou a gritar:

— Por que, Renegada? Qual era o problema em aceitar morte de todas aquelas pessoas e dividir todo o poder comigo? Você poderia ser a mulher mais forte deste mundo agora, poderia controlar tudo e todos que quisesse ao meu lado, eu lhe faria minha princesa! Por que teve que estragar todo este sonho de poder, Renegada, por que teve que me abandonar e me forçar a te matar? Por que fez isso? Por que não continuou comigo?

Renegada estava com suas forças no limite, sua visão começava a ficar turva

Então ouviu o forte estrondo no ar. Contente, com o pouco de ar que tinha, disse:

— Porque não estamos mais do mesmo lado.

A névoa começou a dissipar. O braço de Mestre das Almas cedeu, assim como o todo o corpo do homem que caiu. Renegada estava ajoelhada, tossindo e buscando o ar.

A jovem começou a perceber que o manto cinzento de Mestre das Almas estava ficando mais escuro no meio. Rodeando aquela mancha, havia um buraco similar ao que um tiro de pistola deixaria.

Renegada não acreditava no que estava acontecendo.

Ela estava viva.

E Mestre das Almas estava morto aos seus pés.

Daniel chegou rapidamente ao porto de Ludarius. Estava vazio, a não ser por uma embarcação que estava recebendo cargas. Era de médio porte, e Daniel identificou o brasão do Império. Era uma embarcação militar.

O jovem pensou em esperar pela manhã para tentar entrar em um navio comercial, mas já havia dado sorte demais de não ter sido reconhecido por nenhum marujo. A névoa ainda estava alta, e ele conseguia se esgueirar por pilhas de suprimentos e barris

Olhando a movimentação dos marujos que estavam carregando o navio com as diversas sacas de comida, baús e barris, Daniel pode perceber, em uma brecha da névoa, que logo pegariam uma pilha de madeira com diversos sacos de comida e barris de água e vinho, tudo coberto por uma manta marrom. Poderia correr agachado até ela e se esconder entre os comes e bebes.

Quando ia começar a correr, porém, dois soldados pararam na frente de seu caminho, mas de costas para o jovem. Daniel segurou a respiração, e se movimentou o mais devagar e sensível possível para não causar barulho.

Mas, para sua infelicidade, os marujos estavam indo em direção a pilha que Daniel pensava de se esconder. O jovem precisava pensar rápido. Percebeu que, se pudesse distrair os soldados da sua frente, poderia correr escondido pela névoa até a pilha e se jogar entre ela.

Daniel decidiu agir. Pegou uma pedra do chão e jogou ela em direção contrária a pilha. Os soldados que estavam em sua frente foram em direção ao som, já que não era possível ver além da neblina. Daniel rolou no chão e começou a correr agachado em direção a pilha.

Nesse momento, o que menos esperava ocorreu.

A névoa começou a baixar no exato momento que Daniel estava fazendo a corrida. Começou a ficar nervoso e apressou mais ainda o passo. Começou a imaginar a névoa acabando com sua cobertura e os soldados virando, correndo em sua direção. Não iria conseguir se esconder e, pior do que isso, ficaria preso em Ludarius, diferente do que Elizabeth havia pedido. Nunca conseguiria encontrar o Imperatriz e salvar a alma da jovem...

Mas, quando a névoa se dissipou por completo, Daniel conseguiu se jogar dentro da pilha, tapando sua boca para que a respiração ofegante não fizesse muito barulho. Sentiu o impulso dos marujos levantando a pilha e levando em direção a embarcação. Começou a se acalmar à medida que percebia que estava entrando no navio. Quando os marujos soltaram a pilha no solo da embarcação e se distanciaram, Daniel se permitiu dar um suspiro de tranquilidade.

Mas não por muito tempo.

Enquanto a embarcação começava a sair do porto e iniciar sua viagem no mar, Daniel estava se acomodando nas caixas e sacolas quando ouviu uma conversa no convés.

— Senhor, eu insisto, está perigoso demais para começar essa viagem agora, neste clima. Sugiro interromper a travessia e começa-la amanhã

— Não! — A outra voz respondeu — Eu repito, recebemos ordens urgentes de voltar ao Império.

— Mas que ordens são essas, meu senhor? Existe algum perigo?

— Não lhe interessa! Chega de perguntas e continue com minha ordem de zarpamos.

— Sim senhor.

O soldado se afastou, mas a voz imperativa continuou conversando e dando ordens a outros soldados. Para Daniel, aquela voz lhe parecia assustadoramente familiar

Começou a se esgueirar sobre as caixas até ficar bem próximo da beirada da pilha onde estava. Levantou a manta que cobria tudo e conseguiu visualizar um pouco as pessoas que estavam no convés. Reconheceu a voz que estava ordenando todos quando olhou para o lado pelo canto do olho

A figura vestia uma capa nobre vermelha, e tanto no braço, quanto na perna, exibia ataduras que estavam vermelhas com sangue seco. Aquelas faixas pareciam necessitar imediatamente de uma troca para que não infeccionasse o resto do braço e da perna, ainda mais em uma viagem marítima.

Ao virar, Daniel perdeu qualquer empatia por aquela pessoa, e o desespero tomou conta do jovem que ficou paralisado.

Strauss virou-se, e exibia uma expressão de quem estava ao mesmo tempo escondendo uma dor lancinante e um desespero de sair logo de Ludarius.

Daniel começou a se movimentar lentamente para se esconder o mais fundo que podia dentro da pilha que estava. Durante três dias e duas noites não se movimentou, nem comeu e nem bebeu.

Renegada estava recuperando seu ar, mas ainda achava que sua visão a enganava. O homem que ela pensava que iria matá-la naquela rua estava agora estirado no chão com um buraco de bala nas costas.

Começou a ouvir passos em sua direção, e quando levantou a cabeça, pode ver que era Marcus que estava se aproximando. Em sua mão esquerda, carregava a pistola de Strauss. Saia fumaça do cano de médio alcance

— Belo tiro — A voz da Renegada saiu fraca e quase inaudível por trás da máscara. Estava sufocante com aquele acessório no rosto, mas não arriscaria mostrar seu rosto para mais ninguém em Ludarius — Como fez para me achar?

— Só segui a neblina. O que estava pensando em enfrentá-lo, morrer?

— Não iria morrer em vão — Elizabeth levantou e encarou o horizonte. Não havia mais neblina, e ao longe conseguiam ver uma única embarcação indo em direção ao mar — Estava distraindo-o. Daniel está a salvo agora.

Porém Marcus continuava a olhar o para o corpo de Mestre das Almas.

— Então é isso? Vencemos? Ele está morto?

Renegada fechou os punhos e abaixou a cabeça

— Infelizmente, não.

— O que está dizendo? — Marcus apontou a arma para o corpo — Eu acabei de dar um tiro nas costas dele, como ele pode estar vivo?

Renegada se virou, olhando para Marcus.

— Se fosse tão fácil matá-lo, já teriam feito. Ele não se chama Mestre das Almas por diversão. Desde que adquiriu essa habilidade, ele absorveu diversas almas que vivem no corpo dele. O seu tiro apenas matou uma delas. Logo, outra fará o trabalho de despertá-lo

Marcus estava pasmo e assustado com aquela hipótese.

— Não pode ser. Então ainda não acabou e não estamos seguros?

— Nós não, mas Daniel, que agora é a peça mais importante desta luta, está. Nosso movimento só serviu para salvá-lo, e não para nos salvar.

— Como pode ter tanta certeza?

— Eu não tenho! — Renegada estava ficando irritada com aquela conversa — Até hoje de manhã eu não fazia a mínima ideia do que fazer, e até alguns minutos atrás, não sabia se ia acabar esse dia viva ou morta! Eu só fiz o possível para realizar o que achava o melhor movimento para darmos contra Mestre das Almas! Nós não importamos mais neste jogo — Renegada virou-se novamente em direção ao mar e apontou para a embarcação — Daniel é a única vida que precisa ser protegida contra o Mestre das Almas. Ele é o único que pode nos salvar.

— Por que? Por que meu sobrinho é tão importante assim para destruir Mestre das Almas?

Renegada respirou fundo, e falou sem virar para o marujo

— Durante toda a Operação Olivier, Alexander Stormheart foi a única pessoa a colocar Mestre contra a parede, desafiá-lo frente a frente. Alex era um Leviatã, e Mestre não sabia como atingi-lo, até a viagem do Imperatriz, na qual absorveu a alma de todas aquelas pessoas... Menos uma.

Marcus arqueou as sobrancelhas.

— Você está querendo dizer que Alex está vivo?

Renegada balançou a cabeça, negativamente

— Não Marcus... E você vai me odiar por isso..., mas se não fosse por Alexander, ou melhor, sua energia, eu não estaria aqui. Nem eu e nem Elizabeth.

Marcus realmente não aceitou bem aquela informação, e rapidamente levantou a pistola com uma mão tremendo.

— Do que você está falando?

— Alex era meu amigo, um dos poucos que eu tinha, e sabia algumas coisas sobre a Operação Olivier, mas não sobre o fim que ela iria ter. Quando ele viu todo o caos que estava acontecendo no Imperatriz, decidiu não ser derrotado por Mestre das Almas, mas sim me ajudar a enfrentá-lo. Eu não sabia muito bem como fazer aquilo, mas... Eu consegui absorver a energia dele para mim, e assim fui capaz de levar eu e Elizabeth para longe de toda aquela desgraça. Não sei por que Elizabeth veio parar em Ludarius e eu tão distante, mas acredito que as memórias de Alexander tenham sido um fator importante nesse momento. O que importa é que estamos vivas pelo sacrifício dele.

— Não — Marcus estava com a mão mais firme, apontando a pistola para a máscara branca — O que importa é que você não matou Mestre das Almas. Alex te salvou, e você fracassou em nome dele.

— Pode atirar em mim se você quiser, não irei lhe impedir. Mas saiba, Marcus, que se você me matar, não estará só tirando minha vida, mas vai fazer o mesmo com a sua, a de Marian, sua mulher, a de Elizabeth, Umbelon, sua equipe de marinheiros, Vossa Majestade, o Rei e nossa Rainha — Renegada apontou para o corpo morto no chão — Quando este homem acordar, irá despertar com uma ira inigualável, e as únicas pessoas que poderão pará-lo serão eu e Daniel.

Marcus continuou por um longo momento com o cano levantado, até desistir, abaixando a pistola como se fosse o objeto mais pesado do mundo. Se sentia fracassado, mas Renegada se aproximou e abraçou ele de lado. Ambos estavam virados para o mar iluminado pelas luas e para a embarcação no qual Daniel estaria escondido.

— O que devo fazer quando ele acordar? — Marcus estava com a voz baixa

— Sinceramente? — Renegada olhou ele de frente

— Sim.

— Mude de casa. Tranque suas portas e janelas, esconda-se de tudo e de todos. Não deixe pistas de planos ou operações. Viva com medo — Renegada olhou para Mestre das Almas — Quando este homem se levantar, a terra embaixo dos seus pés vai tremer com seu poder.

PARTE 2

AS ARMAS

"O guerreiros vão se levantar
E a Rainha Iluminada vai batalhara!"

CAPÍTULO 11

O LADRÃO

Azmir estava voltado para casa após um longo dia de trabalho. Desceu a Avenida Imperial e entrou em uma das esquinas que se alongavam pela cidade de Simariel como uma raiz de um grande carvalho. De qualquer ponto era possível enxergar, pelo menos, uma parte do Castelo de Marfim com seus detalhes em ouro puro e brilhantes. Azmir sentia-se contente com aquela situação, ao pensar que trabalhava dentro daquele monumento, mesmo vivendo no Distrito Marrom.

Seu distrito era um dos mais afastados do centro de cidade e mais próximo do porto. Carinhosamente apelidado de Sarjeta pelos próprios moradores, Azmir sentia um contraste gigantesco entre o luxo da elite imperial e o esforço de cada morador do Distrito Marrom para conseguir o pão ou o peixe de cada dia. Azmir dava graças pelo fato de não estar em uma situação tão precária. Sabia que era um golpe do destino ter recebido a carta de emprego, vinda do próprio mensageiro real, que agora era um colega de trabalho.

Nas ruas mais centrais do distrito, Azmir sofria mais e mais empurrões. Não que as ruas fossem estreitas, porém, os comerciantes não tinham permissão de abrir suas tendas e barracas nas avenidas principais da cidade, de forma que o comércio ambulante ficava estagnado nas ruas dos Distritos. Pelo fato de ser próximo ao porto, não havia uma pessoa que morasse na Sarjeta que não tivesse uma essência de peixe impregnada em suas vestes.

Mas Azmir, novamente, não tinha problemas enquanto aquilo, pois vivia em uma rua transversal às ruas do Distrito Marrom. Percebia cada vez mais que se fosse feito um concurso para ver quais seriam as pessoas de cada distrito mais dignas de trabalhar com o Imperador, Azmir sem dúvidas seria o representante da Sarjeta.

Virou à direita na esquina, livrando-se da bagunça das ruas principais ligadas ao porto e começou a sorrir em pensar que estaria chegando a sua humilde casa. Embora trabalhasse no Castelo de Marfim, o homem vivia em um pequeno barraco de três cômodos no qual guardava seus pertences na mais precisa organização para que não se atrasasse ao sair de casa.

Esse foi um dos motivos pelo qual ficou aterrorizado quando abriu a porta de sua casa com a chave e viu o interior dela totalmente bagunçado com a mesa virada ao contrário e as cadeiras jogadas.

O outro motivo para seu desespero, claro, foi quando sentiu que alguém atrás dele o empurrou para dentro da própria casa e fechou a porta, deixando Azmir no pleno escuro com a presença de alguém que não tinha a mínima ideia de quem seria.

— Quem é você? O que... O que você quer? — Azmir estava desesperado. Sabia que trabalhar para o Imperador trazia muitos inimigos do Reino como consequência, mas não esperava que um deles viesse atrás dele.

Nesse momento, o Ladrão não pode deixar de sorrir.

— Calma, calma, Azmir, não vou lhe fazer mal. Sim, eu sei seu nome, e não foi difícil. Devia tomar mais cuidado contra os inimigos do Imperador.

— E você não é um deles? — Azmir estava ficando confuso.

— Eu? Não, claro que não. Eu sou pior. — O Ladrão aproximou-se de Azmir, que neste momento tentou fugir, mas o Ladrão puxou-o pela gola do manto que usava no trabalho. Azmir sentiu a respiração quente do jovem no seu cangote. — Quietinho Azmir, eu não terminei. Eu sou pior do os inimigos do Imperador porque eu não estou atrás dele. Eu estou atrás do que ele está procurando. — Azmir começou a ficar mais confuso ainda. Não tinha nenhuma relação com o Imperador no seu trabalho, não de forma direta. Não sabia quais eram os interesses do mesmo.

— Do que você está falando?

— É claro que não vai saber do que estou falando, mas eu vou te ajudar. Vamos lá Azmir, diga-me: Qual é a coisa mais importante sua que eu posso roubar de você?

— Meu ouro! — Azmir respondeu rapidamente. — Pegue o quanto você quiser, ladrão!

— Hum, não tão rápido, Azmir! — O Ladrão apertou mais a gola do manto e o homem soltou um arquejo de surpresa. — Sabemos que o ouro não é a coisa mais valiosa que você tem a me oferecer.

— Então minha casa! Pegue minha casa! — Azmir começou a perder o controle. Só queria fugir daquele homem e implorar refúgio para o Imperador. Iria para outro Distrito, as coisas até melhoraram para ele.

— Não, Azmir, resposta errada! — O Ladrão então, encostou a pequena faca afiada contra o pescoço de Azmir, que começou a tremer mais ainda. — Onde está, homem? Onde está o Amuleto? — Azmir sentiu os pelos da sua nuca arrepiarem. Não imaginava que mais ninguém fosse atrás daquilo. Seus pais haviam dito para ele esconder da melhor forma possível pois, diziam eles, aquilo poderia salvar sua vida.

Teoricamente, seria o objeto mais valioso que ele possuía.

— E então, Azmir?

O homem agora não estava mais desesperado, porém sério e com medo.

— Ali, abaixo de onde está aquela cadeira caída. — O Ladrão se moveu até onde o homem estava apontando. — Quebre a tábua do chão. — E assim o Ladrão fez, quebrando a madeira usando sua faca e encontrando uma pequena caixa dourada e velha sobre o piso. Abriu-a e de dentro dela tirou um colar de prata com um pingente que continha uma grande esmeralda esverdeada. O Ladrão colocou o acessório no seu pescoço e ficou um tempo parado, frustrado, olhando para Azmir.

— Muito obrigado, senhor. Perdão pelo incômodo, mas fico grato da sua colaboração.

Então o Ladrão se direcionou para fora da humilde casa bagunçada de Azmir e quando o mesmo desapareceu por trás da porta, Azmir deitou-se no chão e chorou.

O Ladrão passou de telhado em telhado pela noite de Simariel. As lajes quadradas da maioria das casas da Sarjeta faziam com que o caminho não fosse tão complicado de escalar, e logo o Ladrão chegou a um dos telhados mais altos do Distrito. Era o teto angular de uma igreja que se notava pelo formato do telhado. Ficava virada de frente ao porto de forma que o jovem conseguia ver os navios ancorados na noite iluminada pelas duas luas em um céu limpo e sem nuvens.

Aquilo fez com que um sorriso iluminasse o rosto do Ladrão, que abaixou a sua máscara. Seus olhos castanhos focaram nas luas, até o momento que ele ouviu um barulho vindo da outra extremidade do telhado. Rapidamente colocou a máscara, sacou sua faca e virou-se, mas logo viu que não era necessário

— Como você consegue subir esses telhados com tanta facilidade?

Quem falava isso era outro jovem de cabelo ruivo e olhos negros que estava fazendo um tremendo esforço para jogar seu corpo sobre o telhado. O Ladrão sorriu, abaixou a máscara, guardou sua faca e foi ajudar o jovem a subir as telhas.

— É só uma questão de prática, Salazar. — O Ladrão estava sorrindo novamente, voltado ao local onde estava. — Depois de um tempo fica fácil. Como sabia que eu estava aqui?

— Foi meio lógico. — Salazar arrumou as roupas largas que estava usando. Por baixo do colete bege não usava nenhuma camisa e sua calça ia até a canela. A noite de Simariel era tão quente quanto o dia. — Sabia que ia vir atrás de Azmir, e quando cheguei no Distrito Marrom, foi só olhar para cima.

O Ladrão deu uma risada leve com isso, e Salazar, que era menor do que o jovem e mais novo, percebeu o novo colar que o Ladrão estava usando como acessório.

— Eu não te entendo, Ladrão. — Salazar olhou para o mar. — Azmir é um dos poucos que trabalha diretamente com o Imperador. Ele deve ter muitas riquezas e a única coisa que rouba dele é um colar!

— Aquele homem guarda todo seu dinheiro no banco, Salazar, não havia nada na casa dele. — Ladrão mantinha um sorriso vitorioso no rosto. — A casa dele estava vazia. E consegui tudo que eu precisava.

— Um colar? Você só queria isso? Podemos encontrar isso em qualquer loja, casa ou mesmo bolso no de qualquer um na Mina. — A Mina que o jovem estava se referindo era o apelido dado ao Distrito Rosa, onde ficavam as joalherias e estabelecimentos luxuosos.

— Não é só um colar, Salazar! — O Ladrão despiu o acessório e ficou mostrando para o jovem ao seu lado a esmeralda. — É o que o colar possui. É a magia dentro dele que eu estava atrás. Eu e o Império.

— Como assim? Do que você está falando?

— O Império, de repente, decidiu contratar pessoas de diversos setores para cargos importantes. Ele nunca fez isso, sempre empregou pessoas dos Distritos Superiores, que são ricos ou "melhores" que os pobres da Sarjeta. Tinha que haver algo por trás disso. E nós descobrimos. Eles não estavam atrás de diversidade, mas localizaram quais seriam as principais pessoas que tinham posse de magias. E dessa vez... — O Ladrão aumentou seu sorriso — Nós fomos mais rápidos que eles.

— Entendi. — Salazar olhava agora com mais cuidado o amuleto na mão do Ladrão. Artefatos mágicos eram raridade no mundo após o final das Guerras Imperiais. — Mas por que o Império está atrás disso?

— Isso nós ainda não conseguimos explicar, mas estamos correndo atrás de informações. Além disso, não posso te contar mais, Salazar. Você é só um iniciante em nossa guilda. — O Ladrão sorriu. — Agora diga-me, Salazar: Pode uma pessoa estar em vários lugares ao mesmo tempo?

— Não, isso é óbvio!

— Então como este homem consegue?

O Ladrão apontou então para um homem que, pelo o que Salazar percebeu, estava vestido com sedas negras em volto de todo o corpo, menos nos olhos, que estavam descobertos e vigiavam o fogo de uma fogueira próxima, em uma praça.

Então Salazar seguiu o caminho que o dedo do Ladrão estava fazendo até uma outra praça com uma fogueira, mais próxima ao oceano. Na mesma fogueira, existia um homem vestido da mesma forma. Salazar começou a olhar e percebeu que diversos daqueles homens estavam rondando várias praças. Pareciam exatamente a mesma pessoa.

— Quem são eles? Nunca vi pessoas vestidas assim neste continente. Será que são do Continente Rebelde?

— Não, não estão se vestindo com couro como os Rebeldes. — Ladrão ficou com uma expressão mais séria. — Precisamos ver se conseguimos mais informação sobre isso. Vamos, Salazar, vamos para o Distrito Azul. Precisamos nos encontrar com a Guilda.

CAPÍTULO 12

O LOBO

Do horizonte noturno de Simariel, contra os luares que deslizavam no céu, era possível ver o grande navio Luzes da Aurora. Era menor do que o grande Rainha Dourada, mas não era menos esplendoroso. Suas velas eram tão brancas quanto as madeiras pintadas que revestiam todo o casco e convés do navio. Mesmo passando por águas negras, aquela pintura continuava brilhante e limpa.

Pelo menos por fora, pois aquele era um navio pirata, e o Lobo era seu comandante. Alto, estava de pé na beirada do estibordo da embarcação, olhando com sua íris negra para a imponente cidade, com seu Palácio de Marfim erguendo-se ao meio de tantas outras construções diversas: barracos na Sarjeta, sobrados no Distrito Azul e mansões na Mina.

— A cidade de todos, dos pobres aos podres de ricos. — O Lobo estava sério, apesar da conquista que sua tripulação havia conquistado na Ilha Lagarto. A Escotilha de Carga estava cheia até a metade de riquezas do último saque.

Seu vice comandante, Lycan, atravessou o convés em direção a Lobo

— Tudo contado senhor. Segundo Simon, conseguiremos quinze mil moedas de ouro nesse saque.

— Ótimo — Lobo respondeu secamente.

— Alguma coisa lhe incomoda, comandante?

— Estou pensando, Lycan. — Lobo desceu da beirada e, ao lado do vice comandante, apontou para o porto e para todos as pequenas embarcações pesqueiras ancoradas. — Vê todas aquelas embarcações? Nenhuma delas teria coragem de nos atacar com uma bala de canhão ou arpão e esse medo tem se espalhado pelos mares. Nós conquistamos os mares de Simariel.

— É um Império a se orgulhar!

— Mas não é isso que me preocupa, Lycan. Apesar de ter os mares, sabe que é na terra de Simariel que está meu coração. E minha ideia desta vida de crime é que todo o lugar é viável de saque, menos nosso próprio lar. Esses ladrões malditos tem aumentado seus lucros dia após dia nos últimos dois anos e isso é simplesmente repulsivo para mim.

— Entendo. Também andei percebendo isso, afinal, Simariel também é minha casa. — Lycan prostrou as mãos nas costas, em posição militar de descanso. Era pirata, mas mantinha a postura que aprendera na Marinha. — Há dois anos os furtos têm se tornado diários e, com o passar dos meses, mais violentos. Algumas mortes foram registradas e, de todas as Guildas desses ladrões nojentos, uma delas tem se destacado de forma anormal.

— As Sete Armas. — Lobo também estava a par deste dado. Antigamente, era fácil encontrar e prender membros da guilda, mas há dois anos eles praticamente desapareceram dos registros criminais. Como o roubo aumentou, por mais que o Império falasse que eles haviam deixado as atividades clandestinas, todos sabiam que o fato é que haviam se tornado muito mais espertos. — O que aconteceu há dois anos atrás para ela se tornar tão agressiva e desrespeitável ao mesmo tempo?

— Existem rumores de que tudo isso é culpa de um ladrão que entrou na Guilda exatamente há dois anos atrás. Ninguém possui muitas informações sobre ele, mas dizem que ele se intitula Tempestade Noturna.

Lobo deu uma risada baixa daquilo, sem sorriso.

— Ridículo.

Lycan guardou seu sorriso e risada, tanto pela ironia de um homem apelidado estar criticando o apelido de outro, quanto pelo fato que ainda não havia passado.

— Dizem... que ele também é um ótimo consultor marítimo. Não saqueamos ou enfrentamos um navio da Sete Espadas já fazem dois anos.

Lobo virou-se e encarou seriamente seu vice comandante. Os cabelos longos e prateados do jovem comandante de vinte e dois anos estavam voando com o vento marítimo. Constatou que era um fato o que Lycan dizia. O brasão da Sete Espadas estava fugindo da cabeça de Lobo e já havia ouvido muitas vezes o nome de Tempestade Noturna ultimamente nas viagens. Saber agora que o mesmo era culpado pela estratégia que estava funcionando para despistar o Lua Nova deixava o comandante com uma pulga atrás da orelha.

Pensou olhando para seu vice comandante, então sorriu para ele.

— Vamos tomar uma providência sobre isso, Lycan.

— Como, meu mestre? — Lycan viu o Lobo se afastando.

— Vamos atracar no porto. Vamos nos tornar membros da Guilda Sete Espadas.

O Distrito Azul era focado nos negócios e nas grandes companhias de Simariel, por isso o distrito era conhecido como Tesouro. Em várias avenidas era possível encontrar grandes empresas, lojas de comerciantes conhecidos e diversos bancos. Entre todas estas estruturas da nova era do Império, algumas Guildas de caçadores mantinham-se vivas.

Essas guildas, antigamente, eram os lares dos caçadores das criaturas que viviam nos desertos e florestas dos continentes, assim como nos oceanos. Os caçadores se dirigiam até as guildas para receber suas missões e, assim que a concluíam, voltavam para receber as recompensas. Por essa rotina, muitas guildas criaram aposentos para que os caçadores vivessem na própria. Esses mesmos aposentos foram os lares de diversos Leviatãs. Agora, nos dias da Nova Era Imperial, as Guildas sobreviviam fazendo pequenas excursões para obter materiais e especiarias raras nas florestas e minas. Os caçadores eram contratados como guarda-costas dos comerciantes e mineradores.

Mas, na mesma época que surgiram as Guildas de Caçadores, surgiram as Guildas dos Ladrões e Assassinos, criminosos que se uniam para despistar e enfrentar os soldados imperiais utilizando diversas estratégias para fuga ou aprimoramento de um estilo de luta para enfrentar os espadachins protegidos por armaduras. As Guildas de Ladrões e Assassinos ficavam escondidas em diversos pontos de Simariel, se concentrando no Distrito Negro, apelidado de Prisão (embora todos soubessem que os ladrões e assassinos estavam longe das masmorras) e possuíam diversos nomes.

A Sete Espadas era exceção, pois não se encontrava no Distrito Negro.

O Ladrão estava andando com Salazar lhe acompanhando. A noite de Simariel era movimentada tanto quanto a manhã, e no Distrito Azul não era diferente. As pessoas se misturavam entre trabalhadores e cidadãos em busca de divertimento noturno nas praças e vielas da cidade. Salazar tentava acompanhar o rapaz mais velho, mesmo sabendo o caminho de cor para a Sete Espadas. Atravessaram uma praça e deram de cara com o prédio em estilo clássico das Guildas de Caçadores. A Guilda se chamava Irmãos Baltazar, e no hall de entrada que mais parecia um salão de bar Salazar e Ladrão receberam diversos olhares feios. O jovem sabia que aquele era o pior caminho para entrar na sua guilda pelo fato de passarem pelos caçadores, que tinham uma história com a Sete Espadas. Já houveram confronto entre as duas, e os assassinos muitas vezes levavam a melhor.

Continuaram o caminho pelo interior da Guilda, descendo até a adega lotada de grandes barris de vinho e cerveja. Atravessaram os mesmos e desceram mais um andar, até entrarem no depósito de comida. As paredes de pedra faziam o ambiente esfriar durante a noite, o que causou arrepios em Salazar.

De frente a uma grade pequena em formato de arco os dois pararam, e Ladrão fez um esforço, puxando as barras de ferro para fora da passagem. Salazar atravessou e Ladrão o seguiu após fechar novamente a passagem. No túnel escuro, o garoto desceu uma escada lateral. Ao fim da descida, virou-se e com a chave que havia guardado no bolso, abriu os três cadeados da porta, primeiro o de cima, depois o de baixo e então o do meio. Esta era a única combinação efetiva para entrar na Sete Espadas.

Quando Salazar abriu a porta, o calor do salão subterrâneo aquecido pela fogueira fez o jovem dar um sorriso. O salão da Sete Espadas estava mais vazio do que o hall que passaram antes, cheio de caçadores. Ladrão novamente passou por Salazar e pediu para o garoto fechar a porta. Todo cuidado era pouco no esconderijo de todos aqueles criminosos.

O ladrão continuou andando e ao passar para os corredores nos quais os ladrões de classe mais baixa ficavam alocados ouviu seus companheiros lhe cumprimentando, tanto quanto Ladrão, como Tempestade Noturna. Nenhum deles sabia seu verdadeiro nome. Era melhor assim.

Virou à direita no final do corredor e, ao chegar na extremidade da parede, bateu na porta de madeira e ferro que estava na sua frente. Do outro lado, uma voz grave ordenou que Tempestade entrasse. Quando o Ladrão entrou, viu Guillian sentado atrás de uma mesa com um tampo de madeira trabalhada. Com certeza o artigo era roubado. Nada mais digno para o Mestre da Guilda Sete Espadas.

— E então, como foi sua missão? — A voz grave fazia com que a chama do candelabro que iluminava a caverna tremesse.

— Azmir não guardava nenhuma fortuna na própria casa, senhor. — Tempestade Noturna raramente se abaixava para alguém, mas Guillian era uma exceção, não só por ser seu chefe, mas pela reputação que o dono da voz grave possuía. — Provavelmente o Império já guardava o salário dele diretamente no banco.

Tempestade estava arranjando uma desculpa. Havia ido atrás de Azmir somente pelo colar e pela magia que o mesmo possuía, mas sabia que Guillian não aceitaria isso como desculpa para roubar alguém que trabalhava para o Império, algo classificado entre os ladrões como uma "Missão de Alto Risco". Então mentiu para seu comandante que estava fazendo aquilo para testar a si mesmo. Já não era a primeira vez que usava aquela estratégia.

— Entendo... — Guillian se levantou com a mãos apoiadas sobre a madeira da mesa. O homem era enorme e imponente comparado a qualquer outro ladrão da Guilda. Seu corpo não tinhas as características de alguém que rouba joias, mas de alguém que está louco para vestir uma armadura e cortar a cabeça do dragão mais próximo — E eu acredito que, como qualquer ladrão inteligente, você deve ter "pedido" para ele que entregasse as chaves do cofre... Correto? — Tempestade não respondeu. Por mais que inventasse desculpas para seus furtos especiais, não estava esperando que Guillian quisesse entrar em detalhes. Iria pagar pelo erro e não imaginava qual seria o preço. Abriu a boca para tentar algum improviso, mas foi interrompido pelo chefe.

— Não adianta tentar, Tempestade. Revistei seus aposentos e achei os artefatos e amuletos dos seus últimos furtos. — Embora autoritário, Guillian tinha direito de fazer aquilo, pois todos os ladrões eram subordinados a ele e não tinham nenhum tipo de privacidade. Comportavam-se como uma irmandade. — Agora seja sincero a mim: por que tem realizado estes últimos furtos?

Tempestade olhou para baixo, constrangido. Não havia mais porque guardar segredo, então revelou a verdade para seu chefe:

— O Império andou contratando pessoas aleatórias para trabalhar próximo a ele. Só que existe um padrão no qual todas estas pessoas possuem artefatos com poderes mágicos em sua família. Os mesmos artefatos que eu roubei...

— Então você estava enfrentando o Império diretamente? — Tempestade balançou positivamente a cabeça, olhando para baixo e esperou pelo castigo que receberia.

Porém, ao invés disso, Guillian deu um leve sorriso.

— De fato, é uma missão de alto risco. — O Mestre da Guilda voltou para sua cadeira e respirou fundo. — Entendo sua preocupação e rebeldia, já fui assim quando mais jovem, mas deve lembrar que não guardamos segredos entre nós e que nossos saques são estrategicamente planejados para termos o menor número de perdas. Prometa para mim que nunca mais fará esse tipo de mentira.

— Senhor, eu peço desculpas e prometo nunca mais cometer o mesmo erro. — Tempestade estava tranquilizado por não ter sofrido penalidade nenhuma e decidiu se mostrar competente. — Alguma nova missão para mim, senhor?

— De fato, tenho uma que se localiza na Mina e que irá lhe satisfazer... — Tempestade levantou o rosto e Guillian ficou feliz ao capturar a atenção do jovem. — O nome de seu alvo é Amelie Constantin, uma burguesa da elite do Distrito Rosa. Irá capturar o Broche Leviatã que ela possui.

Tempestade entendia bem o que seu chefe queria dizer com "capturar". Teria que saqueá-lo sem que sua dona percebesse.

— Mas... qual parte desta missão me satisfaz, senhor? — Perguntou Tempestade.

Guillian sorriu provocante.

— A parte na qual ela foi recentemente contratada pelo Império de forma aleatória.

Tempestade estava empolgado com sua nova missão. Iria furtar uma pessoa da elite burguesa de Simariel. Seria perigoso, pois aquela região era altamente protegida por guardas imperiais. Decidiu que como toda a cidade estava em festividades, seria vantajoso realizar o furto nesta mesma noite.

Precisaria ser rápido. Cruzou o salão pelo qual ele e Salazar entraram e correu em direção a biblioteca de dados da Guilda. Entrando lá, procurou as informações dos moradores do Distrito Rosa, encontrando as páginas relacionadas a família Constantin. Algumas páginas estavam rasgadas, mas após folhear o livro, encontrou a seção relacionada a Amelie: baixa, longos cabelos loiros e olhos verdes, o estereótipo clássico da burguesia Simarieliana. Era de uma família que não era considerada das mais pobres do distrito, mas também não era das mais ricas. Isso tudo queria dizer que Amelie estaria protegida por uma escolta particular, além de um ou dois cavaleiros imperiais. Percebeu que aquilo seria bem mais complicado do que o roubo do colar de Azmir.

Saiu da biblioteca de dados e entrou no corredor a esquerda, em direção ao seu quarto. Por ter feito a nova estratégia para os piratas da Sete Espadas e se destacado por nunca deixar provas de seu crime, Tempestade havia recebido o privilégio de dormir em um quarto mobiliado. Aquilo não representava privacidade, só conforto até o próximo ladrão dar alguma ideia melhor que a sua.

Tempestade foi até seu baú e abriu ele, escolhendo as armas que levaria. Não que pensasse que fosse obrigado a matar alguém naquela noite. Usava mais as armas para se defender de possíveis acidentes. Pegou uma faca média e amarrou ela ao cinto de couro sobre a seda da sua roupa. Além da faca, pegou uma corda longa e uma cimitarra que colocou no outro lado da cintura, oposto a faca. Quando segurou a pistola que mantinha guardado no baú, refletiu se deveria levá-la. Decidiu prender ela no cinto, junto a faca, somente pelos boatos de um novo comandante da guarda imperial do Distrito Rosa que Tempestade estava com vontade de ver cara a cara.

Armado e planejado, o Ladrão saiu de seu quarto e andou em direção ao salão. Estava mais movimentado agora, e alguns ladrões estavam falando sobre sair para participar das festividades.

Todos estavam rindo até o momento no qual ouviu-se um baque na porta de madeira da entrada da Sete Espadas. Nenhum ladrão fazia isso, pois todos tinham duas chaves, sendo uma de reserva. O silêncio se instalou no recinto.

Tempestade olhou para Salazar com uma expressão alarmante. Os dois haviam sido os últimos a entrarem na Guilda, e tinham tido certeza de que ninguém os havia seguido. A menos que Tempestade tivesse deixado algo passar, ou Salazar tivesse falhado na descrição.

Ninguém falava nada e Guillian andou em direção ao salão olhando para Tempestade. Ele deveria ser o responsável pela pessoa atrás da porta e deveria correr o risco de descobrir quem estava lá. Perguntava-se, enquanto se aproximava silenciosamente da porta, quem teria descoberto o esconderijo e a passagem secreta. Não bastasse as três trancas e o túnel, a porta era coberta de musgo e se camuflava bem com as paredes do poço.

Tempestade pegou a pistola do cinto. Não estava pensando em matar alguém naquela noite, mas faria tudo possível para proteger sua guilda. Respirou fundo segurando a maçaneta e concentrou-se. Em um movimento muito rápido, girou a maçaneta e puxou a porta com força, fazendo com que ela quebrasse o silêncio com um estrondo ao bater na parede de concreto. Enquanto isto acontecia, Tempestade ergueu sua postura e estendeu o braço para mirar o tiro de sua pistola. Sentiu a ponta do cano encostando em uma barreira macia, similar a pele.

Não apertou o gatilho de imediato, pois queria saber quem estava na outra extremidade da arma. Nesse momento encarou os olhos negros e frios que o encaravam. O queixo de Tempestade caiu enquanto percebia quem era a pessoa na qual estava quase atirando.

Ainda com a arma levantada, constatou que aquele era o homem que há tanto estavam tentando despistar.

— Lobo. — Foi a única coisa que o Ladrão conseguiu murmurar.

Lobo e Lycan: os piratas do Luzes da Aurora

CAPÍTULO 13

O BROCHE LEVIATÃ

— O que você está fazendo aqui? — Tempestade não abaixou sua arma.

— O que mais eu teria para fazer? — Perguntou Lobo. — Vim entrar para a Guilda Sete Espadas.

Ficou-se um impasse após o primeiro susto de ver aquela figura prostrada na frente da entrada secreta. Como Lobo havia descoberto a localidade deles? Haviam escapado de todas as abordagens no mar, como não podiam fazer isso em terra? E o que ele estava querendo dizer com entrar na guilda? Quais seriam as vantagens dele nisto?

Tempestade sentia que havia um plano atrás daquele desejo. Mas não tinha tempo para ver isso. Tinha uma missão para completar, e não podia perder tempo. Roubaria o Broche primeiro, e depois cuidaria de Lobo.

Saiu da Guilda deixando o pirata aos cuidados de Guillian, que faria o que fosse correto para a Sete Espadas, e começou a correr pelas ruas pequenas em direção ao Distrito Rosa. Como ficava do outro lado da cidade, teria que cruzar o Pátio Principal. Durante a noite isso seria mais fácil, pois as sombras conseguiam lhe esconder. Não que a área fosse proibida de tráfego, apenas para ladrões, como quase toda a cidade. Já tinha visto muitos oportunistas tentarem a sorte e serem presos pelos guardas imperiais montados em cavalos que rondam o Palácio de Marfim.

Daquela praça, o castelo ficava mais deslumbrante ainda. Parecia que a própria lua branca refletia diretamente sobre o marfim, fazendo com que ele tivesse um brilho místico durante a noite. A imagem fez com que Tempestade andasse mais lentamente pelas sombras.

Mas logo a imagem que já estava se acostumando depois de dois anos saiu de sua cabeça e o Ladrão voltou a correr em direção a Mina. Não demorou muito para que chegasse as ruas cheias de boutiques e restaurantes de luxo. As pessoas lotavam o caminho com seus trajes de luxo, vestidos de seda longos, turbantes e outros acessórios, lotados de joias. Tempestade se segurou muito para não furtar outras relíquias. Tinha que manter a integridade de seu disfarce.

Percebeu que todas as pessoas estavam seguindo em direção a uma praça e que todas utilizavam máscaras de festividades. Notando que estava se destacando por não estar com o rosto coberto artisticamente, o Ladrão correu em direção a um homem que estava de costas e em um movimento rápido e levemente agressivo, arrancou a máscara de nariz comprido do homem que gemeu de dor. Tempestade já havia tomado uma bela distância quando ouviu uma voz gritar.

— Ladrão! Peguem aquele ladrão!

Quando Tempestade percebeu que as pessoas não estavam procurando no lugar correto, começou a sorrir e pensar por qual motivo um homem ficaria tão abalado com um furto de uma máscara. A burguesia seria tão sensível assim?

Foi só então que percebeu que, logo acima do longo nariz da máscara branca se encontrava um cristal de âmbar. Soltou um palavrão ao perceber que havia furtado uma máscara luxuosa e amaldiçoou o burguês de mau gosto que teria feito aquilo. O furto iria chamar a atenção dos militares e não só das pessoas ao redor.

Então Tempestade percebeu que sua missão havia virado uma Missão de Alto Risco, e que poderia, finalmente, conhecer o comandante das tropas do Distrito Rosa.

Lobo sentou-se do outro lado da mesa de Guillian. O homem enorme, chefe da Sete Espadas, o encarava com olhos perfurantes. O pirata estava pronto para esse tipo de confronto. Não seria fácil entrar naquela guilda.

— Então, — A voz de Guillian era extremamente firme e pesada. — Qual é o seu joguinho, Lobo?

— E por que você acha que tem algum jogo atrás das minhas escolhas, Guillian? Acha que sou o que? Um Ladrão? — A provocação atingiu Guillian da forma que Lobo estava querendo. Sabia que aquele homem era sensível a esse tipo de abordagem, mas não iria arriscar a própria segurança na caverna daquele urso.

— Falando sério agora, Guillian. Vocês se saíram muito bem nos últimos dois anos. Nós mantemos nossos olhos na terra, mesmo estando no mar.

— Não precisa olhar tão longe, pirata.

Lobo sabia que o homem estava falando de como a Sete Espadas havia despistado as abordagens do navio Lua Nova. Percebeu que aquilo não seria uma conversa simples.

— De fato, vocês tiveram um desempenho incrivelmente melhor nas últimas vezes. Quase nenhum ladrão preso, praticamente navio algum naufragado.... Vocês conquistaram o sucesso, alcançaram o ápice do furto. E eu quero fazer parte disso, simples assim. — O semblante de Guillian se aliviou neste momento e Lobo descobriu que tinha ganhado o Mestre da Guilda na lábia. Nada de surpreendente em esperar que um homem como Guillian fosse subornado por elogios e galanteios.

— E o que você tem a oferecer para nós?

— Ora Guillian, olhe com quem você está falando: eu domino o mar de Simariel. Qualquer barco, senhor, será seu. É só me falar.

O Lobo abaixou o rosto, mostrando uma falsa submissão, e pode perceber que os olhos de Guillian brilharam, mas se mantinham cínicos.

— Isso não é lucrativo para nós, Lobo. Nossos negócios estão em terra, e não no mar.

Lobo respirou fundo e voltou a olhar sério para Guillian.

— Terra então, não é? Lucro? Pois bem, imagine quanto que as ilhas pertencentes ao Império e do antigo Continente Rebelde pagam de imposto para a capital? Consegue ter alguma ideia de quanto ouro vem para a capital, decorar as paredes do castelo?

Guillian respondeu secamente enquanto seus olhos tentavam visualizar tal quantia.

— Não...

— Pois essa quantia pode ser toda da Sete Espadas, Guillian. — Lobo se aproximou ao perceber que estavam conquistando o Mestre da Guilda. — Todo esse imposto. Só precisa de uma ordem. Sua ordem. — Guillian abaixou o rosto e olhou para o pirata.

E Lobo sorriu, pois agora pertencia a Guilda Sete Espadas.

Amelie Constantin estava encantada com os fogos de artifício que coloriam o céu de Simariel, sobre o Castelo de Marfim. A jovem burguesa estava amando aquele festival, não só pelas decorações, músicas e bebidas que estavam sendo distribuídas de graça pelas ruas, mas também pela sensação de que tudo era possível naquela noite, até mesmo ela dar o primeiro beijo de sua vida.

A jovem tinha dezoito anos e ainda não tinha beijado alguém em sua vida. Suas amigas do colégio brincavam com ela sobre isso diversas vezes, irritando Amelie de propósito. Aquilo não era elegante de nenhuma das partes, considerando-se que os membros da elite burguesa da Mina deveriam se comportar com requinte, mas a jovem Constantin vivia enfurecida com essas provocações. Queria terminar com aquilo. Combinou com suas amigas de se encontrarem para passear pelo festival. Amelie tomou banho com água morna naquele dia, perfumada com rosas do deserto, escovou os longos cabelos, deixando-os soltos, e escolheu usar um vestido vermelho escuro com um espartilho por baixo para realçar suas curvas.

Como as pessoas estavam saindo mascaradas para o evento, Amelie encomendou uma máscara dourada com detalhes brancos que cobria a metade superior do rosto, elevando-se para trás em um desenho de asas pontiagudas. Olhou-se no espelho e admirou as curvas realçadas. Seus seios pareciam maiores, enquanto a cintura estava mais afinada, de forma firme.

Por fim, para decorar o vestido, Amelie foi até sua penteadeira, onde abriu uma pequena caixa dourada e de dentro dela retirou um broche esférico que possuía o desenho de uma criatura de cor azul-marinho, com contorno de serpente e apresentando escamas. Todos os detalhes eram feitos de granada azul e diamantes. Os olhos da criatura eram representados por dois rubis escarlates, todas as joias extremamente raras.

Amelie agarrou o broche e prendeu o mesmo na gola de seu vestido. Amarrou a máscara dourada sobre o rosto e escondeu as amarras por baixo do longo cabelo liso e escovado. Borrifou perfume sobre o pescoço, saiu do quarto, deu um beijo rápido na mãe, um abraço no pai e saiu correndo da sua casa no Distrito Rosa.

E então, em vez de ir em direção a praça que suas amigas estavam, Amelie foi na direção oposta. Já havia pensado nisso, estava com intenções diferentes de suas amigas que somente queriam ver os fogos. Amelie queria beijar qualquer homem naquela noite, mesmo que estivessem bêbados, desde que fossem belos. Sem contar que suas amigas eram mais belas que ela e, andando juntas, Amelie passaria despercebida.

Não demorou para que encontrasse uma multidão em uma praça, cercando uma banda que estava sobre um palco improvisado no meio da área. Os casais dançavam sorrindo e gargalhando, os desacompanhados se amontoavam nas paredes, levemente tímidos, e quando Amelie encontrou os bêbados jogados, desistiu de beijar qualquer um que estivesse alcoolizado.

Diferentes dos que não estavam dançando, Amelie decidiu se enfurnar entre os casais que dançavam, pois achava que assim podia dar mais sorte. A música agitada fazia com que as duplas se movimentassem rapidamente, e Amelie começou a esbarrar em casais que passavam e olhavam para a jovem com cara feia.

Foi quando estava percebendo que seu plano não estava dando certo que Amelie esbarrou com o jovem mais belo que ela havia visto naquela noite.

Era mais alto que ela, sendo que, quando esbarrou, encostou suas mãos sobre o peitoral do mesmo. Ao erguer o olhar, viu um rosto que só exibia um queixo quadrado e lábios firmes, pois o resto estava coberto por uma máscara branca de nariz comprido e com uma joia amarela encrustada na testa do acessório. Acima da máscara, o cabelo castanho era bagunçado pelo vento da noite.

— Mares... — Foi a única coisa que conseguiu murmurar.

Então o homem, após ficar um longo tempo com uma expressão de surpresa no rosto, pegou a mão delicada de Amelie, que corou no mesmo momento. Da voz galante dele, somente saiu a seguinte frase:

— Concederia para mim essa dança, senhorita Amelie?

A jovem não conseguiu soltar nenhuma frase de sua boca, de tão surpresa, encantada e envolvida ela estava. Havia encontrado um estranho belíssimo que, não só era gentil e sóbrio, como estava lhe convidando para uma dança. Quem mais seria a pessoa perfeita para beijar pela primeira vez? Amelie somente acenou positivamente para o homem e, arrumando sua postura, os dois começaram a dançar em torno da banda no meio da praça, enquanto rodopiavam. Amelie poderia estar sofrendo uma ilusão pelos fogos de artifício, as fogueiras e rodopios, mas o homem se tornava mais belo a cada momento! Estava totalmente encantada com aquele misterioso, e assim que a música finalizou, enquanto todos os casais estavam aplaudindo, Amelie e o homem misterioso não tiraram os olhos um do outro.

Amelie sentiu que aquele era o momento e avançou para o beijo.

Mas no mesmo momento, os dedos do homem misterioso impediram que os lábios de Amelie continuassem o caminho. A voz galanteadora falou:

— Muito obrigado pela dança, querida Amelie, porém agora devo ir. Não esquecerei desta dança, assim como você não esquecerá.

Amelie arregalou os olhos e toda a ilusão começou a se derreter. O jovem abaixou o rosto, despedindo-se da garota e, nesse momento, a moça sentiu como se o seu coração e sua garganta estivessem apertados, como uma pontada lhe tivesse atingido.

Então, deprimida, Amelie viu o homem misterioso ir embora, deixando-a sem beijo, sem seu nome, e nenhuma chance de um próximo encontro.

Então, sentiu uma mão pesada e gelada sobre seu ombro forçando Amelie a virar o corpo, perdendo a visão das costas de seu homem misterioso e encarando um velho vestido com uma armadura reluzente e com barba no rosto. O mesmo estava acompanhado de dois homens feios mais jovens e vestidos com a mesma armadura cintilante.

— Senhorita Amelie Constantin?

A mão do soldado apertou o ombro da jovem e fez com que ela soltasse um arquejo de dor. Decidiu apelar para sua nobreza

— Sou sim, senhor, e posso saber por que aperta meu ombro com tanta força? Qualquer dano nesta roupa será cobrado diretamente de seu cofre no banco! E quem lhe deu qualquer permissão de interromper minha dança com aquele homem?

A mão no ombro de Amelie aliviou um pouco a pressão, mas o outro ombro também recebeu uma mão gelada e coberta de ferro. O rosto velho desceu até ficar cara a cara com a jovem Amelie. O soldado somente lhe disse a seguinte frase:

— Amelie, onde está o seu Broche?

Amelie levou automaticamente sua mão para a gola do vestido em seu pescoço e ficou desesperada.

Tempestade começou se afastar, através dos casais que aplaudiam, de Amelie. Não acreditava como roubar aquele broche havia sido tão fácil! Percebeu que a jovem estava iludida por um encanto que não havia, então levou ela nesse sonho até o momento mais oportuno, quando abaixou sua cabeça para se despedir, e com o nariz comprido da máscara, puxou o broche todo feito de joias da gola do vestido da jovem, fazendo com que ele caísse sobre sua mão.

Estava rindo de felicidade. O broche era belíssimo e o Ladrão ficou pensando como que a jovem Amelie teria um broche com tal nome e de tamanho valor. As joias brilhavam como os fogos de artifício e as luzes faziam com que a criatura na joia parecesse viva. Era Tempestade que estava entrando numa ilusão com a beleza do acessório quando de repente ouviu uma voz masculina berrando ao seu lado esquerdo:

— Ladrão! Aquela é a minha máscara! Ladrão!

O Ladrão olhou imediatamente para a direção da voz e constatou que aquele era o homem de quem havia roubado a máscara. Amaldiçoou no mesmo momento ter esbarrado com ele. Então, alarmado, virou lentamente seu rosto para ver Amelie. A jovem estava abordada por três soldados, olhando para Tempestade com uma cara de espanto.

Sabia o que viria a seguir depois daquele olhar e quando Amelie berrou, o Ladrão empurrou um casal em sua direita, fazendo com que a dupla caísse em cima de outra, e entre os protestos das pessoas, Tempestade começou a correr para longe da praça e para longe dos soldados que começaram a perseguição.

Tempestade, graças aos esbarrões, chegou logo ao final da praça e, quando olhou para trás, não encontrou os homens de armadura atrás dele, mas continuou a correr pela avenida. Por mais que os soldados não o perseguissem, as pessoas davam o alarme de que Tempestade era um ladrão.

Foi no momento que o Ladrão virou em direção a uma rua transversal mais estreita que foi surpreendido pela perseguição de quatro cavalos que passaram em sua frente e fizeram uma barreira ao homem. Em cima de cada cavalo estava um cavaleiro segurando uma lança, com exceção do cavalo que se encontrava no meio, no qual o novo comandante dos soldados do Distrito

Rosa estava montado

— Parado, seu maldito! — O Comandante era mais agressivo do que o anterior, que era cheio de firulas burguesas para causar boa impressão. Vai ver por isso que haviam decidido pegar ele em uma rua mais vazia — Roubou uma das joias mais preciosas do reino, seu patife! Não vai haver perdão por isso. Lanceiros! Ataquem!

Tempestade sabia que seria inútil fugir, o homem no cavalo seria mais rápido e a lança dele seria cravada nas suas costas antes que percebesse. A única opção seria lançar suas facas e torcer para que isso parasse o animal, porém o mesmo estava com armaduras nas pernas e peitoral. Não havia como escapar do ataque e o Ladrão começava a pensar em como seria a dor daquela estocada

E durante estes pensamentos, mal percebeu que uma fumaça negra surgiu misteriosamente em sua frente. A mesma foi crescendo enquanto o cavaleiro se aproximava, e quando o animal estava bem próximo, a fumaça estava tão grande que seu desenho se assemelhava a um homem de estatura mediana. Então, em um piscar de olhos, a fumaça se tornou definitivamente uma pessoa, que Tempestade não conseguiu entender como, mas fez com que o cavalo se assustasse e empinasse, desequilibrando seu soldado. No mesmo momento, uma outra fumaça surgiu, rapidamente cresceu e tomou o formato de um homem exatamente igual ao primeiro que havia surgido daquela forma.

Este novo guerreiro, que surgiu no meio do ar, esticou o braço até o pescoço do soldado e fez com que o mesmo caísse do cavalo e fosse em direção ao chão, batendo o crânio e desmaiando no mesmo momento.

O cavalo sem soldado saiu correndo, enquanto os dois homens com vestes pretas se ergueram e encararam Tempestade. O jovem lembrou de imediato daquelas figuras que estavam se espalhando pelas praças da Sarjeta na mesma noite. O Ladrão e os homens misteriosos nunca haviam se encontrado, e mesmo assim estavam ajudando o criminoso.

— Quem são vocês? — Tempestade ainda estava em posição de combate, por mais que os homens não estivessem apresentando armas contra eles.

— Somos as sombras. — Foi o homem da esquerda que respondeu. Sua voz saia ríspida e com um sentimento vazio

— E o que vocês querem comigo?

Dessa vez, o homem da esquerda respondeu, com a voz idêntica à do outro homem

— Não queremos nada com você, Tempestade. Quem quer algo é ela.

— Ela quem?

— Quem mais seria? — Respondeu o homem da direita — A antiga aprendiz...

— A guerreira da névoa. — Continuou o homem da esquerda.

Tempestade começou a entender o que poderia estar acontecendo e encarou os dois homens, até um deles dizer:

— Você ainda mantém as promessas de dois anos atrás?

— Sim — Respondeu Tempestade.

— Ótimo! — Os dois homens se olharam e o da esquerda respondeu com uma voz mais feliz, porém ainda seca — Então a Renegada não errou sobre você.

Tempestade aumentou seu sorriso e sua postura. Finalmente, após dois anos, a Renegada havia chegado. Era hora do seu próximo movimento. Mas as coisas haviam mudado desde dois anos atrás e era hora de mostrar isso. Ergueu sua postura e olhou para frente, onde os três cavaleiros restantes ainda estavam incitados em levar não somente um, mas três criminosos para o além.

— Peguem os dois cavaleiros, senhores, mas deixem o comandante para mim. — Tempestade andou para frente e os dois guerreiros misteriosos foram um para cada lado da sua presa, encarando os outros cavaleiros — Então, senhor comandante! Qual o seu nome?

O Comandante empinou o cavalo armado e ergueu sua espada, apontando-a para o Ladrão

— Se quer saber o nome do homem que irá lhe matar, ladrão, saiba que meu nome é Comandante Strauss, seu verme!

— Strauss, mesmo? — Tempestade sorriu com aquilo, e de seu cinto, sacou a adaga afiada, apontando para o homem — Pois bem então, Comandante Strauss, olhe nos meus olhos!

Strauss ignorou aquele comentário e, quando o jovem mascarado começou a correr em sua direção, o comandante bateu com as pernas no corpo do cavalo que começou a avançar rapidamente contra o jovem.

Mas o Ladrão não temeu o avanço do animal. Passou pelos dois outros combates que estavam ocorrendo entre soldados e bravos cavaleiros negros. Strauss não havia percebido que, quando empinou o cavalo daquele jeito, revelou o ponto fraca da armadura, e foi exatamente nesse ponto que Tempestade mirou e lançou sua adaga, acertando o alvo em raspão. O cavalo se desequilibrou em sua pata, e quando começou a cair, o pescoço do comandante ficou em uma altura em que o Ladrão conseguiu agarrá-lo antes que o soldado caísse no chão. Impulsionando sua força, Tempestade levou o corpo de Strauss ao chão, com um forte baque que fez com que o comandante perdesse o fôlego.

Tempestade continuou segurando o pescoço do soldado e prendeu os braços dele com seus joelhos. Encarou o comandante

— Olhe nos meus olhos, Strauss! — Gritou o Ladrão

Então Tempestade tirou a máscara branca.

— Olhe nos meus olhos, comandante! Olhe nos meus olhos e trema!

Então Strauss encarou o Ladrão e não acreditou na sua visão

— Não pode ser! Você não...

Tempestade não deixou Strauss terminar, levantou a cabeça do comandante e desceu ela com força, fazendo o mesmo ficar inconsciente.

Tempestade gritou de fúria e depois ficou mais calmo. Levantou-se e olhou para as duas figuras negras. Estava mais sério do que nos últimos dois anos

— Onde ela está?

As figuras se confundiam agora, e Tempestade decidiu vê-las como uma só

— Não se preocupe, ela se encontrará com você quando acreditar ser necessário.

Tempestade não ia aceitar aquela resposta vazia e imperativa, mas sabia que Renegada não iria aparecer naquele momento.

— Então passem um recado meu para ela.

— Ok. — A figura negra virou-se para o Ladrão — Qual recado?

O jovem respirou fundo e firmou sua postura.

— Digam para ela que dois anos passaram, e que por mais que as promessas continuam as mesmas, as pessoas mudam! Digam para ela que não serei mais controlado como um garotinho bobo e indefeso, mas que agora tenho habilidades para me defender e tomar atitudes! Digam para ela que não sou mais um menininho..., mas que agora sou Daniel Stormheart, e estou pronto para o nosso movimento!

As duas figuras negras ficaram em silêncio olhando para Daniel, e responderam secamente

— Seu recado será passado, jovem. — E, assim como apareceram do nada, as duas figuras sumiram na noite.

Daniel colocou a mão dentro da bolsa do cinto, e sentiu que o Broche Leviatã não estava mais lá.

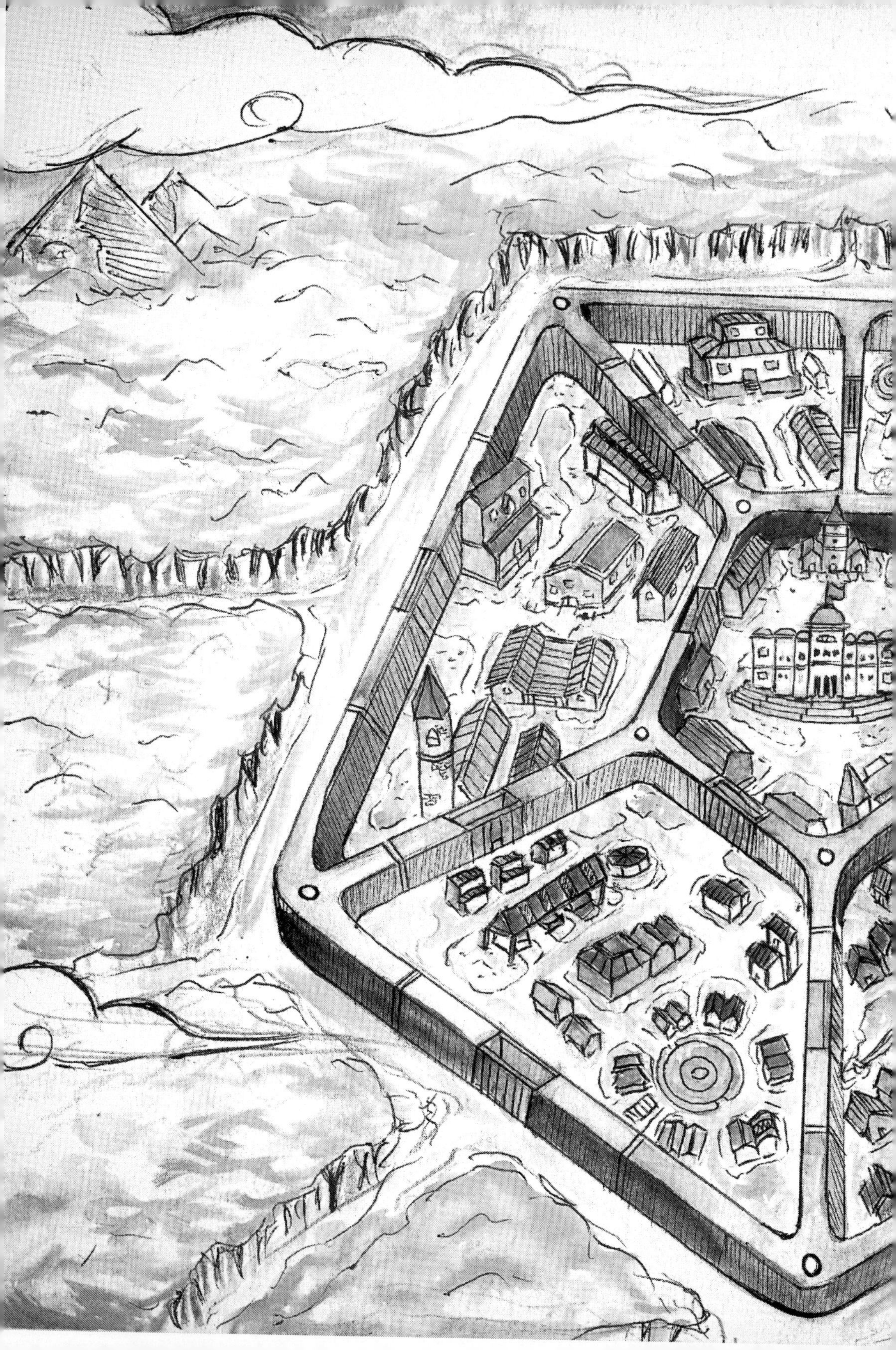

A capital do Império: Simariel

OS ÚLTIMOS DIAS

Dois Anos Atrás

Elizabeth continuava a olhar para a névoa que cobria Ludarius. Daniel acabara de dar adeus para ela, e talvez os dois nunca mais se vissem. Ficou um longo tempo encarando a paisagem pálida pensando em como seria sua vida de agora em diante. Havia conhecido um jovem que, apesar de conhecer seus defeitos, não se afastou dela. Se apaixonou por ele e, agora, tinha mandado o mesmo embora, pois era a única forma dos dois sobreviverem.

Elizabeth começou a refletir sobre o fato de não possuir alma. Não que aquilo tivesse afetado drasticamente sua vida, apesar das mudanças físicas, mas agora pensava nas vezes ouvia Umbelon falando sobre um vazio dentro dele. Elizabeth nunca havia tido aquela sensação, não porque estava sempre bem, mas pelo contrário: Não se lembrava de estar completa algum dia.

Estranhamente não tinha nenhuma memória de sua vida antes de Ludarius. Quando pensava em seu pai ou sua mãe, senhor e a senhora Olivier, Elizabeth não tinha nenhuma figura para comparar. Não sabia se havia herdado os olhos do pai ou o cabelo da mãe, ou vice-versa.

Ela não sabia nada sobre seu passado, e não tinha nenhuma ideia do que iria acontecer. Estava perdida. Perdida e sozinha.

A jovem viu a névoa começar a se dissipar e uma figura vestida com um manto cinza surgiu no horizonte. Quando começou a se aproximar, para a calma de Elizabeth, a pessoa no manto usava uma máscara de marfim, sem nenhuma expressão

— Renegada...

— Você se despediu de Daniel? — Elizabeth engoliu seco. Acabara de abandonar seu jovem amor com um beijo e ainda estava sentindo dor pela despedida.

— Sim. Onde ele está?

Renegada andou até o lado da jovem e apontou para o horizonte. Agora já era possível ver o mar na noite e havia somente um barco navegando para longe da costa, uma pequena luz fraca no horizonte.

— Naquele navio. Provavelmente a caminho de Simariel.

— Você tem certeza? — Renegada abaixou a cabeça e ficou em silêncio por um momento. Elizabeth ficou encarando a máscara sem expressão e tentou imaginar o que estava passando atrás daquele acessório

— Certeza. — Renegada falou — Não consigo mais sentir os traços da energia dele em Ludarius.

Elizabeth tinha certeza absoluta de que seu amado Daniel estava em outra história, diferente da dela. A jovem continuaria sobrevivendo em Ludarius, enquanto Daniel faria seu caminho até o Mar Cinzento. Ele teria que esperar Renegada se encontrar com ele, então teria que viver em alguma cidade. Provavelmente esperaria em alguma das ilhas portuárias entre o Continente Rebelde e o Continente Imperial, ou quem sabe até ficar alojado na grande capital, Simariel. O destino dele era uma coleção de variáveis, enquanto o futuro de Elizabeth seria apenas esperar.

A jovem lembrou-se do motivo pelo qual Renegada havia abandonado ela e Umbelon naquela tarde.

— Você saiu da loja de Umbelon para enfrentar Mestre das Almas... — Renegada suspirou e balançou a cabeça positivamente. Elizabeth ficou preocupada com a resposta simples e curta

— Você... matou ele?

— Marcus deu um tiro no coração dele. — A voz de Elizabeth soava fria.

A jovem sentiu os pelos da nuca se arrepiarem. O tio de Daniel havia baleado aquele homem misterioso de surpresa e Elizabeth pensou quanta coragem flui no sangue da família Stormheart. '*Mais do que no sangue da família Olivier*', pensou Elizabeth, triste e revoltada ao mesmo tempo.

— Então é isso? Mestre das Almas está morto?

— Não. — Renegada virou-se para andar em direção a loja de Umbelon

— O que? — Elizabeth virou, espantada com a resposta da Renegada — Como assim, ele não está morto? Você não acabou de me dizer que ele levou um tiro no coração?

— Não é tão simples assim. — Renegada não parou de andar.

— Mas não é possível que ele tenha sobrevivido! — Elizabeth começou a andar a passos firmes atrás da mulher de manto cinza. — Ele tem que estar morto depois de hoje!

Renegada virou-se e encarou Elizabeth por trás da máscara, porém a única coisa que a jovem via era uma face pálida que expressava frieza

— E você acha que ele seria tão estupidamente fácil de deter? Nós só matamos uma das muitas almas que ele tem e cada vez que fizermos isso ele vai ficar mais forte! — Elizabeth ficou chocada com o que a Renegada lhe disse.

— Como assim? Eu... Eu não entendo...

Renegada suspirou e abaixou a cabeça. Se aproximou de Elizabeth.

— Mestre das Almas possui uma energia enorme no corpo, devido a todas as almas que ele absorveu. Quando ele é morto, ou seja, quando perde uma das almas, o poder dele fica mais livre ainda, como se uma camada de contenção de toda essa energia fosse destruída. Quanto mais almas ele absorve, mais poder ele tem, só que a cada alma que ele perde, esse mesmo poder fica mais descontrolado.

A jovem estava de queixo caído.

— Então... Não há como enfrentá-lo? Se não matamos, ele fica mais forte...

— E se matarmos, ele libera mais energia. — Renegada ainda segurava a os ombros de Elizabeth. Para si própria era mais fácil aceitar aquilo, pois já estava acostumada com a força de seu mestre, mas a jovem na sua frente estava abismada com aquele fato. A cabeça dela devia estar explodindo após tantas revelações sobre toda sua vida e o que a rodeava. Porém Elizabeth apenas deu alguns passos adiante em direção a casa de Umbelon, e isso deixou Renegada preocupada.

A jovem sentia-se num estado no qual nem mais a sua própria preocupação era visível. Havia tantos pensamentos novos e bagunçados em sua cabeça que não sabia por onde começar. A história de sua vida antes de Ludarius? Uma farsa. O plano para Renegada encontrar Daniel, e os dois salvarem sua alma? Um futuro totalmente incerto. O que fazer agora que só era uma questão de tempo até Mestre das Almas encontrá-los? Realidade.

Elizabeth virou-se para Renegada

— O que podemos fazer?

— Nosso movimento está acabando. — Renegada levantou-se. — Nosso ataque foi voltado a desestabilizar Mestre e agora precisamos nos afastar o máximo possível até ele despertar novamente. Vou saber quando ele fizer isso, de tão forte que será a energia que ele vai libertar.

— Mas pra onde vamos fugir? Pro continente Imperial?

— Não... — Renegada sabia que aquilo facilitaria a chegada de Daniel para o Imperatriz, mas ir ao Império agora era muito perigoso para Elizabeth e Umbelon, sem contar que isso faria com que Mestre das Almas os seguissem direto a Daniel. Não podiam arriscar tudo, agora que haviam conseguido mais tempo

— Para onde então? — Questionou Elizabeth.

Renegada olhou para trás da jovem e apontou para além da casa de Umbelon.

— Para as Ruínas. — Renegada respondeu.

Um Ano e Oito Meses Atrás

Estava tudo pronto para a viagem.

Renegada havia passado os últimos quatro meses planejando qual caminho iriam realizar através das Ruínas. Só haviam mapas até o centro da antiga cidade de Ludarius, após isso, teriam que se orientar através do que Umbelon se lembrava da cidade. Renegada sabia que no caminho poderiam encontrar lobos gigantes e outras criaturas do Continente Rebelde, mas esses animais não se comparavam com a fúria do Mestre das Almas. Só havia um problema.

Marcus não queria abandonar Ludarius.

Fazia quatro meses que ele tinha atirado no coração de Mestre e mesmo após o aviso de Renegada, o homem continuou vivendo como se nada tivesse mudado. Continuava trabalhando no mesmo porto, ia para os mesmos lugares e não havia se mudado. Aliás, tinha comprado cortinas novas.

A Marinha não foi mais atrás do Stormheart e ficou claro de que o ataque de Strauss havia sido um movimento isolado. Porém os soldados não eram o maior medo da jovem.

Um dia, decidiu encontrar-se com Marcus na luz do dia e no meio da rua, o que deixou o homem desequilibrado. Era exatamente assim que queria conversar com ele.

— Qual parte você não entendeu quando disse para você o quanto era perigoso continuar aqui? — Marcus demorou um pouco para responder, mas assim que a surpresa passou, sua expressão ficou rígida como sempre.

— Me dê uma prova suficientemente grande para eu abandonar meu lar?

Renegada achava que aquela arrogância fosse útil no comando da equipe que Marcus tinha, mas era estúpida ao se tratar da sobrevivência do homem.

— Que tal tudo que eu lhe contei? Eu não estava brincando, Marcus, ele vai voltar!

— Não vou mentir para você, — Marcus abaixou o tom de voz enquanto os dois andavam, algumas vezes mirados por olhares curiosos sobre a máscara da jovem. — Fiquei muito apavorado. Mas veja onde estamos agora? Passaram-se quatro meses, e nada! Eu vi o corpo dele sendo arremessado ao mar pelo Farol de Ludarius, como é feito com todo indigente morto.

— E acha que isso vai ser o suficiente? Não seja burro, Marcus, eu sei do que estou falando!

— Ah, mesmo? Então me diga, garotinha, — Marcus enfatizou a última palavra, o que irritou mais ainda Renegada, mas reprimiu um ataque de fúria. — por acaso já chegou a ver seu mestre fazer isso, ou é só mais uma historinha dele, do tipo não-posso-ser-morto?

A resposta de Renegada foi mais alta do que ela planejou.

— Eu já segurei o corpo dele desfalecido diversas vezes nos meus braços, seu estúpido! Tive mais do que provas suficientes de que aquele verme volta a vida e cada vez mais irritado e vingativo!

— E por acaso já viu ele reviver após ser levado pelo mar?

Renegada ia responder, mas percebeu que, de fato, nunca tinha visto Mestre das Almas morrer no mar, o que faria com que ele não renascesse no mesmo lugar. Mas não ia aceitar aquele argumento fraco para justificar a desconfiança do marujo.

— Não, nunca vi ele morrer no mar, mas isso não quer dizer que não possa renascer! Ele virá para Ludarius ter a sua vingança!

— Eu duvido! — Respondeu rapidamente o homem. — Não após ser jogado no oceano.

Renegada as vezes odiava o fato das pessoas tratarem as águas com uma força mística. Ele era ridículo em comparação com o que Renegada ou Mestre das Almas podiam executar.

Continuaram discutindo até chegarem na residência de Marcus e sua esposa. Renegada estava com seus argumentos esgotados enquanto o Stormheart se mantinha firme em sua opinião.

Marcus estava quase entrando em casa quando a jovem, cansada, implorou:

— Por favor, Marcus! Sabe o quanto quero seu bem e o quanto eu fui fiel a sua família. Por favor, eu estou tentando te salvar!

O homem parou e encarou Renegada com um olhar furioso, mas falou com uma voz fria.

— Fiel a minha família? Você fez com que me sobrinho fugisse do próprio lar, e não foi capaz de salvar nem meu próprio irmão, que era um Leviatã. Desista da minha família, Renegada. Não há nada que possa fazer por nós.

Marcus fechou a porta da sua casa.

Renegada, por trás da máscara, chorava.

CAPÍTULO 14

O ENCONTRO

Daniel estava voltando para a Sete Espadas com milhões de pensamentos na sua cabeça, mais barulhentos do que os fogos de artifício. Após dois anos, Renegada estava em Simariel. Os dois finalmente podiam se encontrar e continuar com o plano de salvar a alma de Elizabeth.

Mas o que teria acontecido nos dois últimos anos? Será que Elizabeth e Umbelon estavam juntos com a antiga participante da Sociedade das Névoas? Se não, o que teria acontecido? Renegada não abandonaria simplesmente os dois companheiros se estivessem em perigo.

Percebeu que a notícia da Renegada em Simariel era aliviadora e assustadora ao mesmo tempo. Continuou com diversos pensamentos até entrar na Sete Espadas, quando ficou surpreso com o aglomerado de ladrões no hall da guilda. Tentou passar pelos ladrões através de brechas, mas não foi fácil pela superlotação do recinto.

Quando chegou na frente de todos, ficou mais abismado ainda de ver a figura de Lobo sobre uma mesa, lado a lado de Guillian.

— Senhores, — berrava o Mestre da Guilda. — Hoje temos uma grande conquista! Hoje, nesta noite, a Sete Espadas recebe um novo filho! Lobo se torna um ladrão da Sete Espadas e nos presenteia com o Mar de Simariel! Grande dia senhores, festejem! Bebam o quanto aguentarem, comam o quanto suportarem, vivam a conquista do mar pela Sete Espadas! — Guillian ergueu o braço de Lobo e todos os ladrões da guilda gritaram triunfantes, menos

Daniel. Como Lobo havia conquistado isso? E como o seu mestre teria sido tão ignorante a ponto de não perceber que havia algo por trás daquela proposta do pirata? Daniel podia estar apenas paranoico, mas sentia que havia algo a mais.

Lobo desceu do palanque e deu uma rápida troca de olhares com Daniel, ainda incrédulo. O marujo sorria vitorioso. Os ladrões começaram a beber e comer diversas carnes e copos de cerveja que estavam dispostos nas mesas, mas Daniel decidiu ficar sóbrio em volta de tudo aquilo. Quando sentiu uma mão no seu ombro, virou-se e viu Guillian lhe encarando seriamente.

— Vamos ao meu escritório, Tempestade. Acredito que deve ter um relatório para me passar.

— Então, — Guillian estava sentado, com expressão séria — Você está me dizendo que perdeu o broche?

Daniel estava com a cabeça abaixada, derrotado

— Foi... complicado. Não cheguei a perceber quando o acessório foi retirado do meu bolso.

O Mestre da Guilda respirou fundo.

— Conte-me novamente o seu relatório.

— Ocorreu tudo bem no furto do broche de Amelie. O problema foi quando os soldados foram alarmados...

— Como isso aconteceu? — Interrompeu Guillian.

Daniel respondeu lentamente

— Eu roubei uma máscara para me disfarçar no meio das festividades e não reparei que ela era decorada por um âmbar. Quando o homem me encontrou no meio do evento, estava acompanhado de soldados. Três deles também abordaram Amelie e me perseguiram.

Guillian balançou a cabeça negativamente e Daniel mantinha-se cada vez mais frustrado.

O mestre da Sete Espadas bufou.

— Continue.

— Fui perseguido até ser cercado em uma rua. Então, apareceram estes dois mercenários que enfrentaram os soldados junto comigo.

— Descreva melhor esses mercenários.

— Vestiam mantos completamente negros, lutavam com facas e punhos e apareceram do nada. — Ambos ficaram em silêncio, até Guillian respirar fundo.

— Se os outros ladrões não tivessem dito que haviam se encontrado com as Sombras, eu não teria acreditado em você.

Daniel foi pego de surpresa.

— Então os outros ladrões também se encontraram com eles?

— Quase todos. — Guillian encarou Daniel. — Mas você foi o único que recebeu ajuda. E pelo jeito, eles pegaram o preço deles.

— Peço perdão por isso novamente.

— Não há perdão, Tempestade. — Daniel demorou para captar o apelido vindo da voz de seu chefe. Não queria mais ser chamado daquele jeito, não precisava mais se esconder. — Você falhou na sua missão.

— Mas eu peguei o broche de Amelie!

— Mas não de forma discreta! E ainda perdeu o amuleto para Sombras! — Daniel decidiu desistir de se justificar. Aquilo não fazia mais sentido.

— Peço desculpas novamente, não irá acontecer mais.

— Não mesmo. — Guillian fechou os olhos e respirou fundo — Desculpe-me, Tempestade, mas não posso deixar isso passar em vão. Você vai perder sua sala. — Daniel entendeu na hora o que estava acontecendo. Estava sendo substituído pelo homem que havia ajudado os ladrões da guilda a despistar. Estava sendo trocado por Lobo.

Levantou-se da cadeira, balançando a mão para o chefe.

— Não precisa nem me dizer quem vai dormir lá agora.

— Cuidado com seu tom de voz, garoto. — Avisou Guillian, mas Daniel já estava enfurecido com aquela peça de teatro.

O jovem olhou para o Mestre das Sete Espadas.

— O que ele te ofereceu, Guillian? Pensando melhor, o *quanto* ele te ofereceu?

Guillian não aceitava o jeito que o jovem estava falando com ele e retrucou como um pai dando uma bronca a um menino.

— Abaixe esse tom de voz, Tempestade, está avisado!

Mas Daniel não se rebaixou, e apoiou suas mãos na mesa de madeira do chefe, somente aumentando o tom de voz e fazendo as pessoas de fora da sala ouvirem.

— Por que não vai dormir com ele naquela maldita sala?

— Tempestade! — Guillian estava aos berros.

Daniel bateu o punho contra a madeira, que emitiu barulho e o que o jovem berrou fez com Guillian ficasse em silêncio.

— Não me chame mais de Tempestade! — Não se ouviu mais nada após essa declaração. O único som era a respiração ofegante de Daniel, que se manteve em pé. A voz de Guillian soou mais grave que nunca.

— Então como devo chamá-lo?

O jovem ergueu sua postura e olhou para o seu chefe. A sua máscara finalmente iria cair por terra.

— Meu nome é Daniel Stormheart. — Ao mesmo momento que Daniel terminou de falar seu sobrenome, os olhos de Guillian se arregalaram como o jovem nunca tinha visto antes. Ficou com medo do espanto do homem e deu um passo para trás. Quando ele se levantou, Daniel recuou mais ainda. A figura de pé na sua frente estava com um semblante sombrio, quase insano.

— Saia. Saia da minha sala. E saia desta guilda.

Daniel não compreendeu aquela reação.

— Por que? O que há de errado no meu nome?

Guillian ergueu a cabeça e seu rosto estava fixo em uma expressão de raiva.

— O seu sobrenome é amaldiçoado, garoto. Ele é sujo de sangue de inocentes.

Daniel sabia que o homem na sua frente estava se referindo ao acidente do Imperatriz e pensou em falar com ele sobre Mestre das Almas, mas quando abriu a boca para falar, Guillian continuou:

— Não vou permitir que alguém com sangue tão amaldiçoado caminhe entre nós, que chegamos a ser puros perto do que aconteceu com Alexander, seu pai. — Daniel percebeu que não estava simplesmente sendo substituído, mas agora era expulso da Sete Espadas. Pensou em implorar para continuar na guilda, mas então estranhou algo na frase dita por Guillian.

— Como você sabe que Alexander era meu pai?

Dessa vez, Guillian que recuou, como se tivesse sido pego em alguma mentira, mas logo reconstituiu sua postura e investiu bravo contra Daniel

— Não importa o que sei ou não sobre você ou sobre a linhagem nojenta dos Stormheart! Saia dessa guilda nesse momento. Você tem três dias para sair de Simariel, após isso sua cabeça vai estar a um preço muito alto.

Daniel estava chocado e segurando-se para não esmurrar Guillian da mesma forma que fez com Strauss há dois anos atrás. Por que tanto ódio contra a sua família, que havia lutado na Guerra Imperial, que havia realizado diversos feitos grandes? Havia algo distorcido em toda a história que conhecia sobre seus parentes? Decidiu não avançar contra o homem que tinha quase o dobro do seu peso. Não podia perder tempo, ainda mais agora, que sua cabeça ia ser cobiçada por assassinos. Agradeceu por Guillian não ter gritado aquela informação, caso contrário não conseguiria nem sair da Sete Espadas com vida.

Antes de sair da sala, porém, Daniel virou-se para Guillian.

— Você ainda vai precisar de mim, Guillian.

O Mestre da Guilda, que já estava sentado, encarou furiosamente o jovem antes dele sair da sala.

— Espero que eu morra antes deste dia.

Daniel saiu rapidamente da sala de Guillian, ignorando todos os olhares dos assassinos e ladrões que lhe cercavam. Aqueles não era mais seus amigos, eram pessoas que, daqui a três dias, estariam correndo atrás de sua cabeça, deixando para trás qualquer lembrança de bons momentos.

Mas o jovem não seria fraco sobre isso. Se viessem para cima dele, ele não hesitaria em se defender com tudo que tivesse. Ambos os lados em iam para o conflito. Daniel já havia pensado muitas vezes naquilo, e como sabia que seria uma decisão difícil, decidiu não ficar íntimo de nenhum daqueles ladrões e criminosos durante os dois anos.

Mas o jovem teve uma falha no seu plano. Antes de sair da guilda, ouviu uma voz aguda.

— Tempestade! Aqui! — Daniel virou-se, atendendo pelo apelido, e viu que Salazar estava vindo em sua direção. Sua expressão de frieza e seriedade quebrou no mesmo instante, mas o adolescente não percebeu essa mudança. Estava empolgado demais.

— Você viu só? O Lobo se tornou membro de nossa guilda! Estamos mais fortes do que nunca, somos os donos do Mar de Simariel! — Daniel cobriu sua tristeza e agonia com um sorriso. Exibia para Salazar uma felicidade calma, mas no fundo estava pensando que aquele poderia ser um dos jovens que iria atrás dele. Será que Salazar deixaria toda a amizade dos dois para trás e só se importaria com o dinheiro que ele estaria valendo?

Daniel ajoelhou-se na frente do jovem e, estando mais perto Salazar, pôde compreender que seu amigo estava forçando um sorriso.

— O que aconteceu, Tempestade? — Daniel ficou quieto por um tempo até sorrir e dar uma leve risada

— Nada, Salazar, não tem nada acontecendo. Mas vou precisar viajar por um tempo. Vai ficar sem me ver, mas quem sabe um dia nos encontremos?

Salazar ficou quieto, mas seu rosto ficou triste e preocupado

— E... Quanto tempo está nesse seu "Viajar por um tempo"? — Daniel ficou sério.

— Muito tempo... — Daniel colocou as mãos sobre o ombro de Salazar — Mas não fique triste. Lembre-se de mim e de tudo que passamos juntos. Lembre-se que andamos lado a lado e sorrimos um para o outro. Faça tudo que achar certo e nunca se deixe levar por ilusões. Como meus familiares sempre me ensinaram... — Daniel engoliu seco. — Nunca deixe de lutar pelo o que você acredita. Dedique sua vida a isso, pois é o que faz tudo o mais valer a pena.

Salazar normalmente não se emocionava, mas suas mãos estavam tremendo.

— Tempestade... — Daniel abraçou fortemente o jovem adolescente, ainda ajoelhado. Não fez isso somente por carinho por Salazar, mas também para esconder suas próprias lágrimas.

Daniel estava jogado sobre a mesa de madeira no seu bar favorito do Distrito Marrom. Olhava as festividades que ocorriam na rua logo abaixo do estabelecimento. As pessoas não iriam tão cedo para casa nesta noite. O rapaz chegou a amaldiçoar todas as pessoas que estavam no festival. Havia sido essa bagunça que tinha acabado com seu disfarce. Mas depois viu que a culpa não estava naquelas pessoas, mas sim nele mesmo.

Abaixou a cabeça na mesa e bateu com a testa forte, mas não sentiu muito a dor pois já tinha bebido meia garrafa de rum da Sarjeta.

— Três dias! — Falou sozinho, não ligando muito para o que pudessem pensar dele.

Tinha três dias para sair de Simariel. Não tinha ideia para onde ir. Havia chegado em Simariel de gaiato em um navio e não tinha noção nenhuma das outras cidades Imperiais, qual era mais próxima da capital do Império, quais seriam as estradas que deveria seguir.

Ludarius não era opção, nem qualquer outro canto voltado ao Continente Rebelde. A figura de Mestre das Almas não saia da mente do jovem, e seu coração ainda apertava pelo feitiço que estava preso nele.

— *Encontre a alma do Imperatriz! Encontre o coração!* — Daniel cantou baixinho. A música amaldiçoada continuava sempre na sua mente, e começava a pensar se aquilo teria algo a ver com sua vida. Aquela era uma música profética, falava de coisas que ainda iam acontecer. Poderia, seu coração, ser o mesmo que é dito na música? Podia Daniel ser descrito em uma canção escrita a eras atrás? Poderiam homens e mulheres terem conhecido sua história antes mesmo que ele?

E Mestre das Almas estaria sempre destinado a amaldiçoar Daniel?

Todas as coisas estavam bagunçando a sua mente que se enchia com mais dúvidas. O que aconteceria daqui a três dias? Todos os ladrões da Sete Espadas iam atrás dele?

Não... Seria pior. A Sete Espadas só seria a responsável pela recompensa de sua cabeça. Colocariam cartazes seus em todas as guildas de ladrões e assassinos. Todos eles estariam atrás do filho de Alexander Stormheart, o maldito. Definitivamente teria que dar adeus aos Distritos Azul, Marrom e Negro. Viver sobre o Distrito Rosa, só mendigando.

Mas não demoraria muito para a própria guarda da cidade de Simariel fosse subornada por Guillian e Lobo. Logo até os bonzinhos estariam atrás dele. Fazia só dois anos que estava na capital Imperial, mas havia se adaptado com o clima tropical, as vestes leves e grande movimentação noturna.

Abandonar aquilo tudo seria triste para o jovem, mas outro pensamento mais urgente começou a surgir em sua cabeça: Renegada havia encontrado ele, mas as Sombras disseram que ela só iria se encontrar com ele quando ela achasse apropriado. E se fosse tarde demais? E se Daniel já tivesse ido embora, e Renegada tivesse que rastreá-lo novamente? Estariam voltando para a estaca zero da próxima etapa para salvar a alma de Elizabeth.

Pensar no nome da amada fez com que Daniel sentisse um aperto maior ainda no coração. Não pelo feitiço do Mestre das Almas, mas pelo próprio sentimento forte da saudade que sentia dos olhos azuis da jovem. Lembrava-se quase todos os dias de como haviam se conhecido, e como aquele olhar cheio de sonhos havia se apagado para um triste olhar cinzento. Lembrou-se de como o curto cabelo colorido da garota se alongou como uma cauda de vestido e se descoloriu. Pensou se ela teria mudado mais ainda, ou se estava mais fraca, e não aguentou as lágrimas sobre o rosto.

Desceu o rosto novamente até a testa encostar na madeira da mesa e viu seu choro escurecer a madeira. No final da noite, não importava mais que a Sete Espadas fosse querer a cabeça dele. Não lhe importou mais que Mestre das Almas pudesse estar louco atrás de Daniel para matá-lo. Não lhe importou mais Renegada encontrá-lo ou não.

Tudo que importava era que Elizabeth precisava dele, e ele estava falhando com ela.

— *Encontre a alma do Imperatriz! Encontre o coração!* — Daniel gritou as palavras da canção, e algumas pessoas se afastaram dele. Talvez tivessem ouvido a canção maldita saindo da boca maldita do menino maldito,

Mas então, no meio de todo o silêncio que havia se estabelecido e era quebrado somente pelas ondas e pelo choro, Daniel pode ouvir um outro som, uma outra fala.

— *Os guerreiros irão se levantar, e a Iluminada Rainha irá batalhar!* — A voz cantou na mesma tonalidade e melodia que Daniel havia gritado.

O jovem levantou um pouco o rosto e viu que, do lado oposto da mesa, um manto cinza estava cobrindo a visão do mar. Pensou que aquela seria uma roupa muito pesado para ser usado no calor de Simariel. Enquanto Daniel levantava mais o rosto inchado, a voz falou novamente, mas algo parecia abafar seu som:

— Essas são canções muito perigosas de se cantar hoje em dia....

Daniel continuou a erguer o rosto até chegar ao fim do manto. De dentro dele somente era possível ver uma coisa. Algo que despertou o olhar de Daniel e que deixou o mesmo sem fala alguma, com o queixo caído.

De dentro do manto surgia uma máscara, e a voz feminina falou com um tom mais alegre:

— Recomponha-se Daniel... Ainda existem coisas que eu preciso lhe contar.

OS ÚLTIMOS DIAS
Parte Dois

Um Ano e Quatro Meses Atrás

Renegada saiu da hospedaria com uma grande mala nas costas. Não se importava mais em chamar atenção naquele dia, já que seria o último que passaria no porto de Ludarius. Começou a fazer seu caminho para a praça na qual vivia Elizabeth. Tinham combinado aquele dia pois seria a Noite das Luas Externas, quando as duas luas fornecem a maior iluminação noturna possível. Não que fugir para as Ruínas de Ludarius fosse ilegal, mas pelo que Renegada havia estudado, a maioria dos animais da região eram diurnos e provavelmente estariam dormindo a noite.

Mesmo assim, Renegada fez questão de treinar Elizabeth nos últimos quatro meses. A jovem recebeu lições de arquearia e feitiçaria com Renegada e Umbelon. Haviam decidido que cada um deles deveria saber se proteger sozinho, caso se perdesse dos outros dois companheiros.

Renegada não conseguiu convencer Marcus. Havia tentado diversas vezes abordá-lo, mas ele sempre escapava com respostas grosseiras ou com o bater de portas. Sabia que ele ainda estava sentido pelo fato de Alexander, seu irmão, ter se sacrificado para salvar ela e Elizabeth, mas a única forma de pagar a sua dívida com a família Stormheart era salvando os que ainda estavam vivos. Mas Marcus se negava a acreditar que Mestre das Almas poderia voltar atrás dele. Em uma das discussões, ele havia dito:

— Deixe que ele venha atrás de mim! Tenho balas suficientes para destroçar o coração dele novamente. — Mas Renegada sabia que aquilo não 0o suficiente para parar a vingança do seu antigo mestre e abandonar Marcus na cidade estava apertando seu coração. Mas não tinham mais tempo a perder. Mestre das Almas poderia chegar a qualquer momento.

Chegou à frente da praça e encontrou Umbelon e Elizabeth, ambos carregando malas como a da jovem. Elizabeth carregava em seu cinto uma fina espada curta, que Renegada havia comprado para a menina. Reparou que seu cabelo continuava cinza, assim como seus olhos, mas estes últimos pareciam mais vazios a cada dia que passava.

— Estão prontos? — Tanto Elizabeth quanto Umbelon aquiesceram. Começaram a andar em direção a outra avenida que tinha início naquela praça. Renegada lembrou-se de quando encontrou Daniel lá, alguns meses atrás, e pediu para que ele esquecesse Elizabeth. Tudo havia mudado desde então e sua vida havia sofrido uma mudança drástica.

Ela só não estava mais lutando contra Mestre das Almas. Agora tinha pessoas para proteger, companheiros para cuidar. E estava pronta para sacrificar sua vida por cada um deles. Virou-se uma última vez para observar o porto de Ludarius. O sol estava se pondo, e por trás da máscara, Renegada respirou fundo para se despedir.

— Tome cuidado, Marcus. — Falou baixo para si mesmo. — Por favor.

Um Anos e Dois Meses Atrás

Elizabeth estava acordando com a luz do sol entrando pela janela do quarto. A cama era velha e o colchão estava quase comido por inteiro pelas traças, mas o que importava era que se sentia segura. Levantou-se da cama que rangia e andou em direção a janela grande do quarto. A vista que tinha não era das mais agradáveis. Na frente de tudo ficava uma praça com diversas colunas enormes tombadas umas sobre as outras. Umbelon e Renegada estavam conversando, e pelo sorriso na cara do feiticeiro, seria algum assunto sobre os tempos antigos.

Ao longe, o porto de Ludarius já havia se tornado um pequeno ponto, e em algumas semanas, o mar tornar-se-ia somente uma vaga memória dentro da mente de Elizabeth. A jovem sentia o corpo cada vez mais leve, mas não significava que era mais fácil andar. Seus passos eram arrastados, e sua respiração mais pesada. Sentia como se estivesse envelhecendo dois anos a cada mês e não tinha mais a virtude de antes.

Começou a descer as escadas quebradas de madeira do prédio onde estavam. Segundo Umbelon, aquele era o antigo prédio da prefeitura de Ludarius. O feiticeiro contou que todas as cidades tinham líderes e cada líder respondia diretamente ao Imperador e seus assessores

— Dizendo assim, os Rebeldes não pareciam tão bárbaros assim. — comentou Elizabeth em uma certa vez que estavam conversando.

— Eles receberam esse nome injustamente. Nos chamavam de Rebeldes e de Continente Rebelde pelas águas tumultuadas dos nossos mares. Mas entre nós mesmos tínhamos diversas nomenclaturas. Gostávamos de ser conhecidos como Neo-Imperiais.

— Como assim? — Aquilo surpreendeu Elizabeth — Vocês tinham alguma relação com o povo do outro continente?

— Claro, minha querida! Há muitas eras atrás os primeiros moradores do Continente Rebelde eram Imperiais. Nós costumávamos chamar eles de Velhos Leviatãs. Os Novos Leviatãs, como o pai de Daniel, não chegavam aos pés dos colonizadores do Continente Rebelde.

— E mesmo assim, os dois continentes entraram em guerra. Por que? — Umbelon suspirou.

— O tempo faz as pessoas esquecerem o passado. As duas sociedades, depois de diversos problemas, se tornaram tão diferentes a ponto de falarem que tinham origens diferentes uma da outra. Conflitos começaram a surgir e não eram resolvidos. A Guerra Imperial foi o resultado de tudo isso. — A conversa acabou com essa fala e Elizabeth ficou pensando sobre homens que não conseguiam viver em paz.

Estava descendo lentamente a escada quando, vindo da praça a frente da prefeitura, ouviu um grito abafado. Era Renegada. Elizabeth ficou assustada e apressou o passo para o hall do prédio. Ao chegar na porta dupla, passou pela pequena abertura, indo para a praça aberta. Encontrou Renegada ajoelhada no chão, respirando ofegante, e Umbelon desmaiado o seu lado.

— O que aconteceu? — Elizabeth correu em direção aos dois. Ao agachar no lado do feiticeiro, viu que ele já estava abrindo os olhos, mas estava terrivelmente assustado.

— Não pode ser.— Balbuciava — Não pode ser... — Elizabeth virou-se para Renegada, que estava imóvel, exceto pela sua respiração ofegante e descontrolada.

— Renegada?

A mulher não respondeu e Elizabeth começou a ficar nervosa por não estar entendendo nada daquilo. A jovem aproximou-se de Renegada e segurou ela pelos ombros, levantando o rosto mascarado.

— Renegada, o que houve? — A mulher, então, mexeu levemente a cabeça para os lados e depois olhou novamente para Elizabeth.

— Ele voltou — Ela falou, e sua voz parecia estar desolada, como se todo o seu mundo tivesse ido ao chão — Mestre das Almas está vivo novamente.

O Farol de Ludarius estava abandonado, não fosse por dois soldados da marinha que estavam conversando sobre a vida longe de suas esposas.

— Ela não pode ver o que eu faço, então faço tudo que eu quiser, se entende do que estou falando — O soldado deu um sorriso malicioso para o outro, que balançou negativamente a cabeça.

— Não cara, isso está errado. Lembro do dia do meu casamento como o mais feliz da minha vida.

— Eu também — Respondeu o primeiro. — Depois disso, tudo foi por água abaixo. — Os dois continuaram conversando sobre suas vidas até o pôr do sol. Então decidiram levantar e descer o fiorde no qual ficava o Farol de Ludarius.

Mas nenhum deles percebeu que, da ponta do fiorde, uma silhueta os seguia. Os soldados se olharam enquanto a figura de manto cinzento passava entre os dois, e esta foi a última visão que cada um deles teve ainda com vida:

O soldado da esquerda da silhueta cinzenta viu a cabeça de seu companheiro se desprender lentamente do resto do corpo. Ainda havia um sorriso estampado na cara deste. Já o soldado da direita viu, antes que sua cabeça deslizasse, que o corpo do seu amigo havia sido cortado ao meio por algo que não conseguiu perceber, mas que ultrapassou ferro e aço da armadura. A parte da cintura pra baixo do corpo caiu, enquanto o resto despencou um pouco a frente.

Os dois corpos desfaleceram ali mesmo, no fiorde, enquanto o homem de manto cinzento e molhado continuava a descer o caminho em direção a Ludarius.

Seu olhar queimava com o fogo da vingança e qualquer pessoa que entrasse no caminho teria o mesmo destino que aqueles soldados.

Mestre das Almas estava furioso e sua energia fazia o ar tremer ao seu redor.

— Não! — Berrou Elizabeth. — Não, não agora! Nós estávamos tão perto... Não estávamos? — Renegada mantinha-se de pé, com a cabeça para baixo, virado de costas para Elizabeth e Umbelon.

— Como eu pude ser tão estúpida...

— Do que você está falando? — Elizabeth estava desesperada, e ficou mais alarmada ainda ao olhar para Umbelon e ver lágrimas no ancião. — Renegada, precisamos fugir!

— Você não entende? — Renegada gritou mais alto que Elizabeth. — Não temos para onde fugir! Acabou! Mestre vai nos encontrar onde quer que seja! — Elizabeth ficou paralisada por um tempo, até se ajoelhar e começar a chorar.

Umbelon conseguiu falar entre as lágrimas:

— Eu nunca senti uma energia tão forte quanto essa...

— Nem eu... — Renegada respirou fundo. — O que podemos fazer, Umbelon? — O velho não respondeu. Os três estavam desolados e acabados. Haviam feito um ótimo movimento derrubando Mestre para que Daniel pudesse escapar dele, mas agora não havia escapatória para eles. Todos sentiam que a qualquer momento o homem de manto cinza estaria ao lado deles, sugando suas almas.

Renegada olhou para Umbelon. O homem chorava, mas Renegada sabia que ele não estava chorando pela morte que estava a caminho. Afinal, o homem já havia perdido sua alma para Mestre, e não havia muito para viver após isso. Ela sabia que tanto Umbelon quanto ela estavam tristes por Elizabeth. Toda a luta que enfrentaram, junto com Daniel, Marcus e até mesmo Alexander Stormheart, era para salvar a alma da menina que estava ajoelhada no chão. Mas com Mestre das Almas sendo tão forte quanto agora, era impossível resistir.

Renegada respirou fundo.

— É isso... Vocês continuam sozinhos agora.

Elizabeth limpou suas lágrimas e olhou para Renegada.

— Do que você está falando? Não pode nos deixar!

— Não. — Renegada fez uma pausa e levantou o rosto — Mas alguém tem que parar ele.

Umbelon ergueu seu rosto.

— Renegada, não é possível! Você não vai conseguir vencer ele!

— Eu sei... — Renegada falava baixo.

— E não vamos conseguir ir muito longe sem você. — Elizabeth continuou o discurso do feiticeiro.

— Eu sei. — Respondeu Renegada.

— Então por que você vai? — Elizabeth pulou e gritou com a mulher de manto cinza.

Um silêncio se instalou entre os três, até que Renegada disse:

— Mas o que resta? Se fugirmos, ele vai nos encontrar. Não temos como fugir do poder dele agora. E eu me recuso a entregar minha vida de mãos dadas para ele, depois de todos estes anos. Me recuso a desistir de tudo isso. Me recuso a deixar ele vencer fácil, então eu juro pelos Mares e todas as coisas sagradas de que eu não vou deixar ele me matar sem fazer nem mesmo um machucado nele.

E, depois disso, Renegada andou em direção ao Porto de Ludarius.

Marcus estava descansando na sua cama com Marian depois de voltar pra casa. Ludarius estava belíssima ao pôr do sol, e Marian estava dormindo com a cabeça deitada sobre seu peito. A vida estava feliz e calma, mas Marcus vivia sentindo saudade de seu sobrinho. Perguntava-se onde Daniel poderia estar, o que fazia e se pensava na sua família. Achava triste o fato dele estar sozinho, mas também ficava feliz por estar vivo.

Lembrava-se toda noite do momento em que disparou a bala nas costas do homem que estava atrás de seu sobrinho. Viu ele morrer há quase nove meses e até agora nada que Renegada dissera havia acontecido. Mestre das Almas não havia batido na sua porta.

No dia seguinte ao disparo, Marcus viu o corpo do homem ser jogado do fiorde do Farol de Ludarius. Acreditava na fé de todos os marujos de que o mar era a maior força do mundo e ninguém podia se opor a ele. Sua fé estava se comprovando, e nem mesmo o suposto homem mais forte do mundo poderia se opor ao mar.

Deu um beijo na testa de sua mulher e desceu as escadas de madeira da casa. Ia começar a preparar a janta para os dois. O menu incluía peixe e um belo ensopado para sua amada. Foi até o fogão a lenha da casa, e quando abriu a fornalha para acender o fogo, percebeu que o mesmo já estava aceso. Estranhou um pouco o fato, mas não se importou e começou a passar a água de um balde de madeira para uma panela de ferro grande, na qual faria o ensopado. Sentiu calor, e percebeu que seria uma noite mais quente do que o normal em Ludarius. As noites enevoadas haviam acabado, e agora Ludarius viviam os dias de glórias de anos atrás.

Então, Marcus reparou em algo muito estranho. Primeiro achou que fosse uma ilusão, mas quando percebeu que aquilo era real, começou a ficar assustado. A cortina da janela da cozinha estava pegando fogo, mas não havia nenhuma fonte para a chama ter alcançado o tecido. No momento que a fornalha estava aberta, Marcus não viu nenhuma fagulha que pudesse ter escapado em direção a cozinha. Era impossível que aquela cortina estivesse queimando sozinha, mas ao pensar isso, Marcus ouviu sua esposa gritando do andar de cima.

Marian desceu correndo os degraus e, quando Marcus a segurou, perguntando o que havia acontecido, ela disse, desesperada:

— Nosso lençol está em chamas! Nossa cama inteira está queimando!

Marcus ficou mais assustado ainda quando sua esposa disse isso. Decidiu subir para o quarto e ver sua cama em chamas com os próprios olhos, mas quando colocou a mão sobre o corrimão de madeira, gritou de dor. A madeira estava quente como uma panela sobre o fogo.

O que está acontecendo, pelos deuses? Pensou o marujo. Se espantou mais ainda quando, ao olhar para o chão, viu chamas dançando em torno de sua mesa. Após um tempo, o fogo cresceu selvagem e engoliu a mesa, que soltou sons de madeira quebrando e secando, como em uma fogueira.

Marian não parava de gritar desesperada, e Marcus decidiu que os dois precisavam sair imediatamente da casa para depois descobrirem o que estava acontecendo. O marujo agarrou o pulso de sua mulher e os dois começaram a correr pelo corredor estreito que ia em direção a porta da frente da casa, tomando cuidado para não encostar nas paredes que ardiam. Chegando à porta, Marcus cobriu sua mão com o tecido do vestido de Marian e tentou virar a maçaneta da porta.

A porta não abriu. A maçaneta derreteu com o esforço que Marcus exerceu.

O homem ficava cada vez mais assustado. Ao olhar para trás, viu que toda sua cozinha e provavelmente seu quarto já estavam ardendo em chamas. De fontes desconhecidas. Então Marcus decidiu olhar para fora, através do vidro da porta de entrada, e o que viu acabou com todas suas esperanças.

Em frente à sua casa, Marcus viu um homem vestido com um longo manto cinza. Ele movia a mão exatamente como as chamas dançavam dentro de sua casa. Marcus teve vontade de chorar, mas o calor que fazia dentro da sua casa já o fazia lacrimejar. Decidiu respirar fundo, tossindo com a fumaça dentro de sua própria casa, e virou-se para sua amada.

Marian, ainda assustava, olhou para a expressão triste de Marcus e chorou.

— Marcus... Eu estou com medo.

— Está tudo bem meu amor... — Marcus decidiu abraçar sua mulher, cobrindo o rosto dela sobre seu peito, exatamente como estavam alguns minutos atrás, enquanto dormiam. — Eu estou com você pra sempre. — Marcus evitou olhar para fora. Não precisava tirar dúvidas de que aquele era Mestre das Almas. Evitou olhar para as chamas que iam em direção ao casal. Não tinha dúvidas de que aquele era o momento final deles.

Marcus decidiu fechar os olhos.

Mestre das Almas fechou o punho, e a casa a sua frente ardeu em chamas. Lentamente, ele ergueu seu braço, e o fogo começou a se alargar em sua frente, formando uma coluna descomunal no céu. O homem levantou o outro braço, e além de aumentar sua altura, a coluna ficou mais grossa ainda. Então, após uma certa altura, Mestre das Almas abriu suas mãos e, do topo da coluna, as chamas foram se espalhando, engolindo as nuvens e fazendo uma névoa assustadora cair sobre a cidade.

Mestre estendeu seus braços para os lados e o céu de Ludarius começou a pegar fogo.

Renegada assistiu aquilo tudo desamparada, e quando o céu foi coberto de chamas, caiu de joelhos no chão. Não precisava perguntar de onde subia aquela coluna. Não conseguia mais sentir a energia de Marcus entre todas. Sua máscara estava ficando embaçada pelas lágrimas, então decidiu desafivelar ela.

Deixou a máscara cair e seu cabelo caiu sobre suas bochechas. Começou a berrar de dor. Havia menos um Stormheart no mundo. Menos uma pessoa capaz de parar Mestre das Almas.

— Não!! — Berrou — Por que? Por que não eu? Por que?

Estava longe de Elizabeth e Umbelon, mas provavelmente os mesmos conseguiam sentir a mesma dor. Bateu os punhos contra as pedras que cobriam o chão das ruínas e amaldiçoou de todas as formas Mestre das Almas. Agora, até mesmo sua própria morte parecia em vão.

Não havia mais nenhuma esperança para que eles se salvassem. Ela se sentia morta junto ao céu de Ludarius. Pensou em todas as pessoas que agora estariam sobre a mão de Mestre, em todas as almas que ele podia absorver. Chorou mais ainda. Chorava pelo mundo de caos ao qual Mestre das Almas estava levando todos eles

Então, bem baixinho e por trás de todas as suas lágrimas, Renegada ouviu uma única frase cantada:

— *Os guerreiros irão se levantar, e a Iluminada Rainha irá batalhar!* — Renegada virou-se, ficando sentada, para ver de onde vinha a voz.

Era um homem. Ele usava uma roupa leve, totalmente negra, e somente seus olhos eram visíveis. Renegada ignorou o fato de não estar com a sua máscara. Se ia morrer em instantes, pouco importava que alguém a visse ou não.

— Quem é você? — A voz da jovem saiu levemente fraca e trêmula

— Acalme-se. Não estamos aqui para feri-la. — Renegada se afastou um pouco mais, e quando o homem estendeu a mão, a jovem emitiu um raio de chamas violetas para cima do homem, lançando na altura do coração. Então, surpreendentemente, aquela região do corpo do homem se dissolveu em uma fumaça, deixando que a chama passasse livremente. Aquilo chocou Renegada, que foi mais para trás ainda.

Quando se virou para correr, deu de cara com o mesmo homem. Assustada, virou-se novamente e ficou mais confusa ao perceber que aquele não era o mesmo homem, mas sim diversos homens vestidos totalmente iguais, sem nenhuma diferença, com os mesmos olhos e mesmo tons de vozes.

— Acalme-se, por favor. — Renegada não sabia mais se o homem que estava falando com ela agora era o mesmo que antes. — Não estamos aqui para lhe ferir.

— Quem são vocês? — O tom de voz da jovem estava alto e desesperado.

— Temos muitos nomes e somos muitos, mas todos nós estamos aqui apenas para uma coisa.

— Por que? Por que estão aqui?

A multidão de homens que aglomeravam em torno de Renegada apontara, ao mesmo tempo, para o céu flamejante de Ludarius.

— Porque o povo Rebelde sempre defenderá sua terra! — Renegada conhecia aquela fala. Era o lema de todos os soldados que pertenciam ao Continente Rebelde. Ficou espantada quando entendeu o que estava acontecendo

— Não pode ser! — Ela olhou ao redor, vendo que o número de homens aumentava cada vez mais. Todos usavam as mesmas roupas — Vocês são... fantasmas? Dos soldados Rebeldes?

— Exato. — Um deles falou com ela, e Renegada prestou atenção no seu olhar — Sabemos quem está fazendo isso com o céu de nossa terra. Só existe uma pessoa com tamanho poder: o Mestre Amaldiçoado.

— Mestre das Almas, sim. Ele está se vingando pois tentaram matar ele.

— E nós não vamos deixar que isso aconteça. — Proclamou um outro homem e Renegada virou-se para ele. — Vamos impedir que ele continue com essa catástrofe. Ele pode absorver almas e matar seres vivos, mas não pode acabar conosco, seres do outro mundo!

— O povo Rebelde sempre defenderá sua terra! — Todos os homens gritaram ao mesmo tempo e Renegada sentiu arrepios passarem por sua espinha.

— E o que vão fazer com ele? — Perguntou Renegada — Matá-lo não é uma opção.

— Nós sabemos disso. Vamos deixá-lo preso em uma câmara de nosso mundo. Ele não poderá destruí-la, nem passar por ela. Vamos fazer isso enquanto for necessário. E você, jovem Renegada, — O homem fez uma pausa, e Renegada ficou surpresa por ele saber sobre seu apelido — Vai embarcar em um dos nossos navios, no Porto de Ludarius. Nossos servos que são vivos, as Sombras, vão guiá-la até seu objetivo. Não se preocupe com Mestre, ele ficará preso até o momento certo.

— E qual momento é esse?

Nesse instante, todos os fantasmas gritaram ao mesmo tempo a canção:

— *Os guerreiros irão se levantar, e a Iluminada Rainha irá batalhar!*

Renegada tremeu. Aquilo era um exército que estava indo batalhar com todas suas forças contra Mestre das Almas. Reconheceu a melodia da canção que eles cantavam e viu que se encaixava perfeitamente com a profecia que vagava na mente de Daniel Stormheart. Olhou para o homem que julgava ser o líder de todos os fantasmas.

— Quem irá batalhar? Quem é a Iluminada Rainha?

O homem olhou sério para ela e estendeu sua mão.

— Junte-se a nós. — Falou. — Aquilo não era uma resposta, mas Renegada estendeu sua mão e misteriosamente conseguiu agarrar a mão do comandante. Imaginou que quando quisessem, os fantasmas podiam se materializar.

Antes de subir na montaria espectral, Renegada pegou sua máscara. Após amarrá-la, ouviu o discurso do comandante.

— Hoje, homens e mulheres, vocês despertam pela segunda vez na vida! Hoje, lutarão por aquilo que acreditaram e que continuam acreditando! Lutarão pelas suas almas e por tudo que amam e guardam nos seus corações que não batem mais! Lutarão pelos seus avós, pais e filhos! Pela doce vingança e pela honra! Pelo passado e pelo futuro! Lutarão por Ludarius e pela Iluminada Rainha!

Então, avançando furiosamente, todos os fantasmas gritaram e Renegada acompanhou eles, berrando o lema rebelde:

— O povo Rebelde sempre defenderá sua terra!

CAPÍTULO 15

A EXPLOSÃO

Daniel estava sentado de costas no chão com um olhar vazio. Renegada havia acabado de lhe contar o que passara nos meses após sua fuga de Ludarius. Ficou esperançoso ao ouvir a história de como estavam fugindo para as ruínas, mas o bar se transformou no cenário de sua fúria quando soube da morte de seus tios. Renegada se manteve parada todo o tempo, esperando que o jovem finalmente se sentasse para ela continuar.

— Foi uma batalha muito dura contra Mestre. Ele conseguiu repelir diversos ataques dos espectros, mas eles eram muitos. Agarraram ele e prenderam-no em uma esfera espectral. Ele não pode infligir danos a objetos de outros planos, então ele está aprisionado por enquanto. Quando cheguei no porto, encontrei as Sombras na embarcação e saímos de Ludarius.

Daniel permanecia com um olhar sinistro ao chão.

— Então, — A voz dele saiu baixa — Se matarmos ele, fica mais forte. E se ele ficar vivo, absorve mais almas.

— Exato.

— E você disse que ele foi preso por fantasmas?

— Espectros. Sim, ele foi preso e está contido. Pedi aos espectros que também protegessem Elizabeth e Umbelon e levassem os dois para um local seguro.

Daniel suspirou.

— Então, isso quer dizer que você confiou Elizabeth e Umbelon à um grupo de fantasmas que estão prendendo o homem mais poderoso deste mundo?

— Eu sei que parece estupidez — Renegada disse — Mas não precisa se preocupar. Confio naqueles espectros. Por mais que estivéssemos em lados opostos na guerra, os soldados Rebeldes eram dignos de respeito. Suas promessas são impossíveis de serem quebradas. E Mestre está bem isolado, não representa perigo para seus amigos. — Daniel ficou em silêncio, olhando para a máscara da Renegada que lhe encarava. Duvidava da segurança de Elizabeth e Umbelon, e não conseguia concordar com a mulher na sua frente. Mas decidiu deixar essa conversa para depois.

— Você demorou dois anos para me encontrar. Por que?

— Não foi nada fácil encontrar você.

— Não podia rastrear minha energia, como rastreou a do Mestre?

— Não. Você estava distante e desse jeito sua aura se misturava a várias outras. Passei por diversas ilhas te procurando.

— E nunca passou pela sua cabeça me procurar na capital?

— Sim. Eu sempre soube que você estaria aqui.

Daniel ficou confuso e olhou novamente para Renegada.

— Então por que você não veio logo me buscar? Podíamos ter salvado Elizabeth há um ano atrás!

Renegada olhou friamente para Daniel, afinal, não havia outra expressão naquela máscara. Sua voz saiu fria da mesma forma.

— Porque eu estava sendo perseguida, Daniel.

Renegada e Daniel estavam andando na rua. Sarjeta estava fria, mas as luas brilhavam imensas no céu sem nuvens. Era de madrugada e as festividades haviam acabado, sendo que Renegada era a única pessoa mascarada na rua. Fora ela e Daniel, somente os cachorros andavam nas ruas do Distrito Marrom.

— Enquanto a operação Olivier prosseguia, — Começou Renegada. — Mestre das Almas criou diversas alianças entre a Sociedade das Névoas e soldados, piratas e até...

— Ladrões?

— Exato.

— Humm... — Daniel refletiu essa informação com a surpresa de Guillian ao saber seu nome — Isso inclui a Sete Espadas? — Renegada parou e olhou com a cabeça inclinada para Daniel

— Como você conhece essa guilda?

— Foi onde eu fiquei escondido dois anos pelo nome de Tempestade. Quando falei meu nome, Guillian, o chefe da Guilda, ficou espantado e me mandou sair da cidade, e que daqui a três dias ele colocaria um prêmio na minha cabeça Renegada fechou a mão firmemente.

— Maldito seja, Daniel! Por que você disse seu nome?

— Me desculpe! Foi um momento de raiva! Você não está querendo me dizer que...

— Guillian é um dos espiões. — Daniel arregalou os olhos. Quem saberia então sobre sua identidade?

— Anos atrás Guillian e muitos outros soldados, ladrões e comandantes foram treinados por Mestre das Almas, mas nenhum deles foi treinado nas ciências como eu ou os outros membros da Sociedade. Então muitos membros entraram em conflito em relação a alma de Elizabeth e o que deveria ser feita com ela. Mestre das Almas e seus seguidores mataram os que iam contra suas opiniões, e um verdadeiro motim ocorreu na irmandade. Mas em uma Sociedade tão forte, não havia como ter muitos sobreviventes a um evento destes. No dia do Imperatriz, fora espiões, somente os três últimos membros reais da Sociedade estavam na embarcação: Mestre das Almas, eu, e o Ilusionista.

— Quem é este terceiro? — Perguntou Daniel. Já tinha ouvido o nome antes.

— O responsável por todo o sucesso da Operação Olivier. Ele era responsável de distorcer a realidade em volta da vida de Elizabeth. Por exemplo, quando ela tinha cinco anos, ocorreu uma revolta civil enorme em Simariel, onde ela morava, mas Ilusionista cobriu toda a mansão com sua ciência para que a alma da criança não fosse influenciada por tal violência. Ele era a fórmula principal do plano de Mestre.

— Então o que aconteceu depois do Imperatriz? — Daniel estava começando a ver que as coisas poderiam ficar mais complicadas do que antes. Não havia só um inimigo, que era Mestre das Almas. Ele também tinha seus aliados, como Guillian e este Ilusionista

— Isso que eu descobri enquanto passava pelas ilhas. De fato, desde o momento que abandonei a costa de Ludarius, pude sentir energias que se destacavam de pessoas normais. A cada ilha que passei, isso ficou mais claro, até que comecei a ver os mantos cinzentos. Acredito que alguns dos espiões tenham sido inseridos nas Sociedade e treinados em nossas ciências por Ilusionista e Mestre.

— Então... As coisas realmente estão mais complicadas do que esperávamos!

— Não muito. Podem ter sido treinados, mas suas energias não eram tão grandes quanto a minha, com exceção de uma... Enfim, quando percebi que estavam atrás de mim, comecei a criar caminhos por ilhas para despistá-los, o que não foi fácil, já que haviam piratas entre eles. Foi por isso que demorei tanto tempo, pois precisei ter certeza que nenhum deles nos seguiu até aqui. E agora não podemos mais esperar, Daniel.

— Concordo. Precisamos salvar Elizabeth, precisamos deter Mestre das Almas. Como vamos fazer para chegar ao Imperatriz? — Renegada estava prestes a falar que as Sombras e seu navio iriam levá-los até o Mar Cinzento quando, de repente, ouviram-se duas explosões consecutivas, vindas de diferentes direções da cidade.

Daniel e Renegada abaixaram-se, e diversas pessoas foram em direção as suas janelas e portas, ver o que estava ocorrendo.

— Mas que merda foi essa? — Berrou Renegada.

— Venha comigo. — Disse Daniel, e o jovem começou a correr em direção a um muro lateral de uma casa, subindo o telhado dela. Renegada entendeu o que ele estava fazendo.

Precisavam ver com seus próprios olhos o que estava ocorrendo na cidade de Simariel. Renegada ficou surpresa com a habilidade que ele havia adquirido com os dois anos que haviam passado. Na curta conversa que tiveram, percebeu que ele não era mais o jovem que ela havia abandonado seu lar, mas um homem que havia perdido tudo que amou e que agora tentava salvar a única coisa que lhe faltava: sua amada. Era um homem que havia tido escolhas difíceis e que lutaria por aquilo que achava justo e para salvar o máximo de pessoas que pudesse.

Aquele era o último Stormheart.

Quando Renegada chegou ao topo do telhado, viu Daniel parado na ponta do mesmo, olhando em direção ao centro da cidade. Ao se aproximar dele, Renegada viu que um incêndio se espalhava por uma área mais para dentro da cidade. Quando a mulher olhou para Daniel, percebeu que ele estava com o queixo caído.

— Daniel, você sabe o que ficava ali?

— Sim. — Respondeu secamente, e virou-se para Renegada — Ali ficava a Sete Espadas, a guilda que eu participava. — Renegada olhou novamente para o incêndio. Guillian estava morto e aquilo significava menos um espião de Mestre das Almas.

Mas quem poderia criar uma explosão daquele nível? As nuvens negras começavam a se espalhar pelo céu, e Renegada teve alguma ideia do que poderia estar acontecendo. Afinal, ele era um espião que tinha visto seu alvo cara a cara e não fez nada, a não ser mandar ele embora. Havia tremido quando precisava ser firme. E Mestre das Almas não permitia que seus servos tremessem na base.

Renegada virou-se para ver de onde vinha a outra explosão e, respectivamente, o outro incêndio. Andou até a margem oposta do telhado, e Daniel a seguiu. Quando chegaram na beira, Renegada viu que o outro incêndio havia surgido do porto de Simariel.

— Mares, isso não é possível. — Disse de forma vazia.

— Você sabe de onde surgiu esse outro incêndio? — Perguntou Daniel.

Renegada aquiesceu. Sabia o que estava naquele mesmo ponto antes do incêndio. Aquele era o local onde estava atracado o navio das Sombras, que os levaria para o Mar Cinzento, para o Imperatriz.

Eles nos encontraram, ela pensou.

Renegada olhou para o céu e a fumaça dos incêndios começava a parecer uma névoa negra.

CAPÍTULO 16

UM PLANO COMEÇA A NASCER

Renegada e Daniel estavam sentados olhando para o mar. O céu estava parcialmente borrado pela fumaça dos incêndios que, graças ao vento, iam em direção às águas distantes. Um dia as nuvens chegariam até o Continente Rebelde, até Ludarius, e seriam vistas por Umbelon e Elizabeth.

A mulher abaixou a cabeça.

— Eu não acredito que pude deixar um espião me despistar.

— Não é sua culpa. — Lamentou Daniel — Ele já podia estar aqui em Simariel, exatamente como Guillian está. Ou melhor, estava. — Aquilo era um leve ponto positivo. Sem Guillian, a dupla estava com um espião a menos para investigá-los. Mas ao olhar para Daniel, Renegada sentia uma expressão triste, de angústia.

— O que aconteceu, Daniel? — O jovem tentou se manter firme, mas quando abaixou a cabeça e uma lágrima escorreu do seu rosto.

— Guillian até podia ser um dos que queriam nos matar, mas eu tinha amigos naquela guilda. Pessoas que cuidaram de mim, que me ensinaram muito do que sei... E outras pessoas as quais eu ia ensinar técnicas... Só de pensar que Salazar pode estar... — Daniel não terminou a frase, e Renegada sentiu pena do jovem que estava ao seu lado. Não queria que ele aprendesse a ignorar mortes como ela havia sido treinada na Sociedade. Ela mesmo demorou para entender que as almas que iam para outro plano mereciam os prantos de quem ficava.

Mas não achava que a morte de todas as pessoas da Sete Espadas era certa. Achava que, por algum motivo milagroso, o próprio Guillian poderia ter escapado. Ao pensar nessa hipótese, a jovem levantou-se e ergueu sua postura, olhando para Daniel e estendendo a mão para ele.

— Você não deve ter certeza que seu companheiro morreu, assim como eu não tenho certeza sobre Guillian. Precisamos ir até a Sete Espadas, preparados para aliados ou inimigos.

Daniel levantou o rosto, olhou para o local onde antes havia sua guilda e depois para a mulher mascarada com a lua atrás de si.

Segurou a mão dela e se levantou.

E no lugar de um dos mais antigos prédios do Distrito Azul, havia uma ruína de madeira caindo aos pedaços. Os moradores das ruas vizinhas já haviam apagado o fogo e agora se ocupavam de dar depoimentos aos guardas. Todos eles falavam que o incêndio havia começado de dentro do estabelecimento.

Daniel e Renegada estavam disfarçados no meio das ruínas, sem chamar a atenção dos guardas, tomando mais cuidado ainda para não tropeçarem ou caírem enquanto desciam as escadas quebradas.

Ao chegarem no subsolo, Daniel agarrou as barras de ferro, e as mesmas se soltaram facilmente do buraco de esgoto que protegiam. Parte da parede de madeira caiu, mas a dupla conseguiu retirar as pedras da passagem. O túnel tinha um odor horrível, juntando esgoto, fumaça, e carne queimada.

Desceram a escada estreita, primeiro Daniel, seguido por Renegada. O jovem fez esforço para abrir a porta e suas trancas. Quando a abriu, porém, teve que fazer um esforço maior ainda para não vomitar.

No chão, diversos cadáveres estavam espalhados no chão, carbonizados. Estendiam-se por todo o hall da Sete Espadas. As paredes estavam queimadas, e quase todos objetos inflamáveis, camas, colchões, estantes de madeira, haviam se transformado em cinzas.

— Meu Deus — Daniel, depois de um ataque de tosse pelo cheiro do local, olhava para todos os lados — Todos estão mortos...

Renegada entrou logo depois, e não ficou tão enjoada já que usava a máscara.

— Onde ficava a sala de Guillian? — Daniel apontou para um dos corredores que saia do salão da guilda, e enquanto a mulher abria caminho, não pode evitar de pisar em alguns corpos. Os ossos esfarelaram ao primeiro contato e faziam um som similar ao de gravetos e folhas de outono quebrando e rachando, porém de uma forma mais agonizante.

E, de repente, tudo se tornou mais aterrorizante para Daniel, que percebeu que qualquer um daqueles esqueletos carbonizados podia muito bem ser o de Salazar. O enjoo voltou ao seu estômago, e o garoto teve que se ajoelhar, sem forças nas pernas. Um pouco de bile chegou em sua garganta, mas desceu novamente o caminho, deixando Daniel com mais enjoo ainda.

Seu amigo podia estar ali, no meio daquele massacre. Era difícil aceitar que mais uma pessoa tinha sido retirada de sua vida. Pensou em seu pai, o qual nem lembrava o rosto. Pensou nos seus tios, que cuidaram dele a vida inteira. Pensou no jovem menino de cabelo bagunçado que fora, talvez, seu único e verdadeiro amigo em todos os dois anos que viveu em Simariel. Então parou, e pensou em quando Elizabeth seria tirada dele.

Enquanto isso, Renegada tentou o máximo não pisar nos mortos, mas eram muitos espalhados pelo chão, e a jovem se arrepiava quando sua bota quebrava um crânio. Buscou se distrair do caminho, pensando sobre qual momento ela teria falhado e entregado sua localização e das Sombras. Afinal, não era só seu inimigo que havia perdido um espião, mas ela e Daniel não tinham mais como viajar para o Mar Cinzento. Nenhum marinheiro teria coragem de levá-los até águas amaldiçoadas.

Renegada chegou até a porta que Daniel havia indicado ser a sala de Guillian e entrou. A sala inteira, que era repleta de móveis de madeira, estava praticamente vazia. Havia somente uma cadeira de ferro levemente deformada de pé e, sentado nela, um largo esqueleto de mais de um metro e oitenta. Renegada conhecia alguns dados de Guillian e sabia que aquele homem teria sido enorme em vida.

Ele não teve nenhuma chance, pensou. Quem teria feito aquilo seria alguém da própria Sociedade das Névoas que tivesse controle sobre o fogo. Isso excluiria a chance de Ilusionista ter sido o responsável por aquele ataque, já que não era controlador de elementos.

Então teria sido um dos novos membros da Sociedade. Alguém que Renegada nunca havia visto o rosto. Isso deixou a mulher alarmada, mas qualquer pensamento disso saiu de sua cabeça quando, do hall de entrada da Sete Espadas, Renegada ouviu um grito.

ALMA PURA

Daniel jurava que tinha visto a porta o armário de ferro que ficava no hall da Sete Espadas se mover e teve certeza do fato quando uma voz aguda e surpreendentemente familiar gritou:

— Tempestade, você está vivo! — Salazar correu para o amigo, envolveu o pescoço dele com seus braços e Daniel nunca ficou tão aliviado na vida ao saber que alguém que ele amava estava vivo. Mas a sensação de alívio subitamente se atenuou quando Daniel percebeu que, junto com Salazar, Lobo saia do esconderijo e apontava uma pistola em sua direção.

O pirata tinha certeza de que o massacre que havia ocorrido ali e que todos os berros que ainda ecoavam na sua cabeça tinham alguma relação com o jovem Tempestade. Mas, no momento em que ia apertar o gatilho, foi pego de surpresa.

Uma chama violeta comprida passou quase que raspando pela a pistola, e Lobo recuou o braço. Virou-se para a direção de origem da chama, e quando notou, estava apontando a arma para um ser vestido de manto cinza e que usava uma máscara pálida assustadoramente sem expressão.

De trás da máscara, porém, surgiu uma voz feminina e grave.

— Se sua intenção é apertar o gatilho da pistola, pode esquecer. Isso não vai acontecer enquanto eu estiver aqui.

Lobo desafiou com um sorriso provocador. Por trás de sua expressão, ainda ouvia os gritos e gemidos vindo daqueles esqueletos.

— Mesmo? — Disse, olhando para a máscara — E por que?

— Dois motivos — A mulher estava com o braço estendido. — Primeiro porque você não pode, por mais que tente apertar. — Lobo decidiu testar isso. Não houve explosão e nenhuma bala saiu do outro lado do cano. De fato, o gatilho não havia se movido nem um centímetro.

— E segundo, — Continuou a mulher mascarada — Porque eu te mataria antes dessa bala atingir alguém aqui.

Lobo sentiu um arrepio na nuca, e, de alguma forma, pôde sentir que aquela mulher estava sorrindo maliciosamente por trás da máscara. Ela sabia jogar com a vida e a morte tanto quanto o próprio pirata, que mantinha a pistola erguida.

— Renegada, deixe-o. — Daniel levantou-se (tinha caído sobre diversos ossos quando foi pego de surpresa por Salazar), mas a mulher pareceu não prestar atenção nele. Decidiu falar com mais força. — Você não me ouviu? Ignore ele! Lobo não poderia ter feito uma coisa dessas. Embora tenha motivo, ele não é forte o suficiente para enfrentar toda a Sete Espadas.

— Você não pode ter certeza disso, Tempestade! — Renegada gritou mais alto que Daniel e ele estranhou o fato dela usar o pseudônimo do jovem. — Guillian era um dos espiões. O que te garante que esse jovem não pode ser exatamente a pessoa mandada para matar Guillian e nos incitar a vir até aqui? — Lobo exibiu uma expressão cheia de confusão e raiva. Mantinha o braço esticado e a pistola direcionada a jovem de manto cinza, embora fosse inútil.

— Tempestade, de que merda essa mulher está falando? — Daniel se pegou pensando no que Renegada havia dito. Era bem capaz que Lobo fosse o espião da Sociedade. Ele decidiu entrar na Sete Espadas somente por estar sendo derrotado estrategicamente por um jovem que usava táticas da marinha com navios de ladrões. Tinha entrado na Sete Espadas para corrompê-la e destruí-la, incluindo Guillian e o próprio Daniel. Guillian poderia muito bem ter revelado a sua identidade para Lobo, e esse, sendo um espião da Sociedade, não deixaria que outro membro conquistasse sua recompensa, ou até mesmo que deixasse ela escapar. Então, num ato de raiva, teria assassinado Guillian e todos os outros membros da Sete Espadas.

Mas se fosse isso, o que Salazar estava fazendo ali, vivo e assustado? O jovem era uma moeda de dois lados diferentes. Lobo poderia ter simplesmente protegido Salazar para que o usasse como álibi, caso alguém aparecesse naquela caverna e procurasse o assassino de seus irmãos.

Entretanto, Lobo poderia realmente ter salvado o garoto? O massacre que tinha ocorrido ali parecia algo inumano de ser feito, e Lobo não tinha nenhum aspecto de alguém com sangue frio o suficiente para matar todas aquelas pessoas. Sem contar que, se fosse mesmo o assassino, por que ainda estaria ali, escondido na cena do crime?

Daniel decidiu pôr a risco qualquer um de seus julgamentos. Não podia chegar a um veredito junto com Renegada, que desconhecia qualquer evento anterior e só se importava na sua sobrevivência instantânea. Virou-se para ela com uma expressão neutra e calma.

— Faça o teste então.

Por um rápido momento Daniel viu a postura de Renegada abaixar um pouco e a máscara virar-se para ele, mas logo a mulher voltou a encarar Lobo.

— Que teste?

— Sinta a energia dele. Veja se é igual a qualquer uma que sentiu durante sua viagem ou veja se ele tem energia o suficiente para causar toda essa chacina! Pode fazer isso, não é? — Renegada podia, porém não disse para Daniel. Manteve seu corpo mais tenso e continuou encarando o fundo dos olhos do homem que segurava uma pistola em sua direção. Viajou fundo por dentro da mente dele e por suas veias. Sentiu a batida do seu coração e a névoa de sua alma.

Então abaixou o braço, enquanto Daniel suspirou junto com Salazar. Lobo, por fim baixou o braço também, guardando a pistola num coldre.

Renegada começou a prestar atenção no jovem fisicamente. Era alto, com um porte que tinha traços militares e seus cabelos prateados caiam de um modo peculiar sobre o olhar negro e firme. Renegada inclinou um pouco a cabeça quando Lobo a encarou.

— Eu conheço você de algum lugar? — Perguntou.

— Difícil. — respondeu Lobo, arrogantemente — Eu me lembraria de uma figura como você. — Renegada não achou ofensivo. Ela mesmo considerava sua figura um destaque na multidão. Daniel foi para perto dos dois. Salazar segurava seu braço, e ele fazia questão de manter o garoto colado a ele. Nunca mais ia abandonar o amigo.

— O que aconteceu aqui, Lobo?

— É difícil explicar e até doloroso. — Ao olhar para as caveiras, os gritos voltaram para a mente do capitão. Começava a ficar com medo de estar traumatizado — Mas você parece saber parte disso tudo. Foi um pouco depois de você sair daqui. As comemorações logo se tornaram sussurros sobre o que você e Guillian poderiam ter discutido. Alguns falavam sobre traição, outros sobre sua cabeça estar valendo dinheiro. Era confuso demais para entender, mas quando Guillian voltou para o hall, sorrindo e incitando os outros a comemorar, tudo se desvaneceu.

— Até o momento em que a bola de luz apareceu. — Sussurrou Salazar, amedrontado.

— O que era essa bola de luz? — Perguntou, firmemente, Renegada para Lobo.

— Não sei bem o que era, mas surgiu no meio do salão gradualmente, primeiro como uma fagulha, até começar a crescer a uma medida que todos os ladrões ficaram hipnotizados pelo seu brilho. Quando começaram a falar que ela queimava ao toque, comecei a suspeitar daquilo. Quando se viaja muito tempo no mar, você começa a assistir eventos que vão além de sua explicação e percebe que a maioria deles são perigosos. Aquilo começou a me assustar, então decidi me esconder, pois começava a suspeitar que aquilo podia crescer mais ou até explodir. Chamei Salazar para ir junto comigo, pois ele também estava assustado.

— Então, — o garoto continuou o discurso de Lobo. — Quando o primeiro ladrão começou a gritar de dor, com o seu corpo inteiro em chamas, eu entrei correndo no armário de ferro. Nunca vi tantos homens correndo por suas vidas... Eu... Os gritos... — Daniel abraçou o rosto do jovem, que escondeu suas lágrimas na camisa do amigo. Daniel virou-se para Renegada.

— Alguma ideia?

— Sim. — Renegada foi até o meio do hall, onde estavam as madeiras queimadas de uma extinta fogueira — Foi um controlador de chamas, assim como eu. A diferença é que eu trabalho com as chamas místicas, com a pequena energia da minha alma. Já este controlador trabalha com o fogo físico. Deve ter controlado uma faísca das chamas da fogueira e intensificou ela a ponto de transformá-la numa arma. — Daniel assentiu, tentando assimilar todas as informações, e percebeu que Lobo estava confuso com o que a mulher falava. Era normal, Daniel lembrou de quando era um adolescente que não tinha a mínima ideia do que era a Sociedade das Névoas.

— Quando saíram do esconderijo, você apontou a arma para mim, Lobo. Achou que eu era o assassino? — Lobo virou-se, levemente tímido.

— Você saiu correndo daqui, com um ódio no olhar, menos para Salazar. Todos estavam falando sobre a recompensa que achavam que você estaria valendo daqui a três dias. Você tinha motivos para eliminar seus perseguidores. Mas o que aconteceu, Tempestade?

— Eu menti para Guillian desde quando entrei aqui, há dois anos e ele soube a verdade.

— E qual verdade é essa? — Neste momento, Renegada interrompeu.

— Ladrão, cuidado com suas palavras.

— Eu sei que devo tomar cuidado, acha que eu não aprendi isso? — A voz de Daniel soou grossa e Renegada foi pega de surpresa. O jovem virou-se para o pirata. — Meu nome de verdade não é Tempestade, e nem Ladrão.

Salazar soltou Daniel e ficou ao lado de Lobo. Os dois estavam com caras perplexas.

— Qual é o seu nome real? — Daniel olhou para os dois seriamente e respirou fundo. Não sabia qual seria a reação de ambos sobreviventes daquele massacre. Podiam ficar curiosos com ele, ou poderiam sair fugindo.

— Meu nome é Daniel Stormheart.

— S-Stormheart? — Gaguejou Salazar. Lobo manteve-se em silêncio.

— Sim, Salazar. O nome não é só uma lenda para crianças, como você me disse uma noite no porto da Sarjeta. — O garoto ficou vermelho de vergonha de sua fala, mas Daniel não decidiu culpá-lo. Na época, ele jamais desconfiaria que Tempestade era só um nome falso.

Então, Lobo falou.

— De fato, então você é o culpado por essa chacina.

— O que quer dizer? — Daniel encarou o marujo

— O seu sangue. Ele é amaldiçoado. — Daniel respirou fundo. Aquela era a primeira reação que ele esperava das pessoas quando contasse para elas sobre sua identidade. Será que elas estavam certas? Afinal, agora ele era o último Stormheart vivo, e tanto seu pai quanto seu tio foram mortos pela mesma Sociedade. O que será que houvera acontecido com seu avô, ou bisavô? Também teriam sido vítimas de pessoas ambiciosas ou malditas canções?

Os pensamentos começaram a tomar conta da mente de Daniel, que começou a ficar enjoado com o que passava na sua mente e com o cheiro que ele sentia em sua volta. Renegada percebeu isso e, segurando o ombro do jovem, olhou para Lobo. Sentia que tinha um dever com a família de Daniel. Tinha que esclarecer toda a história

— Lobo e Salazar, sentem-se. Chega dessa história de sangue maldito. Eu vou contar a vocês a verdade sobre a família Stormheart.

Então, sentados os quatro em volta de uma mesa de uma sala mais afastada do hall coberto de ossos queimados, Renegada contou toda a história de Alex, Marcus e Daniel Stormheart contra a Sociedade das Névoas. Por segurança, decidiu esconder alguns nomes, como os de Umbelon, Elizabeth e alguns outros inocentes. A expressão de Salazar havia se transformado de surpresa para admiração por tudo que seu velho amigo havia passado. Mas Lobo, claro, foi mais cético em torno de todos os acontecimentos, e sempre interrompia Renegada, pedindo esclarecimentos de alguns detalhes.

Ao final, Lobo suspirou.

— Então, quer dizer que existe um grande arquiteto do que aconteceu aqui, nesta noite. Esse tal de Mestre das Almas.

— Exato. — Respondeu Renegada — E nós queremos pará-lo.

— E ele tem que ser impedido...

— De chegar até a alma pura que ele parcialmente absorveu, dez anos atrás. — Renegada estava cansada e não queria repetir toda a história novamente.

— Mas, me explique. Se ele é tão poderoso e pode absorver almas, por que ele não fez isso há dez anos atrás? Por que não absorveu a alma inteira antes? — A pergunta também deixou Daniel curioso, que se juntou a Lobo e, juntos, encararam Renegada, que tinha a resposta pronta.

— Porque a alma ainda era fraca. Estamos falando de uma criança de oito anos, nem mesmo uma década. Mesmo que a alma dela fosse pura, precisava ser forte o suficiente para aguentar a transferência ao corpo de Mestre. Pense em um diamante lapidado, todos os cortes e procedimentos devem ser realizados com a máxima precisão. A alma pura é exatamente isto, um cristal que deve ser tratado com o maior cuidado.

— Por isso que ele está no meio do Mar Cinzento, junto ao Imperatriz. — Concluiu Lobo. — Ninguém navega por aquelas águas, então a alma poderia crescer livremente de qualquer intervenção antes da hora.

— Exato. E o nosso objetivo é tirá-la de lá, das mãos do Mestre das Almas, e levá-la de volta a quem ela pertence.

— E isso é possível? Como se faz para colocar uma alma novamente no corpo de uma pessoa?

— A alma não está totalmente separada da pessoa. Existe uma linha de sobrevivência condicional entre as duas partes. — Renegada percebeu a curiosidade de Daniel acerca daquele fato. Ele não sabia sobre dados mais técnicos pois não seria fácil explicá-los de forma rápida há dois anos atrás. — A pessoa não tem como viver sem a sua alma. Eu e Daniel conhecemos uma pessoa que teve sua alma roubada por Mestre, mas não por inteira. Ele ainda consegue realizar pequenos feitiços, e isso quer dizer que Mestre das Almas não fez o trabalho por completo contra esse feiticeiro. Da mesma forma, existe uma linha tênue entre alma e a pessoa que permite que nossa amiga ainda esteja viva. E tem mais. Se a pessoa não pode viver sem sua alma, da mesma forma a alma não pode sobreviver sem um corpo.

— Mas você me falou que os Fantasmas dos Rebeldes ajudaram você. — Interrompeu Daniel.

— Fantasmas são diferentes de almas, eles são corpos aos quais faltam exatamente este ingrediente especial. Mestre absorveu a alma de muitos soldados, e eles vivem hoje como fantasmas. Agora, se uma alma se desprende completamente de um corpo, ela se torna matéria instável, não aguenta as condições de nosso plano de vida, e acaba se extinguindo, virando um espectro. É por isso que Mestre das Almas jamais feriu a pessoal portadora da alma pura.

Daniel começou a entender. Era por isso que Elizabeth continuava viva. Mestre das Almas não podia fazer nada a ela, somente prendê-la, no máximo. A segurança de Renegada em deixar Mestre junto com os espectros e seus colegas se justificava agora. Mas, mesmo assim, isso não garantia a segurança de Umbelon.

— Então, — Lobo voltou a falar, e os pensamentos de Daniel se desvaneceram. — O plano era de, junto com as Sombras, navegar até o Mar Cinzento, onde encontrariam o Imperatriz, no qual iriam achar a alma pura e levá-la de volta a esta pessoa.

— Sim — Respondeu Renegada, rispidamente.

— Mas, como você explicou, seu navio, e todas as Sombras, foram mortas no incêndio que ocorreu exatamente junto ao incêndio de Sete Espadas.

Aquilo era algo que preocupava Renegada. Dois incêndios ao mesmo tempo na cidade, em lugares extremos um do outro. O da guilda onde estavam já era quase que certo de que fora ocasionado por um membro da Sociedade. Mas o que teria acontecido no seu navio? Quem teria acendido o pavio?

— E agora — Continuou Lobo. — Vocês precisam chegar, de alguma forma, ao Mar Cinzento..., mas *vocês* não têm uma embarcação... E *eu* tenho...

Renegada e Daniel ergueram as sobrancelhas com a frase que Lobo estava falando. Renegada estava pensando naquela abordagem, mas não acreditava que seria tão fácil alcançá-la.

Então, Lobo cruzou os braços.

— Nem por todo ouro desse mundo.

Renegada viu os ombros de Daniel caírem. Aquela era a negativa que menos precisavam escutar. A única esperança fácil de conseguirem um meio para sair de Simariel era Lobo, e ali, naquele instante, ele havia recusado ajudar a dupla.

Mas foi durante este momento que Renegada encarou, por trás da sua máscara, os olhos de Lobo. Havia sentido algo muito familiar ao fazer isso na primeira vez, mas não conseguia descrever o que. Começou a prestar mais atenção enquanto ele continuava com a cara virada. Novamente, afundou sua concentração na íris negra para vasculhar a alma do jovem. Procurou as coisas que mais lhe chamavam atenção, e encontrou muito desejo e luxúria, mas também muita coragem e algo que ultrapassou todas estas características.

Renegada conseguiu descobrir o verdadeiro nome de Lobo. E quando soube essa informação, falou:

— Daniel e Salazar, deixem-nos a sós.

Todos os três estranharam a ordem.

— Como assim, Renegada? — Daniel disse.

— Me obedeça. — A mulher virou-se para o jovem amigo — E não me conteste desta vez. Leve Salazar lá para cima e nos esperem. É uma ordem crítica.

Daniel, normalmente, pediria justificativas para Renegada, mas pelo tom firme da mulher, decidiu não ir contra ela. Colocou a mão sobre o ombro de Salazar, e juntos começaram a sair da Sete Espadas.

Lobo manteve-se firme durante todo este tempo, sem se amedrontar com a fala grossa de Renegada. Quando ela ouviu o baque da porta de metal do hall da Sete Espadas, inclinou-se para frente. Por trás da máscara, Renegada exibia um sorriso de conquista.

— Você vai nos levar ao Imperatriz, Lobo.

— E o que faz você achar isso, *Renegada*? — O apelido da jovem saiu de forma delicada da voz do pirata. Então Renegada sacou sua carta na manga.

— Porque eu sei quem você é. Sei seu nome, e você e eu já nos conhecíamos de muitos anos atrás, antes desta noite. No dia que nos conhecemos, você fez uma promessa para Alex e para toda a linhagem Stormheart. Eu vi tudo isso. E agora é hora de manter sua palavra, Lobo.

Daniel e Salazar estavam sentados sobre as ruínas, olhando para o céu estrelado. A noite estava no momento mais escuro antes do amanhecer, e o jovem mais novo viu que seu amigo exibia uma expressão reflexiva, porém triste ao mesmo tempo. Devia estar pensando sobre tudo que havia vivido nos últimos anos, e tudo que havia descoberto nas últimas horas.

Aquele era o último Stormheart! Quando pequeno, muitas vezes os marujos contaram lendas sobre a família amaldiçoada de Daniel, mas nenhum deles conhecia o lado real da história. Parecia que nenhum deles tinha na memória qualquer Sociedade das Névoas, quase como se ela não existisse. Mas Renegada estava ali, e Salazar tinha testemunhado um poder que só se encaixava na descrição que aquela mulher misteriosa havia dado sobre tal grupo.

Mas Salazar não queria ver seu amigo tão sem esperanças assim.

— Então, — Começou. — Quer dizer que, de fato, sua família não é amaldiçoada. Vocês só estavam nos lugares errados nas horas erradas.

Daniel, pela primeira vez desde quando haviam saído da guilda, olhou para Salazar.

— Como assim?

— Pense comigo. Seu pai teve a má sorte de conhecer Mestre das Almas, mas também foi o responsável por salvar Renegada. E seu tio fez o mesmo, pois salvou-a das mãos dele, há dois anos atrás. Você é a mesma coisa. Também teve o infortúnio de conhecer Mestre das Almas, mas dessa vez, Renegada foi mais rápida. Você esteve no lugar errado na hora errada, mas se salvou.

Daniel sorriu quando Salazar terminou seu discurso. Era de certa forma divertido ver a esperança inocente do jovem.

— Não é bem assim Salazar. Eu não escapei totalmente. Mestre das Almas chegou a lançar um encantamento sobre mim para eu esquecer de minha amiga, de Renegada, enfim, de tudo. Mas Renegada e o feiticeiro amigo nosso conseguiram parar o feitiço, mas ele ainda está preso no meu coração. De certa forma, eu sou o primeiro da minha família que é verdadeiramente amaldiçoado...

— Não fale assim! — Salazar levantou-se, e encarou o amigo — Deve haver uma forma de salvar seu coração, tanto quanto há formas de salvar uma alma pura!

— Como, Salazar? Nenhum de nós tem o mínimo conhecimento sobre encantos.

— Nós não, mas aquela sua amiga tem! E mais do que isso, enquanto os artefatos mágicos?

— Do que você está falando? — Daniel ficou com uma expressão séria.

— Ora, Tempestade, estou falando de todos estes artefatos que o Império está coletando! — Salazar ainda ia demorar para chamar Daniel pelo seu verdadeiro nome — Entre todas estas joias, tem que existir uma que salve seu coração!

Daniel ficou em silêncio por um tempo, pensando no que o jovem estava falando. De certa forma, ele podia estar falando algo concreto, mas muito duvidoso.

— Você acha?

— É claro! — Gritou Salazar.

Neste momento, Renegada e Lobo saíram das ruínas da Sete Espadas. Quando Daniel virou-se para os dois, percebeu que Lobo estava com uma postura mais derrotada, enquanto Renegada estava com a postura ereta.

— Sobre o que estão falando? — Perguntou Renegada

— Renegada, Renegada! — Salazar correu até a jovem — Vamos salvar o coração de Tempestade!

A jovem olhou para o adolescente e depois para Daniel.

— Do que ele está falando?

— É uma ideia que ele teve. Nas últimas semanas os soldados Imperiais passaram por diversas casas de todos os distritos resgatando artefatos que, segundo os anciões, eram artefatos mágicos de eras passadas. Salazar acha que algum deles pode me salvar. Ele está certo?

Renegada abaixou a cabeça, pensando. Lembrou-se de que anos atrás era muito comum ouvir-se falar de joias especiais que poderiam tirar encantamentos e doenças das pessoas, transferindo-as para as pedras.

— É possível. — Foi a resposta dela — Porém muito difícil. Teríamos que entrar no palácio, encontrar o local onde estão guardando tais joias e descobrir se alguma delas poderia te salvar.

Com as dificuldades acentuadas, o sorriso na cara de Salazar desvaneceu, e Daniel voltou a olhar para o céu. Mas então a voz de Lobo ergueu-se.

— Não é impossível.

Todos viraram para ele, e quando percebeu que tinha a atenção de todos, continuou:

— O palácio vai ter um evento de luxo daqui a dois dias, uma festa de gala com a presença da própria família real. Eu posso conseguir fazer com que entremos no palácio através de uma passagem nos esgotos. Já sobre o local das joias, alguns soldados têm falado sobre uma sala super segura chamada Salão dos Mestres. Podemos procurar essa joia.

Na mesma hora, o sorriso de Salazar voltou e Daniel ficou novamente empolgado, embora suspeitasse das fontes de informação do marujo. Renegada virou seu rosto para Lobo, e quando o pirata olhou para a máscara, assentiu firmemente com a cabeça.

— Dou minha palavra.

Renegada, por trás da máscara, sorriu com essa afirmação. Virou-se para Daniel e Salazar, respirou fundo e falou empolgada.

— Está decidido então. Vamos invadir o Palácio de Marfim e salvar seu coração, Daniel!

Salazar gritou de empolgação e, pela primeira vez naquela noite, todos estavam sorrindo juntos. Lobo e Salazar começaram a andar em direção ao porto de Simariel. Ficariam todos alojados no Luzes da Aurora, navio de Lobo. Daniel e Renegada andavam atrás dos dois.

— O que aconteceu lá embaixo, Renegada? O que você fez?

— Eu convenci Lobo. — Falou, alegremente. — Ele vai nos levar ao Mar Cinzento.

CAPÍTULO 17

O PLANO

— Vai funcionar desta forma...

Na cabine de comando do Luzes da Aurora, Lobo se encontrava junto de seus três novos companheiros: Daniel Stormheart, Salazar e Renegada. Na noite anterior os três foram introduzidos a tripulação, e ao informar a nova rota da embarcação, muitos marujos deram passos para trás, mas não abandonaram Lobo. Comandar pessoas. Aquilo estava no sangue de sua família.

Agora, os quatro olhavam para um mapa cheio de caminhos e encruzilhadas. Uma vela iluminava a sala de forma levemente sombria.

— Este é o mapa do esgoto de Simariel. Foi um dos métodos que eu usei para encontrar a Sete Espadas, além de seguir Daniel e Salazar.

— E como você conseguiu esse mapa? — Daniel encarou Lobo. Por mais que ele estivesse ajudando, ainda parecia suspeito

— Eu já expliquei para vocês que tenho diversas fontes. Consegui convencer Guillian a me ingressar na Sete Espadas, Daniel. Posso convencer um limpador de esgotos de me dar um mapa.

Os dois se olharam por mais um tempo, até Lobo começar a explicar o mapa, apontando para os lugares que se referia.

— O esgoto cobre todos os distritos de Simariel, o Rosa, Azul, Marrom, Negro e Branco, além de passar pelo Palácio de Marfim. Até aí, poderemos utilizar qualquer entrada antiga, como a que ficava embaixo da guilda Irmãos

Baltazar, sobre a Sete Espadas. Mas existe um problema para esse plano.

— E qual seria? — Perguntou Renegada.

— Existe uma linha de esgoto individual do Palácio, que se une a linha da cidade somente por um caminho. E esse caminho é protegido por grades de ferro assim como as que você removia para entrar no esgoto, Daniel.

— Então isso não é problema — Concluiu Renegada.

— Acredite, ele é. — Lobo apontou novamente para a junção da linha do esgoto do Palácio de Marfim com a da cidade de Simariel. — Essa grade não funciona somente como proteção, mas como sustentação. Se ela for retirada, todo o chão abaixo dela também cai, e logo acima dela fica o portão do Palácio, protegido todas as horas por guardas. Ele vai perceber o chão cedendo, e vai avisar os outros soldados. Se torna questão de tempo até que eles entrem no esgoto atrás de vocês.

— Ainda assim, não é um problema. Posso resolver isso. — Insistiu Renegada.

— Como? — Lobo desafiou a mulher com o olhar.

— Simples. Daniel pode retirar a grade e todos podem passar enquanto eu sustento o chão sobre nós. Quando todos passarem, Daniel recoloca a grade e o chão não cede nem um centímetro.

Daniel, Lobo e Salazar olharam surpresos para ela.

— Você consegue fazer isso? — Daniel estava cético — Tem força o suficiente?

— Acredite, você não foi o único a evoluir nesses dois anos, Daniel.

— Então garante que mantém o chão sobre nós intacto enquanto passamos? — Lobo perguntou — Esse é um passo extremamente importante.

Renegada demorou um pouco para responder, olhando para o mapa, tentando achar outra via de acesso, mas não existia. Essa era a única passagem.

— Garanto. — Respondeu, rispidamente.

— Ótimo, então podemos passar para nossa próxima etapa do plano. — Lobo enrolou o mapa do esgoto e desenrolou outro, bem mais trabalhado e elegante, porém menor. — Este é o mapa do Palácio de Marfim.

— Agora isso já é demais! — Daniel mal deixou Lobo terminar sua anunciação do mapa quando se levantou de sua cadeira — Você não vai me convencer de que subornou um empregado real para dar um mapa destes. Nem eles têm direito de tais informações, além de comandantes de tropas!

Lobo encarou Daniel e pensou rapidamente na sua resposta.

— É claro que não subornei ninguém para ter esta informação. Eu roubei ela.

— Como assim? — Quis saber Daniel.

— Estava com um comandante imperial que estava em uma embarcação que saqueamos.

— Pensei que você não atacava embarcações imperiais. — *Peguei você,* Pensou Daniel. Mas a expressão séria e controlada de Lobo não concordava com o pensamento do jovem. Lobo suspirou e disse friamente:

— Eu não imaginava que o comandante havia sido capturado pelos piratas que bombardeamos. Estavam pedindo um resgate por ele, mas nunca chegaram ao destino. Quando vimos o que saqueamos, achamos um baú com todos os pertences do comandante. Isso esclarece suas dúvidas?

Todos ficaram em silêncio até que Daniel, vermelho de vergonha, sentou-se novamente.

— Continue com o plano, por favor.

— Muito bem. — Lobo usou a mesma tática no segundo mapa, apontando para os pontos que se referia, como se criasse uma estratégia de ataque marítimo — Vamos acabar saindo em alguma destas saídas e teremos que fazer nosso caminho até o Salão dos Mestres sem passar pelo Hall de Festas, que estará cheio de pessoas da burguesia convidadas para a festa, incluindo o próprio Imperador. Mas isso não quer dizer que o resto do castelo estará sem guarda. Para isso, Salazar irá na frente e vai despistar qualquer guarda no caminho ao Salão dos Mestres, que tem uma grande porta dourada como entrada. Com o caminho limpo, arrombamos a porta, encontramos a joia para salvar o coração de Daniel, e fazemos o caminho de volta ao navio, que já vai estar com os suprimentos necessários para a viagem até o Mar Cinzento.

— Ótimo. — Falou Renegada. Havia esperado até o final da explicação para se manifestar — Posso falar as falhas em seu plano agora?

Lobo foi pego de surpresa, mas encostou as costas na cadeira e respirou fundo.

— Quais falhas?

— Primeiramente, Salazar não vai despistar os soldados sozinhos.

— Por que? — Constatou Lobo

— Porque ele só tem quatorze anos. — Renegada não queria que nenhum adolescente passasse por experiências parecidas com a juventude dela.

Achava que já era um erro Salazar ser um ladrão com tão pouca idade, mas não sobraram muitas escolhas para um órfão sem casa. — Um garoto de quatorze anos não vai conseguir despistar vários soldados e mesmo que conseguisse, morreria para isso.

Salazar engoliu seco e tossiu alto, olhando para Renegada. Era da segurança e da vida dele que estavam falando. Mas a única coisa que Lobo fez foi dar uma risada medíocre e esticar-se mais ainda na cadeira, além de falar:

— Ótimo. Pode ir com ele então, já que está tão preocupada.

— Eu não vou com ele, tenho que ir com Daniel até o Salão dos Mestres e identificar a joia — Renegada mantinha-se parada e firme na cadeira. — Você que vai despistar os guardas com ele.

Lobo travou todos seus movimentos quando Renegada terminou de falar, e Salazar virou-se para ele. Era perigoso demais para o pirata ser responsável por um crime contra seu próprio lar. Era como se ele tivesse que renegar a própria ideia e por sua identidade em risco. Mas Renegada estava certa. Não havia outra forma de manter o adolescente vivo, a não ser que estivesse acompanhado.

— Certo, eu irei despistar os soldados junto com Salazar. Mais alguma objeção?

— Sim. — Falou Renegada, rapidamente, e enquanto Lobo bufava, ela continuou — Temos que pensar em mais uma coisa para a viagem: estamos indo para o Mar Cinzento, para águas desconhecidas, perseguidos por membros de uma sociedade capaz de controlar energias. Não podemos sair daqui desprotegidos.

— Então o que vamos fazer sobre isso? — Questionou Lobo.

— Vocês disseram que o Império tem adquirido diversas joias mágicas de outras eras?

Todos aquiesceram, e Renegada pode manter seu raciocínio.

— Eu posso reativar essas joias. Na era passada, foram moldados diversos acessórios que absorviam chamas e armazenavam encantamentos de proteção. Desta forma, estaremos nos protegendo mais contra os encantamentos da Sociedade.

— Então, você está supondo um saque em massa? Vocês dois terão que levar malas. Malas grandes. Mais alguma objeção, Renegada?

— Nenhuma, Lobo.

Então subitamente Daniel falou, e todos olharam surpresos para ele.

— Mas eu tenho.

— Qual objeção é, desta vez? Quer saber como sei do Salão dos Mestres? — Falou Lobo, irritado — É só ler o mapa!

— Não é isso, Lobo. — Daniel manteve sua calma — Mas a questão é que supostamente temos dois membros da Sociedade aqui. — Daniel havia chegado a esta conclusão ao imaginar que um membro da Sociedade não poderia cometer dois incêndios ao mesmo tempo, pois não poderia estar em dois lugares ao mesmo tempo. Como Renegada não se impôs contra, Daniel concluiu que sua suposição era correta, continuando — E eles estão nos vigiando. Sendo assim, podem saber que vamos nos direcionar para o Palácio, basta sentir a energia de Renegada.

— E qual é o problema? — Perguntou Renegada.

— Eles são dois, c nós somos dois. Eu não vou abandonar você e deixá-la enfrentar eles sozinhos. É tão importante nessa operação quanto eu — Daniel virou-se para encarar Lobo — Mas não teremos nenhuma chance de vitória se estivermos carregando joias nas costas, e não podemos nos demorar lá dentro.

— Não tem problema, eu levo as joias para vocês. — Ele respondeu rapidamente.

— Não — Interpôs Renegada — Você vai estar despistando os soldados com Salazar. Não deve abandoná-lo!

— Então, como vai ser? — Perguntou Lobo — O que vamos fazer para todos sairmos do Palácio de Marfim vivos e com as joias para a tripulação?

Todos haviam se erguido, menos Salazar que estava amedrontado. Estavam se olhando, até que uma voz surgiu de uma parte mal iluminada da sala. Quando Lobo virou a vela para ver de onde vinha a voz, encontrou-se olhando para a silhueta e expressão corajosa de seu vice comandante, Lycan, dizendo:

— Eu carregarei as joias, se isso acontecer.

Todos relaxaram e Lobo virou-se para o ex-soldado da Marinha.

— Lycan, não posso pedir que corra tamanho risco. Precisamos de um comandante para o Luzes, caso eu não voltar.

— Você quer falar sobre riscos, Lobo? — O vice comandante chegou mais perto da mesa. — Estamos planejando uma viagem para o Mar Cinzento, o lugar mais amaldiçoado que qualquer marujo já ouviu falar na história. Muitos dos membros da tripulação comentam sobre uma viagem que não promete voltar para Simariel, ou até mesmo que não complete sua ida. E agora

— Neste momento, Lycan apontou o dedo para Renegada. — Essa mulher fala que sabe como nos proteger. Se estas joias são nossa única segurança de voltar para nosso lar algum dia, eu estou disposta a deixar o Luzes da Aurora para ajudar nesse saque.

Lobo ficou sem reação. Seu vice comandante estava pensando mais do ele na própria tripulação. Talvez fosse por esse motivo que ele gostasse tanto de Lycan. O vice comandante mostrava sempre para o jovem quais eram as verdadeiras prioridades de um capitão.

Todos se reuniram em um círculo em volta da mesa e do mapa do castelo. Salazar e Lobo pensavam no caminho que fariam para despistar todos os bem treinados soldados imperiais. Renegada e Lycan imaginavam quais seriam os pesos das joias que levariam nas costas, e Daniel pensava que naquele Salão dos Mestres poderia estar a joia que salvaria seu coração.

— Então é isso. — Disse Lobo — Amanhã nosso plano entra em ação.

CAPÍTULO 18

INVASÃO AO PALÁCIO DE MARFIM

Renegada, Lobo, Daniel, Salazar e Lycan esperaram até o pôr-do-sol para saírem do Luzes da Aurora em direção as ruínas da guilda Sete Espadas. Não era surpresa que as ruas da Sarjeta e do Tesouro estivessem quase sem nenhuma guarda. Todos os olhares estavam voltados à praça central, ao Palácio de Marfim e sua grande festa de gala que dava fim as comemorações do mês.

A maior parte dos convidados era do Distrito Rosa, mas como muitas pessoas dos outros distritos tinham sido contratadas ultimamente pelo Imperador para trabalhar em suas dependências, a cerimônia deste ano possuía um contraste bem mais amplo, com um toque mais boêmio

E teria mais destaque no dia seguinte, quando soubessem que o Imperador fora roubado.

Ao chegarem nas ruínas, Daniel tomou a liderança no caminho, tomando cuidado onde pisava e falando para os outros fazerem o mesmo caminho que ele. De todos, Lycan era o que tomava maior cuidado, com uma postura tática e estratégica, clássica de um soldado da Marinha. Aquilo inicialmente levantou as suspeitas de Daniel, de que o homem fosse um espião do Império, mas depois percebeu que ele mesmo, tendo passado pouquíssimo tempo na Marinha, conquistou uma postura mais firme.

Chegaram até a grade, que ficou bem mais fácil de ser retirada após o incêndio. A partir deste momento, então, Lobo ficou na frente do grupo. A primeira coisa que percebeu quando entrou no esgoto foi o cheiro. O fedor de carne queimada havia se misturado a todos os outros que já eram parte daqueles túneis. Lobo fez uma careta e depois ficou triste, ao pensar que aqueles ladrões e assassinos não tinham ninguém mais do que um ao outro, como irmãos sem pais. Olhou para Salazar e Daniel e percebeu que ambos se esforçavam para não fazer a mesma cara de repugnância que Lobo havia feito. Estavam prestando respeito aos seus falecidos companheiros.

— Eu não vou conseguir ver o mapa nesse escuro. — Falou.

— Vai um pouco para o lado e estende o mapa. — Disse Renegada, que estava logo atrás dele.

Lobo fez o que foi mandado, e Renegada estendeu a mão fechada até próximo do mapa. Quando estendeu os dedos, uma chama dançava sobre a sua luva, iluminando o desenho do mapa.

O marujo, assim como seu vice comandante e Salazar ficaram hipnotizados com o poder de Renegada, e quando ela virou-se para olhar para Daniel, o jovem riu.

— Podemos continuar o caminho? — Ele disse.

Todos voltaram a se concentrar, e com o mapa iluminado, Lobo foi liderando o grupo que começou a passar pelos esgotos. Eram túneis dos mais variados, alguns inclinados, outros curvados. Alguns eram bem menores, e quase não possuíam água passando por eles, mas algumas vezes passavam por arcos mais largos que até possuíam pontes sobre a correnteza abaixo delas. Eram os túneis que ficavam abaixo das grandes avenidas do distrito Azul.

Logo chegaram a uma passagem de tamanho mediano e que se alongava tanto para a esquerda quanto para a direita, de forma curvada. Pegaram o caminho da esquerda, e foram andando pelo túnel curvado durante uma longa distância até o momento que encontraram uma encruzilhada na qual viraram para a direita, em direção a um caminho mais estreito, no qual se agacharam e avançaram até uma grade que impedia a passagem, exceto da água.

— É aqui. — Disse Lobo, olhando o mapa — Renegada, essa é a grade.

— Tudo bem. Daniel e Lycan, vão cada um de vocês para um lado da grade. — Os dois rapazes fizeram o que Renegada disse, e depois ela apoiou cada uma de suas mãos nas paredes laterais do túnel, cheias de musgo — Quando falar três, vou segurar o peso do teto, e vocês vão começar a empurrar a grade. Todos passem o mais rápido possível, pois não posso ficar segurando por muito tempo. Quando eu passar, levantem a grade o mais rápido que puderem. Prontos?

Todos assumiram uma postura mais firme, preparados para executarem suas ações.

— Um... — Renegada falou lentamente, e as mãos de Salazar ficaram tensas.

— ... Dois...

Lobo guardou o mapa e sua respiração se concentrou.

Renegada olhou firmemente para Lycan e Daniel, e respirou fundo.

— Três!

As paredes laterais tremeram ao sentirem a energia de Renegada impondo sua vontade sobre elas. Quase no mesmo instante, Daniel e Lycan empurraram a grade com toda sua força, fazendo com que ela caísse com um estrondo que ecoou através do caminho.

Salazar e Lobo passaram cada um por baixo de um dos braços tensionados de Renegada. Passaram correndo pela grade, juntando-se a Daniel e Lycan.

— Vamos Renegada, venha agora! — Gritou Daniel.

Renegada estava aplicando tanta energia nas paredes para aguentar toda aquela quantidade de terra e tijolos que estava sobre ela que chegava a ser difícil dar passos. Começou então a arrastar os pés sobre a água suja. Por dentro da máscara, a jovem suava e apertava os olhos, com os dentes cerrados. A cada dez centímetros que avançava, seus braços gritavam mais e mais por alívio. Pareceu durar uma eternidade para ela passar pelas grades caídas, e soltou gritos de dor enquanto Daniel, Lycan e Lobo recolocavam a grade na posição dela. Quando finalmente pode soltar as paredes, a jovem caiu sobre os joelhos, e sua visão chegou a ficar tão turva que Renegada pensou que ia desmaiar. Mas logo a mão de Daniel tocou o ombro dela. O jovem enfiou a cabeça por baixo do braço da mulher e ajudou ela a levantar e seguir andando.

— Vamos lá, Renegada. — Disse ele — Não vamos desistir agora. Estamos quase lá, quase no Palácio de Marfim.

Na superfície, na calçada da praça central de Simariel, todos os gritos e sons não eram mais altos que o canto de grilos. Em uma certa parte do chão, um paralelepípedo rachou, e depois nada mais aconteceu.

Na festa de gala que estava ocorrendo naquela noite no Palácio de Marfim, os serviçais estavam utilizando tanto a cozinha quanto o armazém público do castelo. A cozinha individual da família real ficou deserta.

Ou melhor, estava deserta até o momento que a tampa do local onde se jogava a água suja da louça se levantou sozinho, quase como se fosse mágica. De lá, cinco pessoas saíram do esgoto, respirando fundo e aliviadas por escaparem daquele odor. De todas, Renegada foi a que menos reclamou, já que usava a máscara. Mas de todos, era a que mais parecia cansada, com os braços estendidos e ainda doloridos.

— Ok. — Lobo levantou-se, seguido de Salazar — Vamos seguir com o plano. Salazar e eu vamos despistar os soldados, tentar chamar as atenções para o centro da festa, longe de vocês.

— Boa sorte a vocês dois. — Declarou Renegada.

Só que, antes deles saírem correndo, Daniel segurou o braço de Salazar, que olhou para ele.

— Diga-me que vamos nos ver novamente. — A voz de Daniel parecia preocupada.

— Pode deixar, Daniel, vamos sim.

— Isso não basta! Me prometa! Prometa que vai ficar bem!

— Daniel... — Salazar ficou levemente assustado com a reação do amigo.

— Ouça: — Daniel se aproximou — Há dois dias atrás, quando vimos o incêndio da Sete Espadas, a única coisa que me importou naquele momento foi saber se você estava vivo ou morto. Eu estava acabado pela possibilidade de perder você, e quando vi que estava vivo, eu prometi a mim mesmo nunca mais te abandonar. Mas agora que eu tenho que fazer isso, me prometa vamos nos ver novamente, vivos e fora daqui. — Salazar ficou sem saber o que falar ao encarar a cara preocupada de Daniel, então Lobo colocou sua mão sobre a mão de Daniel que segurava o braço do adolescente e disse:

— Eu prometo para você que vou mantê-lo a salvo. Tem minha palavra.

Daniel olhou para o marujo e sua voz soou mais leve.

— Faça isso e terá minha confiança. — Lobo assentiu, olhou para Salazar, e os dois começaram a correr para fora da cozinha. Os três invasores que sobraram na cozinha ficaram sentados, olhando um para o outro.

— E agora? — Disse, Lycan. — O que fazemos?

— Nós esperamos. — Respondeu Renegada — Salazar e Lobo vão despistar os soldados do nosso encalço, e teremos caminho livre até o Salão dos Mestres. Eu vou conseguir abrir a porta usando minha energia.

— Você tem certeza, Renegada? — Perguntou Daniel. — Usou muita energia para segurar aquele túnel.

— Não tem problema. Eu consigo. — Mas Renegada não tinha certeza de suas próprias palavras. Não sabia se teria energia o suficiente para voltar para o Luzes da Aurora. Os três esperaram pacientemente até que ouviram vozes indo em direção a cozinha. Rapidamente esconderam-se atrás de um balcão. As donas das vozes femininas entraram na cozinha e começaram a mexer nos armários, uma falando com a outra.

— Mas que bagunça é essa que está acontecendo agora? — Falou a primeira voz, mais aguda.

— Parece que alguém invadiu a área do palácio que não era para os convidados. — A segunda voz era bem mais grave — Os soldados estão correndo atrás deles como loucos!

— Só pode ser coisa desse povinho da Sarjeta! Não vejo a hora de mudar para o Distrito Rosa!

— Nem eu, já cansei de viver por lá nos meus sonhos!

As duas riram e começaram a sair da cozinha. Quando as vozes se dispersaram, Renegada olhou para Lycan e Daniel, cada um carregando uma bolsa grande para levar as joias mágicas.

— Deu certo! — Falou Renegada — Vamos sair agora.

Renegada correu pelos corredores escuros do Palácio de Marfim seguida de Daniel e Lycan, que carregavam as bolsas. Muito diferente do seu exterior, o castelo era bem escuro por dentro, como se sua parede externa fosse a luz das luas, enquanto o interior, o céu negro.

De fato, os corredores estavam desertos, exceto em alguns trechos onde soldados passavam correndo berrando ordens para caçar os invasores, que pareciam estar escondidos. Renegada agradeceu por Lobo não ser um estúpido e só sair correndo por aí até ser pego. O próprio trio foi quase pego pelos soldados duas vezes, mas Renegada parava a corrida no tempo necessário para os três se esconderem por trás das colunas dos corredores amplos e altos. Era necessário fazer o mínimo de barulho, pois o eco era grande.

Depois de alguns minutos e muitas curvas, deram de cara com a porta do Salão dos Mestres.

A passagem tinha quase seis metros de altura, e era totalmente forjada em ouro, contrastando com todas as paredes ao redor. Desenhado sobre o metal dourado, era possível ver várias gravuras de heróis lutando contra monstros enormes, usando lanças e cimitarras.

Lycan e Daniel ficaram de queixo caído, enquanto Renegada respirou fundo e disse:

— Não mudou nada. E já faz tanto tempo.

Daniel virou-se, ainda boquiaberto.

— Como assim? Você já viu esta porta antes, Renegada?

— Sim. — Respondeu ela — E posso dizer que Salão dos Mestres é o pior nome para essa sala. Esses monstros na porta. — Ela falou apontando para as criaturas cheias de escamas e dentes afiados. — Esses são Leviatãs. Esse aposento era chamado da Casa dos Leviatãs. O seu pai vivia aqui, Daniel.

Daniel virou-se lentamente para a porta enquanto Renegada usava sua energia para empurrá-la. Era ali que Alexander Stormheart havia morado. Seu pai dormiu entre aquelas paredes, e Daniel estava prestes a invadir esse local que era quase como um templo para os guerreiros de outra era.

Por dentro, o salão principal era mais luxuoso do que a porta dourada, porém sem cuidados. De um lado, via-se cadeiras de ouro com estofados vermelhos, mas rasgados; no outro, uma lareira e uma longa mesa, mas consumida por cupins e cheia de teias de aranhas. A escada que levava para o segundo andar e para os quartos era puro ouro, só que seu carpete estava esburacado. De fato, as pessoas haviam esquecido seus Guerreiros Leviatãs.

Mas era possível ver as joias. Estavam espalhadas por todos os móveis. Eram das mais diversas cores: rubis, esmeraldas, lápis-lazúli, e dos mais diversos formatos, adornadas em colares, pulseiras, gargantilhas ou até mesmo soltas.

Lycan olhava para tudo ao redor, indignado com tantas riquezas materiais e mágicas jogadas para as baratas.

— Por que jogar joias tão preciosas em um salão tão abandonado?

— Pelo mesmo motivo que o salão foi abandonado primeiramente. — Disse Renegada, segurando uma cadeira. Sua respiração estava pesada — Para esquecer. O Imperador conseguiu ver que a magia e a energia trouxeram tantas derrotas quanto vitórias. Ele deve achar que o melhor remédio para os machucados do passado é não falar sobre eles, assim como fez com o Imperatriz e com a Sociedade das Névoas. Mal sabe ele que Mestre das Almas quer tirar ele do poder.

Os três invasores que estavam na sala entenderam então, pela primeira vez, que muitas pessoas ainda podiam sofrer antes de que Mestre das Almas fosse derrotado. A família Stormheart se tornaria só mais uma de muitas outras famílias vítimas do monstro que a Sociedade havia criado.

Daniel mordeu o lábio ao pensar nisso e virou-se para Renegada.

— Precisamos começar a pegar as joias.

— Sim, e eu preciso começar a procurar a joia que pode salvar seu coração. Vamos rápido, não sei se temos muito tempo.

Renegada fechou a porta dourada e os três começaram a caçar todas as joias ao alcance. A jovem começou a concentrar sua energia para detectar qualquer coisa parecida com a pedra que ela estava procurando. As joias podiam ser encantadas de diversas formas, e muitas tinham efeitos naturais. Certos rubis, por exemplo, podiam absorver fogo. Dessa forma, em um incêndio, bastava a pessoa sugar as chamas para dentro de uma destas joias. Quando o encantamento acabava, a joia se partia ou virava pó.

Já outros encantamentos eram mais complexos, pois pediam que quantidades diferentes de diversas pedras se combinassem em um desenho sobre uma base, normalmente formando um animal ou uma runa.

A joia que Renegada estava procurando era mais complexa que ambos os casos.

Rapidamente as duas bolsas foram enchendo, e parecia que haviam joias de sobra para toda a tripulação do Luzes da Aurora se proteger contra encantos. Daniel estava feliz com isso, ninguém precisaria sofrer em vão e tão facilmente contra membros da Sociedade. Estava prestes a falar isso para Renegada, mas quando olhou para ela, a jovem estava parada, olhando para o chão, com os punhos cerrados.

— Renegada? — Perguntou — Está tudo bem?

Então foi como se a pergunta fosse uma ofensa à jovem, que berrou, enquanto lançava uma longa chama em direção a parede dourada, que rasgou tudo em sua direção até quebrar o espelho que estava sobreposto na parede.

— Não, não está! — Ela berrou, furiosa, olhando para Daniel. Suas mãos ainda estavam cobertas de chamas — Eu não acho Daniel! Eu não consegui encontrar a joia para salvar seu coração! Como eu posso ser tão inútil, tão fraca, a ponto de não conseguir salvar nem você? Eu não aguento mais uma morte! Eu não posso ficar calma com você morrendo ao meu lado!

Daniel ouviu tudo com muita atenção e compreensão, enquanto a jovem mexia as mãos pelo ar, jogando fagulhas para os lados, até que ela se sentou sobre as próprias pernas.

Então Renegada começou a chorar. Daniel começou a pensar sobre o inferno que ela deveria estar passando. Afinal, todos os seus movimentos até agora haviam sido barrados por algum inconveniente. Ao tentar manter Elizabeth e Daniel salvos, o jovem acabou sendo encantado. Quando tentou salvar Marcus e esse recusou sua ajuda, ele acabou morto por Mestre das Almas. E quando estava tudo pronto para viajarem para o Mar Cinzento com as Sombras, o navio explode, matando todas elas. Agora, só tentava achar uma única joia para salvar o amigo, mas não havia conseguido. Renegada, por mais de todas as vitórias, sentia-se uma fracassada.

Entendendo isso, Daniel largou sua bolsa cheia de joias, sentou-se ao lado de Renegada e colocou a mão sobre o ombro dela, que ergueu o rosto até ficar cara a cara com Daniel. O jovem sorria calmamente.

— Ei, está tudo bem Renegada. Você está fazendo um ótimo trabalho, se não percebeu. Já me salvou da morte mais de uma vez, e salvou a garota que eu amo. Você nos deu esperança, Renegada. Nos deu mais um dia para lutar, e nos ensinou a lutar. Todos temos fracassos ao longo da jornada, mas o que importa é que estamos aqui, agora, e vivos para compensarmos nossas derrotas. Sei que não vai desistir de salvar meu coração, assim como não desistirei de salvar a alma de Elizabeth. Estamos batalhando juntos, e eu não vou deixar que você desista agora.

O choro de Renegada parou quando começou a ouvir as palavras de Daniel, e ele se sentiu feliz com isso. Acreditava que Renegada só precisava que alguém enxergasse todo seu esforço.

— Você entendeu o que eu disse, Renegada?

Porém, no lugar de uma declaração animada e agradecimentos, Daniel só recebeu silêncio da jovem. Ele estranhou.

— Renegada? Você me ouviu? — Silêncio novamente, e Daniel ficou irritado com aquilo. Chegou a ficar até um pouco ofendido.

— Renegada, fale alguma coisa! Pelos mares!

Então, Renegada falou, quase que sussurrando, o que estava atormentando sua mente naquele momento.

— Eles nos acharam...

Daniel sentiu seu corpo ficar rígido e um arrepio passar por sua nuca.

— Do que você está falando? — Lycan perguntou, se aproximando.

— Eles nos acharam. — Renegada não moveu um músculo sequer. — Os culpados do incêndio do navio e da Sete Espadas nos acharam. Os membros da Sociedade estão aqui.

— Então, de fato, foram dois... Onde eles estão? — Daniel começou a olhar para todos os lados da Casa dos Leviatãs — Mostre para mim onde eles estão!

Então, Renegada levantou-se, ainda tensa, olhando para a porta dourada.

— Eles estão no outro lado dessa porta.

CAPÍTULO 19

OS GÊMEOS

Dois homens sorridentes estavam parados diante de um portão de ouro no Palácio de Marfim. Estavam com suas mãos enluvadas, e seus mantos cinzentos tocavam o chão. Eram espiões infalíveis, talvez o motivo principal pelo qual Ilusionista havia convidado os dois para participar da Sociedade das Névoas. Mas nunca que imaginavam ter o poder que possuíam agora.

Todos os treinamentos haviam acabado. Atrás da porta dourada estava a oponente mais forte que já tinham encontrado. Porém não estavam com medo. Não precisavam disso.

— Lembra-se do aviso de Ilusionista sobre a Renegada, Lucius? — Falou o membro da Sociedade.

— Claro, Excelsor. — Disse seu companheiro — "Não a temam, não deixem que ela vença vocês no discurso. São tão fortes quanto ela". Essa foi a lição.

— Perfeito — Lucius sorriu. — A qualquer momento eles terão que sair dessa sala, e então finalmente atacaremos. — Os dois irmãos sorriram de forma idêntica, e então a porta começou a abrir.

E de lá, saiu um homem carregando duas malas, que ficou parado na frente da porta, olhando para os dois irmãos vestidos da mesma forma.

Excelsor não pôde evitar um sorriso irônico.

— Este definitivamente não é nosso oponente mais forte, Lucius.

— Não, definitivamente não, irmão. — Lucius sorriu junto o irmão e então preparou uma posição de combate. — Mas ele já pode ser um ótimo aquecimento.

Então, Lucius começou a mexer suas mãos em direção a uma tocha que estava na parede. A chama começou a crescer e ficar mais agitada até o momento no qual ela seguiu os mesmos padrões de movimentos das mãos de Lucius. O jovem começou a agitar as mãos e os braços de forma diferente, e a chama se alongou em direção a Lucius, rodeando o rapaz, como se fosse seu animal de estimação.

Lycan, então, pegou-se olhando para os olhos vermelhos de Lucius, que, rodopiando e esticando os braços, fez com que o fogo corresse em direção ao marujo. Lycan começou a pular para trás até encostar na porta dourada, e gritou quando a chama começou a se aproximar mais rápido.

Renegada passou pela porta dourada e ficou na frente de Lycan. Olhando para a chama, a jovem juntou suas duas palmas enluvadas e separou uma da outra, descendo a mão e esticando cada uma delas para um lado.

Para espanto de Lycan, Lucius e Excelsor, a chama enviada para matar o marinheiro fez exatamente o mesmo movimento que as mãos de Renegada. Primeiramente, a chama se dividiu em duas, então mudou sua trajetória, um lado para a esquerda e outro para a direita. O efeito das duas chamas raspando no chão e se extinguindo, deixando somente fagulhas de fogo no ar, fez com que o corredor ficasse iluminado e enevoado ao mesmo tempo.

Daniel saiu de trás da porta logo após as chamas apagarem, usando um colar no pescoço e segurando uma espada que havia encontrado na própria sala. Estava enferrujada e nem um pouco afiada, mas já bastava para se defender.

Lucius desfez sua postura e tanto ele quanto Excelsor retiraram seus capuzes ao mesmo tempo. Eram idênticos. Ambos possuíam olhos vermelhos e cabelos ruivos bagunçados. Embora com rostos semelhantes, Excelsior era muito mais alto e forte que seu irmão. Poderiam ser espelhos um do outro, se não fosse o fato de que o rosto de Excelsor parecia mais severo do que as expressões de Lucius.

Renegada também arrumou sua postura, mas não retirou o capuz. Não havia muito para se ver além de sua máscara. Quando falou, sua voz estava firme e mais séria do que Daniel jamais havia ouvido.

— Dois irmãos, dois incêndios. Deixo as coincidências de lado. Um de vocês manipula o fogo... enquanto o outro?

Excelsor, diferente de Lucius, não deu nenhum tipo de sorriso. Simplesmente ergueu uma de suas mãos até o rosto. Acima dela, uma pequena bola laranja e amarela flutuava, até que a esfera começou a crescer e agitar, e depois explodiu em chamas que dançaram até se extinguir no ar.

Ninguém pode ver, mas Renegada sorriu naquele momento. *Truquezinho ridículo*, ela pensou.

— Então, um Bombardeiro e um Flamejante. Quanta originalidade vinda do Ilusionista. Mas é bom sempre ter mais uma carta na manga, não é? Enfim, chega disso. Você aí. — Renegada estava se referido a Lycan, mas decidiu omitir o nome dele, caso os espiões ainda não soubessem — Leve as sacolas até nosso ponto de encontro e nos espere lá. — Lycan assentiu com a cabeça, mas na hora que começou a andar para o lado, Excelsor criou uma esfera no tamanho de uma maçã e lançou ela em direção ao vice comandante do Luzes da Aurora.

Por mais um momento ele parou de andar, mas quando a bola está próxima dele, Renegada estendeu seu braço para cima, e uma chama em formato crescente se moveu até encontrar a bomba de Excelsor, que explodiu sem ferir Lycan. Quando este se viu em um só pedaço, voltou a correr com as duas bolsas para longe daquele princípio de combate.

Já Lucius ficou surpreso com o poder de Renegada.

— Excelsor, como ela fez aquilo? — Perguntou em um tom baixo para somente o seu irmão ouvi-lo, mas ele não respondeu à pergunta. Em vez disso, ele deu um passo à frente.

— Então, — Sua voz também era bem mais grave que a de seu irmão — Você é a Renegada. E esse ao seu lado deve ser o jovem Stormheart...

Daniel se tencionou quando foram chamados com tanta inferioridade.

— Bem, Renegada. — Daniel disse. — Qual deles é meu?

Renegada olhou para os dois membros da Sociedade e então apontou para Lucius.

— Aquele ali.

Foi imperceptível para todos, mas ouvir a voz da Renegada falando aquilo naquele tom fez com que Lucius sentisse arrepios. Mesmo assim, ele manteve sua postura quando Daniel prostrou-se de frente para ele.

— Vocês não têm mesmo medo de morrer, não é, Stormheart? — Lucius continuou falando enquanto fazia com que uma chama se rastejasse até ele, como uma cobra. — Sempre interferindo em planos que não são chamados, achando que são diferentes do que qualquer outro ser humano que podemos matar. Pois bem, acho que está na hora de dar um fim definitivo a saga dessa família ridícula!

Então, com alguns gestos rápidos, Lucius fez com que a chama que estava ao seu lado se erguesse e voasse como uma flecha em direção ao jovem na sua frente. A chama acertou o peito de Daniel, e ele deu alguns passos para trás, ao som das gargalhadas de Lucius.

E louco pelas suas gargalhadas, o mesmo membro da Sociedade não percebeu que, após tanto fogo lançado ao corpo, Daniel já devia estar em chamas. Excelsior percebeu isto, e levantou a mão para seu irmão gêmeo, como se indicasse para ele parar com a investida. Só quando parou de rir que o outro irmão percebeu que realmente estava acontecendo algo errado.

Pois agora, neste silêncio, era possível ouvir a risada de Daniel. Renegada, que até agora havia ficado parada, se aproximou de Daniel, que ergueu a postura, revelando seu tórax sem machucado nenhum, nem mesmo roupas queimadas.

Renegada então apontou para o colar que Daniel estava usando, mais especificamente para a joia vermelha que brilhava de forma viva.

— Deixe-me apresentar para vocês, novatos, o Rubi Flamejante, popularmente conhecido como Come-Chamas. Acredito que não preciso explicar como ele funciona, não é mesmo? Ele absorve qualquer chama que você lançar, Lucius. — O membro da Sociedade perdeu todo seu sorriso quando lhe foi explicado o que havia acontecido, e no lugar dele, uma expressão de fúria surgiu.

Daniel começou a andar em sua direção.

— Você insultou meu pai! — Lucius, amedrontado e sem reação, lançou mais um ataque de chamas para cima de Daniel, que se mostrou sem efeito. O jovem prosseguiu em sua caminhada.

— Você insultou minha família!

Novamente, começando a ficar desesperado, ele mandou mais uma flecha de fogo que não surtiu efeito. Mais próximo, Daniel investiu, levantando a espada e gritando.

— E essa é a minha resposta! — Mas antes que Daniel desse o golpe, Lucius desembainhou a espada deles e ambos começaram a duelar, assim como Renegada entrou em uma luta de feitiços contra Excelsor. Ambos os membros da Sociedade eram fortes, mas Daniel já havia enfrentado pessoas consideravelmente mais forte que elas e havia levado a melhor. Protegido contra chamas, fazia com que a luta fosse vencida pelo melhor espadachim.

Já para Renegada, a dificuldade dela era exatamente achar uma brecha nas defesas de Excelsor. O jovem era mais fraco e menos experiente que ela, porém tinha muita concentração e disciplina em seus golpes, sabendo o momento certo de atacar e defender. Excelsor, por sua vez, já havia entendido que Ilusionista não havia falado toda a verdade sobre o poder de Renegada. A jovem se mostrou mais forte do que ele esperava, e faria questão de tomar satisfação com seu mestre sobre o que mais ele escondia acerca dos inimigos da Sociedade.

E Lucius era determinado, sempre atacando Daniel e esquivando nos raros momentos que ele achava uma brecha para atacar. Não se importava com mais nada além da possibilidade de que poderia ser conhecido como aquele que matara o último dos Stormhearts.

Depois de vários golpes, Renegada percebeu a brecha que Excelsor tinha em seu combate, e decidiu usar isso contra ele. Foi em um momento logo após o ataque dela. Ele havia executado bem uma esquiva, e se preparava para lançar uma explosão contra Renegada. Na hora em que ele fez o movimento para lançar a bola, Renegada usou toda a energia que tinha. E tanta energia controlada fez com que Renegada conseguisse controlar o braço de Excelsor.

— Mas o que é isso? Que merda é essa? — Ele começou a ficar desesperado. Renegada manteve firme seu controle sobre o braço do inimigo, e a bomba que ele tinha em mãos começou a ficar instável. Ele sabia o que estava prestes a acontecer, assim como ela. Lucius percebeu logo depois e se afastou de Daniel para tentar socorrer o irmão. Mas era tarde demais. A bomba explodiu, e o corpo de Excelsor começou a arder em chamas que dançavam sobre seu corpo. O jovem começou a gemer e rolar no chão, de tanta dor.

— Irmão! — Lucius estava com uma expressão de delírio ao ver Excelsor em chamas, e começou a caçar as chamas que dançavam sobre o corpo de seu irmão, jogando-as para as tochas do corredor.

Daniel parou no mesmo instante e largou a espada dourada no chão. Percebeu a dança macabra que havia entrado com Lucius sobre vingança e ódio e sentiu vergonha de si mesmo. Ao olhar para Renegada, somente viu a máscara pálida e sem emoção encarando-o. Quando viu que a jovem começou a correr para o ponto de encontro que haviam combinado para fugir do Palácio de Marfim, foi atrás dela. Mas antes de virar o corredor, olhou mais uma vez para trás. Lucius segurava o corpo de seu irmão no colo. O cabelo jazia queimado, assim como a roupa e os pelos do corpo. A pele pálida se tornara negra graças ao fogo intenso. O homem chorava.

— Não! Não pode ser, não pode ser! Como eu vou viver sem você meu irmão? Eu preciso de você! — Lucius, com lágrimas nos olhos, olhou para cima e depois para Daniel — Você! Seu maldito! Você vai pagar por isso! Todos vocês! Eu serei a vingança do meu irmão, e vou fazer o fogo cair sobre esse mundo! Eu juro minha vida de vingança!

Daniel, mais constrangido ainda, virou o rosto e não olhou mais para trás.

O confronto com Lucius e Excelsior:
os gêmeos da Sociedade das Névoas

CAPÍTULO 20

A FUGA

Daniel e Renegada estavam voltando pelo mesmo caminho deserto que haviam feito, até que Daniel parou de andar. Renegada deu alguns passos antes de perceber isso.

— O que foi, Daniel?

— E você ainda pergunta? Acabamos de cometer um assassinato! — Renegada abaixou a cabeça e respirou fundo. Já sabia como levar aquela conversa.

— Era necessário, Daniel. Ele ia me matar...

— Você não matou só Excelsor, Renegada. — Interrompeu Daniel — Você matou Lucius também.

— Como assim? — Renegada estranhou a ideia.

Daniel suspirou com uma expressão derrotada.

— Deixa pra lá, você não entende...

— A morte? — Desta vez foi Renegada que cortou a fala do jovem. — Conheço muito bem a morte, Daniel.

— Não a morte, Renegada. — Daniel levantou o olhar firme para ela — Você não conhece a sensação de perder uma família. Neste momento, Renegada sentiu sua firmeza vacilando. Daniel estava certo. Ela não tinha ideia de como Lucius estaria se sentindo, mas Daniel entendia muito bem.

O jovem balançou a cabeça, afastando os pensamentos sobre o que havia ocorrido.

— Isso não importa agora. Precisamos chegar até nossa saída antes que a bagunça no Palácio de Marfim aumente.

— Sim — Renegada falou de forma seca — Você tem razão. Vamos, precisamos fugir.

Então, respirando fundo e reerguendo suas posturas, ambos voltaram a correr em direção a cozinha particular que tinham usado para invadir o castelo. Ao chegarem lá, encontraram-se com Lobo, Lycan, e Salazar, que correu para abraçar o amigo.

— Daniel! Conseguimos, estamos vivos! E seu, coração, está salvo, não é? — Daniel sorriu com a animação de Salazar, mas deu um sorriso forçado quando o jovem fez a pergunta.

— Não, Salazar, não conseguimos encontrar uma joia que salvasse meu coração.

— Então... — O jovem não sabia bem como se expressar, além de sua cara triste.

— Sim — Daniel decidiu responder a pergunta que Salazar não tinha coragem de fazer. — Eu continuo amaldiçoado, Salazar. Mas isso não é o mais importante. O objetivo principal dessa missão era conseguir as joias para a tripulação. Teve algum problema, Lobo?

— Nenhum, mas ocorreu algo estranho. — Disse Lycan, colocando as duas bolsas no chão — Quando estava vindo para cá, alguns servos passaram no meu lado correndo. Fiquei com medo de que me pegassem, mas eles estavam com medo de alguma outra coisa.

— E o que era essa outra coisa? — Renegada fechou a porta da cozinha, mantendo seu olhar sobre o comandante do navio.

— Eles falaram que um incêndio tinha começado a se espalhar no hall onde estavam os convidados. Gritaram que a cidade estava passando por uma maldição de fogo.

Renegada e Daniel se entreolharam. Sabiam que aquilo não era maldição alguma.

— Encontramos dois membros da Sociedade das Névoas quando saímos do Salão dos Mestres... — Disse Daniel — Um deles nós matamos, mas o outro...

— Fugiu — Completou Renegada, rapidamente. Daniel olhou para ela, e Renegada olhou de volta. Não queria que demorar muito para sair de dentro do Palácio de Marfim. Qualquer explicação podia ser feita fora de lá.

— Eles eram irmãos, então o que fugiu deve estar querendo sua vingança contra qualquer pessoa.

Lobo olhou para os dois e confirmou com sua cabeça.

— Ok então. Não nos interessa o que está acontecendo além desta cozinha. Salazar e Lycan, peguem as bolsas, vamos descer.

Todos começaram a se movimentar em volta do túnel que entrava no esgoto. Salazar e Lycan foram os primeiros que desceram, seguidos de Lobo. Quando Renegada estava prestes a descer, cambaleou para o lado, e Daniel a segurou pelo braço para ela não cair.

— Renegada, está tudo bem? — Renegada respirou várias vezes fundo, pegando fôlego.

— Eu acabei de enfrentar um membro da Sociedade até a morte. Fazia um tempo que não passava por isso. Estou um pouco cansada, mas está tudo bem, eu vou aguentar.

— Mesmo? — Daniel não sentiu segurança na fala de sua companheira.

— Mesmo. Vamos! — Renegada livrou-se do braço de Daniel e desceu a passagem, entrando no esgoto, logo seguida por Daniel. Mas Renegada não estava sendo totalmente sincera. Desde o momento que invadiram o Palácio, ela havia passado por muito esforço, e suas energias estavam no limite. Precisaria segurar o chão novamente, e não tinha total segurança de que faria isso por tempo o suficiente para passar junto com os outros.

Quando ela chegou à grade, Lobo e Lycan já estavam com seus corpos encostados nela para empurrarem assim que Renegada usasse sua energia. Daniel passou rapidamente por ela, e logo que ela colocou suas mãos sobre os tijolos, berrando e liberando sua energia para sustentar a terra, os três rapazes tiraram facilmente a grade do lugar. Todos passaram tranquilamente, enquanto Renegada berrava cada vez mais. A sensação que ela tinha é de que seus braços estavam sendo pressionados por toneladas de terra.

— Renegada, vamos! — Daniel e Lobo eram os únicos que continuavam no outro lado da grade. Lycan e Salazar já estavam fazendo o caminho de volta para o Luzes da Aurora — Só falta você passar! — Mas Renegada não conseguia. Estava com suas energias quase que esgotadas, e não iria manter a terra estável se desse um passo.

— Não! — Ela disse — Eu não vou passar! Fechem a grade!

Daniel não ia embora daquele lugar sem Renegada junto, mas ela não aguentaria muito antes que a terra caísse sobre eles. Ele precisava colocar a grade para que todos não fossem pegos, mas se fizessem isso, Renegada ficaria para trás e seria encontrada pelos soldados imperiais.

Ele pegou a grade que estava no chão e a levantou. Renegada ergueu seus olhos, e percebeu que o jovem estava com uma expressão firme. Ele iria trancá-la, pois ambos sabiam que era a única forma de continuar com o plano. Essa era a ideia que tinham em mente, salvar Elizabeth e deter Mestre das Almas, custe o que custar.

Mas então, Daniel fez algo que nem Renegada e nem Lobo esperavam. Ele ergueu mais ainda a grade, e segurou ela acima de sua cabeça, travando-a nas curvas do túnel. Quando ele fez força para cima, o peso sobre os braços de Renegada diminuiu parcialmente.

Ela entendeu o que ele estava fazendo. Daniel estava segurando o peso junto com ela. Dessa vez, era o Stormheart que salvava a Renegada, como uma compensação dos atos passados. E quando Lobo juntou suas forças aos dois, segurando a grade junto com Daniel, Renegada conseguiu dar seus primeiros passos.

Ao passar, Lobo e Daniel desceram a grade ao mesmo tempo, fincando-a no chão, e Renegada caiu no chão, desmaiada. Na superfície, na calçada da praça central de Simariel, mais paralelepípedos racharam.

Lobo e Daniel chegaram ao ponto de encontro carregando Renegada, ainda desmaiada.

Não era o mesmo local que haviam usado para entrar. Desta vez, o túnel acabava aberto e desembocava no mar. De longe, era possível ver uma embarcação navegando solitária na noite. Com suas luzes apagadas.

Dentro da passagem, havia um pequeno bote, no qual Salazar e Lycan já depositavam as bolsas cheias de joias. Tinham conseguido. Invadiram o Palácio de Marfim, entraram na Casa dos Leviatãs, roubaram os acessórios mágicas do Império, e ainda enfrentaram dois membros da Sociedade das Névoas, sobrevivendo ao combate. Daniel estava impressionado com a capacidade e habilidade que o grupo havia exibido, e estava mais empolgado com a jornada que se estendia pela frente.

O bote saiu da passagem, com Lycan e Lobo fazendo questão de remar. A noite escura encobria-os, mas ao longe era possível ver um clarão no meio da cidade e fumaças subindo aos céus. As pessoas ainda estavam tentando conter o que a vingança de Lucius tinha provocado. Daniel ficava pensando se aquela seria a única revolta que o jovem em luto estava preparando.

Renegada acordou assim que o bote chegou ao Luzes da Aurora. Daniel olhou sorrindo para a colega, que levantava com a mão na cabeça, sentindo uma enxaqueca devido ao esforço extremo. Quando se levantou, sentiu a mão de Daniel segurando o ombro da jovem que ainda estava acostumando com o balanço do mar. Ela virou para o lado, e pode olhar a expressão sorridente do jovem que, heroicamente, salvou sua vida.

— Pode respirar aliviada, Renegada. Nós já saímos de Simariel. Estamos a caminho do Mar Cinzento.

Renegada estava olhando o horizonte, sentada na proa do navio de Lobo. Finalmente, depois de dois anos, ela e Daniel estavam a caminho de seu grande objetivo. Estavam cada vez mais perto de completarem a missão de salvar a alma de Elizabeth.

Daniel sentou-se no lado de Renegada, e ambos sorriam um para o outro, embora o jovem não pudesse ver a resposta da amiga.

— Então, os pais de Salazar realmente deixaram ele vir nesta viagem? — Perguntou Renegada, e como resposta, ouviu a risada aberta de Daniel — O que foi?

— Acha que Salazar tem pais? Eles o abandonaram quando era pequeno na frente da Guilda. Por isso que ele cresceu conosco.

— Entendi. Agora faz sentido ele ser tão novo e já andar com vocês. — Renegada inclinou a cabeça para o céu, olhando as nuvens iluminadas pelas duas luas — Então somos todos sem família nesta jornada, não é?

— Como assim? — Perguntou Daniel.

Renegada virou o corpo para ficar de frente com o jovem. O vento fazia com que o cabelo bagunçado dele dançasse, e a imagem do garoto de dezoito anos se tornou bem parecida com a imagem que Renegada guardava do pai dele.

— Bem, Salazar não tem nenhum parente. Você e Elizabeth também não, assim como Lobo, que foi rejeitado pelos seus pais. Naquele corredor, você estava certo: eu nunca conheci a dor de perder alguém da família. Ela foi tirada de mim antes que eu pudesse entender a importância disso, e nem cheguei a conhecer o nome deles. Já a Sociedade nunca se assimilou com uma família para mim. Era mais como uma escola. Eu nunca tive a sensação de união que um grupo desses tem, e nunca vou ter.

Daniel ouviu com atenção todo o desabafo da companheira, mas não ouviu nenhum tom de tristeza em sua voz. Era como se Renegada já estivesse acostumada com o fato de nunca ter essa sensação. Então o jovem começou a olhar todos os eventos que ocorreram desde dois anos atrás. Todas as palavras de amor que trocou com Elizabeth, e todas as verdades que foram reveladas. Olhou para todas as vezes que Renegada havia lhe salvado, e olhou para o momento a pouco tempo passado, no qual ele retribuiu o mesmo favor.

Então, Daniel sorriu, olhando para o céu.

— Não é verdade o que você disse agora.

— Como assim? — Perguntou Renegada.

— Você disse que nunca vai poder experimentar uma sensação de união que uma família tem. Bem, isso não é verdade...

Renegada se manteve em silêncio, até que Daniel concluiu.

— ... Nós somos uma família.

E novamente, na mesma noite, Daniel surpreendeu Renegada, mostrando-a algo tão simples e tão verdadeiro que era complicado para ela entender. Mas, olhando para dentro dela mesma e para Daniel, percebeu que aquilo era um fato. Ela se sentia mais conectada com ele do que se sentiu conectada com a Sociedade durante oito anos.

Renegada sorriu e olhou para as luas.

— É... Somos uma família.

— Mas me responda uma coisa — Daniel, ainda sorrindo, virou-se para Renegada — Você disse que Lobo foi rejeitado pela família. Como sabe disso?

— Na hora que olhei nos olhos de Lobo, Daniel, pude ver muita coisa sobre a vida dele. Vi muita luxúria em volta de seus roubos e saques, mas também achei seu passado. Vi todos os motivos pelo qual ele abandonou o berço real e se tornou um pirata.

— Berço real? — Daniel estranhou a expressão — Você quer me dizer que ele é um membro da nobreza?

— Mais do que isso, Daniel. — Renegada virou-se, e tanto ela quanto Daniel encararam Lobo, que manobrava o leme do Luzes da Aurora — Ele é o filho do Imperador.

O ÚLTIMO DIA

Os extremos das terras Rebeldes formavam um deserto de cinzas no horizonte, e os espectros eram as únicas movimentações daquela região. Não se preocupavam com horário de descanso ou de caminhada, já que eram as únicas presenças naquela parte do continente. Nenhuma terra jamais havia sido tão esquecida como aquela.

Elizabeth andava cansada entre os fantasmas, apoiando o braço de um Umbelon que estava em silêncio. Foram pegos de surpresa quando os espectros apareceram, mas quando explicaram que Renegada havia pedido para que eles os protegessem, Elizabeth pode ficar mais calma. A garantia de que estavam no seu lado era o fato de que Mestre das Almas estava desmaiado dentro de uma esfera transparente e esverdeada, assim como os espectros. Eles garantiam que seu inimigo jamais poderia escapar daquela prisão.

Mas quando Mestre abriu seus olhos cinzentos, Elizabeth não ficou menos tensa do que ficaria se ele estivesse livre no seu lado. O homem passava dias e dias encarando a jovem enquanto todos caminhavam. Às vezes, com um sorriso macabro, outras, com uma fúria absoluta. Umbelon tentava acalmar sua jovem protegida, mas Elizabeth sentia cada vez mais dores pelo corpo, se sentindo cada vez mais fraca, e Mestre parecia analisar todos aqueles sintomas. A jovem acreditava que ele entendesse tudo que estava acontecendo, e aquilo a irritava.

Os espectros foram gentis com ela e principalmente com o velho. Explicaram muitos encantamentos e encheram o velho de histórias antigas enquanto outros explicaram algumas características sobre a alma para Elizabeth. A jovem finalmente entendeu porque Mestre das Almas ainda não havia matado ela: Precisava dela viva para absorver sua alma pura. Cada vez que tais assuntos eram tocados, Elizabeth sentia mais arrepios.

Chegaram a outras ruínas depois de algumas semanas. Quando Elizabeth olhava para trás, Ludarius tinha se tornado nada mais do que um pequeno ponto no horizonte, e o Porto de Ludarius já era somente uma fraca memória na sua mente, que se enfraquecia dia após dia.

Elizabeth passava noites chorando, após encarar o olhar macabro de seu torturador. Sentia saudade de Daniel, de Renegada, de sua vida em Simariel, por mais que não tivesse lembrança nenhuma delas. Sentia saudade de um Umbelon mais jovem e esperançoso, de uma Ludarius menos nublada, de uma vida mais calma, onde a maior adrenalina vinha dos beijos de Daniel e da mão do jovem tocando sua pele macia e quente, que agora era fria. Seus cabelos haviam crescido até a altura da cintura, os olhos nunca foram tão vazios, e se tornavam mais ainda a cada vez que ela ouvia os espectros sussurrando que ela passava por um estado onde nem vivia e nem estava morta.

Os olhos deles eram tão vazios quanto os dela.

Decidiram descansar naquele lugar durante alguns dias. Não importava o quanto torcessem, Mestre das Almas trazia suas névoas junto dele, impossibilitando a chance de um dia ensolarado. Uma noite, quando todos estavam dormindo (ou fingindo que dormiam, já que os espectros não sentiam as mesmas necessidades dos seres vivos), Elizabeth foi até a esfera espectral que englobada Mestre das Almas e ficou encarando o homem, até ele olhar para ela, sorrindo maliciosamente. Ambos ficaram nesse olhar silencioso durante alguns minutos, até a jovem virar o rosto, o que fez Mestre dar uma risada baixa.

Irritada, Elizabeth pegou uma pedra no chão de pedra quebrada e lançou contra a esfera, na direção da cara de Mestre das Almas. Mas a esfera fez seu trabalho, repelindo a pedra para o lado, o que fez o homem dentro dela lançar um olhar provocante para a menina irritada.

— Minha presença lhe incomoda, menina? — Ignorando seu medo, Elizabeth chegou bem próxima da esfera.

— Meu nome é Elizabeth, seu verme! Isso você nunca vai roubar de mim.

— Não preciso disso. Ninguém vai cravar uma lápide para o chão onde morrer, senhorita Olivier — Mestre das Almas levantou-se, ficando de pé no meio da esfera. Mesmo preso, parecia sombrio — Por que veio me visitar? — Elizabeth respirou fundo e não vacilou quando o homem olhou para ela com uma expressão séria.

— Por que precisa da minha alma? Você já é mais poderoso do que qualquer outro soldado do Imperador, pode ter tudo que quiser, mas por que minha alma?

— Exatamente pelo motivo que acabou de falar, srta. Olivier. Eu posso ter tudo que eu quiser, e eu quero. Sua. Alma.

— Mas isso é desumano!

— Mas eu não sou um humano! — Mestre esboçou um pequeno sorriso ao falar isso. — Eu sou muito mais do que um ser vivo qualquer, até porque já abandonei minha primeira vida. Jamais vou esquecer do primeiro soldado que cravou uma flecha sobre meu coração. — Elizabeth se arrepiou, mas sua curiosidade falou mais alto.

— Como foi? Morrer e voltar a vida?

— Estranho, primeiramente. Algo entre estar desmaiado e mais acordado do que nunca ao mesmo tempo. Você percebe tudo ao seu redor, e vê as coisas como um todo. Você vê a existência de tudo, de todos os pós e de todas as estrelas. O começo e o fim de todos os seres humanos em um piscar de olhos. Tudo passa por você como a velocidade de um tiro de pistola, e então é como se o mundo caísse sobre o seu peito, e você voltasse a vida. Uma bela viagem, do topo de tudo ao fundo, e depois até a terra novamente.

— E como é agora? Quando Marcus te matou, como foi a sensação?

— Quase a mesma coisa.

— Mas o que foi de diferente? — Mestre das Almas, nesse momento, se aproximou rapidamente da lateral da esfera, olhando profundamente para a expressão assustada de Elizabeth.

— Agora eu não vou mais para os céus. — Disse Mestre das Almas, sorrindo de forma macabra.

Mais um arrepio para minha mente fraca, foi o que passou rapidamente pela cabeça de Elizabeth, enquanto ela virava-se para ir embora. Mas então, parou quando ouviu a voz de Mestre das Almas falando com ela.

— Você me perguntou por que absorver sua alma. Olhe para onde estou agora, Elizabeth. Preso em uma esfera espectral. Com sua alma pura, nunca mais nenhum ser poderia fazer isso, fosse ele um espectro ou um demônio.

Eu tenho força o suficiente para matar qualquer soldado e destruir o Imperador, mas com sua alma, eu vou ter tanto poder que não vou precisar matar ninguém. Eles simplesmente vão me olhar e se curvarão para mim. Todo o resto, morrerá. — Após falar isso, Mestre das Almas sentou-se novamente, enquanto Elizabeth voltou para sua cama com um olhar arregalado e mais assustado que nunca. Ao entrar na sua cabana, que dividia com Umbelon, deitou-se silenciosamente, encolheu o corpo e chorou novamente pelo futuro de sua alma. Depois de um tempo, dormiu tranquilamente, esperando que o dia seguinte trouxesse melhores notícias.

Mas o dia seguinte começou de forma estranha. Ele começou com um grito.

— É um milagre! O milagre de nossa Iluminada Rainha!

Elizabeth acordou, seguida de Umbelon, e ambos saíram da cabana, para ver uma cena extremamente fora do normal. No meio da praça onde estavam assentados, vários espectros celebravam, tocando seus próprios corpos mortos e de seus colegas, com uma emoção que parecia sem sentido algum. Vários repetiam a frase que havia sido dita pelo primeiro espectro, sobre um milagre da Rainha Iluminada. Já outros, eram carregados por companheiros, que cantavam e celebravam.

Os mortos estavam animados, mas Elizabeth e o velho Umbelon não tinham a mínima ideia do por que. Quando um dos fantasmas passou por perto deles, Elizabeth chamou sua atenção, perguntando o que estava acontecendo.

— Como assim, você não está vendo? Estamos vivos novamente, menina! Olhe nossos olhos!

Foi o que Elizabeth fez, e não conseguiu ver nada de diferente da noite anterior. Para ela, os olhos do espectro continuavam vazios e mortos, sem íris, assim como a pele dele continuava translúcida. Quando falou isso para ele, foi como se o fantasma se sentisse ofendido, erguendo sua própria postura.

— Que ingrata! Deixe de bancar a boba, menina, e olhe a verdade! Todos nós estamos vivos! É um milagre da Rainha Iluminada! Ela se ergueu e nos salvou!

O Fantasma foi embora, deixando Elizabeth sozinha com Umbelon.

— Que estranho — Falou o feiticeiro — O que eles pensam que aconteceu? Estão todos mortos como ontem, por que não percebem isso?

Então, após muitas festividades, todos os espectros se reuniram em círculo. No meio, havia um palanque, e sobre ele, um fantasma alto e com uma postura orgulhosa.

— Vejam, meus amigos! Nossa tortura se acabou! Estamos vivos novamente, graças ao milagre de nossa Rainha Iluminada! — Todos começaram a berrar, como se tivessem vencido uma guerra, até que o espectro no palanque fez um sinal para todos se acalmarem — Mas agora, meus caros irmãos, necessitamos realizar todas nossas necessidades! Precisamos de comida e de água, afinal, estes anos todos sem nos alimentarmos ou bebermos algo devem ter se armazenado, não é mesmo?

No mesmo momento, vários fantasmas começaram a mexer em suas gargantas e barrigas. Uns gritavam de dor, outros caiam desfalecidos, como se percebessem só agora que estavam com fome e sede extremas.

Mas para Elizabeth e Umbelon, aquilo fez menos sentido ainda! Estavam mortos, e todos eram privados de fome ou sede! Como podiam estar sentindo aquilo? E o que aquele espectro estava querendo, realçando esses problemas?

Mas antes que pudessem se responder, o fantasma continuou.

— E não é só isso meus amigos! Precisamos de mais curativos! Os ventos e animais que enfrentamos nestes anos fizeram estragos aos nossos corpos, e nossa carne podre já não se encontra mais inteira nos nossos corpos!

Mais espectros berraram de dor e desfaleceram, contorcendo seus corpos, agonizando por uma dor que era invisível para os dois humanos. Não podiam acreditar no que estavam vendo, pareciam que todos os fantasmas estavam em algum tipo de transe, imaginando coletivamente algo que não era real. Então, O espectro no palanque, que era o único que não berrava, nem agonizava, mas que exibia um sorriso, falou novamente.

— E só há mais uma última coisa, meus colegas que ainda estão de pé — Ele falou, e quando deu um passo para frente, foi como se sua pele derretesse, e de dentro do espectro, surgiu a imagem de um ser alto, com porte atlético, e com todo o rosto e corpo coberto por um manto cinzento. Ele deu mais um passo para frente, e com os braços estendidos, completou sua frase — Nossos ossos malditos não aguentam mais ficar erguidos. Estão podres, assim como nós!

Elizabeth não podia acreditar no que estava acontecendo na sua frente! Todos os soldados fantasmas do Continente Rebelde estavam caídos no chão, agonizando e imaginando que estavam para sempre mortos. Ou será que não imaginavam?

E, no meio de todos aqueles corpos, o homem de manto cinza virou-se para a esfera espectral, na qual Mestre das Almas estava em pé, sorridente. O homem caminhou até a esfera.

— Não existem mais espectros — Disse — E, sendo assim, não existem mais esferas espectrais. — Em um piscar de olhos, a esfera que cercava Mestre das Almas se desfez, como uma bolha que é estourada por uma criança. Mestre deu alguns passos e cruzou os braços.

— Espetacular. Agora, por favor, faça questão de explicar para mim o que houve aqui?

— Simples — O homem sorriu por baixo do manto cinzento — Espectros não possuem alma, são só corpos controlados por suas mentes. Destrua a mente deles...

— ... E destruirá o espectro. — Concluiu Mestre das Almas, sorrindo — É muito bom ver que está ao meu lado ainda, Ilusionista

O homem sorriu, e retirando seu manto revelou um rosto delicado, com olhos verdes e longo cabelo loiro.

— Eu nunca vou abandoná-lo, meu Mestre das Almas.

— Muito bem. — Mestre sorriu orgulhoso, e então olhou para Umbelon e Elizabeth, que tentavam se afastar lentamente. Começou a andar rapidamente em direção a eles — Mas antes de irmos, tenho que resolver um trabalho inacabado. — A jovem ouviu isso, e quando viu que Mestre estava bem próximo dos dois, virou-se, ficando entre Umbelon e o homem, estendendo seus braços ao lado.

— Você não vai tocar em Umbelon, seu maldito! — Elizabeth estava desesperada, mas não sem coragem. — Vai ter que me matar para fazer isso, e sei que não vai querer arriscar a segurança da minha alma que tanto deseja.

Mestre das Almas parou enquanto a jovem falava e ficou irritado com a provocação da mesma. Então, em um rápido movimento, foi para frente e agarrou o rosto de Elizabeth com uma única mão, olhando para os olhos assustados dela. A jovem estava certa sobre ele não poder matá-la, mas era incrível como mesmo assim, continuava sentindo pavor da presença dele. Sentiu um sorriso surgir no rosto, mas segurou o mesmo e se manteve sério.

— É hora de você descansar, srta. Olivier. Não interfira mais. Descanse. Agora.

E, com um aperto em seu crânio, Elizabeth sentiu todo o seu corpo ficar firme e uma dor extrema atravessar todos seus músculos. Quando Mestre das Almas soltou seu rosto, a jovem caiu dura no chão das ruínas. Umbelon virou-se, com lágrimas sobre os olhos, e gritou de tristeza. Olhou para Mestre das Almas, que já estava se afastando.

— Você nunca vai conseguir realizar seu plano! Você vai morrer antes de eu lhe chamar de Imperador!

Mestre estancou sua caminhada e virou o rosto para olhar Umbelon. Em sua mão direita, o homem começava a mexer os dedos e uma lâmina de gelo começava a se formar em pleno ar.

— Seu velho porco. — A voz de Mestre era cheia de repulsa — Você está errado. É você quem vai morrer antes de poder me chamar de Imperador. — Então, virando rapidamente, Mestre das Almas lançou a lâmina de gelo em direção ao coração de Umbelon.

Ilusionista virou o rosto quando o velho gemeu de dor. Quando olhou novamente, Mestre das Almas já estava próximo dele e Umbelon estava deitado no chão, ao lado de Elizabeth, petrificada.

— Onde estão os outros? — Perguntou Mestre das Almas.

— Por aqui, meu senhor. — Ilusionista conduziu Mestre das Almas até próximo da entrada das ruínas, onde, dentro de um bar, se encontravam oito jovens, com alturas, corpos e rostos diversos, um mais diferente do outro.

— Estão todos aqui? — Mestre perguntou, estranhando a sua contagem de dez membros da Sociedade das Névoas naquele bar.

— Sim, meu Mestre. — Respondeu Ilusionista, rapidamente — Lucius desapareceu após a operação no Palácio de Marfim. Não encontramos a energia dele em lugar nenhum.

— E Excelsor? — Mestre virou seu rosto frio para o delicado rosto de Ilusionista, que engoliu seco.

— Ele morreu, senhor... Renegada o matou.

Mestre das Almas sentiu um arrepio com aquela informação e sua expressão se fechou mais ainda. Irritado, olhou para todos os oito jovens que estavam no bar.

— Então isso quer dizer que Renegada e Daniel estão no caminho para o Mar Cinzento? Estão a caminho da alma de Elizabeth?

— Sim, senhor. Encontraram uma embarcação com o filho do Imperador e...

— E ninguém está lá para proteger o Imperatriz! — Berrou Mestre das Almas, sua energia fez com que as poeiras das ruínas daquele bar voassem. — Todos para fora, agora! Precisamos ir o mais rápido possível para o Mar

Cinzento! — Todos obedeceram a ordem do Mestre da Sociedade das Névoas. Ele foi o último a sair do bar, e quando chegou ao grupo, eles estavam de mãos dadas em forma de círculo. Mestre uniu-se a eles, fechando o grupo.

— Lazarus, quando quiser. Estamos prontos — Falou Ilusionista.

Lazarus, um jovem de cabelos e olhos azuis como o céu, abaixou a cabeça e concentrou-se, fechando os olhos. Ele nunca havia realizado uma transmutação com tantas pessoas juntas ao mesmo tempo, mas não era hora de falhar. Mestre estava ali, e mataria o jovem caso ele não conseguisse. Sabia que era assim que funcionava. Já tinha visto funcionar antes.

Então, de forma rápida, o grupo de dez membros da Sociedade começou a se desfazer em pequenos cristais. Ainda eram todos os mesmos seres humanos, mas Lazarus fez com que a matéria deles se transformasse, fazendo todos as pequenas pirâmides de cristais voarem juntas, em direção ao Mar Cinzento, na mesma direção que Renegada e Daniel estavam tomando com o navio Luzes da Aurora.

Quando todos os cristais desapareceram das ruínas, Elizabeth finalmente conseguiu se mexer.

PARTE 3

A JORNADA

"A Jovem Estrela nascerá
E para a morte é que ela vai acordar."

CAPÍTULO 21

DIAS EM ALTO MAR

Salazar se acostumou aos poucos com o balanço do mar. Os primeiros dias foram os mais difíceis, com náuseas, vômitos e um ou dois desmaios, mas cada um destes problemas foram passando com o tempo da viagem. Após a primeira semana, o adolescente já se arriscava em escalar algumas redes.

Enquanto isso, Renegada ficava arrepiada diversas vezes por dia, pela sensação nostálgica de fazer o mesmo caminho que fizera dez anos atrás, a bordo do Imperatriz. Estava voltando ao Mar Cinzento, desta vez para salvar a alma de Elizabeth, uma missão totalmente diferente do que da primeira vez que viajou por aquelas águas.

Pensava que, em vez de estar no Luzes da Aurora, podia estar navegando com as Sombras ao seu redor, se não fosse pelo ataque dos gêmeos da Sociedade. Muitas noites, antes de dormir, ela pensava sobre cada um daqueles marujos que haviam feito a viagem pelas ilhas imperiais até o porto de Simariel. Pensava se eles se tornaram espectros rebeldes assim como os quais estavam protegendo Elizabeth e Umbelon naquele momento.

Mas após uma das primeiras noites, Renegada teve um pressentimento de que algo de errado estava acontecendo no Continente Rebelde. Era como se um vazio houvesse se instalado naquela região, mas como a mulher estava muito longe, não conseguia ter certeza de suas hipóteses. Não conseguiu dormir naquela noite.

Da mesma forma, Daniel também não conseguiu dormir direito na primeira semana de viagem. Seu problema não era a falta de costume com o balanço do mar ou superstições, mas sim todas as suas lembranças de Elizabeth. A cada dia que se encontravam mais perto do Mar Cinzento, as lembranças ficavam mais vivas. O primeiro encontro dos dois, no qual Daniel foi encantado pelos olhos azuis de Elizabeth, que pareciam refletir a cor do mar; os primeiros dias que passaram juntos, visitando partes do porto e das ruínas de Ludarius e, por último, Daniel sempre se lembrava dos beijos apaixonados que tinham dado. Se ele fechasse os olhos, poderia visualizar claramente cada uma destas recordações, e cada dia mais próximos dos destroços do Imperatriz, as memórias invadiam sua mente, certas vezes até mesmo atrapalhando o raciocínio de Daniel enquanto os marujos tentavam lhe ensinar técnicas de navegação mais tradicionais e até mais funcionais do que as técnicas da Marinha.

Na noite que Renegada não conseguiu dormir, Daniel também estava acordado. Após descobrir pela mulher que Lobo era filho do Imperador, ficou imaginando o que teria ocorrido para que ele se tornasse um pirata de nome tão conhecido. Daniel sentia que perguntar essas informações para Renegada seria trair a privacidade do capitão da embarcação que estavam. Então, nesta noite, Daniel foi até o convés da nave, onde Lobo conduzia o leme.

— O balanço do mar não te trouxe sono, Tempestade? — Lobo falou sem tirar os olhos do horizonte. Parecia bem mais tranquilo do que todo o tempo em que estavam na terra firme de Simariel.

— Não, são outras coisas que me deixaram acordado, Lobo. — Daniel respirou fundo, sentindo a maresia passar pelos seus pulmões — Eu tenho uma pergunta para você.

— Faça sua pergunta então, Daniel. Me divirta nesta noite. — Daniel levantou o rosto, se apoiando na amurada do convés, e então encarou os olhos fixos de Lobo.

— Ando me perguntando como o filho do Imperador se tornou um pirata.

Daniel pôde perceber a testa do capitão enrugando levemente. Ele ficou em silêncio por um momento antes de responder.

— Se Renegada lhe contou quem eu sou Daniel, por que não perguntou para ela como me tornei essa pessoa?

— Seria muita exploração da sua vida íntima. Se for para ter essa resposta, ela deve ser dita por você e mais ninguém — Lobo sorriu com essa resposta.

— Agradeço pela sua preocupação, Daniel. Tudo bem então, vou te contar essa história de ninar. — Pela primeira vez na conversa, Lobo tirou os olhos do horizonte e olhou para Daniel. — O que sabe sobre a participação de seu pai na Guerra Imperial?

— Só que foi ele que comandou o navio onde você e seu pai estavam. — Lobo deu uma risadinha leve, balançando a cabeça negativamente e voltou a olhar para o horizonte.

— Seu pai foi muito mais importante. Pelo menos para mim. Alexander Stormheart também foi à terra. Ela lutou contra os Rebeldes, como um soldado Imperial. E mais do que tudo isso, ele salvou minha vida. Eu havia me desequilibrado em uma defesa, estava caído no chão, e se não fosse por Alexander, eu não estaria aqui. Mas o que foi mais doloroso do que qualquer golpe de espada, foi ver meu pai, no meu lado, não fazer nada para me defender. Ele simplesmente ficou olhando enquanto o soldado descia a espada. Ali começou minha dívida com seu pai.

Daniel arqueou as sobrancelhas, olhando para o horizonte junto com Lobo.

— Então, você prometeu ao meu pai que ia protegê-lo?

— Exato. Quando voltamos para Simariel, quis ser escudeiro de Alexander, e até mesmo entrar na tripulação dele que ia para o Imperatriz, mas meu pai me proibiu, dizendo que um príncipe não devia se submeter aos seus servos. Eu não podia retribuir um favor para Alex, mesmo ele salvando minha vida! Vê a incoerência nisso? Então meu pai começou a me ensinar a burocracia e falsidade da nobreza imperial até um ponto que não aguentei mais. Aquilo não entrava na minha cabeça, e a vontade de ajudar seu pai e servir aos outros estava mais interiorizada dentro de mim do que a vontade de comandar.

— E então o que você fez?

— Tomei uma das decisões mais corajosas da minha vida. Juntei um grupo de marinheiros que estavam revoltados com o Imperador e mais algumas pessoas de confiança e menti para meu pai, falando que iria fazer uma viagem de cobrança de impostos. Peguei tudo que era mais importante para mim e todo o resto que poderia ser útil, como mapas de diversos lugares. Zarpamos de noite, e nunca mais voltamos.

— Então quer dizer que este navio... — Começou Daniel, que logo foi interrompido por Lobo, que completou o pensamento dele.

— O Luzes da Aurora é um navio militar. Sim. — Lobo olhou para a própria embarcação e seus tripulantes — Lycan era meu guarda-costas e pessoa na qual eu mais confiava de todos os tripulantes. Foi o primeiro a me apoiar, e hoje é meu vice comandante. — Então, depois de um silêncio entre os dois jovens, o capitão do Luzes riu, olhando para o céu.

— Você vê, Daniel, como a vida é irônica? Fugi do meu pai exatamente para não viver uma vida de governante, e hoje sou o capitão do Luzes da Aurora, dando ordens para todos esses marujos. E quem eu estou salvando?

— Você está salvando Elizabeth, mesmo que não a conheça. Isso é uma atitude muito corajosa, Lobo.

Então, quando Daniel começou a descer as escadas para sair do convés, Lobo disse para ele.

— Mas diga-me, Daniel: isso faz sentido? Estamos fazendo uma viagem para as águas mais perigosas de nosso mundo, protegidos por nossas espadas e joias antigas. Apesar disso, não temos a mínima ideia do que vamos encontrar em nossa frente. E tudo isso para salvar a alma de uma jovem que quase nenhum de nós conhece, fora você e Renegada. Faz sentido para você, arriscar tantas almas em troca de uma única menina?

Os dias foram se passando enquanto o Luzes da Aurora cruzava o Mar Imperial a caminho do local de descanso do Imperatriz. Não houve nenhum problema, para a surpresa de Renegada. Parecia que não estava nos planos da Sociedade que ela e Daniel chegassem tão longe, a ponto de alcançarem o Mar Cinzento. Parte do sucesso da viagem podia ser pelo fato de Mestre das Almas estar preso pelos espectros. Nesse caso, Renegada achava que o comando da Sociedade passaria para Ilusionista, o membro mais antigo da Sociedade após o próprio Mestre, e parecia que ele não era tão esperto quanto o próprio líder.

Durante os dias, tanto ela quanto Daniel e Salazar se tornaram parte de tripulação, ajudando com tarefas diárias como verificar as cordas, limpar o deque, levantar e abaixar velas e, quando não havia vento, remar junto com os piratas.

A conselho de Renegada, Lobo pediu para que os canhões da embarcação fossem verificados todos os dias. Ao mesmo tempo que parecia que estavam fazendo uma viagem tranquila, todos sabiam que um ataque surpresa podia surgir a qualquer momento, e isso causava apreensão em todos, principalmente naquela mulher que conhecia o seu inimigo.

Certo dia, após semanas de viagem, um marinheiro no topo de um dos mastros gritou para todos que estavam no Luzes da Aurora:

— Há algo em nossa frente! Estamos nos aproximando de algo! — O alarme despertou toda a tripulação. Lobo ordenou que parte da tripulação preparasse os canhões e passou o leme para Lycan. O capitão pegou seu telescópio de bronze para tentar adivinhar o que o marujo havia chamado de "algo".

Não conseguia ver quase nada por causa da névoa que cobria o horizonte, mas lentamente uma enorme silhueta começou a surgir a frente do navio.

— Lycan, mande que abaixem as velas. — Sussurrou Lobo. — E preparem a âncora para pararmos.

— Abaixem as velas! — Gritou Lycan — Preparem a âncora! — Alguns marujos começaram a preparar a âncora. Todos na embarcação pareciam estar com medo. Daniel e Salazar subiram ao convés e ficaram lado a lado com Lobo, que ainda olhava surpreso pelo telescópio.

— E então, o que é? — perguntou Salazar.

— Eu não faço ideia. — respondeu Lobo, sem tirar o olho do monóculo. — Parece alguma estrutura enorme.

Nesse momento, Renegada subiu ao convés e ficou ao lado de Lycan, dizendo:

— De fato, é uma estrutura magnífica, Lobo. Mande seus homens descerem a âncora agora. — Lobo primeiramente olhou arrogante para a máscara de Renegada, mas depois lembrou que a única pessoa que já passara por aquelas águas era ela.

— Abaixem a âncora! — Ele berrou e os marujos liberaram a descida do metal pesado pela lateral do navio. Alguns segundos depois de ser jogada no mar, o navio foi lentamente parando.

Todos os marujos foram o mais perto possível da proa do navio para ver o que se encontrava na frente deles. A névoa começava a se dissipar um pouco mais, ao mesmo tempo que os olhos dos piratas se acostumaram com a imagem. Lobo precisou inclinar a cabeça inteira para trás para conseguir olhar o final da estrutura que estava na frente deles.

— Renegada, me diga que sabe o que é isso. — Falou, com o queixo caído. — Renegada não olhava para cima. Não estava surpresa com aquilo, pois já esperava esse obstáculo no caminho.

— Esse é nosso primeiro desafio, Lobo. Esses são os Portões do Mar Cinzento. — Por mais que a barreira estivesse a frente, Renegada sorria, vitoriosa. — Chegamos na entrada da fortaleza do Mestre das Almas.

CAPÍTULO 22

OS PORTÕES

A estrutura era imensa, quase três vezes maior do que o Palácio de Marfim, e era difícil imaginar que no mundo houvesse algo maior que aquela muralha. Ela era branca, ou devia ser branca no seu primeiro dia, pois o mar e os ventos fizeram com que os blocos recebessem um tom mais acinzentado no topo e mais negro na altura do mar, onde a parede era coberta por algas. A muralha não era exatamente reta, mas parecia ser mais grossa na base, afinando-se de forma curvilínea até o topo. No alto dos portões, era possível ver dois pontos que se erguiam mais do que o resto da estrutura, como duas bases de arqueiros, só que bem mais largas.

Os marujos olhavam pelos dois lados do Luzes, mas nenhum deles conseguia achar a borda muralha, onde poderiam atravessar o muro. Renegada sabia que procurar por aquilo seria inútil. Os Portões do Mar Cinzento só eram atravessados por aquela entrada, e ela estava fechada.

Mas, felizmente, ela sabia como passar por aquela entrada.

Lobo estava com a cabeça inclinada ainda quando Renegada começou a falar.

— Logo depois do Imperatriz ser destruído e a alma de Elizabeth ser mantida dentro dele, Mestre das Almas começou a tomar todas as precauções para proteger a alma de qualquer intruso. Ele e a Sociedade forjaram essa fortaleza ao redor do Mar Cinzento.

— Você está dizendo... — Daniel ainda estava com a cabeça inclinada enquanto falava. — Que Mestre das Almas criou uma fortaleza em torno de todo o Mar Cinzento.

— Exatamente.

— E como você acha que vamos passar por isso? — Lobo abaixou o rosto e encarou a máscara pálida e sem expressões de Renegada.

— Existe uma única forma e é por esse portão. — Renegada estendeu o braço, apontando para as duas estruturas maiores no topo da muralha. — Lá em cima, em cada uma daquelas câmaras, existe uma alavanca. Quando as duas alavancas são acionadas, o portão começa a se abrir. — Nesse momento, Lobo começou a gargalhar, e alguns marujos, vendo a reação do capitão, decidiram imitá-lo, mesmo não sabendo o motivo. Lycan foi um dos únicos que ficou em silêncio.

— Isso é ótimo, Renegada! — Berrou o capitão. — Você é a nossa heroína! Agora podemos passar livremente pelos portões, nós só precisamos aprender a voar! Estamos salvos!

Agora que os piratas haviam ouvido seu capitão, gargalhavam mais alto ainda. Aquilo irritou um pouco Renegada, mas sabia o que a maresia do mar podia fazer com as mentes fracas dos homens. A mulher simplesmente abaixou a cabeça e sentou-se, pensando no que poderiam fazer. Mas, enquanto isso, Salazar não aceitava que aqueles homens rissem da mulher que havia salvado Daniel, seu amigo. Este mesmo, estava sentado em outro canto do navio, sem ter ideia do que fazer.

O garoto não ia ficar parado. Começou a correr por todo o deque do navio, procurando alguma forma de ir até o topo da muralha. Cada volta que dava, ficava mais desanimado ainda, mas sem desistir. Então, por um momento, Salazar parou de andar e olhou pela lateral do navio. Alguns peixes estavam se comportando de forma estranha, alguns metros de distância do navio. Eles nadavam em direção a muralha, pulavam, batiam seus corpos contra o muro e voltavam a água, repetindo o processo mais uma vez. Depois de ficar um tempo em silêncio, observando, entendeu que aquilo era mais do que um simples movimento irracional.

Era a solução. Através de um sinal dos mares.

Salazar avançou rapidamente pelo deque, pegando todas as cordas que via, gritando para todos ouvirem.

— Eu achei! Eu achei a solução! Os Mares me deram a solução! — Alguns marujos voltaram a dar risada como há alguns minutos atrás, mas Salazar não ligou para isso. Quando chegou ao convés, onde Lobo estava reunido com Daniel, Renegada e Lycan, ele se meteu no meio dos quatro, tirando um sorriso do capitão do Luzes da Aurora.

— Salazar, esqueça isso. Você não recebeu um sinal dos Mares, não há como chegar ao topo dessa muralha.

— Você está errado para as duas coisas! — O menino estava irritado pela falta de fé das pessoas em seu plano e todos no convés ficaram surpresos por sua atitude. Então o jovem jogou as cordas que havia pegado no chão e continuou. — Eu descobri sim uma forma de levar pelo menos Renegada e Daniel lá, para o topo dos Portões do Mar Cinzento.

— Como, Salazar? — Perguntou Daniel.

Nesse momento, se sentindo apoiado na pergunta do amigo, Salazar sorriu e começou a andar em direção à beira do convés, onde estava localizado um lançador de arpões. Salazar encostou-se na amurada e colocou a mão sobre o lançador, olhando para seus companheiros. Respirou fundo, e disse sua ideia.

— Vocês vão escalar a muralha.

Salazar estava rezando para que seu plano desse certo.

O navio estava de frente aos portões, e em cada ponta da proa estava colocado um lançador armado com arpão conectado a uma longa corda que, ao terminar, estava amarrada a outra corda longa por um nó de marinheiro, e assim em diante até alcançar a popa do Luzes da Aurora e ir além. Lobo havia convocado todos os marinheiros para que corressem atrás das cordas soltas da embarcação. Na proa, Renegada e Daniel olhavam para cima, para o topo da muralha que, segundo Salazar, eles iriam escalar.

— Você acha que vai funcionar? — Perguntou Daniel

— Que vai funcionar, vai. — Renegada estava tentando calcular a altura daquela muralha — Mas será que a corda vai chegar até a muralha?

Logo iriam descobrir isso. Lobo foi para a frente da embarcação, junto com Lycan e Salazar, cada um agarrando um dos lançadores de arpões e apontando para o topo do muro.

— Preparem-se, homens! — Gritou Lobo, subindo em um barril. — Preparem os arpões!

Salazar e Lycan puxaram a alavanca de gatilho dos lançadores para trás.

— Apontar! — Salazar colou o rosto no metal frio do lançador, olhando pela mira, concentrando-se em acertar somente alguns centímetros acima da borda da muralha.

Lobo respirou fundo. Se a corda não alcançasse, dariam meia volta e iriam embora daquele mar amaldiçoado.

— Atirar! — Salazar e Lycan dispararam ao mesmo tempo e as cordas começaram a deslizar rapidamente pelo chão do deque. Os piratas começaram a sair do caminho e Salazar não parava de torcer pelo sucesso daquele lançamento.

As cordas chegaram ao extremo da proa, onde estavam amarrados a uma alça de metal. A partir daquele momento, as cordas tensionadas não podiam cair na água. Salazar ficou encarando a corda descer lentamente, torcendo para que ela não cedesse totalmente.

Então a corda firme parou de descer e Salazar agradeceu a todos os mares.

As cordas foram retiradas das alças e os marujos amarraram cada uma delas aos cintos improvisados que Renegada e Daniel usavam. Daniel não confiava plenamente no plano, mas não queria desanimar seu amigo. Mesmo assim, começava a temer pela sua própria vida. A muralha parecia estar muito longe do navio e Daniel achava que iria para ela com uma velocidade maior do que ele aguentasse.

Em resumo, Daniel estava com medo de morrer ao ser jogado contra o muro. Enquanto isso, Renegada não apresentava nenhum sinal de nervosismo.

— Você não parece nem um pouco preocupada. — perguntou Daniel, enquanto os marujos apertavam as cordas. — Achei que não confiaria em um garoto de quatorze anos. — Renegada deu uma leve risada com o comentário, virando-se para Daniel.

— Daniel, há dois anos atrás eu acreditei em um de dezesseis e hoje em dia ele anda salvando minha vida enquanto roubamos palácios. — O comentário fez o garoto corar, o que fez Renegada sorrir mais ainda, mesmo que ele não percebesse. — Por que eu não acreditaria no amigo dele de quatorze anos? Vocês vêm me surpreendendo ultimamente. Mas chega de conversa, vamos logo abrir estes portões. — Renegada virou-se e andou em direção a proa. Foi até a beira do navio e encarou a muralha que separava ela e Daniel do Imperatriz e da alma pura de Elizabeth. Havia passado dez anos de sua vida com aquele peso na cabeça, como se o navio inteiro de Alexander Stormheart estivesse navegando pelas costas delas.

Não mais, pensou Renegada, *isso acaba hoje*. Ela olhou para a corda no seu cinto e puxou-a três vezes. Confiava no plano de Salazar, mas isso não queria dizer que não estivesse sentindo um frio na barriga comum nestes momentos decisivos.

Daniel foi ao lado dela e, rindo nervosamente, comentou.

— Bem, do que estamos com medo, não é? — O garoto deu mais uma risada forçada. — Afinal, é só um pulinho e uma escalada. Qual é o perigo para uma guerreira e um ladrão como eu, não é mesmo?

Renegada não respondeu ao nervosismo de Daniel, somente deu meia-volta e deu alguns passos para trás. Todos os marujos do Luzes estavam tensos e olhavam para ela e para Daniel. O caminho que se estendia diante deles, caso passassem dos Portões, era bem mais assustador do que aquela estrutura, e ela precisava se manter firme para comandar aqueles homens, caso Lobo também cedesse.

Após alguns metros de distância, Renegada virou-se novamente. Daniel mantinha-se na beirada, olhando para ela. Renegada concentrou-se e acalmou o ritmo da sua respiração. Flexionou um pouco seus joelhos, respirou fundo e começou sua corrida.

A cada momento que chegava mais perto da proa, sua respiração ficava mais rápida ainda. Calculou seus passos corretamente e, quando chegou bem próxima de Daniel deu uma passada maior, apoiando o pé na amurada, aproveitando todo o impulso que tivesse.

Então Renegada pulou, começou a cair em direção ao mar e gemeu de dor quando a corda apertou sua cintura. Agora, como um pêndulo, Renegada começou a fazer uma descida em curva, olhando para frente e vendo a muralha cheia de musgos se aproximando cada vez mais, mas em uma velocidade estável. Bem próxima da muralha, Renegada esticou a parte de cima do corpo para trás, puxando a parte de baixo dele para frente. Segurando firmemente na corda, Renegada pousou seus pés sobre o muro da base dos Portões. A corda ainda a sustentava.

Daniel aplaudiu junto com os outros marinheiros, e Salazar pulava de alegria. Devia estar fazendo muito bem para o jovem ver que todos estavam confiando nele. Daniel sorriu ao ver a festa do amigo, até o momento que sentiu uma mão pesada segurando o seu ombro. Ao se virar, viu que Lobo sorria maliciosamente para ele.

— Então, Stormheart, chegou a sua vez.

— Então... — Daniel ainda tinha um sorriso forçado no rosto. — Acho que Renegada pode muito bem cuidar das duas alavancas, não é? — Lobo tirou o sorriso do rosto nesse momento e substituiu a expressão por seriedade. Ele tinha pouca paciência, e Daniel havia esgotado o pouco que sobrava.

Renegada estranhou no momento que ouviu um grito assustado vindo do Luzes da Aurora, mas ficou surpresa quando viu que Daniel estava sendo arremessado do navio em direção a muralha. Acima do grito do jovem, era possível ouvir Salazar dando instruções para Daniel, que continuou um bom tempo desesperado até o momento em que o tocou a base da muralha com seus pés. Os marujos comemoravam mais uma vez, dessa vez mais alto, e quando Daniel olhou para Renegada, viu que ela balançava a cabeça negativamente. Por trás da máscara, a mulher estava rindo, mas o jovem companheiro não precisava saber disso.

Renegada começou a escalada primeiro e Daniel começou logo em seguida.

A subida não foi simples. Daniel e Renegada tiveram que fazer diversas manobras para desviar dos grandes blocos em alto relevo e algumas vezes fizeram pausas, descansando sobre os mesmos blocos. Para Daniel, a escalada era mais complicada ainda, pois estava com o peso de uma espada na cintura e um escudo médio amarrado junto a suas costas.

A cada momento que se aproximavam mais do topo, a muralha ficava mais íngreme, e a força usada para dar o próximo passo aumentava. Nessas horas, Daniel olhava para o lado e, no outro extremo do portão, via que Renegada também parecia exausta. Era bom ver a companheira com ele, mas quando chegassem ao topo da muralha, as duas grandes salas que guardavam as alavancas iam obstruir a visão um do outro. E Daniel estaria sozinho, a poucos quilômetros de onde seu pai fora assassinado.

Continuaram a escalada até chegarem ao topo. Daniel fez um último esforço para passar seu corpo por cima da beirada da muralha, e quando se sentou no chão protegido, fechou os olhos e agradeceu por todos os nós das cordas terem aguentado seu peso e o de Renegada. Logo depois, quando

Daniel abriu os olhos, ficou surpreso com a névoa. O jovem levantou-se, e se aproximou um pouco mais da beirada oposta da qual tinha subido. Em suas costas, o sol da tarde brilha no horizonte.

E a sua frente, a névoa se projetava como uma parede, tão espessa que até parecia sólida. Daniel pensou em se aproximar mais e tocar aquela névoa, mas se conteve. A energia daquele lugar estava lhe causando arrepios de medo. Era difícil acreditar que havia algo além da muralha, e ainda mais algo tão precioso quanto a alma de sua amada Elizabeth.

Então, Daniel virou-se e encarou a entrada escura do salão onde estava a alavanca. Começou a andar calmamente até a sala, olhando sempre para os dois horizontes que tinha, o sol da tarde e a parede de neblina. O mundo se tornaria naquilo se Mestre das Almas se tornasse poderoso o suficiente.

Não existiria mais sol nem luas. Tudo seria entregue a Mestre, e ele transformaria tudo em um grande Mundo Cinzento.

Quando Daniel chegou na porta do salão, precisou forçar um pouco a vista para olhar por dentro do recinto. O salão estava vazio, nada além de quatro colunas de sustentação no meio do salão, que formavam uma espécie de passagem até o final do salão, onde havia uma alavanca sobre um altar elevado.

A única coisa que distorcia toda essa simplicidade era o grifo.

Ele possuía quase três metros e meio de altura, por quatro de comprimento, e estava posicionado bem atrás da alavanca. Os blocos que a formavam eram amarelados, um pouco mais claro do que o tom marrom do interior do salão. Seu corpo era alongado como o de um leão, e a cabeça era a réplica da face de uma águia.

No outro lado dos Portões, Renegada estava em uma sala idêntica. As paredes eram iluminadas por tochas, mas o ambiente inteiro ficava com um tom levemente sombrio. Os passos da bota dela ecoavam sobre o piso enquanto ela avançava.

A mulher se aproximou e subiu lentamente o altar, olhando para o grifo.

— Um grifo... Ele nunca falou sobre isso na muralha para mim. — disse Renegada para si mesma. Como era aprendiz de Mestre das Almas, sabia de quase todo o planejamento da operação que realizaram para criar a alma pura, mas não lembrava dele ter dito algo sobre aquelas estátuas. Não era do feitio dele deixar um detalhe tão grandioso quanto aquele em segredo.

Mesmo assim, Renegada não deixou isso perturbar sua concentração.

A jovem segurou firmemente a alavanca com suas duas mãos, respirou fundo e puxou a mesma até ficar na posição oposta que estava. Foi possível ouvir o gemido das engrenagens enferrujadas, mas que magicamente pareciam estar funcionando.

Os Portões estavam abrindo e Renegada se sentia cada vez mais vitoriosa.

No salão oposto ao qual ela estava, Daniel parou seus movimentos quando ouviu o barulho das engrenagens, mas logo compreendeu que Renegada havia feito a parte dela, e agora só faltava o movimento dele. O jovem avançou para cima da alavanca, agarrou-a com as duas mãos e puxou, fazendo com que mais engrenagens começassem a gemer e se mover para abrir a porta daquela muralha. O Luzes da Aurora poderia, finalmente, continuar seu caminho.

E então, simultaneamente nos dois salões, no meio de todos aqueles gemidos de engrenagens e roldanas, os dois grifos abriram seus olhos e despertaram.

A muralha do Mar Cinzento

CAPÍTULO 23

OS GRIFOS

Os marujos do Luzes da Aurora começaram a comemorar quando perceberam que o barulho das engrenagens correspondia a abertura dos Portões do Mar Cinzento. Salazar pulava de alegria com aquilo e quando foi procurar por Lobo, encontrou o capitão na extremidade da proa do navio. Diferente de todos os marujos, ele e Lycan exibiam expressões frias e calculadas.

— O que houve com vocês dois? — Gritou Salazar, empolgado por poderem continuar a missão.

— Nós abrimos os portões. — As palavras de Lycan saiam pesadas de seus lábios — Mas vamos ter que passar por essa outra parede com nosso navio. — Salazar olhou para frente e entendeu sobre o que o vice comandante estava se referindo. A névoa que aparecia atrás da muralha aberta era densa e espessa, sem contar que não havia como enxergar nada além dela. A visão arrepiou os pelos de Salazar.

— E fora isso. — Lobo olhava fixamente para o topo da Muralha, onde estavam os dois salões — Renegada e Daniel já abriram os portões. O que está acontecendo lá em cima para não aparecerem ainda?

Renegada sorriu ironicamente balançando a cabeça negativamente quando ouviu o grito provocador do grifo em suas costas.

— Um grifo, claro! Por que eu não pensei nisso?

Renegada virou-se rapidamente, lançando uma chama em forma de crescente em direção ao animal que não desviou do golpe, mas que também não sofreu nenhum dano com ele. Quando a criatura avançou para cima de Renegada, ela pulou para trás, escapado das garras de leão.

— Então você é resistente ao fogo, não é? Faz todo sentido, você só está aqui para me parar mesmo. — Dessa vez, quando o grifo avançou novamente para atacar com suas garras, Renegada correu para o lado, circulando a criatura até a mulher ficar de costas com uma das colunas.

Quando a criatura atacou, lançando sua pata de concreto contra a jovem, Renegada jogou seu corpo para frente e para baixo. Caindo no chão e desviando por centímetros de distância das unhas de pedra, que acertaram uma das colunas de sustentação do salão, quebrando algumas lascas pontiagudas. Renegada virou-se e, com sua energia, segurou a maior das lascas que caiu da coluna. O pedaço de concreto ficou pairando no ar enquanto, rapidamente, Renegada passava ajoelhada por baixo das pernas do grifo. Quando atravessou a barriga do animal, virou-se para ele e, usando sua energia, puxou a lasca que havia controlado com extrema força e rapidez. A lasca voou em direção ao peito da criatura, cravando no peitoral dela. O grifo soltou um arquejo de dor, e Renegada comemorou silenciosamente enquanto planejava seu próximo movimento.

Renegada deu alguns passos para trás, e correu em direção a cauda do grifo. A jovem pulou, subindo no dorso da criatura, que ainda gemia de dor. Continuou sua corrida até a cabeça da criatura. Quando chegou ao topo, Renegada lançou uma nova investida de sua energia em direção a coluna danificada, que se quebrou em diversas partes.

Quando o grifo balançou sua cabeça, Renegada pulou para frente, em direção aos destroços. Concentrou-se novamente no maior destroço pontiagudo que encontrou ao seu redor e lançou-o com velocidade em direção o grifo.

O bloco entrou quase que por inteiro na cabeça da criatura, chegando a atravessar o crânio. Renegada, ajoelhada no chão e preparada para fazer uma esquiva, esperou até o grifo se mover. Mas ela não fez mais nenhum movimento. A criatura estava morta e a armadilha do Mestre das Almas não havia esperado que Renegada estivesse tão forte. Todo o período navegando e a operação de saque do Palácio de Marfim haviam exercitado sua mente e fortalecido sua energia.

Renegada, pela primeira vez naquela jornada, sentia que tinham sim, chances de salvar a alma de Elizabeth. Ela e Daniel, juntos. Nesse momento, ao pensar no jovem, Renegada arregalou os olhos. Os dois salões pareciam idênticos do lado de fora, e deveriam ser idênticos do lado de dentro. Renegada havia enfrentado o seu grifo. Mas Daniel não possuía as mesmas habilidades que ela.

Essa era a verdadeira armadilha de Mestre das Almas, e Renegada se arrepiou ao pensar na situação do jovem. Precisava tentar salvá-lo.

A mulher mascarada correu o mais rápido que pôde para sair do salão.

Salazar, Lobo e Lycan estavam encarando o topo da muralha em busca de algum movimento de Daniel ou de Renegada. Os barulhos de engrenagem ainda continuavam ecoando naquele lugar, e era impossível distinguir um grito de socorro em torno de todos aqueles sons.

Então, após olhar muito, Salazar apontou e alertou para seus companheiros uma pequena figura que se movia na ponta da muralha.

— É o Daniel?

— Só pode ser ele. — Respondeu Lobo, cerrando os olhos para conseguir enxergar melhor por além da neblina que começava a escapar da abertura dos Portões. — Mas por que ele está correndo? — Os três, acompanhados de alguns marujos, começaram a ver Daniel rapidamente passando sobre a borda da muralha, amarrando a corda longa em seu cinto e descendo rapidamente a muralha. Seus movimentos, mesmo de longe, pareciam desesperados, e de vez em quando ele fazia gestos em direção ao navio.

Então, subitamente todos olharam para o salão do topo da muralha quando ouviram o som de concreto quebrando. Os olhos dos marinheiros se arregalaram quando a figura do grifo começou a andar feroz no topo da muralha. Logo ela subiu a borda e, olhando para baixo, encontrou Daniel descendo cada vez mais rápido.

— Daniel, cuidado! — Salazar gritou o mais alto que pode quando viu que o grifo passou pela borda e começou a deslizar sobre o muro cinzento, descendo de bloco em bloco como uma grande escada. Rapidamente começou a se aproximar da Daniel.

Então, em um ato que deixou todos tripulantes do luzes da aurora espantados, Daniel largou de sua corda.

Ele sabia que não conseguiria escapar do grifo se descesse de forma segura, usando a corda, então Daniel decidiu arriscar tudo em uma manobra de vida ou morte. Ele desembainhou sua espada, cortou a corda presa ao seu cinto e virou o corpo, ficando de costas para a muralha. Impulsionou seu corpo para trás o máximo que pode até sentir seu escudo deslizando sobre a muralha. Como a muralha já estava inclinada sobre seu corpo, Daniel sentiu sua velocidade crescer rapidamente, e pode ouvir o grifo soltando um berro de raiva logo atrás dele, também aumentando a velocidade de seus pulos.

Daniel começou a utilizar a lâmina de sua espada para desviar dos blocos que a criatura usava como plataformas para alcançá-lo. Se pulasse dali para o mar, corria perigo de se afogar quando o grifo o perseguisse, além do impacto com a água. O único jeito de tentar escapar dele era esquivar, esperando que ela tropeçasse no caminho e caísse da muralha antes dele. Mas o grifo, astuto, calculava cada salto atrás de Daniel, e por mais que ele aumentasse sua velocidade, a criatura continuava em seu encalço.

Quando Daniel já declarava certa sua morte, a ajuda veio do lugar menos provável. Ela veio do topo da muralha. O jovem, não conseguiu ver direito enquanto o arpão se aproximava até o momento em que ele foi cravado na cabeça da criatura que estava caçando-o. Ele não podia tirar os olhos do que viria em sua frente, então somente viu relances do que estava ocorrendo.

Primeiramente, ouviu o grito de dor do grifo. Logo depois percebeu que o arpão havia perfurado a rocha, e uma pequena figura crescia de acordo que aproximava pela corda. Logo, em seu segundo olhar, Daniel pode perceber que a figura que se aproximava era Renegada, deslizando pela corda que havia lançado no corpo do grifo. Daniel ficou surpreso com a imagem da mulher montando no grifo e atacando o mesmo com a espada que ela levava na cintura. A criatura começou a berrar mais irritada com cada golpe que recebia. No meio dos berros, Daniel pode perceber que a jovem estava tentando lhe falar algo.

— O que? — Ele berrou, tentando entender o que ela falava.

— Eles precisam... — Renegada falou e logo foi interrompida pelo grito do grifo. Quando ele ficou em silêncio, Daniel ouviu Renegada falando — ...

Ela cair! — Daniel não conseguiu conectar as duas frases, mas entendeu que Renegada estava se referindo aos tripulantes do Luzes da Aurora quando ela disse "Eles".

O jovem olhou para a embarcação e rezou para que eles entendessem o plano que Renegada tinha em mente.

Os marujos olharam pasmos para a manobra que Renegada havia executado para alcançar a criatura que perseguia Daniel, mas estavam mais nervosos ainda por não terem ideia de como aquele embate poderia acabar.

Daniel não conseguiria escapar da criatura se ela continuasse perseguindo ele, mesmo com Renegada provocando-a. Se ele pulasse, a criatura iria atrás dele e ambos morreriam afogados. Renegada podia escapar antes que fosse levada com os dois, mas não parecia que ela estava preparada para abandonar Daniel tão cedo.

A cada segundo, os três guerreiros iam se aproximando mais e mais do mar violento que batia contra a muralha, e a cada momento começavam a ficar com menos opções de escapar. Aos tripulantes do navio, parecia que nada podia ser feito para salvar os dois principais integrantes daquela missão.

Mas Salazar não queria acreditar nisso. Prometera para Daniel, no Palácio de Marfim, que nunca iria abandoná-lo. Aquele garoto na muralha não tinha o direito de fazer isso com ele. O adolescente entendeu o plano de Renegada minutos depois dela lançar o arpão no corpo do monstro. Aquele ataque não era para assassinar a criatura, mas para capturá-la. E somente do Luzes da Aurora que viria a salvação para aqueles dois.

Salazar foi até o lançador de arpões mais próximo dele e carregou o mesmo com um arpão amarrado a uma corda. Precisava acertar a criatura e puxar a alavanca de retrocesso para fazer a corda voltar para o navio. Mas quando voltasse, ela iria trazer um monstro junto dela. O adolescente ativou o gatilho do lançador e colou o rosto na máquina para ter uma mira mais precisa. Ele não podia errar o tiro nem por um centímetro sequer. Podia acertar Daniel, ou até mesmo Renegada, que estava montada na criatura.

E por causa de todo este nervosismo, suas mãos não paravam de tremer. A mira não se estabilizou, e Salazar começou a se sentir a pessoa mais inútil por não ter coragem o suficiente para salvar seu amigo. Ele iria morrer se não fizesse algo logo, mas se atirasse nervoso daquele jeito, tinha chances de acabar matando o próprio Daniel.

Foi nessa hora então que Lobo pousou sua mão sobre o ombro do jovem, que olhou desesperado para o capitão do Luzes. Lobo sabia que o nervosismo do jovem iria afetar sua mira, então ajoelhou-se ao lado de Salazar e falou com o adolescente.

— Você já tem a garantia de eles irão morrer se esse você não lançar esse arpão, criança. Mas neste momento nós somos a única esperança daqueles dois. Estão olhando para nós, rezando para que nós façamos alguma coisa, para que você faça! — Lobo levantou-se e sacou sua espada — Preparar! — Salazar limpou as lágrimas que estavam sobre seu rosto. Lobo estava certo. Ele havia dado a ideia que havia salvado a missão e agora ele podia fazer o mesmo. Sabia que podia fazer isso.

— Apontar! — Lobo apontou sua espada para a muralha — Fogo!

Salazar respirou fundo e apertou o gatilho do lançador de arpões.

O tiro foi certeiro, cravando mais um arpão nas costas da criatura, que berrou novamente de dor.

— Daniel! — Renegada gritou rapidamente, esperando que o jovem escutasse.

Para a felicidade dela, Daniel se virou, e quando ela pulou para o lado, fazendo um sinal para que ele a seguisse, Daniel entendeu que ela, de fato, tinha um plano. O jovem, virou e guiou seu escudo para o lado, saindo da muralha e pulando no vão onde antes havia um portão fechado. Ambos começaram a cair em direção ao mar, e quando Daniel olhou para o grifo, viu que no momento que ele iria pular em direção a eles, o arpão que conectava ela ao Luzes da Aurora foi puxado. A criatura perdeu seu equilíbrio e caiu, sendo puxada para o mar, onde afundou como a pedra que era por natureza.

Era difícil para Daniel acreditar que ele ainda estava vivo, mas ao olhar para o lado, viu que Renegada estendia o braço para ele, levantando os dedos indicadores e dedos médios, fazendo um sinal de vitória.

Daniel olhou para aquilo e retribuiu com sua risada. Haviam passado pelo desafio do Mestre das Almas. Estavam entrando na sua fortaleza e estavam um passo mais perto de salvar a alma de Elizabeth.

O jovem fechou os olhos e prendeu a respiração antes de mergulhar no mar gelado.

CAPÍTULO 24

ARMADILHAS

O Mar Cinzento engoliu o Luzes da Aurora quando ele passou pelos Portões. Quase todos os marujos foram para as áreas cobertas do navio, com medo de até mesmo respirar aquele ar amaldiçoado. Algumas coisas naquela atmosfera afetam os marinheiros e fazia que seus maiores medos e tristezas voltassem a atormentar seus corações.

Dentro da cabine de comando, Daniel e Renegada estavam com cobertores nas costas. O mar estava gelado quando mergulharam e ambos estavam tremendo, buscando calor das velas dispostas na sala. Salazar mantinha-se no lado do amigo, no qual havia dado um longo abraço quando ele voltou para dentro do navio. Até agora tinham enfrentado muitos perigos e mantido a promessa de nunca deixar o outro sozinho. Enquanto isso, Renegada era interrogada por Lobo e Lycan.

— Então você sabia que essa muralha estaria aí?

— Sim. — Ela respondeu rapidamente, com os dentes tremendo por trás da máscara — Eu tinha alguma noção de que haveria uma barreira, mas não tão grande quanto essa. E também não tinha noção nenhuma dos grifos.

— Então do que você tem noção, Renegada? — Lycan falava de forma mais grossa, lembrando-se que atrás daquela imagem de fria e calculista, Renegada era somente uma jovem, e menos experiente do que ele — O que devemos esperar destas águas?

Renegada levantou seu rosto e a máscara ficou encarando o vice comandante em silêncio. O próprio Lobo sentiu um arrepio com o tempo que a jovem ficou desta forma, mas Lycan se manteve calmo.

— Logo após o Imperatriz, Mestre das Almas e Ilusionista deram início a guarnição da Alma Pura. O Mar Cinzento é cercado de armadilhas em cada região dele, além dos Portões. Podemos encontrar criaturas raras aqui, assim como estaremos cercados de ilusões. Não será um caminho fácil para chegarmos ao nosso objetivo, mas eu posso guiá-los. Posso sentir em qual direção a alma de Elizabeth está. — Nesse momento, Renegada virou-se para Daniel. O jovem estava de cabeça abaixada, com uma expressão pensativa no rosto. Olhando fundo em seus olhos, Renegada podia sentir que aqueles pensamentos eram de preocupação e dor. — Você também consegue sentir, não é? — Daniel foi pego de surpresa pela pergunta, mas concordou com o que Renegada havia dito. A jovem voltou a olhar para Lobo e seu vice comandante — Como podem ver, estamos no caminho certo. Só precisamos tomar cuidado e alertar para todos que estão aqui no Luzes da Aurora de que muitas coisas que veremos nessa neblina não serão reais.

Lobo e Lycan se entreolharam e pareceu por um momento de que haviam aceitado as palavras de Renegada. Embora o vice comandante ainda tivesse algumas suspeitas sobre a inteligência da jovem, Lobo acreditava nela — afinal, ela era uma amiga da família Stormheart — e daria uma chance para aquela jovem que apresentava tanta confiança em suas próprias palavras. Lobo serviu uma infusão de ervas quentes para todos dentro da cabine. Aquela neblina trouxe um frio imenso junto dela e a bebida faria bem para todas aquelas mentes. Todos aceitaram o chá, menos Lycan, que saiu da sala ainda com uma expressão séria. Renegada estava com a cabeça abaixada.

— Seu vice comandante não acredita em minhas palavras.

— Ele está certo, de acordo com a visão dele. — Lobo bebeu de sua xícara de chá. — De todos nós, ele é o único que não conheceu você antes da operação de saque do Palácio de Marfim. Você traiu uma vez a Sociedade, e ele crê de forma correta que você pode fazer o mesmo se assim lhe interessar.

— Então você acha que ele está certo em desconfiar de Renegada? — Salazar arregalou os olhos para o capitão. — Ela nos ajudou todo esse tempo, sem contar que está tentando salvar todos nós.

— Repetindo, ele está certo segundo a própria visão. Daniel confia em Renegada por ela ter salvado Elizabeth e ele mesmo diversas vezes. Você confia nela pelo o que ela fez no Palácio de Marfim, e eu confio nela porque ambos fizemos a mesma promessa de proteger a família Stormheart.

Nesse momento, Lobo percebeu algo curioso. Ao citar o motivo pelo qual confiava em Renegada, viu que a jovem ficou com o corpo tenso. Sua mão fechou mais forte, e seus ombros se elevaram. Todos os sinais faziam Lobo acreditar que existia alguma verdade não contada por Renegada.

— Não estou certo, Renegada? Você prometeu proteger Alexander e Daniel, não é? — Todos os três jovens olharam para mulher que se mantinha em silêncio. Dessa vez, sua tensão era mais evidente, e sua postura firme havia se desmanchado. Ela sabia que a história de sua promessa não era de todo fiel, mas Daniel não. E agora que havia vacilado emocionalmente, ela precisava explicar toda a situação para o jovem, para que ele não ficasse inseguro.

— Por favor, — Ela falou, calmamente. — Podem deixar eu e Daniel a sós por um momento?

Salazar começou a se levantar, obedecendo a jovem, e caminhou em direção a porta, porém Lobo demorou mais. Ele tentou detectar qual emoção se passava por trás daquela máscara pálida, mas era impossível. Mesmo assim, não desistiria de saber o que Renegada diria para Daniel agora. Ambos saíram da sala e deixaram a porta fechada. Se Daniel pudesse ver através da máscara, veria que Renegada estava com uma expressão demasiadamente triste no rosto.

— Então? — Daniel estava mais suspeito do que passava na cabeça da jovem — O que é que você precisa me contar afinal?

Renegada suspirou e finalmente começou a falar:

— O que eu vou te contar agora, eu também contei para seu tio logo após ele me salvar de Mestre das Almas, há dois anos atrás. Ele ficou extremamente irritado com essa informação, então não espero reação diferente da sua. Mas vale falar que essa irritação foi a responsável por ele não ter escolhido fugir junto comigo, Elizabeth e Umbelon. Quando ele me salvou, ele disse que eu havia salvado Alexander, mas não foi exatamente desta forma que aconteceu. Eu não salvei ele. Foi ele que me salvou.

"Mestre das Almas estava pronto para me matar e sequestrar Elizabeth, para deixá-la presa eternamente, mas o seu pai apareceu. Ele tentou enfrentar Mestre, mas ele era muito mais poderoso que Alexander. Até aí seu pai conhecia algumas coisas sobre controle de energia, e ele entendia que era necessário a energia de uma vida para um encanto como teletransporte. Seu pai... Daniel... Seu pai decidiu entregar a vida dele para salvar eu e Elizabeth. Ele nos salvou."

Daniel ficou em silêncio durante todo o discurso de Renegada, e após ela terminar o silêncio continuou. Renegada olhava para Daniel, esperando qualquer tipo de resposta do jovem, mas a expressão dele mantinha-se fria, como se o seu pensamento vagasse distante. Mas talvez não estivesse tão distante assim. O pensamento dele poderia estar no navio que estavam procurando, e na nova realidade que se apresentava para ele.

Então, lentamente, Daniel se levantou, andando lentamente em direção a porta que estava atrás de Renegada. Ele não falou nada durante o caminho, e isso deixou Renegada com mais agonia.

— Daniel, eu não quis...

— Não, Renegada. — Disse Daniel, e a jovem pôde sentir frieza e tristeza na voz dele. — Não quero que fale nada. Vamos completar essa missão e salvar a alma de Elizabeth. Depois disso... Eu quero que você se afaste. Quero que você deixe eu e Elizabeth vivermos em paz. Se você fizer isso, Renegada, você vai estar completando sua missão com minha família para todo sempre. Se você nos considera sua família, vai fazer o melhor para nós e levar todo esse perigo para longe de nós. Você vai estar nos salvando do maior de todos os perigos que poderíamos enfrentar: Você mesma. — Renegada abaixou a cabeça, triste. Era claro que Daniel ficaria mais irritado do que Marcus por esse fato. E não tinha porque esperar que o jovem aceitasse o sacrifício de seu pai e a mantivesse ao seu lado.

— Você entendeu, Renegada? Isso é uma ordem. Essa é a sua nova promessa.

— Entendo perfeitamente, Daniel. Aceito sua escolha.

— Obrigado, Renegada. — Então, quando Daniel foi abrir a porta, foi pego de surpresa, pois a porta foi aberta rapidamente do lado de fora e do outro lado dela, um Salazar desesperado berrava para Daniel e Renegada as seguintes palavras:

— Estão disparando em nós! Estamos sendo atacados!

A cena que viam no deque quando Daniel e Renegada correram atrás de Salazar era única. Na madeira de embarcação, todos os marujos se movimentavam como se um navio inimigo estivesse ao lado deles. Mas rodeando o Luzes da Aurora Não havia nada além da neblina espessa do Mar Cinzento.

Daniel virou-se para Renegada, esperando que ela tivesse uma ideia do que eles deveriam fazer. Deviam se unir ao meio daquilo ou obter informações do ataque?

Mas Renegada já tinha pensando nestas duas ações. Virando-se para Daniel, falou:

— Vá atrás dos marujos para buscar informações do que eles estão fugindo. Eu irei ao convés ver o que Lobo está fazendo.

— Ok. — Daniel começou a correr em direção a proa, para pegar informações com o maior número de marinheiros que ele pudesse.

— Daniel, espere! — Renegada esticou o braço e quando ele parou, ela falou de forma tímida. — Tome cuidado. Por favor.

Daniel olhou seriamente e respirou fundo encarando a máscara de Renegada. A jovem estava com uma expressão triste por trás daquele acessório. Sabia que ele a queria longe, mas isso não queria dizer que ela deixaria de se preocupar com ele. Daniel não respondeu ao pedido da mulher máscara. Se virou e começou a correr pelo deque em direção a proa. Os marinheiros gritavam uns com os outros para prepararem os canhões. Em torno da gritaria, Daniel ouvia alguns marinheiros falando que os tiros vinham do bombordo, enquanto outros berravam que as balas vinham do estibordo. Tudo era confusão.

O jovem encontrou um Salazar perdido no meio da correria. Quando chegou próximo ao jovem, se ajoelhou e perguntou para o garoto quando o ataque havia começado.

— Não sei direito quando os tiros começaram, mas foi assustador! Os tiros vieram da proa e levaram diversos marinheiros para o mar! Estamos sendo atacados, e o inimigo está logo em nossa frente! Por que Lobo ainda não virou?

Daniel achou o relato do amigo muito estranho. Havia marinheiros falando que os tiros vinham da esquerda, direita e Salazar alegava que as balas haviam atacado da frente. Essa estranheza aumentou mais ainda quando Daniel, ao olhar para toda a extensão do navio, não achou nenhum destroço, nenhuma área bombardeada por canhões. Estariam as balas sendo tão precisas a ponto de somente lançar os marinheiros ao mar?

O rapaz decidiu se arriscar e começou a andar em direção da proa, região do Luzes que estava mais vazia. Quando começou a andar, ouviu Salazar protestando, pedindo para que Daniel não cometesse a loucura de ir em direção ao tiro inimigo. Mas quando ele chegou na proa do navio, encontrou um deque intacto, sem nenhuma marca de bombardeio. Alguns marujos se encontravam naquela parte do navio, mas estes não preparavam canhões, somente ficavam olhando com uma expressão espantada para o lado oposto de Daniel. Um deles era Lycan, e o vice comandante lhe chamou para perto.

— Venha para cá jovem, fique longe de onde as balas podem vir.

— Como assim? Os tiros do inimigo não estavam vindo da proa?

— Você está louco, Daniel? Os tiros vieram da nossa retaguarda! Não sei como Lobo ainda está no leme. — Agora Daniel ficava mais confuso ainda. Parecia que todos os marujos estavam corretos e errados ao mesmo tempo. Ou estavam sendo atacados de todas as direções ou somente uma daquelas quatro verdades era real.

O jovem reparou quando Renegada chegou a proa, procurando por ele. Foi até a jovem e falou para ela o que todos os marujos, Salazar e Lycan haviam dito.

— Não faz sentido algum! Lobo disse que não tem ideia de onde os tiros vêm, então começou a navegar aleatoriamente!

— E por que você não falou para ele dirigir em direção a alma?

— Eu falei. — E nesse momento Renegada pousou sua mão enluvada sobre a sua barriga, onde sua barriga exibia um corte raso, mas longo. — Ele me expulsou do convés de uma forma bem clara. — Daniel não acreditou no que a jovem estava falando. Era possível que Lobo houvesse atacado a barriga da mulher que estava tentando guiá-los? Isso era uma atitude desesperada de um homem que estava perdido em meio de confianças e medo ao mesmo tempo. Não fazia sentido algum.

O jovem então voltou a se dirigir a proa do navio, esperando poder ver algo a sua frente. Já que todos falavam que os tiros estavam vindo de todos os lados, não havia um lugar no navio que fosse seguro. Assim, Daniel apertou os olhos para tentar ver a sua frente.

Então, quando viu o que vinha sobre sua frente, Daniel gritou para todo a embarcação, correndo da proa.

— Parem! Parem o Luzes!

Mas o navio continuou seu caminho e somente parou quando a proa se arrebentou contra o rochedo a frente.

Daniel sentiu sua visão confusa, rodando e turva. Estava caído no chão e não conseguia lembrar da trajetória do seu corpo até o chão. Tentou se levantar, mas o balanço do navio fez com que ele caísse novamente. Quando olhou ao redor, viu que vários marinheiros tentavam fazer o mesmo que ele. Até mesmo Renegada havia caído.

Quando Daniel olhou para frente, viu o rochedo atravessando a proa do Luzes e entendeu como ele havia chegado ao chão. Depois de se esforçar mais uma vez, conseguiu se levantar e manter seu equilíbrio. Foi para frente e agarrou o braço de Renegada para que ela se levantasse. A jovem olhou para frente para toda a extensão do rochedo negro que havia parado o navio.

— Mas que merda é essa? De onde isso veio? — O jovem ignorou as ofensas de Renegada e olhou ao seu redor, para ficar mais espantado ainda com a situação na qual se encontravam.

Ao olhar em direção a popa do navio, Daniel viu Lobo desmaiado sobre o Leme com um ferimento na cabeça. Precisava acordá-lo para descobrirem o que iriam fazer após aquele acidente. Mas quando o jovem decidiu o seu caminho, Daniel sentiu seu corpo paralisado de medo. Quando olhou para as laterais do navio, viu que outros dois rochedos estavam cercando o Luzes da Aurora. A cena parecia muito familiar para o jovem, mas ele não sabia de onde. Nunca havia navegado em mar aberto até aquela expedição. Quando fugiu de Ludarius, foi escondido no navio de Strauss, seu ex-professor, e não teve visão do oceano. Não tinha como se sentir familiarizado com aquela situação, de um navio preso entre três rochedos.

Então Daniel entendeu de onde reconhecia aquele cenário e se arrepiou.

Ele conhecia aquele cenário... De um tabuleiro de estratégia.

— Mares... Isso não é possível... Não pode ser!

— O que houve? — Renegada viu que o jovem estava começando a ficar desesperado. Isso não podia acontecer agora. Renegada não queria ser a única pessoa com a mente sã daquela embarcação

— Esse lugar... Eu conheço esse lugar! Ou um lugar muito parecido, quero dizer..., mas eu conheço esse cenário...

— Daniel, acalme-se, por favor! Não deixe o Mar Cinzento dominar sua mente! Ele vai tentar mexer com sua consciência, com a mente de todos nós, como ele está fazendo! Concentre-se, Daniel!

— Mas esse lugar, Renegada! Não podemos escapar desses rochedos!

Um navio deve estar atrás de nós agora e estamos presos! Não há como escapar, eu sei disso, Strauss deixou bem claro!

— Do que você está falando? — Renegada entranhou o último comentário do jovem. Então Daniel começou a explicar suas palavras.

— Há dois anos atrás, quando ainda estava na Marinha, Strauss fez um exercício com todos nós. Era um tabuleiro de estratégia para batalhas em neblinas. Mas ele trapaceou, e fez com que todos que tentassem escapar da neblina ficassem presos em rochedos como estes! — Daniel terminou de falar, e depois de um silêncio para raciocinar, foi a vez de Renegada ficar desesperada enquanto os marinheiros se levantavam.

— Daniel, é tarde demais. O Mar Cinzento tomou controle disso!

— Como assim, Renegada?

— O Mar entrou em sua mente, Daniel! Ele viu essa sua memória e decidiu usar contra nós mesmos! Criou a ilusão de estarmos sendo perseguidos, e fez isso para que nós ficássemos presos nestes rochedos! — Daniel arregalou os olhos. Então aquilo era, de fato, a mesma situação que havia passado na aula de estratégia. A mesma da qual não havia escapatória.

— E agora, Renegada? O que acontece agora?

— O que acontece agora, você me pergunta? Bem, pegue sua espada Daniel. — Renegada falou estas palavras enquanto pegava a própria arma, sendo imitada por muitos marinheiros perdidos — O Mar Cinzento nos lançou uma armadilha... E caímos direitinho nela.

CAPÍTULO 25

CANÇÕES DO MAR

A tensão na respiração era aparente em todos no navio. Além dos rochedos que haviam prendido o Luzes da Aurora em uma armadilha sem volta, o horizonte permanecia em uma neblina intensa. Muitos marujos, naquele momento, já estavam aceitando que a morte estava por vir. Pouco deles, como Salazar e Lycan, acreditavam que Daniel ou Renegada poderiam salvá-los de alguma forma, mas a maioria já previa que o Luzes havia feito sua última jornada.

Mas mesmo assim, todos ergueram suas espadas. Talvez fosse por uma questão automática, ou quem sabe até por um resquício de honra. Estavam determinados a lutar por suas vidas antes de perdê-la para algo que ninguém sabia o que era. Muitos especularam que naquele momento, sereias e monstros marinhos estavam cercando eles.

Outros acreditavam que os fantasmas do Imperatriz estavam em sua lenta caminhada em direção ao navio, preparados para tragar as almas daqueles que haviam perturbado seu descanso. Já Daniel, Salazar, Renegada e Lycan temiam o que poderia ser pior do que tudo aquilo junto. Temiam que a Sociedade das Névoas estivesse se aproximando deles.

— O que estão esperando? — Daniel estava bem próximo de Renegada e erguia sua espada a frente do corpo.

— Talvez estejam esperando o suficiente para ficarmos cansados e sem nenhuma defesa.

— Ou somente o momento mais oportuno para atacar. — Disse Lycan, passando pelos dois e caminhando em direção ao convés — Vou tentar despertar Lobo. Ele não vai ser morto desmaiado. Que ele tenha oportunidade de se defender como todos nós.

Após isso, o silêncio se instalou sobre o navio, e todos começaram a prestar atenção em qualquer som anormal que revelasse a ameaça que se aproximava. Foi então que Daniel ouviu um som familiar ao longe, mas que não fazia sentido algum naquele mar.

— Ouviu isso?

— O que? — Perguntou Renegada.

— Como não ouviu? Preste atenção... — Daniel ficou em silêncio junto com Renegada, e lentamente os sons foram se clareando, se tornando palavras, e depois os dois conseguiram entender as palavras da melodia que as palavras formavam:

"Encontre a Alma do Imperatriz; Encontre o Coração!".

Daniel sentiu seus pelos da nuca se arrepiando, assim como muitos marujos que olharam uns para os outros. Conheciam aquela canção maldita, que cercava a história negra do navio Imperatriz. Mas mesmo com o barulho feito pelos marinheiros, foi possível ouvir aquela voz — que era única e ao mesmo tempo parecia ser de centenas — dizer outra frase cantada:

"Os guerreiros irão se levantar; E a Iluminada Rainha irá batalhar!"

Daquela vez, muitos marujos ficaram confusos por não conhecerem este trecho da canção. Mas Daniel já tinha ouvido aquelas palavras saírem da boca de Renegada. A jovem não conseguia entender de onde vinham aquelas vozes, mas começava a suspeitar que elas seriam outra ilusão criada pelo Mar Cinzento para que a tripulação ficasse com a moral baixa. Mas o que aquela voz de tom agudo e assustadoramente calmo disse tirou qualquer dúvida da mente de Renegada:

"A Jovem Estrela nascerá; E para a morte é que ela vai acordar".

Dessa vez, Daniel olhou confuso para Renegada, que estava paralisada com aquela frase cantada. Aquele trecho da canção maldita, da profecia, era quase que secreta para qualquer pessoa que não fosse da Sociedade das Névoas. Aquela frase ficava em segredo por ser uma sentença de vida dedicada ao sacrifício. A frase ficou mais confidencial ainda após a elaboração da Operação Olivier, pois Renegada, Ilusionista e Mestre acreditavam que Elizabeth seria a "Estrela" que nascera para morrer.

Isso queria dizer que, se aquilo era uma Ilusão do Mar Cinzento, ele estaria usando a mente dela, pois mais ninguém conhecia aquele trecho. Mas Renegada estava com suas defesas mentais erguidas para que a neblina não se aproveitasse dela. Também não era possível que a Sociedade estivesse próxima do barco, pois sua energia era a maior daquela área.

Então Renegada elaborou uma nova hipótese de onde aquelas vozes poderiam estar surgindo. E quanto mais pensava nesse cenário, mais ele se tornava plausível.

— Daniel... Você já ouviu falar das Fúrias? — Quando Daniel balançou sua cabeça negativamente, Renegada continuou — São criaturas assustadoras. Pense que cada vingança desse mundo ganhe vida. Imagine que cada morte injusta possa se tornar um monstro. As Fúrias surgem destes sentimentos elevados ao extremo.

— E por que está me explicando isso? — Daniel engoliu seco, com medo da resposta que poderia vir.

— Por que, Daniel... — Renegada ergueu um pouco mais sua espada, deixando-a mais próxima de seu corpo — Imagine quantas vinganças e mortes injustas cercam o Mestre das Almas? — E, como se esperassem que Renegada chegasse a essa conclusão, uma Fúria voou de forma rasante sobre o deque do Luzes da Aurora e levou consigo um marinheiro que berrava desesperado.

— São criaturas aladas, protejam-se! — Renegada passou pelo convés gritando ordens para que os marujos deixassem de ficar assustados e se preparassem para a batalha que viria a seguir. Os marujos começaram a seguir as orientações da mulher, levantando suas espadas e cuidando de suas costas, além de dar cobertura para outros marinheiros quando possível. Mas não era o suficiente.

Logo uma outra Fúria se aproximou do navio, agarrou um pirata pelos ombros com suas garras e o levou para longe da embarcação enquanto ele gritava como um louco, deixando sua espada cair no Mar Cinzento. Renegada e Daniel tentaram se aproximar da amurada a tempo de enxergar a criatura, mas foi impossível, pois a neblina já havia escondido o monstro.

— Chega disso! — Renegada guardou sua espada e subiu na amurada, segurando-se em uma rede lateral do navio e escalando até ficar sobre os homens do Luzes.

— O que você está fazendo? — Daniel perguntou.

— Sendo uma isca e uma armadilha ao mesmo tempo. — Renegada falou isso e depois fechou os olhos, permanecendo em silêncio, pendurada na rede pelos seus pés e sua mão esquerda. Se concentrou, sentindo toda a energia em volta do Luzes da Aurora, procurando uma fonte que aumentasse sua potência intensivamente.

Então, quando Renegada achou esse traço de potência se aproximando em sua direção, Renegada abriu os olhos e, mesmo que não conseguisse enxergar nada, ergueu seu braço direito. E sua mão se posicionou no momento correto e no tempo exato para que agarrasse o pescoço da Fúria, que berrou para a máscara da Renegada enquanto tentava arranhar a jovem, sem sucesso.

A criatura era assustadora. Seu corpo era humano, porém extremamente magro. Seus olhos afundavam sobre um rosto cadavérico com um nariz de serpente e orelhas pontiagudas, suas unhas eram afiadas, seu corpo era totalmente cinza, e possuía asas gigantes de morcego.

Renegada desceu cautelosamente a rede enquanto segurava o corpo magro e leve da Fúria, que não parava de esganar com a mão enluvada de Renegada sobre seu pescoço. Os marujos começaram a cercá-la enquanto imobilizaram a criatura no chão. Agora a jovem deveria tomar cuidado e tentar fazer a Fúria se acalmar. Precisava saber se haviam outras por ali e se podia tirar mais alguma informação útil dela.

Mas um marinheiro do Luzes da Aurora não deu tempo para que Renegada tirasse as palavras da criatura. Quando viu a fera imobilizada, correu em direção a ela, desembainhando sua espada em nome de seus dois companheiros que haviam sido sequestrados por estas criaturas. Ninguém percebeu até a lâmina penetrar no peito da Fúria, acertando seu coração, e todos taparam os ouvidos quando a criatura berrou com um agudo estridente e longo.

Quando Renegada abriu os olhou, viu a criatura se debatendo sobre o deque até ficar com o corpo imobilizado. A jovem ficou com os olhos arregalados quando aquele berro cessou. Assim como quando uma vespa é morta e outras são atraídas para seu cadáver, todas as Fúrias iriam em direção ao Luzes da Aurora.

E então, de repente, centenas de gritos raivosos ecoaram no Mar Cinzento enquanto as criaturas voavam em sua direção.

— Qual é o seu problema? — Dois marujos, juntos com Daniel, foram necessários para segurar Renegada, que estava louca para esmurrar o rosto daquele homem que havia assassinado a Fúria. — Vamos todos morrer agora!

— Renegada, se acalme! Ele já fez o errado, mas o que vamos fazer agora?

— Não há o que fazer! — Renegada soltou-se dos homens e virou para Daniel, irritadíssima. Por trás da máscara, seu rosto estava enfurecido. — Você não ouviu aquilo? Todas as Fúrias do Mar Cinzento vão vir para cima de nós! Não há como sobreviver!

— Não, Renegada, não estamos sem defesa! Ainda somos muitos e muitas espadas! — Daniel correu ao convés e subiu na amurada, olhando para todos os piratas sobreviventes do Luzes da Aurora, olhando para todos aqueles que, em segundos, iriam enfrentar um exército de criaturas. Agora que Renegada estava sem esperanças e Lobo estava desmaiado ainda, Daniel era a pessoa mais responsável daquela missão e todos os marinheiros olhavam para ele. Respirou fundo e começou a falar.

— Neste momento, um exército está vindo em nossa direção. Um exército que voa, tem garras e gritos estridentes. E nós estamos somente com nossas espadas e escudos! E sabe o que isso significa para mim? — Nenhum pirata respondeu, aguardando a resposta de Daniel — Isso somente significa para mim que devemos acertar suas cabeças, suas mãos e suas asas! Não estamos mortos, não ainda! Ainda temos uma alma para salvar, e vamos todos juntos! Ninguém mais vai morrer em vão! — O grito de coragem de todos os marinheiros daquele navio foi exatamente o que Daniel esperava. A moral havia voltado, e agora eles tinham mais chances de sobreviver ao ataque que se aproximava. Mas Renegada não confiava muito nas palavras que Daniel havia dito. As Fúrias eram criaturas velozes, e agora que estavam alimentadas pela vingança de uma irmã, estavam mais selvagens ainda.

Mas ela seguiu as ordens de Daniel, que fez com que todos os marinheiros formassem um triângulo fechado, com olhos agudos e atentos para qualquer criatura que surgisse da neblina espessa.

Novamente ficaram em silêncio enquanto os gritos monstruosos se aproximaram. Daniel levantou sua espada e sentiu que todos os piratas fizeram o mesmo que ele. Sentiu que estava se tornando o líder daquela defesa, e que todos naquele momento estavam contando com ele, incluindo Renegada, que havia se posto em uma posição do triângulo na qual ela facilmente protegeria suas costas. Então, quando os gritos se intensificaram, Daniel percebeu que chegava o momento daqueles homens lutarem por suas vidas.

— Levantem as espadas! Preparem-se!

O som do metal foi mais alto do que os gritos por um momento, mas no segundo após isso, tudo se tornou uma cacofonia de espadas, gritos de Fúrias e de marujos. Centenas de criaturas passaram como um enxame pelo navio, em direção a tripulação do Luzes da Aurora. Os piratas atacaram, berrando tanto de coragem, tanto por dores nos ouvidos ao sentirem os gritos de perto. A investida foi rápida, mas para os envolvidos pareceu uma eternidade.

Mas o resultado foi positivo. Após o enxame passar, algumas criaturas caíram desfalecidas no deque da embarcação. Quando olharam para as criaturas, triunfaram por elas não terem capturado nenhum dos marinheiros. Mas cedo demais, pois sentiram os gritos voltarem sua direção ao navio.

Dessa vez, porém, as Fúrias mudaram sua estratégia. Não seguiram ao Luzes da Aurora na forma de um único enxame, mas voaram espalhando-se por uma linha horizontal. Quando chegaram sobre o navio, acenderam o voo e desceram, pousando em toda a extensão do deque do navio. Haviam cercado os guerreiros que se espremiam um contra o outro, desfazendo o triângulo que haviam formado. Se bagunçaram tanto a formação que logoRenegada esbarrou o seu ombro no de Daniel.

— O que vamos fazer agora, Renegada?

Então, em um grito que soou como ordem sobre os guerreiros, Renegada disse:

— Preparem-se para avançar! Mantenham-se em grupos de três e defendam as costas um do outro! Não recuem agora! Preparem-se! — Daniel colou seu ombro ao da jovem que ordenava e sentiu que alguém se espremia entre as costas dos dois. Era Salazar, segurando uma espada de forma frouxa, com as mãos tremendo, mas com uma expressão de coragem.

— Agora! Avancem! Ataquem! — E com esses três gritos os marujos se expandiram pelo deque, avançando contra as Fúrias. Algumas avançavam contra, usando suas garras e berrando, enquanto outras alçaram voo, preparando-se para atacar por cima.

Renegada, Daniel e Salazar avançaram em direção ao convés, liderados pela mulher de cinza. O plano era alcançar o convés e ajudar Lycan a proteger Lobo até que ele acordasse. O caminho não estava fácil. Enquanto Renegada abria caminho por frente, Salazar mantinha a retaguarda protegida e Daniel atacava qualquer criatura que atacasse por cima ou pelos lados,

Depois de muito esforço — e com uma terrível dor na cabeça, por causa das dezenas de gritos que as Fúrias mortas soltavam — Alcançaram o convés, onde Lycan e outro marinheiro protegiam Lobo, que estava deitado. O ex-membro da Marinha Real tinha movimentos certeiros e uma lâmina afiada, que fazia com que as Fúrias morressem com golpes na garganta, o que evitava que elas gritassem. Mas o marujo junto dele estava em maus lençóis, sem treinamento de combate e com uma espada enferrujada.

Quando os três companheiros chegaram, cercaram o corpo de Lobo e defenderam o jovem capitão. Mas logo após alguns ataques, Renegada olhou para frente e viu que alguns marujos estavam sendo levados pelas Fúrias, principalmente na proa do navio. Eles precisavam de reforços naquela área. Mas isso foi o suficiente para, em um momento quase imperceptível, a defesa de Renegada baixar. E exatamente neste momento uma Fúria alcançou os ombros de Renegada com suas garras. A jovem sentiu o aperto nos ombros e, instintivamente jogou todo o peso do seu corpo em direção ao chão, o que fez com que a Fúria se desequilibrasse, soltando os ombros da jovem e caindo no chão.

Rapidamente a criatura se ergueu enquanto Renegada ainda estava no chão. A Fúria gritou e, esticando seus braços e apontando suas unhas para o corpo de Renegada, o monstro investiu para cima da jovem. Não haveria tempo de Daniel, Salazar ou até mesmo Lycan virarem-se para defender a jovem.

Então, Renegada sentiu uma mão sobre a suas costas empurrando ela para baixo. Logo depois disso, sentiu um corpo rolando por cima dela, espremendo o corpo dela contra o convés, fazendo ela gritar de dor. E quando Renegada olhou para frente, viu o capitão do Luzes da Aurora ajoelhado na frente de seu corpo, e a Fúria avançou com a boca escancarada em direção a espada afiada e reluzente de Lobo. O capitão levantou-se e esticou a mão para ajudar Renegada levantar.

— Vou perguntar o que está acontecendo depois de salvarmos todos dessas criaturas — Disse ele.

— Muitos marinheiros estão sendo derrotados na proa. — Renegada virou-se, olhando para Daniel, Salazar e o outro marinheiro. — Vão até lá e procurem reforços para aquela região. Vamos manter nossa defesa! — Daniel concordou e junto com Salazar e o outro marujo, começaram o árduo caminho para alcançar a proa. Já Renegada, Lobo e Lycan protegeram as costas um do outro e decidiram defender o convés de todas as Fúrias que atacavam da parte de cima do navio.

Entretanto, quando os três acreditavam que aquela área estava começando a ficar mais limpa de inimigos, Renegada percebeu que mais Fúrias se aproximavam através da neblina do Mar Cinzento. Aquela era uma segunda leva de oponentes que estava vindo, para enfrentar os marujos que ficavam cada vez mais cansados.

— Renegada! Eles são muitos! — A mulher virou para Lobo, que estava com o rosto encharcado de suor e com a respiração ofegante — Eles são muitos! Não adianta continuarmos nessa estratégia, elas vão nos vencer pelo cansaço!

— Eu sei, mas eu não estou conseguindo pensar em uma outra forma de sobrevivermos, Lobo!

— Porque você não está pensando no plano, Renegada! — Lobo acertou mais um pescoço de uma Fúria e virou para a jovem — Não há como todos nós irmos juntos com você e com Daniel! Vocês devem continuar com o plano!

— Como assim, Lobo? O Imperatriz ainda está longe demais para irmos a nado ou em um bote. As Fúrias nos matam se tentarmos!

— Renegada! Abaixe! — E quando a jovem ajoelhou rapidamente, Lobo passou a espada por cima dela, acertando uma Fúria que berrou de forma estridente para seu mártir. — Vocês não vão nadar ou ir de bote até o Imperatriz, nunca chegariam vivos assim!

— Então como vamos?

— Vocês vão voando. — Lobo gritou isso e, dando meia-volta, cortou ao meio uma asa da Fúria que estava avançando em direção das suas costas. Quando ela começaria a gritar, Lobo esmurrou o rosto da Fúria, fazendo ela desmaiar antes do berro. — Renegada olhou para Lobo com a cabeça inclinada, tentando demonstrar sua confusão com a frase daquele jovem. Então Lobo apontou para o cadáver da criatura ao seu lado, e Renegada começou a entender o que o jovem estava sugerindo.

— Daniel nunca vai aceitar. Ele não vai aceitar abandonar o Luzes no meio de todas as Fúrias.

— Mas é o único jeito, Renegada! Cada marujo que pisou neste deque sabia que esta seria a última viagem do Luzes da Aurora. Estamos quites com nossos destinos, e vamos aceitá-lo de forma honrada. Mas vocês precisam prosseguir com o plano! Precisam salvar o resto do mundo do Mar Cinzento que ele se tornará caso Mestre das Almas sugar a alma de Elizabeth! E se perguntar para mim se vale a pena morrer por isso, eu digo que sim! — Renegada ouviu atenta as palavras de Lobo e abraçaria o jovem se não estivessem em uma situação tão perigosa. Aquele era o discurso de um homem que estava com suas ideias claras, que estava preparado a entregar a sua vida pelo futuro de tantas outras. Aquele era um líder melhor do que qualquer Imperador.

— Ok então. — Renegada olhou para a proa, onde Daniel estava — Vamos encontrar Daniel.

Na proa, Daniel e Salazar ajudavam tantos marujos quanto podiam. Mudavam de trios, defendendo todos os grupos da região e intercalando a movimentação da defesa, fazendo com que a área se tornasse mais difícil para as Fúrias investirem. Porém isso não estava acabando com a moral das criaturas, que pareciam se multiplicar a cada momento.

— Mantenham suas espadas erguidas! Descansem somente quando estivermos no seu grupo! — Daniel mantinha passando as ordens gritando com coragem, por mais que os marinheiros ficassem cada vez mais cansados, e as Fúrias, mais selvagens.

Salazar acompanhava o amigo o melhor que podia, tentando defender o máximo as costas dos marujos, porém sua espada não alcançava as criaturas no ar. Assim, ele ficava responsável de desacordá-las quando caiam no chão machucadas e começavam a gritar. Isso aliviou um pouco os marujos, que agradeceram o jovem.

Enquanto Renegada corria junto com Lobo e Lycan para aquela região, ela percebia que a proa do Luzes era a região onde toda a batalha se concentrava. E diferente do que Daniel achava, Renegada via que muitos marujos estavam sendo levados por Fúrias. Eles estavam perdendo.

— Lobo, você tem certeza do que acabou de sugerir para mim?

— É a única solução, Renegada. Em nenhum outro cenário teremos sucesso, só se seguir meu plano.

Chegaram, após muitos obstáculos, na proa do navio, onde encontraram Daniel ajoelhado, com a mão apoiando um marinheiro que estava sentado no chão, com diversos arranhões profundos no braço e alguns no rosto. O homem gemia e sentia sua vida caminhando por uma corda bamba.

— Fique calmo agora. Essas dores vão passar meu amigo, fique forte! — Daniel olhava para os olhos do pirata, mas sem retribuição. O olhar do marinheiro era vazio — Lembre-se homem, lembre-se do que eu disse. Ninguém mais vai morrer hoje.

Mas Renegada sabia que aquilo não era verdade. Aquele homem não teria mais do que algumas dolorosas horas de vida. E Daniel sentiria que a morte teria sido culpa sua. Não havia mínima chances de Daniel sair daquele navio com ela. E ela teria que passar para o segundo plano que tinha em sua cabeça.

Renegada se aproximou de Daniel, colocando a mão enluvada sobre o ombro cansado do jovem. Lobo ordenou que dois grupos se juntassem para formar um círculo e defender os dois. O capitão chamou Salazar, e os dois se afastaram um pouco daquela área, se protegendo sobre uma parte coberta para evitar ataques aéreos.

— Defenderam o convés? O que estão fazendo aqui? Trouxeram mais suporte? — Daniel se levantou, olhando para a máscara de Renegada. E por trás da máscara, Renegada estava com uma expressão de dor interior.

— Daniel... Me desculpe. — Renegada disse isso e virou o rosto, dando um passo para trás, se distanciando um pouco do jovem, que achou estranho a fala da companheira.

— Desculpas? Por que me pede desculpas?

Então, rapidamente, Renegada segurou firmemente o ombro de Daniel e investiu rapidamente em direção a ele. Sua testa foi de encontro com a cabeça do jovem e após levar o golpe da máscara de marfim, Daniel imediatamente desmaiou. Renegada segurou o jovem pela cintura, e todos os soldados ficaram chocados com aquele ato. Salazar tentou se livrar do braço de Lobo, que estava segurando o rapaz. Ele tinha lágrimas nos olhos.

— Daniel! Lobo, me solte! O que ela está fazendo? — E quando Salazar olhou para Lobo, ele estava com uma expressão sombria no rosto, como se pensasse em algo triste que estava por vir.

— Ela está nos salvando, Salazar. Está salvando ela, Daniel e todos nós. — Renegada deixou uma lágrima cair do seu rosto e escorrer sobre a máscara que sempre cobriu sua face. Daniel estava desmaiado em seus braços e ela nunca achou que fosse necessário fazer isso com aquele que ela deveria proteger. Mas eles precisavam sair do Luzes, e Daniel nunca concordaria com ela. Renegada olhou para os piratas que encaravam os dois de forma estranha e então pediu para que eles a ajudassem a iniciar o plano, dizendo:

— Me amarrem. Me amarrem com o corpo dele. — Nenhum dos marujos se moveu para ajudá-la, então ela gritou. — O que vocês estão esperando? Morrer? Me amarrem com ele agora! — Os marinheiros olharam tanto para ela quanto para Lobo, que segurava Salazar firmemente.

— O que vocês cstão esperando? — Ordenou o capitão. — Amarrem os dois juntos, agora! — Agora que haviam recebido a ordem de seu capitão os marinheiros se moveram o mais rápido possível, sendo defendidos por outra leva de piratas que vieram das outras regiões do Luzes.

Rapidamente começaram a amarrar com cordas e nós o corpo de Daniel desmaiado nas costas de Renegada. Quando terminaram, a jovem fez força para erguer seu corpo, segurando Daniel nas costas. Quando levantou, deu alguns passos rápidos para se acostumar com o balanço, mas não gastou muito tempo com isso. A jovem foi o mais rápido que conseguia em direção a Lobo, que pegou uma corda e entregou para Renegada. A jovem segurou a corda, e antes de subir na amurada, olhou para Salazar.

— Você prometeu para Daniel que nunca deixaria ele. — Salazar concordou com a cabeça, em meio a lágrimas. — Então não ouse morrer nesse navio.

Agora, subindo na amurada, Renegada gritava para chamar a atenção das Fúrias, que viraram para ela, investido em um número enorme. Seguindo ordens do Lobo, todos os marujos abriram o caminho para que as criaturas voassem rapidamente em direção a jovem e de Daniel, desmaiado. A Renegada fechou os olhos como havia feito para identificar a primeira Fúria que se aproximasse dela. Desta vez, a energia que se aproximava era maior do que ela imaginava, mas ainda conseguia distinguir a distância delas. Quando as criaturas começaram a se aproximar de todos os lados, Renegada segurou firme na corda e pulou da amurada, caindo em direção ao Mar Cinzento.

Salazar foi o primeiro a gritar por ajuda aos dois, mas Lobo continuou segurando o braço do jovem. Um suspense e agonia caiu sobre o deque, esperando o que aconteceria depois daquela ação da jovem. Então, quando Renegada surgiu novamente, voando entre as criaturas, todos os marinheiros ficaram com seus queixos caídos e olhos arregalados.

A jovem segurava quatro caudas, duas em cada uma das mãos, e rapidamente as quatro se separaram do grupo de Fúrias que haviam perseguido ela. Renegada estava encantando suas mãos, fazendo com que as criaturas sentissem como se um fogo infernal estivesse sobre sua pele.

— É melhor vocês calarem a boca e não gritarem, senão eu prometo causar a dor mais infernal que eu puder sobre seus corpos, e não vou deixar vocês morrerem tão cedo! — As criaturas se silenciaram, e tanto marinheiros quanto Fúrias viram a jovem fugindo daquela batalha, conduzindo quatro monstros e um jovem adormecido em direção a Alma Pura.

Então, as Fúrias que restavam começaram a se agitar para seguir a jovem e acabar com ela antes de continuar com sua batalha no navio. Mas no momento em que a primeira delas apresentou alguma reação para fazer isso, um arpão foi lançado em direção a Fúria que ficou com um machucado profundo no pé. Quando a criatura olhou para o lugar do qual havia sido lançado o arpão, viu que um pequeno jovem havia avançado além de todos os outros humanos. Sua expressão era desafiadora, chamando as Fúrias para enfrentar o Luzes em sua última jornada.

Salazar respirou fundo após lançar o arpão. Sacou sua espada do cinto e ergueu ela próxima do corpo. Suas mãos não tremiam mais.

Daniel não sentiu nada que ocorreu naquelas manobras, mas enquanto estavam voando através das asas das Fúrias, Daniel abriu rapidamente os olhos. Sua visão estava turva, sua mente rodava em círculos e nada fazia sentido. Suas mãos formigavam. Então, com o pouco que Daniel pode ver, conseguiu perceber que a neblina os engolia, e uma mancha distante similar ao Luzes da Aurora se afastava deles. Ou era eles que estavam se afastando?

Daniel não podia fugir, eles não podiam escapar daquela batalha. Ele havia prometido a todos eles que ninguém mais iria morrer, mas agora ele estava escapando, deixando todos os outros as mãos do destino incerto.

— Renegada. — Daniel conseguiu murmurar algumas palavras —

Renegada, volte... Precisamos voltar... Não vamos... Renegada...

E Daniel desmaiou novamente em um sono escuro, com luzes fracas e cinzentas.

A Renegada manteve o controle sobre as criaturas, fazendo com que elas voassem em direção a energia anormal que sentia naquele Mar Cinzento, em direção a Alma Pura de Elizabeth Olivier. Ao olhar ao redor, não conseguia ver nada além da neblina densa.

Subitamente a neblina começou a ficar mais rarefeita, e eles entraram em uma região que não possuía nenhuma névoa, mas era coberta por ela como um globo coberto por um tecido cinza. E no meio desse globo, havia um monte de areia que sobressaia do mar, como uma pequena ilha.

Em um dos lados estavam os destroços de um navio, com velas rasgadas e um buraco largo no casco, que formava um acesso para o interior daquela ruína marítima. Nesse momento, Renegada respirou mais fundo e juntou toda a sua coragem.

Após dez anos, estava de volta aquele navio, para que seus erros fossem reparados.

Renegada e Daniel haviam alcançado o Imperatriz.

O ataque das fúrias ao Luzes da Aurora

CAPÍTULO 26

O IMPERATRIZ

Daniel acordou e a primeira coisa que percebeu foi o toque da areia sobre o seu rosto. Depois ouviu o som do mar e de onda quebrando próximo à costa. Quando levantou o rosto, percebeu que estava cara a cara com as ruínas de um navio. Mas não era um simples navio, era a maior embarcação que ele já havia visto na vida, mesmo sendo somente apenas escombros. A proa se avantajava, elevando-se de acordo que a embarcação ficava mais afundada na areia. O casco marrom-escuro do navio estava empoeirado e arranhado, mas se não fosse pelo grande buraco que havia naquela parte - e que formava uma espécie de entrada para o interior escuro do navio - poderia se dizer que ele estava intacto. De fato, a única coisa que comprovava seu naufrágio era o fato de estar mais sobre areia do que sobre o Mar Cinzento. No fundo, aquela carcaça ainda guardava glórias de quando fora construída.

Mas Daniel demorou alguns segundos para perceber que aquele era o Imperatriz, o navio que estavam procurando. Mas não lembrava de como haviam chegado naquelas ruínas. Não entendia nem porque havia acordado deitado no chão, e suas mãos ainda formigavam. Então, enquanto começou a dar meia volta, ele começou a lembrar de algumas coisas. Lembrou que Renegada havia pedido desculpas para ele por algum motivo que ele não entendia; lembrou de abrir os olhos e sentir os pés leves, como se estivesse caindo sem parar em um abismo infinito. Então, quando Daniel olhou para trás e viu Renegada sentada, cercada de quatro Fúrias mortas, o jovem lembrou-se.

Ela havia desmaiado ele, para que pudessem fugir da batalha. Eles haviam abandonado o Luzes da Aurora, e as Fúrias haviam ficado para se alimentar dos marujos... Para se alimentarem de seus amigos.

Daniel começou a sentir a ira crescer sobre seu coração de acordo que se movia em direção a Renegada. Ela havia feito novamente o erro que cometeu no Imperatriz, dez anos atrás: em vez de ser forte o suficiente para salvar todos, ela deixou que se sacrificassem para que ela conseguisse o que ela achava ser mais importante. O jovem sentiu uma raiva gigantesca daquela mulher que acreditava saber o que era melhor para todos, incluindo a morte para alguns. Sentia uma fúria crescer e escurecer sua mente, somente pensando em quantas pessoas já haviam se sacrificado para que eles estivessem ali. Pensou em seu pai, em Elizabeth e Umbelon, na guilda Sete Espadas, nas Sombras, em Lobo e Lycan, em Salazar...

Salazar...

Era o máximo que ele podia aguentar.

Renegada estava cansada após enfrentar aquelas criaturas que estavam mortas no chão e quando se virou e viu que Daniel caminhava em sua direção, ficou feliz de vê-lo acordado, mas seu corpo arrepiou ao ver a expressão de ódio que ele tinha no rosto.

— Daniel, o que.... — Mas Daniel não permitiu que ela terminasse, e Renegada gemeu quando sentiu o murro que o jovem desferiu contra o estômago dela. A jovem perdeu a postura, mas quando ia se arrumar, sentiu as mãos de Daniel empurrando a corpo dela para baixo, enquanto o joelho dele subia para acertá-la no estômago novamente.

— Você deixou Salazar morrer!

O jovem estava irritadíssimo pelo plano que ela havia executado para levá-los até o Imperatriz, isso era um fato, mas Renegada não estava pronta para aquela reação. E seu corpo estava menos preparado ainda quando o joelho de Daniel acertou ela pela segunda vez, gritando:

— Você deixou meu tio morrer!

Renegada estava ficando sem fôlego com aqueles ataques e não conseguia se livrar das mãos do jovem que apertavam os ombros dela.

— Você deixou meu pai morrer! Você matou todos nós!

Quando a terceira joelhada veio, Renegada gritou de dor por trás da máscara, mas Daniel estava tão enlouquecido por sua raiva que não percebeu o quanto estava machucando a jovem. Mas quando ela engoliu e sentiu o gosto de sangue descer pela sua garganta, Renegada reagiu por instinto.

Quando a quarta joelhada estava a caminho, a jovem colocou suas duas mãos frente ao estômago e empurrou o joelho de Daniel para trás, que perdeu o equilíbrio tempo o suficiente para que ela acertasse um soco no estômago do jovem, que urrou de dor. Após isso, Renegada empurrou o corpo de Daniel para mais longe e, rodando acertou o osso da clavícula do jovem com seu cotovelo, fazendo-o gritar de dor. O golpe foi seguido de um chute de sola de pé na barriga de Daniel, que encurvou o corpo, e quando ele tentou olhar para o que viria a seguir, não conseguiu esquivar do murro que a mão enluvada de Renegada acertou na bochecha do jovem, levando ele ao chão, mas sem que Daniel desmaiasse novamente. O jovem estava sem fôlego algum.

Renegada olhou para o corpo de Daniel no chão e deu meia volta, correu em torno de dois metros e berrou, expelindo toda sua raiva pela sua voz, não se importando com quantas Fúrias pudessem ouvi-la. Queria enfrentar todos os seus inimigos de uma só vez e, se possível, morrer junto com eles durante a batalha. Estava cansada de tentar salvar todos, estava cansada do fardo que ficava mais pesado a cada ano que passava. Estava até cansada da máscara que utilizada. Renegada, após passar pelos Portões e se sentir confiante de que podiam enfrentar a Sociedade, agora estava desesperadamente sem esperanças de sucesso.

— Você acha que eu escolhi tudo isso? Que é assim que eu queria que fosse? — Renegada virou-se para Daniel, que começava a recuperar forças para se erguer. — Não foi! Eu nunca quis isso, eu nunca treinei para ser forte nesses momentos! Mas todos querem que eu salve o dia, todos acreditam que sou maior que eles, e todos estão preparados para dar suas vidas pelo plano, mas eu não quero isso! Eu não quero Lobo e nem Salazar mortos! Eu não quero que ninguém mais morra em vão hoje, e dentro desse maldito navio está a nossa única chance de conseguir isso! — Renegada ajoelhou-se, fraca, sobre a areia branca daquela pequena ilha — É a única chance de todas estas mortes saírem das minhas costas.

— Faz algum sentido para você, tudo isso que enfrentamos? — Agora Daniel já estava de pé, sentindo dores no estômago e olhando para o Imperatriz com uma expressão pensativa. — Faz sentido tanta guerra, tantas pessoas lutando por causa da alma de uma única jovem que muitos deles nem sequer conhecem?

— Sim. Tudo isso faz sentido quando se pensa que, se nada for feito, Mestre vai jogar eras de escuridão sobre todos nós. Um homem como ele não pode se tornar imortal, tão poderoso a ponto de ditar todos os seus caprichos.

— Entendo. Mas por que você precisou de mim?

— Como assim, Daniel?

— Por que você precisou me trazer junto com você? É poderosa o suficiente para enfrentar qualquer inimigo que eu teria dificuldade em enfrentar. Podia salvar a alma de Elizabeth sozinha, não podia? — Renegada, ainda ajoelhada, olhava para a areia enquanto pensava na resposta. A essa altura, estar ali sem Daniel não parecia correto, não sentia como se pudesse enfrentar todos os seus inimigos sem a ajuda daquele jovem que já havia salvado ela antes. Mas Renegada sabia o motivo exato pelo qual Daniel tinha que acompanhá-la

— Daniel, lembra-se quando as Sombras perguntaram para você se havia mantido suas promessas?

— Sim. — Respondeu Daniel, estranhando a pergunta no meio daquela conversa dos dois

— Elas não perguntaram aquilo em vão. Veja, qualquer um que toque a alma de Elizabeth irá absorvê-la. Até aí, eu não teria reações diferentes de Mestre das Almas, ambos poderíamos absorver a alma de Elizabeth. E quando qualquer um de nós fizesse isso, a garota iria morrer, em qualquer lugar que ela estivesse. Mas Daniel, você é diferente de nós.

— Por que? — Daniel arqueou as sobrancelhas.

— Porque você manteve suas promessas, Daniel. E uma delas foi seu amor a Elizabeth. A Alma Pura só irá aceitar pacificamente o corpo de alguém que a ame. Você é o único que pode absorver a alma de Elizabeth sem matá-la e levá-la consigo em segurança até a verdadeira dona. Você é o único que pode fazer isso. — Daniel olhou para Renegada durante tudo isso e finalmente entendeu que ele era mais importante para aquela operação do que a própria Renegada. Ele era o único que podia evitar que Mestre das Almas conquistasse a alma de Elizabeth. E ninguém iria matar a jovem que havia conquistado o seu coração amaldiçoado. O jovem então respirou fundo e arrumou sua postura. A dor no estômago parecia ter passado quando Daniel olhou para a escuridão interna do Imperatriz.

— Você não vem comigo, não é?

— Não. A Sociedade pode chegar aqui em qualquer momento, e não vou deixar que eles entrem no Imperatriz para te impedir... Vão ter que passar pelo meu cadáver para isso. Você precisa ir sozinho agora, a alma dela está próxima da cabine de comando do Imperatriz. E mais uma coisa Daniel — O jovem parou seu caminho em direção a embarcação para ouvir o que a mulher tinha para falar — O Imperatriz é um navio mágico, especial, e comporta-se diferente de qualquer outra embarcação que conhecemos. Mantenha o amuleto do seu pai próximo ao seu peito, e isso deverá trazer segurança para você até nos momentos mais escuros.

Daniel então pegou o amuleto que Alexander havia deixado para seu filho. Havia amarrado uma corda nele, e agora colocava o colar no pescoço. O amuleto em forma parecida com uma engrenagem se acomodou sobre seu peito, bem acima do coração. Daniel continuou sua caminhada até entrar no Imperatriz e sentir o chão de madeira substituindo a areia branca da ilha.

Estava no que parecia ser as ruínas de um salão de jantar luxuoso. As mesas estavam forradas com toalhas cinzas e rasgadas. Um lustre balançava no teto com suas velas derretidas, e um piano velho estava encostado na parede inclinada do salão. Daniel olhou para trás, e por mais que conseguisse ver a silhueta de Renegada em pé na ilha, a mulher não conseguia mais enxergá-lo, no meio das sombras das ruínas do que já foi o maior navio já construído na história e agora, assim como a Casa dos Leviatãs, era o resquício esquecido de uma era que havia chegado ao seu fim.

E poderia ser muito bem o início de uma nova era, caso Mestre alcançasse a alma de Elizabeth antes dele. O pensamento fez com que Daniel apressasse sua procura, virando para a esquerda e indo para uma área mais elevada do navio. O jovem não tinha ideia de onde começar a sua busca, então teria que vasculhar cada corredor do navio em busca da cabine de comando.

Em seu caminho, iluminado por luzes que provavelmente tinham como fonte alguma magia, Daniel notou diversas pinturas sobre criaturas hoje consideradas extintas. A pintura mostrava como o artista estava familiarizado com a criatura, e muitos desenhos técnicos de monstros vinham acompanhados de assinaturas de comandantes, tenentes e algumas até mesmo com o título de Leviatãs. Daniel achava que a tripulação daquele navio devia ter sido composta por estes soldados.

O jovem também percebeu uma coisa estranha ao subir os corredores do Imperatriz. O navio, visto de fora, parecia se inclinar cada vez mais, até a proa se inclinar em um ângulo de noventa graus. Porém, muitos corredores não apresentavam nenhuma inclinação, como se o navio estivesse perfeitamente alinhado. Daniel decidiu prestar atenção neste evento curioso.

Mas ele não se preparava para o momento no qual, ao virar em um corredor perfeitamente equilibrado e sem inclinação, ele ia se encontrar com um ser de manto cinzento na outra extremidade do caminho.

Daniel ergueu rapidamente sua espada, apontando-a para o suposto membro da Sociedade das Névoas. Por fora, Daniel demonstrava uma expressão corajosa, desafiadora, mas por dentro, sua vontade era de procurar a primeira proteção que pudesse contra qualquer tipo de feitiço. Mas então, suavemente a voz do ser por trás daquele manto falou de forma calma.

— Abaixe sua espada, Daniel. Não vai precisar dela agora.

Mas Daniel não seguiu a ordem do membro da Sociedade. Com sua espada erguida, o jovem falou:

— Quem é você? — O membro da Sociedade inclinou a cabeça e deu uma leve risada que fez Daniel lembrar da risada de Mestre das Almas.

— É verdade, não tivemos o prazer de nos conhecermos...

— Desprazer. — Interrompeu Daniel, que fez com que o membro da Sociedade desse mais uma leve risada superior.

— Firme você, não é? Bem, como eu disse, não tivemos o prazer de nos conhecermos. Mas a essa altura do campeonato, acredito que Renegada já tenha dito alguma coisa sobre mim, não é? — Daniel se manteve um momento em silêncio, pensando. O jovem não acreditava que aquele seria Mestre das Almas, pois ele já teria lhe atacado. Mas fora isso, havia Lucius, e muitos outros membros da Sociedade que ele ainda não havia encontrado.

— Qual é o seu nome? — O membro da Sociedade riu novamente com essa pergunta, dessa vez mais alto, o que deixou Daniel mais irritado, que falou mais alto e firme — Diga-me seu nome!

— Ora Daniel, não há como eu falar meu nome para você! Nem mesmo Renegada revelou seu verdadeiro nome para você e confia tanto nela! Mas a culpa não é dela. Ela desconhece a própria origem, enquanto eu sei meu verdadeiro nome, mas não vou te falar, mesmo assim. Afinal, o que eu posso dizer? - Então o membro da Sociedade abaixou seu capuz, revelando um rosto delicado com olhos verdes e um longo cabelo loiro — Eu sou somente um Ilusionista.

Daniel arregalou os seus olhos. Aquele não era somente um dos novos membros da Sociedade, mas um dos planejadores da Operação Olivier. Ele deveria ser tão forte quanto Renegada, somente perdendo para o mestre dos dois. Agora sim, Daniel estava com mais vontade ainda de buscar abrigo, e dessa vez ele expressava claramente sobre seu rosto, mesmo segurando firmemente a espada rente ao corpo.

— Já disse para você Daniel, abaixe essa espada... Ela não é suficiente para te defender — E, como que hipnotizado, Daniel abaixou sua espada — Muito bem.

— Você foi o responsável das explosões em Simariel, não foi?

— Eu? — Ilusionista estava sorrindo — Eu nem ao menos consigo dominar o fogo, Daniel! Eu só falei para alguns alunos meus treinarem um pouco na missão. O que eles fizeram é de responsabilidade deles.

— Nós matamos Excelsor.

— Eu sei. Meus parabéns. — Daniel arqueou as sobrancelhas, surpreso com aquela resposta.

— Bem, vamos deixar de falar do passado, Daniel. — Ilusionista deu um passo para frente, e Daniel recuou dois passos para trás, erguendo sua espada instintivamente. — Acalme-se rapaz, eu só quero te dar meus parabéns. Você é a primeira pessoa de fora da Sociedade a botar seus pés nas ruínas do Imperatriz. Seja bem-vindo. E devo dizer, também, mais uma vez... Bem-vindo... a minha obra-prima.

— Como assim, sua obra prima? — Daniel arriscou um passo a mais, ainda com a espada erguida, por mais que Ilusionista houvesse dito que não seria útil.

— Bem, acredito que está aqui para recuperar a alma de Elizabeth, correto? — E Daniel, estranhando o apoio do homem, concordou de forma suspeita — Digo pra você, está no caminho certo! Mas existe um desafio a mais para atravessar logo atrás desta porta. — Então Daniel reparou, pela primeira vez naquela conversa, que havia uma porta dupla no final daquele corredor, mesmo que o jovem pudesse jurar que a um segundo atrás havia somente uma curva para outro corredor.

— E esta — Ilusionista continuou falando, batendo sua mão na porta dupla de madeira. — É minha obra-prima! Veja, a única forma de alcançar a cabine de comando, na qual se encontra a alma de Elizabeth, é atravessando o que gosto de chamar de Labirinto da Alma Pura. Você somente deverá passar por esta porta e cruzar o corredor por trás dela, mas o labirinto se encontra nas ilusões, ou realidades, que apresentarei para você. Se chegar inteiro ao outro lado, com mente e corpo sãos, não hesitarei em abrir a porta da cabine de comando para você. Venha, jovem. Entre no labirinto.

Mas Daniel manteve-se parado, pensando em tudo que aquele homem dizia. Seria mesmo esse o único caminho a tomar? Não parecia muito lógico para um navio daquele tamanho, mas os pensamentos do jovem começaram a balançar quando o próprio corredor onde estavam pareceu se inclinar para ambos os lados. Aquele corredor, na verdade, poderia até mesmo estar na vertical, mas a poderosa ilusão daquele homem fazia com que Daniel sentisse o chão sob seus pés.

— Como posso confiar em você? — Daniel não percebeu, mas se aproximou um passo a mais de Ilusionista e da porta dupla. Ou seriam os dois que haviam se aproximado mais?

— Simples, Daniel! Se eu quisesse uma luta injusta contra você... — Então, em um piscar de olhos, a imagem de Ilusionista se transformou, e o rosto de Mestre das Almas encarava Daniel, que pulou para trás, assustado — ...Eu teria me transformado no seu pior pesadelo! Agora vamos jovem — Em outro piscar de olhos, e Ilusionista voltou ao seu rosto normal — Entre no meu labirinto. Enfrente-me de forma justa, se conseguir.

Então, aceitando cada vez mais que já estava preso em uma ilusão, Daniel avançou cautelosamente para a porta, sem tirar os olhos de Ilusionista. Bem próximo da porta e praticamente com Ilusionista em suas costas, Daniel quis dar uma última tentativa de luta. E, rapidamente, o jovem manuseou sua espada em suas mãos, atacando de costas a figura misteriosa que se encontrava atrás dele. Daniel chegou a sentir o choque de sua espada contra algo, mas em vez de ouvir gemidos de dor, o jovem ouviu uma risada maléfica.

— Olhe para trás, Daniel. — Falou Ilusionista, e quando Daniel se virou, não viu nada além do corredor do qual havia vindo, como se Ilusionista nunca tivesse passado por aquela área. Mas de repente, a voz misteriosa daquele homem ecoou por todos os lados de Daniel

— Agora olhe novamente para a porta. — E quando Daniel virou novamente, viu que não havia uma porta. Havia somente um vazio, uma escuridão assustadora.

E como um ser vivo, aquela escuridão envolveu o corpo de Daniel, que soltava gritos sem som.

CAPÍTULO 27

O LABIRINTO

Daniel não conseguia enxergar nada, e com os olhos abertos parecia que continuavam fechados. Não conseguia ouvir nada além de sua respiração ofegante. Perguntava a si mesmo se aquela seria mais uma ilusão ou se ele já não estaria morto. Mas de qualquer forma, não importando o que havia ocorrido, ele estava sozinho, e duvidava que Renegada poderia resgatá-lo da armadilha que ele havia caído. Daniel não conseguia distinguir se o seu corpo estava flutuando ou espremido entre paredes, toda a sensação de não ter um ponto de referência se tornava irritante e conturbada. Então, quando o jovem pensou em pedir socorro e gritar por ajuda, seja lá qual fosse, uma luz surgiu a sua frente.

Era uma luz fraca, porém constante. O jovem via a sua frente um salão amplo, mas sem nenhuma porta em nenhuma das três paredes. Três, pois no local onde deveria haver uma parede em sua frente, somente se estendia uma escuridão como a que havia engolido ele momentos atrás. Não havia como Daniel ter entrado naquele local. Quando olhou para cima, também encontrou somente o vazio negro, em vez de um teto. A fonte da luz fraca era desconhecida, mas ela estava lá, e fazia todo o cenário mais misterioso. E então, depois de olhar para todo os lados foi que o jovem, ao piscar os olhos, viu um berço no meio do salão.

Era feito com muitos detalhes dourados e prateados, além de ser alto. Daniel começou a se aproximar lentamente enquanto ouvia um choro meigo de bebe saindo de dentro do leito. Ao se aproximar mais ainda, o jovem percebeu que aquilo, de fato, existia. Aquilo era físico e podia ser tocado. Quando Daniel balançou um pouco o berço, o bebê que tinha pequenos fios de cabelo castanhos parou de chorar, e lentamente ele abriu os olhos.

Eram azuis... Azuis como o mar.

— Então, houve o choro. E logo depois, o olhar. — A voz de Ilusionista ecoou pelo salão, vindo do teto, das paredes e do chão ao mesmo tempo, fazendo Daniel rodopiar como um cego procurando uma luz que não podia ver — Tudo isso muito rapidamente, e mais inesperado do que podíamos imaginar. Elizabeth nasceu em uma noite difícil, tanto para nós quanto para nossos futuros inimigos, agora que a Operação Olivier se iniciava. — A voz parou de falar, dando tempo para Daniel perceber que aquele berço era um fragmento da vida de Elizabeth. Aquela criança era, e ao mesmo tempo não era a menina que ele amava. Tudo parecia muito confuso, mas essa era somente a primeira parte do labirinto que Daniel começava a imaginar em sua cabeça. Então, a voz voltou a falar: — Elizabeth nasceu sobre os muros nobres do Distrito Rosa de Simariel. Estávamos juntos nessa ocasião, tirando Mestre das Almas, que estava nas ruas da cidade, que pegavam fogo. Claro que Elizabeth jamais soube disso. Em sua frágil mente, já nublada pelas minhas ilusões, Simariel reluzia como um novo mundo. Mas lá fora... A guerra civil fazia irmão lutar contra irmão...

Então, rapidamente uma mão surgiu, arrancando Elizabeth do berço, que voltava a chorar. Quando Daniel ergueu seu olhar para ver quem havia sequestrado a criança de seu berço, ficou espantado e quase caiu no chão ao ver que, ao seu redor, uma cidade similar a Simariel queimava enquanto diversos soldados lutavam um contra o outro, muitos usando as mesmas braçadeiras e símbolos em seus escudos.

Daniel percebeu que aquela era, de fato, Simariel. Só podia ser uma ilusão do seu inimigo, mas era tão envolvente! O jovem sentia o calor vindo das chamas, o cheiro de sangue e carne queimada lhe envolvendo. Aquilo era extremamente assustador de tão realista. Mas nada foi tão real quanto ao soco no estômago que ele levou quando se virou e deu de cara com Ilusionista, que sorria de forma sádica para ele.

— Entende agora sobre o que se trata meu labirinto, Daniel? Essa é a minha batalha contra você: minha mente contra a sua. Mas estou sendo caridoso, e lhe dando uma escolha. Você pode retornar a qualquer momento para fora do Imperatriz que eu não irei matá-lo, somente com uma condição: Se desistir, terá que matar Renegada para que eu não lhe assassine. Então, Daniel? Qual é a sua resposta? — Era difícil raciocinar com o punho do Ilusionista enterrado em sua barriga, mas Daniel ouviu claramente aquela proposta até o final. Ilusionista queria que ele traísse aquela que havia protegido sua vida, mesmo que sacrificando a de outros. Definitivamente aquele homem não compreendia tudo que havia acontecido nos últimos dois anos entre ele e Renegada. Sendo assim, Daniel olhou para Ilusionista sorrindo, o que deixou o homem levemente perturbado.

— Boa sorte em destruir minha mente, Ilusionista. Você vai precisar.

Entendendo a recusa do jovem, o membro da Sociedade fez uma careta de repugnância e aliviou a pressão sobre o estômago de Daniel, que cambaleou, sem equilíbrio, e caiu sobre o chão.

Em vez de sentir o chão duro de pedra da cidade ilusória de Simariel, Daniel ficou confuso quando seu corpo caiu delicadamente sobre um campo de grama alta, cercado de flores que exalavam o mais delicioso cheiro que ele já havia sentido.

Ficou com o corpo deitado enquanto sua cabeça raciocinava o que havia acontecido naquele milissegundo. De um momento para outro, tudo ao redor de Daniel havia se transformado. Toda Simariel em chamas havia se tornado um campo de flores, e quando o jovem se levantou, viu que a grama alta se estendia até o horizonte, onde se encontrava com um céu de um azul claro com pequenas nuvens brancas.

Então, no meio das flores, Daniel viu uma pequena criança parada, olhando para ele, e pelos olhos azuis, ele entendeu que aquela era Elizabeth, mas não mais um bebê, e sim uma menina que ele achava... Não, Daniel tinha de alguma forma uma certeza de que Elizabeth deveria ter três anos de idade.

Começou a correr em direção a ela, pisoteando as flores no caminho, e a cada passo, via que a jovem sorria para ele de uma forma tão carinhosa quanto nos momentos em que Daniel havia vivido, de fato, com a verdadeira Elizabeth. Mas o jovem parou de correr quando conseguiu notar um fato estranho naquela menininha de dois anos. Ao olhar para as mãos dela, viu que um fio de sangue escorria dos dois dedos médios da criança, e as gotas pingavam diretamente dentro dos botões de duas flores nas quais as mãos de Elizabeth pousavam. Quando Daniel olhou com mais atenção, viu que os botões de todas as flores daquele campo possuíam uma coloração de vermelho escarlate forte e vibrante, bem próxima da coloração do sangue coagulado.

Então, quando Daniel voltou a olhar para Elizabeth, viu que Ilusionista se posicionava atrás dela. A pequena menina fazia com que o homem parecesse mais alto ainda do que era. Ou isso também poderia ser uma ilusão caprichosa daquele ser, Daniel não conseguia distinguir. Após arrancar uma flor do chão e respirar profundamente o aroma da mesma, Ilusionista falou, com um sorriso no rosto:

— Não seria a coisa mais bela do mundo, Daniel? Um mundo erguido sobre o poder de uma Alma Pura? — Contudo, antes que Daniel pudesse responder, ventos fortes, vindo de todas as direções daquele campo começaram a soprar violentamente, sem afetar Ilusionista ou Elizabeth, mas desequilibrando o jovem que olhava de olhos cerrados para o que acontecia ao redor.

Elizabeth havia desaparecido do campo florido, enquanto o céu se tornava uma mancha negra novamente. O horizonte se tornou cada vez mais escuro, e os ventos ao redor dele fizeram com que as flores se desprendessem do chão e voassem, cercando o jovem que protegia seu rosto, assustado com a realidade de tudo aquilo que ele estava vivenciando. A grama foi levada após as flores, deixando somente um piso de madeira escura. E após levar tudo embora, o vento parou de soprar de forma imediata.

Mas quando Daniel conseguiu olhar para a sua frente, seu corpo gelou de medo, pois o que estava vendo era mais assustador do que qualquer experiência vivida nos últimos dois anos.

Atrás de Ilusionista, que agora segurava uma espada no lugar da flor, havia uma linha de homens e mulheres parados, todos olhando para Daniel. E todos usando mantos cinzentos. O jovem de olhos arregalados de medo não pensou duas vezes em dar meia volta e correr, mas quando se virou, para maior espanto, viu que havia uma outra fila de pessoas vestidas de cinza olhavam para ele.

— Fique calmo agora, e deixe-me explicar o que está acontecendo. — Mas como Daniel não obedeceu a ordem do Ilusionista, o homem teve que começar a andar atrás de Daniel, que buscava uma saída daquele salão — Desta vez não vai ver Elizabeth, mas basta saber que ela está na felicidade pura de seus quatro anos de idade. Dessa vez quero lhe mostrar uma memória minha dos tempos passados, e mostrar o que ocorreu neste cenário. A conquista da fórmula para obter a Alma Pura foi celebrada por todos os membros da Sociedade das Névoas daquela época, mas com o passar dos anos, as ideias começaram a contrariar umas as outras sobre o que deveria ser feito com o produto da Operação Olivier. — Neste momento, Ilusionista colocou seu braço sobre o ombro de um Daniel sem esperanças. Os dois começaram a caminhar de volta ao meio do salão enquanto Ilusionista continuava a falar. — E as opiniões começaram a ser tão contraditórias que começaram a haver conflitos dentro de nossa própria comunidade. De um lado, tínhamos Mestre das Almas liderando aqueles que acreditavam que a Alma Pura daria poder para a Sociedade conquistar impérios. Já do outro lado, os tradicionalistas antiquados que achavam melhor proteger o segredo dessa alma, para que ela fosse utilizada somente quando os homens do mundo vivessem em paz. Você já deve imaginar que, deste conflito sangrento, somente eu, Renegada e Mestre das Almas saímos vivos. Mas existiu algo Daniel, que nenhum de nós jamais pode experimentar, e que você terá a oportunidade única de provar pela primeira vez!

— E o que seria isso? — Daniel falou essas palavras sem perceber que havia voltado para o meio do salão, e até mesmo sem perceber que agora tanto suas mãos quanto pés estavam acorrentados juntos ao chão. Quando o jovem se deu conta disso, todo o seu medo e desespero voltaram à tona de imediato, fazendo com que ele tentasse se soltar, sem sucesso. Todas as ilusões de membros da Sociedade das Névoas riam dele.

— Ora Daniel! Você vai poder nos mostrar o que acontece com um corpo após ele ser atacado por todos nós!

E nesse momento, os gritos de Daniel foram menores do que o som emitido por todos aqueles encantos de diversos elementos e energias que eram lançados em sua direção. Ele queria sair dali, mas sentia que iria morrer naquela armadilha e que nunca poderia salvar Elizabeth e seus companheiros. Sentiu que tudo que haviam lutado tinha sido em vão e implorou para que sua morte fosse rápida. Cada vez que os feitiços se aproximavam mais, Daniel berrava com mais força e puxava suas mãos, tentando se livrar das correntes.

Até o momento em que elas quebraram e Daniel cobriu o rosto contra a luz intensamente forte que atingia ele por todos os lados.

Nenhuma dor.

Não havia nenhuma sensação de sangue escorrendo pela pele, e Daniel sentia todos os membros do seu corpo.

Ilusionista havia enganado ele.

— Seu monstro! — Berrava, sozinho no salão mal iluminado. — Seu porco miserável! Chega disso! Mostre a sua cara para mim! Me enfrente, seu bastardo!

Mas Ilusionista não respondeu as ofensas de Daniel. Pelo menos não oralmente, pois quando Daniel voltou a olhar para o que seria a frente do salão, viu uma pessoa de manto cinzento sentada de costas para ele. Daniel, dessa vez cheio de raiva irracional, desembainhou sua espada e começou a andar em direção a pessoa até ouvir uma voz delicada falando:

— Renegada, você é minha melhor amiga! — Aquela era a voz de Elizabeth, como Daniel sabia. Então aquela pessoa de manto cinza seria Renegada. Fazendo as contas, Daniel sabia que Elizabeth estava com seis anos, então Renegada estaria nos seus quatorze anos. Ela tinha a mesma idade de Salazar, mas sua postura e o tom da sua voz já pareciam demasiadamente maduros para sua idade, como se ela já tivesse vivido coisas demais para uma adolescente.

— E você é a minha melhor amiga, Elizabeth.

— Renegada, posso lhe fazer uma pergunta?

— Qualquer uma, Elizabeth. — Renegada escovava os cabelos da criança, que caiam sobre os ombros. Daniel ainda não conseguia ver as duas de frente.

— Por que você usa essa máscara?

— Eu nunca lhe expliquei isso? Eu não nasci no Império. Sou filha dos rebeldes e se as pessoas vissem meu rosto, jamais me aceitariam, nem em Simariel, nem em qualquer parte do Império.

— Mas eu quero tanto ver o seu rosto! Por favor Renegada, mostre-me seu rosto. — Elizabeth se virou para olhar o rosto de Renegada e a jovem de seis anos olhou rapidamente para Daniel, expressando preocupação que logo se desvaneceu atrás do sorriso empolgado da jovem que tentava convencer Renegada.

— Ok, ok, Elizabeth, mas só por que você é quase uma irmã pra mim. — Renegada falou sorrindo enquanto levava suas mãos para a parte de trás do capuz, soltando as fivelas que prendiam a máscara em torno da cabeça da adolescente.

Quando a máscara caiu sobre o colo da jovem, Daniel notou que parecia haver alguma luz saindo do rosto de Renegada. Se aproximou um pouco mais, enquanto Renegada e Elizabeth viravam para que o jovem visse as duas de frente. E quando Daniel achou que finalmente veria o rosto de Renegada, gritou ao perceber que, no lugar de um rosto, somente haviam chamas que queimavam de forma intensa. A adolescente se levantou da cadeira, e Elizabeth ficou de pé ao lado dela. A criança exibia um sorriso malicioso e ambas olhavam para Daniel.

— O seu rosto é lindo, Renegada! Eu nunca vou te abandonar, você entendeu? Eu nunca vou te abando... — E no lugar da última sílaba da frase, a voz de Elizabeth se tornou um berro agudo de dor. Quando Renegada apoiou sua mão enluvada sobre o ombro da criança, Daniel começou a berrar ao ver as duas queimando em sua frente. Lágrimas escorreram do seu rosto enquanto observava suas companheiras consumidas pelo fogo, sem poder fazer nada para ajudá-las. Daniel caiu ajoelhado sobre os dois joelhos, com o choro escorrendo por todo seu rosto. Sua mente estava em pedaços com aquelas visões que se igualavam ao momento que Mestre havia amaldiçoá-lo, dois anos atrás.

Em um piscar de olhos a imagem horripilante de Elizabeth e Renegada queimando desapareceu. Daniel se encontrava quase que no total escuro, com seus olhos arregalados. E pelo menos não apresentou nenhum sinal de alerta quando a mão de Ilusionista pousou sobre o ombro dele.

— Desista Daniel. Você não vai conseguir mais do que isso. Aceite a minha oferta.

— Mesmo que eu desista, qual é o ponto? — A voz de Daniel saia fraquíssima de sua boca, sem nenhuma esperança ou visão — Renegada me mataria se eu recusasse salvar a alma de Elizabeth.

— Então você não entendeu ainda. Não entendeu que a morte ao enfrentar a Renegada será bem mais rápida do que me enfrentar. Acho que vou ter que te apresentar mais uma curva de meu labirinto.

— Não, por favor, não! Já chega! — Daniel agarrou o manto cinzento de Ilusionista, que pousou sua mão sobre a cabeça do jovem.

— Não Daniel, fique calmo agora, por favor. Veja, desta vez não irei te mostrar Elizabeth, mas saiba que ela deve estar entre seu sétimo e oitavo ano de vida. Você consegue ver essas estruturas? Conhecem esses prédios na nossa frente, não é?

Daniel levantou a cabeça, e ao olhar para a cidade tão real que havia se materializado em sua frente, Daniel demorou para crer no que estava vendo.

— É Ludarius.

— Exato, Daniel. Ludarius, sua cidade tão querida, mas na época desta memória, ela ainda não era sua cidade, não era nem uma cidade imperial... Esta memória, Daniel, e da Batalha de Ludarius, a investida do Império sobre os Rebeldes. O próprio Imperador estava aqui.

Daniel olhava para a cidade. Ao fundo, uma linha de soldados avançava pela avenida principal, quc ainda não se era uma ruína de um reino caído, mas sim uma passarela de desfiles nobres.

— São os soldados rebeldes, meu jovem. Os amiguinhos de sua estimada Renegada. Tive o prazer de conhecê-los também. Mas isso não importa, pois os Imperiais estão logo atrás de nós! Vire, Daniel, olhe para eles! Eles estão chegando, a batalha vai começar! — Mas Daniel não se virou, e somente olhou para Ilusionista, que forjava uma empolgação que se mostrava como a coisa mais falsa de todo aquele cenário — Por que não quer olhar jovem? Eles estão vindo com tudo para cima de você! Olhe Daniel, olhe!

E o jovem continuou desobedecendo as ordens de Ilusionista, até que o mesmo se jogou em cima de Daniel, fazendo que ele se abaixasse no momento que um cavalo pulava por cima dos dois. Daniel pode sentir a poeira e o vento das patas do animal passando muito próximo dos dois.

— Seu idiota! Eu falei para você olhar! Chega disso, Daniel, eu vou acabar com a sua mente!

Quando Daniel levantou para olhar ao seu redor, em busca do Ilusionista, somente viu diversos homens armados de espadas e lanças, cavaleiros montados, atirando flechas sobre seus adversários, e a cada momento via mais rebeldes caindo mortos sobre o chão de seu reino.

Daniel começou a correr para longe da batalha, em direção ao porto de Ludarius, onde agora se encontrava uma batalha mais amena. Como conhecia a cidade, conseguiu abrir caminho entre becos e vielas que os Imperiais não conheciam. Em nenhum momento Daniel acreditava que estava andando em um salão quadrado no meio de um navio. Nada fazia com que esse pensamento passasse pela sua cabeça. Foi então que, depois de alcançar o Porto, Daniel viu uma cena particularmente familiar. Ele olhava para um jovem soldado imperial, que mais parecia uma criança, caída ao chão, se arrastando para longe do seu oponente rebelde que se preparava para aniquilar sua vítima.

Daniel percebeu rapidamente que aquele jovem que estava no chão era Lobo, ainda criança, e que o soldado que estava parado ao lado dele era ninguém mais ninguém menos que o próprio Imperador, sem fazer nada para defender seu filho. E Daniel notou que conhecia aquela cena pela visão que Lobo tinha daquele dia.

— Então... Agora...

E como se ordenado por Daniel, um soldado vestindo uma armadura de cor azul marinho e com uma aparência de escamas interceptou o ataque do rebelde contra Lobo. O soldado foi para trás pelo choque, e o homem vestido de azul atacou seu peito quando o soldado abriu sua guarda. Sentindo uma dor agonizante no peito, o rebelde fugiu enquanto o soldado imperial ajudava o príncipe a se levantar do chão.

Daniel sabia quem era aquela pessoa e seu corpo inteiro se arrepiou com aquela certeza. Tinha medo do que poderia vir a acontecer caso o chamasse, mas tinha mais medo ainda de perder a oportunidade de ver aquele rosto, de ouvir aquela voz. Precisava chamá-lo, precisava gritar aos quatro cantos aquela pessoa.

— Alexander? — Daniel falou, mas sua voz saiu tão baixa que nem mesmo Daniel se escutou direito. Decidiu tentar de novo, dessa vez mais alto — Alexander! — O homem vestido com a armadura azul ergueu sua postura, olhando para os lados, atrás de quem gritava seu nome. — Então Daniel não conseguiu mais segurar o que tanto queria falar. — Pai! Papai! Sou eu, Daniel! Aqui! — Daniel gritou cheio de forças até o momento que o cavaleiro se virou, e o jovem finalmente pode ver o rosto de Alexander Stormheart, o Último Leviatã.

— Da... Daniel? — Enquanto o homem se aproximava e se mostrava muito mais alto e mais forte que Daniel, mas de uma forma delicada, o jovem pode reparar nos detalhes do rosto de seu pai. O cabelo era um pouco mais comprido do que o corte militar, criando uma franja castanho claro sobre o rosto suave e heroico. Seus olhos eram de um tom mais escuro do que o cabelo, mas brilhavam com a luz do sol. Sua expressão de incompreensão chegava a parecer um pouco boba, mas isso fazia Daniel ficar mais admirado com aquela figura. — Como você... Não, é impossível que você seja o mesmo Daniel de oito anos que eu deixei em Simariel. — Tanto pai quanto filho riram juntos. — Mas eu conheceria esse olhar em qualquer lugar no mundo, embora ele carregue muita tristeza agora. Diga-me, filho, o que acontece?

— Você não é real, pai. É somente parte de uma ilusão de meu inimigo. — Daniel sentiu vontade de abraçar o pai e chorar sobre seu ombro, mas deixou somente que as lágrimas caíssem enquanto ele falava. — Eu estou lutando contra o poder dele.

— E como está a batalha?

— Não muito bem para o meu lado. — O olhar de Daniel havia voltado a tristeza — O que eu faço, pai? — Então, o jovem sentiu a mão pesada, mas carinhosa, de seu pai sobre seu braço.

— Meu filho, meu querido filho. Levante essa cabeça. Agora vejo que sou uma ilusão, e que não devo ter muito tempo, por isso serei breve. Não desista, minha criança, não agora, esteja onde estiver.

— O que é isso? — A voz de Ilusionista ecoou sobre toda a cidade, mas Daniel não ligou para aquela interrupção e continuou a ouvir seu pai.

— Mantenha sua luta pela justiça, pelo amor e, acima de tudo, lute por tudo aquilo que acreditar. Salve esse mundo assim como eu quis salvar o seu, minha criança... Ouça seu coração. Ele lhe dará as respostas. — A imagem de Alexander tremeu em frente de Daniel, e ele entendeu que a Ilusão estava se rompendo. Mesmo assim, Daniel carregava um sorriso bobo no rosto, pois havia visto seu herói, seu pai, o homem mais importante de sua vida. E agora ele havia lhe dado todas as respostas que ele precisava. Ele havia dado uma nova energia e coragem para, assim como ele, lutar por aquilo que ele acreditava.

Então, ao ver seu pai sorrindo de volta para ele, Daniel piscou, e Ludarius desapareceu, dando lugar a um salão enorme de madeira sem entradas e sem saída.

Há alguns metros de distância, Ilusionista olhava para o seu redor com uma expressão de extrema surpresa.

— O que foi isso? — Ilusionista ainda não entendia o que havia acontecido. Daniel havia escapado de sua ilusão, de sua obra-prima, mas aquilo era impossível para um ser humano como ele.

— Isso, Ilusionista. — Ainda falando, Daniel virou-se, ficando frente a frente com seu oponente — Foi a minha vitória. Eu destruí sua ilusão.

— Como? Como sabia que aquele era seu pai?

— Lobo me contou a história de como Alex havia o salvado neste dia. Acho que você não esperava que eu tivesse essa informação, não é? Não foi muito esperto de sua parte, assim como me desafiar também não foi. — Ilusionista respondia ao sorriso de Daniel com uma cara fechada de seriedade e repugnância. Aquele garoto havia vencido algo que Ilusionista havia criado em anos para proteger um tesouro. Era como se o próprio Ilusionista tivesse sido invadido. Mas ele não havia sido derrotado ainda.

— Ok então. Você me surpreendeu, mas não me pegou de surpresa. Eu ainda tenho uma última carta na manga.

Então, ao piscar de olhos de Ilusionista, o salão inteiro se transformou em outro totalmente diferente. O novo salão também era de madeira, mas era bem iluminado e coberto de ornamentos dourados e bronzeados, com cortinas de cetim nas janelas do mezanino. Haviam mesas que rodeavam o meio do salão, que ficava livre. Além das mesas e cadeiras, um piano estava encostado em um dos cantos da sala.

Daniel olhou para tudo aquilo e o que mais o assustou foram as pessoas. Todas usavam trajes de luxo, como se estivessem em uma grande ocasião, além de suas máscaras. Os homens usavam máscaras de nariz comprido, enquanto as mulheres, máscaras com os olhos e bocas cobertas. Quando Daniel olhou para cima e reconheceu o lustre luxuoso, deu uma leve risada.

— A viagem do Imperatriz. A última memória da Alma Pura.

O navio começou a balançar levemente, como se estivesse em alto mar, e rapidamente, no meio de todas aquelas pessoas paradas, uma jovem de dezesseis anos que usava uma máscara cobrindo toda a cabeça passou correndo pelo hall, segurando a mão de uma jovem com vestido amarelo e que não usava máscara, mas exibia olhos azuis como o mar.

— Você manteve a sua mente inteira, Daniel! Mas agora estou cansado de brincar com sua cabeça! - E dizendo isso, Ilusionista sacou sua espada de seu cinto — Vamos ver se consegue manter o seu corpo em um único pedaço. — E logo depois que Daniel desembainhou sua lâmina, o Ilusionista avançou rapidamente. As pessoas ao redor não se moviam, e o único barulho que se ouvia era um misto de ferro batendo em ferro e as palavras de Ilusionista para Daniel.

— Quem você pensa que é? Demoramos anos e anos para concluir essa operação, lutamos até mesmo com nossos próprios irmãos para defender nossa proposta! E você chega aqui e acredita que pode acabar com tudo isso? Nem mesmo seu próprio pai conseguiu isso!

— Exato! — Daniel respondeu, pressionando sua espada contra a de Ilusionista. — Ele deixou para que eu completasse o trabalho. — Ilusionista gritou de raiva contra o jovem, e a luta se tornou mais agressiva ainda. O membro da Sociedade não parava de atacar o jovem, e Daniel mantinha-se na defesa de forma perfeita, fazendo com que o seu inimigo cansasse de todos os ataques.

Então, em um movimento mal calculado, no qual Ilusionista acreditava poder desarmar Daniel, ele abriu sua guarda de forma rápida, mas longa o suficiente para que o jovem avançasse de forma arriscada e penetrasse o corpo de Ilusionista com sua espada. O homem soltou um grito e se apoiou sobre o ombro de Daniel. Ilusionista tinha sua cabeça preenchida de sensações e medos que nunca haviam surgido antes. Mas além de tudo isso, ao mesmo tempo, sentia um peso saindo de suas costas.

— Então... é assim.... é assim que nos sentimos quando a morte chega... — Daniel olhou para o rosto de Ilusionista e viu que, lentamente, os olhos verdes dele mudaram sua coloração para um azul intenso.

— Os seus olhos...

— Eu sei. — Ilusionista sorria — Mestre nunca gostou da cor deles. Fazia ele se lembrar da Operação quando não necessitava. O que eu posso fazer? Sou só um Ilusionista pagando meu pecado. — Ilusionista deitou no chão, respirando de forma trêmula enquanto Daniel se ajoelhava ao seu lado. Já havia derrotado seu inimigo, nada mais havia para ser feito com ele.

— Pecado? Que pecado que você diz ter cometido?

— O da esperança, Daniel. Você vê, eu sempre conheci Mestre das Almas e sei mais do que qualquer pessoa viva de que atrás de todas essas almas existe um jovem sensível, que somente queria fazer um mundo melhor. A minha esperança era de que tudo isso acabasse com a conquista da Alma Pura, que a Sociedade não se metesse mais em missões ofensivas, e que quando Mestre absorvesse a alma de Elizabeth, ela fizesse com que aquele jovem garoto voltasse a vida. Eu vivi, lutei, e agora morro pela esperança que tive de que um dia ele pudesse voltar a ser apenas um garoto. — Daniel se emocionou com as palavras daquele homem e sabia que não eram ilusões.

Ele estava partindo desta vida, mas o Ilusionista se apresentava totalmente sincero no fim dela. E quando o homem olhou para trás de Daniel, sorrindo, o jovem se virou e viu que, no lugar do salão onde estava uma escuridão enorme agora se via uma porta dupla, ornamentada.

— Atrás daquela porta está a cabine de comando do Imperatriz. Ali está a Alma Pura, Daniel. Agora, preste atenção em mim. — O jovem voltou a olhar para Ilusionista. — Existe uma ilusão maior que meu labirinto. O final da viagem do Imperatriz não foi em uma ilha, pois o navio foi afundado. Toda a terra que você viu lá fora é uma ilusão que construí e que vou manter até meu último suspiro. Não se preocupe com Renegada, ela é inteligente e virá atrás de você assim que perceber. Diga para ela que a chamei de inteligente... Minha garotinha inteligente... Lembre-se também, Daniel, de que o Imperatriz é uma embarcação que funciona de forma mágica. Ele ainda vive, você entende? — Daniel assentiu com a cabeça, colocando a mão sobre o ombro do seu antigo inimigo, que se mostrava agora nada mais do que somente mais uma peça do tabuleiro que fora controlada por Mestre das Almas. Só que nesse caso, Ilusionista não foi ludibriado, mas somente foi fiel a sua maior amizade.

— Eu sinto muito. — Daniel disse. Agora que via o verdadeiro rosto do membro da Sociedade, via claras diferenças entre o que era certo e o que era errado naquela situação. — Sinto muito por ter que passar por isso.

— Não se preocupe, Daniel. Você irá fazer a coisa certa, assim como seu pai fazia. Lembre-se das palavras dele. Vá e salve aqueles que você ama e protege... Salve a Alma Pura... Ficarei quieto e guardarei energias agora... Vá logo, Daniel...

Então, o jovem respirou fundo e levantou-se, guardando sua espada no cinto. Começou a caminhar em direção a alma de Elizabeth, e sentia todos os pelos de seu corpo se arrepiando com a energia que a alma de sua amada transmitia. Quando Daniel olhou por baixo da porta, viu que uma luz iluminava de forma intensa o outro cômodo.

O jovem encostou suas mãos na madeira da porta. Ela estava fria.

E com um impulso, Daniel adentrou na Cabine de Comando.

Pai e filho: Daniel e Alexander Stormheart na Batalha de Ludarius

CAPÍTULO 28

A ALMA PURA

Renegada olhava para a neblina do Mar Cinzento e percebeu, durante os minutos que ficou sozinha, que a neblina se aproximava mais do navio com o passar do tempo. Fazia mais de meia hora que Daniel havia entrado no Imperatriz, e somente alguns segundos após isso, Renegada perdeu de vista a energia do jovem, tendo que esperar pacientemente pela volta dele ou, no pior dos casos, pela chegada da Sociedade das Névoas até aquela ilha.

A Renegada começou a andar pela praia para se distrair, tentando lembrar da viagem daquele navio, dez anos atrás. Lembrava que o início da viagem havia sido empolgante, e a viagem ficava cada vez mais animada para os passageiros. Mas ela, Ilusionista de Mestre pisaram naquela madeira em Simariel e mantiveram sua concentração durante todo o percurso. Porém, algumas memórias de Renegada não se encaixavam entre o que havia ocorrido há dez anos atrás e a situação de agora. Mas suas confusões se aliviaram no momento em que Renegada arremessou uma pequena concha ao mar.

O pequeno objeto, em vez de fazer uma trajetória descendente comum, se comportou de forma totalmente fora do comum. A concha começou a planar lentamente sobre as ondas, mantendo uma linha ascendente e, somente depois de metros nesse caminho, caiu em linha reta sobre o mar. Renegada achou aquilo tremendamente bizarro. A natureza não se comportava daquela forma, uma concha não podia ser lançada e se comportar dessa forma. Aquilo parecia um erro em todo o ambiente. Uma falha na realidade. Renegada entendeu, então, que aquilo era uma ilusão, e ela finalmente compreendeu o que não se encaixava nas suas memórias.

O Imperatriz não havia atracado em uma praia. Ele havia afundado.

Então, afinal, o que aquele navio estava fazendo ali?

A Renegada olhou para as ondas que beijavam a costa da praia. Elas haviam aumentado, e se aproximavam cada vez mais do Imperatriz. Então, quando Renegada olhou para a embarcação, precisou recuar, pois imediatamente reconheceu a energia do Ilusionista vindo do Imperatriz. A mulher ficou confusa com o surgimento da força de forma tão inusitada, e se perguntou por que ela estava tão fraca. Teria Daniel encontrado e enfrentado o membro da Sociedade? Ela conseguia sentir a energia dele próxima a Ilusionista, então imaginava que o jovem havia vencido aquela batalha.

Mas quando a energia de Ilusionista diminuiu um pouco mais, Renegada notou mais coisas que estavam mascaradas pela ilusão de seu antigo companheiro. Primeiramente, ela percebeu que a água do Mar Cinzento batia na canela da jovem, e não havia mais areia seca ao redor do Imperatriz. Logo, as ondas iam invadir a embarcação. Já a segunda coisa que Renegada sentiu foi o descobrimento de uma energia extremamente intensa de dentro do Imperatriz. Ela estava bem próxima da energia de Daniel, e pelo que a mulher conhecia, aquela só poderia ser a energia distorcida e feroz de Mestre das Almas.

E tanto ele quanto o jovem Stormheart estavam próximos da Alma Pura. Mas entre enfrentar Ilusionista e Mestre, havia um abismo formado pela força que Daniel não possuía. Renegada precisava salvar seu amigo.

A jovem começou a correr para dentro das ruínas do Imperatriz.

Desde o momento que Daniel conheceu a história sobre a alma de Elizabeth ele sempre imaginava como seria a Alma Pura. Não tinha a mínima ideia do que ia achar ou como salvaria a alma. Muitas vezes pensava que poderia ser uma esfera de luz, mas outras vezes imaginava que seria algo impossível de ver, mas capaz de sentir ao seu redor. Porém, ao cruzar aquela porta, ele ficou surpreso com o que estava olhando.

No meio da cabine de comando parcialmente destruída havia um cristal. Ele possuía exatamente a altura de Elizabeth, e emanava uma luz intensa, mas que deixava o ambiente frio, que iluminava a madeira ao redor. Ele rodava em torno de seu próprio eixo, e não tocava nem no chão e nem no teto. Por mais que emanasse luz de uma forma misteriosa, o cristal era transparente e ainda era possível ver o outro lado da sala através dele.

Daniel se aproximou com cautela, atento a qualquer movimento inesperado ou ameaçador que aquela joia pudesse fazer contra ele. Mas, a cada passo que dava, a Alma Pura mantinha-se no seu constante movimento rotacional. Quando Daniel chegou bem próximo do cristal, conseguia se ver refletido em diversos ângulos, como se olhasse por dentro de um caleidoscópio, só que para si mesmo.

Aquela estrutura era brilhante e hipnotizante, de tão bela. Era possível ver cada reta, cada corte naquela alma, formado por alguma experiencia real. Aquela era a essência de Elizabeth, e era tão bela quanto a própria jovem. Daniel sentia sua mão formigando de vontade de tocar aquela alma, e sabia que a qualquer momento deveria fazer isso. Ele seria o responsável de entregar a alma de sua amada de volta a ela. Era por isso que ele e todos seus companheiros haviam embarcado naquela jornada. Então, em um gesto delicado e lento, Daniel encostou os dedos, e depois toda a palma da sua mão, sobre a Alma Pura.

O jovem fechou rapidamente os olhos, e quando os abriu, não enxergava mais as paredes do Imperatriz, e nem cristal algum, mas sim a vida de Elizabeth Olivier. As imagens viam em uma velocidade gigantesca, mas Daniel conseguia distinguir que ele estava observando tudo que aquela alma havia vivido, tanto pela visão de Elizabeth como pela visão real das coisas, fora da distorção de Ilusionista. Sentia cada emoção de sua amada: o espanto no nascimento, a curiosidade da infância, a gentileza de sua pré-adolescência e o medo no acidente do Imperatriz. Sentia cada arrepio, cada alegria, cada lagrima escorrida sobre o rosto e ficava maravilhado com a mistura de sensações que a Alma Pura lhe passava enquanto Daniel absorvia a mesma, para entregá-la a sua verdadeira dona. A alma sentia isso no coração de Daniel, e se entregava deliberadamente.

Então, subitamente, toda aquela maravilha desapareceu, e tudo se tornou escuridão.

Quando Daniel conseguiu distinguir que estava novamente no Imperatriz, o jovem percebeu que o cristal estava emitindo uma luz mais forte e feroz, sem contar que agora toda aquela energia estava emitindo um barulho que envolvia toda a cabine de comando. Daniel não entendia o que havia acontecido para que as memórias de Elizabeth parassem de aparecer em sua visão, mas quando o jovem olhou um pouco para o lado, entendeu o que havia interrompido seu vislumbre sobre a infância de sua amada.

Daniel olhou para a lateral do cristal, viu que uma mão enluvada também tocava a Alma Pura. Quando o jovem continuou o caminho pelo braço daquele homem, viu que o portador daquele manto cinzento era Mestre das Almas.

— Largue a alma, Daniel! Tire sua mão dela!

— Não! — Daniel gritou de volta para Mestres. — Essa alma não é sua e eu vou levá-la para Elizabeth!

— Seu idiota! Eu cuidei dessa alma mais do que ela em uma vida inteira! Não ouse dizer que ela não me pertence!

— Você só pode estar louco! Você não tem direito de tirar a vida dela pelo seu bel prazer! — Então Daniel encostou sua outra mão sobre o cristal da Alma Pura, e como resposta, Mestre das Almas fez o mesmo. A alma emitiu mais luz e mais barulho naquela sala, mas a superfície da joia se mantinha fria. Então, depois de aumentar ao máximo aquela luz e o som, a joia quebrou, explodindo e desaparecendo ao mesmo tempo, lançando cada um de seus conquistadores em uma direção diferente da cabine de comando. Daniel caiu de costas no chão e bateu a cabeça na madeira, mas não desmaiou. Em vez disso, olhou para seu corpo, sentindo uma energia intensa e vibrante. Suas mãos e pés estavam formigando como nunca.

Quando Daniel levantou a cabeça, viu que o cristal da Alma Pura havia desaparecido e Mestre das Almas se levantava no outro lado da cabine. E quando o jovem olhou para a porta dupla da cabine de comando, ele viu uma pessoa de manto cinzento entrando na sala.

Renegada entrou na cabine de comando ofegante. Havia corrido o máximo que podia para chegar até a Alma Pura, seguindo a orientação da alma de Mestre e Daniel. Antes de entrar na sala, ajoelhou-se no lado de Ilusionista e ouviu tudo que ele tinha que falar para ela. Então, quando soube que Daniel e seu antigo professor estariam cara a cara, Renegada se apressou pela porta dupla.

Mestre das Almas olhou para a jovem quando ela entrou, e logo os pelos da nuca de Renegada se arrepiaram. Lentamente ela viu que o homem erguia sua mão, com uma expressão de fúria. Ela sabia que ele estava prestes a enforcá-la. Provavelmente ele não teria pena desta vez e logo destruiria o pescoço de sua aprendiz, então o medo se apossou de seu corpo.

Olhou até o momento que ele ergueu completamente seu braço e então fechou os olhos, aguardando pela morte que viria. Mas ela não veio. Renegada não sentiu nenhum aperto sobre parte alguma de seu corpo. Estranhando isso, abriu os olhos e constatou que o próprio Mestre das Almas estava surpreso por não conseguir atacar a jovem desprotegida.

Nenhum dos dois entendia o que estava acontecendo, mas Renegada começou a prestar atenção nas energias que rodeavam a cabine de comando e percebeu que havia uma energia fortíssima naquela local, mais forte que ela e tão potente quanto a de seu próprio mestre.

E a jovem percebeu de onde surgia aquela energia ao olhar para o lado e ver que, mesmo deitado, Daniel esticava o braço dele em direção ao seu antigo líder. Ele tinha o poder da Alma Pura. E estava usando para enfrentar a força de Mestre das Almas.

Daniel se levantou e encarou o olhar de completa fúria de seu inimigo.

— É incrível e eu devo admitir que é admirável o que somente metade da Alma Pura pode enfrentar. — Era isso, então. Daniel havia absorvido metade da alma de Elizabeth e embora Mestre tivesse absorvido a outra parte, o jovem já era forte o suficiente para interromper a força daquele homem que estava em sua frente, de mãos unidas. Daniel reparou em cada movimento que ele fez, e lembrou de Excelsor quando viu uma bola de fogo se formando e crescendo entre as mãos de Mestre das Almas. O inimigo deixou a esfera se expandir até o momento no qual, com um grito, ele lançou o globo flamejante em direção a Daniel.

O jovem já havia visto aquilo antes, no Palácio de Marfim, e torcia para que a energia de meia Alma Pura fosse o suficiente para o que estava prestes a fazer. Daniel posicionou sua perna direita um pouco mais a frente, juntando suas mãos enquanto olhava firmemente para esfera de fogo e se concentrava no que esperava realizar. Então, juntando sua perna esquerda com a da frente, o jovem desceu as duas mãos para os lados, firmando sua postura. E a bola de fogo, em vez de acertar Daniel, dividiu-se em duas, indo cada parte do fogo para um dos lados do jovem. Renegada sorriu quando viu Daniel realizar o mesmo que ela havia feito no palácio, em sua batalha contra os gêmeos.

Entretanto, Mestre, diferente daqueles dois, havia ficado mais furioso ainda. Queria sugar tanto a alma de Daniel quanto a de Elizabeth e Renegada naquele instante, matando aqueles três e acabando com os seus maiores inimigos, pondo um fim a garota da Alma Pura, sua rebelde aprendiz e ao filho do homem que havia derrotado Mestre em quase tudo, somente perdendo na morte. Mas quando ele se preparava para desembainhar sua espada, parou o movimento.

— Desista, Mestre! — Disse Renegada, preparando-se para combater seu professor. — Não vai conseguir enfrentar dois de nós sem perder algumas almas ou sem ficar preso como os espectros fizeram com você.

— Seus queridos guerreiros estão mortos de uma vez por todas, Renegada. Não restou mais nada para eles se segurarem em nosso plano. — Mestre das Almas não pôde deixar de dar um sorriso malvado quando falou isso. — Mas você tem razão, eu não ficaria aqui sem perder algumas almas. Só que eu não preciso ficar aqui. Vocês já aceitaram a morte de vocês quando pisaram na ilusão do Imperatriz.

Então, lentamente, Daniel e Renegada puderam perceber que Mestre das Almas começava a se desintegrar em diversos cristais pequenos e triangulares, ainda com um sorriso sádico no rosto.

— Esperem, o que é isso acontecendo aqui? Seria a energia de Ilusionista finalmente chegando ao fim? Bem, acho que sua obra vai ao tumulo com ele. Boa sorte para vocês. Vão precisar de um milagre para sair daqui com vida. E no momento que Mestre das Almas desapareceu pelo ar como vários cristais, deixando Daniel confuso, Renegada virou-se e não teve tempo de avisar ao jovem de que milhares de litros de água entravam dentro da cabine de comando enquanto a ilusão do Imperatriz desaparecia, dando lugar ao Mar Cinzento que cercava e preenchia o navio afundado.

Renegada foi arrastada pela força do mar até a parede oposta da cabine de comando, e se segurou em uma luminária lateral para não ser levada novamente. Com muito esforço, Daniel alcançou a companheira. O som da água adentrando a cabine de comando era absurdamente alto, e o jovem precisou gritar.

— O que vamos fazer? Não temos como nadar até sair do Mar Cinzento, Renegada!

— Nós não precisamos, Daniel! Não vamos ter que nadar para lugar nenhum!

— O que? — Daniel não entendia o que a jovem estava falando. Parecia que Renegada estava aceitando morrer no fundo do Mar Cinzento, como teria acontecido anos atrás se não fosse pelo sacrifício de Alexander Stormheart — Do que você está falando?

Então Renegada entendeu que contaria para Daniel o segredo do Imperatriz, que tanto ela, Ilusionista e somente os amigos de Alexander sabiam... E que irritaria tanto Mestre das Almas que ele ia queimar céus e terras.

— Daniel, tanto eu quanto Ilusionista falamos para você que o Imperatriz é mágico! Ele não é só um navio comum, ele é uma criatura viva, que se alimenta de energia! Ele está dormindo a dez anos, e como uma tranca, a única coisa que pode ativá-lo novamente é uma chave! E você tem a chave, Daniel! Você pode acordar o Imperatriz!

— Mas qual é essa chave?

— O que você acha, Daniel? Seu pai ia deixar o Imperatriz para você e ele te deu uma chave extra até! O seu amuleto, Daniel! O seu amuleto é a chave para acordar esse navio! — Daniel arregalou os olhos e pegou o amuleto em forma de engrenagem. Ele era levemente pesado, e não parecia uma chave, mas Renegada apontou uma parte da cabine de comando que se assemelhava a uma mesa de operações, com várias placas e ornamentos.

Enfrentando a água, Daniel foi em direção a mesa até que o Mar Cinzento chegou a altura de seu peito, dificultando a pressa que o jovem estava de chegar naquela superfície. Se Renegada estivesse certo, eles estariam salvos e Daniel poderia levar a sua parte da Alma Pura para Elizabeth. Ele poderia salvá-la, e finalmente poderiam viver juntos novamente.

Quando chegou a mesa, o jovem precisou prender sua respiração, pois a cabine de comando estava totalmente imersa em água. Ao abrir os olhos, Daniel olhou para a mesa e encontrou um encaixe que tinha o mesmo formato do amuleto que seu pai havia deixado com ele, anos atrás. O jovem tirou o colar do pescoço, nadou até a mesa e encaixou a peça na saliência.

Imediatamente, diversos feixes de luz esmeralda começaram a correr pelas placas da mesa e pelas paredes da cabine de comando. Aquela energia vibrante começou a correr pelos cômodos e salões da maior embarcação já construída na história. Passou por buracos e rachaduras, consertando os mesmos quase que imediatamente. Restaurou velas, remos e pinturas estragadas pelo horripilante Mar Cinzento de Mestre das Almas, que não havia sido forte o suficiente para matar aquela estrutura viva. Daniel olhou para a madeira e rapidamente ela se tornou quase que transparente, como um vidro verde. E naquela superfície artificial, a imagem de Alexander Stormheart e de toda a tripulação original do Imperatriz surgiu sobre sua frente.

Após isso, um novo quadro se formou, e uma frase surgiu sozinha e rapidamente, de forma mágica. Ela trazia palavras simples, mas que para Daniel seriam as nove palavras mais importantes daquela aventura. Era uma mensagem deixada por seu pai, pelo capitão do Imperatriz, que seria transmitida somente para o seu filho, que carregava a chave reserva para despertar aquela embarcação. No quadro verde, estava escrita a seguinte frase:

"Eu te amo para todo sempre, meu querido Daniel"

No lado de fora do navio, todo o disfarce de Ilusionista havia deixado o Imperatriz desaparecia. E no meio do Mar Cinzento, a embarcação se erguia das profundezas, para abandonar seu sono de dez anos.

A Alma Pura

CAPÍTULO 29

A BATALHA DO MAR CINZENTO

O deque do Luzes da Aurora estava deserto. Não havia nenhum homem ou fúria sobre aquele chão, a não ser os que haviam perdido suas vidas durante a batalha que se seguiu. Dentro do navio, os marinheiros estavam sentados com suas cabeças baixas, escondidos de seus assassinos, esperando o delírio ou a morte tomarem conta deles.

Lobo, Lycan e Salazar estavam sentados mais próximos da porta que dava para a área aberta do Luzes. O jovem sentia um terrível medo ao perceber que sua vida curta estava chegando a um fim tão imediato e impensável. Pensava em todos os lugares que queria visitar, todas as cidades que desejava conhecer, mas que agora nunca seriam vistas pelo jovem.

Já Lycan e Lobo se sentiam derrotados e decepcionados com eles mesmos. Olhavam para todos os marujos e pensavam em todas as vidas que haviam levado a morte. Mas sabiam que no final das contas toda a culpa daquelas mortes seria do criador daquele mar cinzento, do idealizador de toda aquela ideia sádica. E pela chance de Renegada e Daniel de derrotar seu inimigo fugindo daquela batalha, Lobo e Lycan pediram para todos os seres supremos de que Mestre das Almas fosse derrotado. Mas todos permaneceram em silêncio, esperando a nova investida das fúrias contra o Luzes, quando entrariam no interior do navio e dariam um fim a história da tripulação da embarcação. Ao pensar nisso, Salazar abaixou a cabeça, triste, esperando ouvir o som da madeira sendo quebrada.

Contudo, quando percebeu, o jovem ouviu um som totalmente diferente disso ao longe.

— O que foi isso? — Lobo virou-se para Salazar, perguntando sobre o que ele estava se referindo, e o jovem ficou em silêncio até ouvir novamente o som. — Isso! Você não está escutando? Preste atenção!

— Shiu! Quer atrair as Fúrias? — Lobo precisou dar a bronca sussurrando, mas logo depois se levantou e começou a prestar atenção no som que surgia ao fundo e crescia cada vez mais, de forma constante — É um som grave... Longo... Como uma corneta...

— É... um navio? — Perguntou Salazar

— É impossível que seja um navio, Salazar. Não há nenhum navio que possa estar no Mar Cinzento agora.

— Você está errado, meu capitão. — Lycan cortou Lobo, levantando-se e encarando o seu líder — Existe um outro navio dentro desse mar. Existe o navio que viemos atrás.

— Mas... Ele foi destruído, está em ruínas!

— Não, Lobo! — Mais uma vez o som ecoou sobre o Luzes da Aurora, agora mais perto. — Sabemos somente que o Imperatriz desapareceu. Não podemos dizer o que se esconde nessa neblina. Eu não conheço mais nada que faça esse som além de uma trombeta de navio, e você também. E só temos um jeito de descobrir o que está lá fora: atravessando a porta. — Lobo estava com medo de sair da segurança do Luzes e enfrentar o que estava atrás daquela passagem, mas as palavras de seu vice comandante, como sempre, fizeram-lhe mais corajoso. Quando Lobo atravessou a porta para o exterior do Luzes da Aurora, ele jamais esteve pronto para ver o que aparecia a sua frente.

Mais distante de Lobo, Lycan, Salazar e de toda a tripulação do Luzes da Aurora, Lazarus havia se isolado em um dos grandes salões dos Portões do Mar Cinzento. Estava sentado com as pernas cruzadas sobre as ruínas da cabeça de um dos grifos encantados de Mestre, que haviam sido derrotados por seus inimigos.

Os outros sete novos membros da Sociedade descansavam fora do salão, esperando que Ilusionista ou Mestre das Almas voltassem para contar como ambos haviam impedido que Daniel e Renegada roubassem a Alma Pura deles. Enquanto isso, Lazarus se concentrava em recuperava todos os fragmentos de Mestre das Almas, que fugia do Imperatriz. Não era fácil transportar alguém em forma de cristais, mas Lazarus teve um treinamento bem intensivo para que não falhasse nesses momentos. Estava com o corpo de Mestre das Almas sobre sua mente, e não podia deixar seu líder ser levado pelo vento.

Pouco a pouco, Mestre começou a se formar no salão através de diversos cristais que vinham da entrada do recinto. Os pés se formaram primeiro, e conforme Mestre voltava a seu estado natural, Lazarus podia aliviar um pouco mais sua concentração e força. Por fim, quando Lazarus completou a restauração do corpo de seu mestre, ficou assustado pelo fato dele exibir uma expressão de extrema fúria em seu rosto.

— Tem algo errado? — Lazarus levantou-se rapidamente e começou a seguir Mestre, que andava de forma rápida para fora do salão.

Ao sair, continuou o percurso pela muralha protetora do Mar Cinzento, seguido de seus jovens seguidores. Sentia uma raiva que era produto de tantas coisas ao mesmo tempo! Seu fiel companheiro estava morto, e agora ele era o único membro da antiga Sociedade das Névoas, o portador de toda a história gloriosa daquele grupo. Estava furioso por não ter conquistado toda Alma Pura, somente absorvendo metade dela, e perdendo a outra parte para Daniel Stormheart, tão arrogante quanto o próprio pai.

Mas o que estava deixando-o mais irritado era o que havia sentido enquanto voltava para os Portões. Mestre andou até a metade do caminho entre os dois salões e virou-se, olhando para dentro do Mar Cinzento. Conseguia sentir a energia de Daniel e de Renegada. Eles não morriam afogados, estavam a salvo. E a terceira energia que sentia, mais forte do que as duas anteriores, comprovava a hipótese de como os seus inimigos haviam se salvado.

— Lazarus, Mikail — Lazarus e outro rapaz da mesma altura dele e que tinha longos cabelos brancos foram ao lado de Mestre — Preparem-se.

— Por que? O que aconteceu? — Lazarus enchia Mestre de perguntas, com medo de que o seu líder estivesse. Mestre das Almas respirou fundo e ergueu sua postura, virando-se para os dois jovens e dizendo:

— Daniel Stormheart conseguiu reativar o Imperatriz com alguma espécie de amuleto especial. Eu não tinha ideia de como ele podia fazer isso, mas ele fez e, além disso absorveu metade da Alma Pura. Agora eles estão salvando a tripulação do navio que veio até aqui, e se dirigindo para esse

Portão. Mas eu não vou deixar a Alma Pura, Daniel, Renegada ou o Imperatriz saírem vivos daqui. Vão, e afundem aquele navio pela segunda e última vez — Mestre virou as costas, mas antes de seus jovens partirem para a batalha, ele se virou mais uma vez — E eu quase esqueci... Não precisam voltar para cá se falharem.

Mikail e Lazarus concordaram silenciosamente, mas por dentro estavam tremendo de preocupação em vencer aquela batalha. Os dois jovens subiram na amurada da muralha, e enquanto Lazarus começava a se dissolver em cristais que voavam em direção ao Imperatriz, Mikail pegou um forte impulso e pulou, estendendo e apontando o corpo para mergulhar no meio das ondas revoltadas do Mar Cinzento.

Lobo não acreditava no que seus olhos enxergavam e no que sua mão tocava. Aquela madeira havia sido para sempre esquecida pelos homens da nova era. Aquele navio jamais conseguiria sair de seu túmulo. E agora, o capitão via que, assim que o Luzes da Aurora fazia sua última viagem, o Imperatriz estava realizando a primeira de sua nova vida.

— Como é possível? Eu não consigo acreditar no que estou vendo

Lobo falava para Daniel, que estava sorrindo ao lado dele e não ligava para que o amigo não o olhasse, hipnotizado pelo interior do casco marrom e verde escuro do Imperatriz.

— O Imperatriz é um navio mágico, Lobo, isso era o que o meu pai sempre falava para as pessoas próximas dele, segundo Renegada. Ele entendia como a energia dos nossos corpos funciona sobre o nosso mundo, então implantou isso no projeto do Imperatriz. Ele criou uma espécie de chave de ativação para o navio e me deixou uma extra, para quando eu chegasse aqui. Agora, como ele sabia sobre isso, nem mesmo Renegada consegue compreender.

— Mas e agora, Daniel? — Pela primeira vez na conversa Lobo virou-se para olhar o rosto do jovem colega — O que vamos fazer? Já temos a Alma Pura, ou pelo menos metade dela, como você falou, e um navio. Vamos levar a alma de volta para Elizabeth?

— Sim, Lobo, mas não vai ser nada fácil.

— Como assim? — Os jovens estavam sozinhos, mas mesmo assim Daniel se aproximou do parceiro.

— Lobo, eu posso senti-los agora.

— A Sociedade, você quer dizer?

— Sim. Antes eu não conseguia, mas no momento que absorvi a alma de Elizabeth, pude sentir a energia de todos ao redor. E a deles é realmente grande, Lobo. Mestre não vai deixar o Imperatriz sair daqui conosco. Eles estão aqui.

— E estão vindo para cá. — Renegada virou à direita, entrando no mesmo corredor que Daniel e Lobo estavam. Quando Renegada se aproximou dos dois, Daniel arrepiou quando sentiu a energia de sua amiga. Agora não era somente sua aparência que o assustava, mas a força dela, que era gigantesca em comparação com a de Lobo — Vamos precisar lutar contra eles.

— Mas como? — Perguntou Lobo — Meus homens estão cansados da batalha contra as Fúrias, não podemos enfrentar toda a Sociedade logo depois!

— Não será toda a Sociedade. — Disse Daniel, surpreendendo tanto Lobo quanto Renegada — Ele está mandando somente dois jovens.

— Como você sabe disso? Daniel, nem eu mesmo consigo distinguir tão claramente... É claro. O poder da Alma Pura, ela que faz você senti-los. — Renegada estava surpresa com aquilo. Metade daquela Alma Pura já era suficiente para que Daniel tivesse uma energia maior do que a qual ela produziu durante toda sua vida. Porem a outra metade daquela alma estava com Mestre das Almas, que deveria estar mais forte do que nunca.

Mas não importasse o quanto ele ficasse poderoso, Mestre sempre cometia o mesmo erro, a mesma arrogância superior em rebaixar seus inimigos e somente enviar suas forças mínimas, para a sorte de seus oponentes.

— Vamos subir, então — Renegada comandou os outros dois jovens, que começaram a segui-la — Precisamos preparar os homens para mais uma batalha.

Não seria fácil para Lobo e Daniel comandarem os homens nessa nova defesa, mas logo os dois jovens subiram ao convés e convocaram todos para perto, para ouvirem seu novo discurso. Todos seguiram em direção a parte traseira da enorme embarcação, com exceção de Renegada, que caminhou em direção a proa.

— Onde vocês estão? Vamos lá, apareçam... — A voz dos jovens começou a ficar abafada pelo som do mar bravio, mas ainda era possível ouvir os gritos de coragem dos piratas. Enquanto andava, a mulher percebeu que a névoa do Mar Cinzento se afastava do Imperatriz, como se tivesse medo da embarcação. Ou ela somente poderia estar se preparando para a batalha que estava a seguir.

Renegada andou até a proa do navio, se apoiando sobre a amurada e forçando sua vista até a região coberta pela névoa. Foi então que, pega de surpresa, Renegada viu um jovem vestido de cinza elevando-se das águas, suportado por um pilar de água que erguia o jovem em direção as nuvens negras do céu. As chamas da jovem não alcançariam o pilar de água e nem o jovem, que agora adentrava as nuvens. Então, após um trovão que ecoou sobre todo o céu do Mar Cinzento, Renegada sentiu os primeiros pingos de gotas caírem sobre seu manto.

A mulher não compreendia qual era poder ou até mesmo a estratégia inserida naquela chuva, mas mesmo assim fechou os olhos para sentir a energia que estava ao seu redor. Conseguia claramente sentir as duas partes da Alma Pura, uma em Daniel e outra bem mais a frente no mar. Além disso, haviam as energias dos homens naquele navio e a sua própria.

Mas o poder que vinha das nuvens, do lugar onde o jovem havia entrado nelas, gritava fortemente pela atenção de Renegada. A energia dele se encontrava dispersa sobre o céu, como se estivesse canalizando-a através das massas de ar.

Mas, mesmo distraída, Renegada sentia mais uma energia que estava naquele cenário. Era uma energia mais instável, como algo que estivesse mudando de forma a todo o momento. Ela se movia rapidamente e era difícil detectar qualquer característica daquela força, ainda mais com o jovem nas nuvens distraindo sua concentração.

Então, quando Renegada finalmente pode se livrar da irritante energia que vinha dos céus, conseguiu localizar a outra energia que perambulava o Imperatriz. Seguiu o rastro daquela força até ver que ela se tornava estável, mais característica de um ser humano. E conseguiu detectar que aquela energia descia dos céus rapidamente em sua direção.

A jovem pulou para o lado antes que outro garoto de cinza descesse seu corpo sobre o Imperatriz, cravando uma espada de aço na madeira do chão do navio. Após se estabilizar, Renegada colocou seu peso sobre a perna esquerda e lançou a perna direita em direção ao rosto do jovem, mas quando seu pé estava próximo de acertar o oponente, o corpo do jovem rapidamente se transformou em diversos cristais, como o corpo de Mestre das Almas havia feito logo após absorver a alma de Elizabeth.

Os cristais começaram novamente a flutuar em torno do corpo de Renegada, e seguindo os seus sentidos de energia, a mulher conseguiu se virar a tempo de defender com o braço esquerdo o chute que o jovem mirava na cabeça dela. Virando rapidamente a mão, Renegada segurou firme o calcanhar do jovem, e usando a outra mão como alavanca na panturrilha do seu inimigo, a mulher lançou o corpo do jovem para longe e viu o corpo dele rolar sobre o chão de madeira até o momento que ele se levantou, olhando com uma expressão desafiadora para Renegada.

— Então você é a rebelde de Mestre das Almas?

— E qual dos novos brinquedinhos dele você é? — O jovem ficou irritado com aquele comentário, e ergueu sua postura. Rapidamente ele olhou para o aglomerado de marujos próximos ao convés do Imperatriz. Quando voltou a olhar para Renegada, o jovem tinha um sorriso malicioso no rosto, muito similar ao de Mestre das Almas

— Eu sou Lazarus, Renegada, e não acho que você vai ousar me chamar de brinquedinho mais uma vez.

Mas antes que Renegada tivesse uma nova chance, o corpo de Lazarus se desmontou em cristais que se assemelhavam muito com a chuva que caia cada vez mais forte sobre o Mar Cinzento. Ela não conseguia vê-lo fisicamente, mas conseguia sentir o fluxo de energia que Lazarus emitia enquanto flutuava em sua forma transmorfa. E Renegada sentiu um arrepio em sua nuca quando percebeu que aquele fluxo de energia estava seguindo diretamente para o grupo de marujos. Lazarus estava indo assassinar aqueles homens, e Daniel, que possuía a Alma Pura, estava entre eles.

A mulher começou a correr em direção a popa do navio, mas sentia a energia de Lazarus avançando mais rápido do que ela. Não conseguiria alcançar Daniel ou Lobo a tempo, eles precisavam se defender, mas não havia como fazer isso. A chuva camuflava os cristais e Lazarus se tornava invisível. Mas Renegada entendeu como ele poderia ser descoberto. De fato, Lazarus continuava invisível, porém sua energia era aparente para todos, e perceber as energias ao seu redor era natural para qualquer pessoa que tivesse treinamento ou uma força ampliada. Dessa forma, Daniel — que agora tinha o poder da Alma Pura — podia facilmente detectar seu inimigo se aproximando.

— Daniel! Daniel, se abaixe!

Renegada continuou correndo e gritando para o jovem, porem a chuva e o grito dos marujos faziam com que Daniel não conseguisse entender o que a jovem falava. Porem algo estava incomodando Daniel, como uma irritação por trás da orelha, como se algo não estivesse correto lá. Sentia que algo estava acontecendo, mas que ele não conseguia perceber.

Enquanto Lobo gritava, Daniel abaixou a cabeça e olhou calmamente para cada um dos piratas. Conseguia sentir a energia de cada um daqueles homens, principalmente a de Salazar, que olhava para ele sorrindo. Sentia a energia mais agressiva e intensa de Lobo, e quando olhava para os olhos dele, enxergava o pequeno garoto que havia sido salvo pelo seu pai. Mas Daniel sentia uma energia a mais naquele lugar, e sentiu ela exatamente sobre os marujos. Percebeu como ela crescia a cada instante, e no momento que ele conseguiu notar que aquela energia vinha de um homem, o jovem se lançou para baixo, puxando Lobo junto com ele em meio a resmungos.

Quando Daniel olhou para ver o que havia passado por cima deles, viu um jovem de manto cinza se levantando e sacando uma espada. Daniel começou a se levantar, e no momento que ergueu sua postura contra o seu inimigo, o jovem vestido de manto parou, com uma expressão de surpresa sobre o rosto.

— Essa energia... É a Alma Pura, não é? Você que dividiu ela com Mestre...

— E pretendo continuar com ela! Não se aproxime! — Daniel preparou sua postura e abriu suas mãos o máximo que pode, com as palmas viradas para seu inimigo.

Lazarus aceitou o desafio, e após dar dois passos, pulou e se transformou em cristais que voaram em direção a Daniel. Mas quando essas pedras estavam próximas de acertar o jovem, Lazarus sentiu que estava sendo bloqueado por algo. E neste momento, de fato, Daniel estava criando um campo de força para impedir a passagem de seu oponente. Estava utilizando a mesma força que havia usado para impedir que Mestre controlasse Renegada no Imperatriz. E nesse momento Daniel ouviu, de forma bem baixa, mas clara, o som de uma voz familiar, porem distante.

— Daniel...

Aquilo desconcentrou o jovem, e sua barreira cedeu tempo suficiente para que Lazarus elevasse seus cristais, passando por cima do corpo do jovem e mergulhando no meio dos marujos. Como a chuva o disfarçou, o membro da sociedade se infiltrou entre os piratas, rapidamente materializando o seu corpo atrás de um homem, agarrando-o pelo pescoço e cravando sua lâmina nas costas do marinheiro, que berrou de dor. Quando os outros viraram para encontrar o assassino, não havia nada além de chuva.

Renegada, ainda correndo pelo Imperatriz, viu quando Lazarus começou a se materializar nas costas dos marinheiros, aniquilando os poucos sobreviventes daquela jornada. Apertou o passo para chegar até o grupo de homens que rodavam em busca de um inimigo escondido na chuva.

Enquanto isso, Daniel ajudou Lobo a se levantar e ambos começaram a tentativa de guiar os piratas atrás de seu oponente, mas Lazarus era rápido demais. Quando tentavam alertar um dos homens, Lazarus rapidamente cravava a lâmina e desaparecia novamente. Soldados começaram a cair sobre seus companheiros aniquilados, e Lazarus se divertia com aquele exercício.

Até o momento em que o membro da Sociedade cometeu um erro fatal desconhecido, pois ninguém daquele navio sabia que era possível o que aconteceu. Para aniquilar um homem que tropeçava sobre um cadáver, Lazarus se elevou até a altura do convés, e nesse momento, Daniel ergueu instintivamente sua mão e gritou de espanto quando viu que sua mão estava rodeada por uma chama de cor azul.

Porém, após o susto, rapidamente Daniel entendeu que aquela chama não lhe machucava. Era ele que criava aquele fogo exatamente como Renegada fazia. A mulher tinha parado de correr e olhava pasma para o companheiro. Então, olhando mais para frente, Daniel sentiu a energia de Lazarus bem em sua frente, se preparando para aniquilar outro marinheiro.

Então, inclinando o seu corpo para frente, Daniel lançou o seu braço na direção de Lazarus. Sua mão parou estendida enquanto o fogo azul cresceu e se tornou uma chama que envolveu toda a região onde Lazarus estava posicionado. Não houve nenhum grito, mas vários cristais começaram a queimar enquanto Lazarus se afastava do Imperatriz, se tornando, a cada segundo, uma nuvem morta de cinzas.

Todos os homens imediatamente começaram a comemorar, até mesmo Lobo e Renegada, pela vitória sobre aquele inimigo invisível, mas quando o capitão do Luzes da Aurora se virou para abraçar o amigo, viu que Daniel havia se afastado, e que agora ele estava ajoelhado com as duas mãos sobre os cabelos bagunçados.

Daniel estava sentindo sua cabeça inteira doendo, quase como se estivesse a ponto de explodir. A dor fazia o próprio jovem gritar, mas o que estava mais dolorido em todo seu ser não era seu crânio, pois momentos após lançar as chamas azuis sobre Lazarus, Daniel ouviu um grito de dor em sua cabeça, como se alguém estivesse levando uma facada. A voz que gritava, porém, não era grossa e irritante, mas era uma doce sofredora de um golpe que a pegava de surpresa.

Daniel conhecia aquela voz.

Era a voz de Elizabeth.

CAPÍTULO 30

TORMENTA

Não havia nenhum sinal de vida entre as ruinas de Ludarius e o resto do antigo Império Rebelde. Nenhum lobo gigante caminhava sobre aquelas regiões mortas pela guerra. O solo, amaldiçoado, não permitia que nenhuma planta se erguesse naquela região. Não haviam rios ou lagoas, e os pássaros desviavam seu caminho daquela região deserta. Mas entre essas ruínas, ocorreu algo milagroso para um local sem vida.

Houve um grito de uma jovem solitária e que sofria com uma enorme dor sobre seu peito. Ajoelhada, seus cabelos cinzas caiam sobre o rosto, e de seus olhos vazios caiam lagrimas frias. Ela estava cansada de sua jornada, sozinha e perdendo todos ao seu redor. Não havia sido fácil ver o homem que ela sempre considerou como um pai morrer aos seus pés, ainda mais fugir, deixando-o sozinho.

Não entendia nem porque deveria voltar para Ludarius. Tudo parecia perdido e sem esperança. Mas caso houvesse alguma, Elizabeth queria estar presente em Ludarius no momento que seu amado voltasse de sua jornada.

Primeiramente, ela somente acreditava nisso, mas após sentir aquela primeira pontada sobre seu peito, soube que, de fato, Daniel havia alcançado a sua alma e estava salvando-a. Mas outros apertos no peito surgiram, machucando cada vez mais a pobre jovem. Só tinha uma pequena suposição do que poderia estar acontecendo, e ela indicava que Daniel estaria sofrendo sérios problemas. Mas quando Elizabeth sentiu um fogo ardendo e queimando seu corpo por dentro, não aguentou e caiu no chão, ajoelhada e sem forças. Mas, nesse instante, a voz que Elizabeth ouviu dentro de sua cabeça foi o suficiente para que ela não perdesse todas as forças e desmaiasse naquele deserto.

— Elizabeth... É você?

— Daniel... Daniel, você está bem?

— Como eu estou te escutando? Onde você está?

— No limite das ruínas de Ludarius. Acho que estamos nos comunicando através da minha alma.

— Sim... Sim, ela tem me dado poderes como os de Renegada.

— E eu estou sentindo isso, Daniel. É minha alma, e está me ferindo quando você a usa.

— Me desculpe! Me desculpe, eu não quero te machucar... Eu te amo, Elizabeth

— Eu também! — As lagrimas de dores da jovem se tornaram lagrimas de emoção — Eu também lhe amo, Daniel! Por favor, venha pra mim, traga minha alma!

— Eu estou tentando, mas não está nada fácil. Renegada está apontando algo para mim... É um homem... Ele está caindo das nuvens... — Elizabeth não prestava mais tanta atenção nas palavras que Daniel falava de dentro de sua mente, mas sorria ao ouvir a voz de seu querido guerreiro.

— Daniel... Salve-me, por favor... — Elizabeth fechou os olhos e sentiu seus braços fraquejarem. Ainda sorrindo, a jovem desmaiou no meio do deserto de ruinas rebeldes.

— Elizabeth? Elizabeth, me responda! Elizabeth!

Renegada virou-se para Daniel, que parecia falar sozinho virado para o mar. Poucos daquela embarcação sabiam que ele estava conversando com a jovem que havia sido o início de todos aqueles eventos.

— Daniel, ela deve ter desmaiado. Mas pode ficar calmo, sabe muito bem que ela está viva. A alma dela te diz isso, não sente?

Renegada deu as costas para um Daniel que começava a perceber mais aquela novidade atribuída ao poder da Alma Pura. Andou em direção a proa do convés, olhando, junto com todos os outros marujos, o momento no qual aquele homem que finalmente havia saído das nuvens atingia as ondas do Mar Cinzento, mergulhando profundamente.

Houve um instante em silêncio no qual os membros da tripulação do Imperatriz se perguntavam sobre o que havia ocorrido. Alguns começaram a vasculhar as laterais do navio, para verificar que aquele homem não estava subindo na embarcação. Renegada percebeu que Lobo se aproximava dela naquele momento.

— Então, quantos ele ainda vai mandar para cima de nós?

— Quantos ele tiver — Renegada olhou para Lobo, através de sua máscara branca — Mestre não nos vai deixar sair daqui tão fácil, ainda mais levando metade da Alma Pura. Ele vai mandar todos que ele tiver, e depois virá pessoalmente tomar a alma de Elizabeth por completo.

— Isso não é nada agradável de se ouvir, Renegada! — Lobo se aproximou da jovem, falando mais baixo e mais rispidamente — Somente esse homem que se escondia na chuva conseguiu matar mais quinze dos meus piratas! Não temos noção de quantos ele pode enviar para cá e quais tipos de poderes eles tem, começando por esse homem que acabou de se lançar no mar...

— Lobo... — Renegada disse, tentando interromper a fala do jovem para que ele percebesse algo bem mais preocupante naquele momento. Porem o jovem continuou sua fala.

— O que será que vamos ter que nos preparar agora, hein? Tornados? Relâmpagos? Eu não sei, quem sabe até uma criatura dos mares antigos!

— Lobo! — Renegada pousou suas duas mãos sobre os ombros de Lobo, que parou de falar no mesmo momento e olhou para a máscara de Renegada — Por que estamos nos movendo se nossos remos estão parados e nossas velas abaixadas?

Lobo piscou algumas vezes e só então entendeu o que estava acontecendo ao seu redor. De fato, o Imperatriz estava se movimentando de forma lateral, porém sem nenhuma força trabalhando para que isso ocorresse. Os ventos não moveriam a embarcação sem as velas levantadas, e os remos não fariam o mesmo sem nenhum esforço daqueles homens. A única forma que o navio poderia se mover seria através das correntes marítimas, mas para se mover lateralmente e daquela forma, só poderia haver um motivo, que foi o mesmo pelo qual Lobo começou a correr em direção a proa do Imperatriz, seguido de Renegada e de Daniel, que havia visto a cara de espanto do capitão do Luzes.

ALMA PURA

Correram o mais rápido que podiam até chegarem a amurada da proa do Imperatriz, e quando chegaram lá, Lobo descobriu que suas suposições estavam corretas, e que sabia o motivo pelo qual o navio estava se movendo. Sua única declaração ao constatar isso se resumiu somente na frase:

— É isso. Acabou. Estamos mortos.

Renegada, Lobo e Daniel olhavam para a frente do Imperatriz, para o lugar onde Mikail, o membro da Sociedade das Nevoas, havia caído. E naquele ponto, um turbilhão se formava e puxava o Imperatriz para dentro da água pela segunda vez.

— Como assim, acabou? Vamos tentar tirar o Imperatriz daqui!

— Não dá, Renegada! — Lobo começou a se afastar da proa e correu em direção ao convés, tentando se equilibrar enquanto o navio inclinava em direção ao turbilhão — Não temos vento e nem força para isso! caímos em uma armadilha!

— Mas... — Renegada ainda estava no extremo da proa do navio, olhando para o turbilhão que aumentava a cada momento que se aproximavam — Não! Não é possível isso, tem que haver alguma coisa para que possamos nos salvar!

— Renegada, esse é o pior pesadelo de qualquer embarcação, ainda mais uma tão grande quanto o Imperatriz! A força dos mares é a mais forte do que a nossa!

— Não! Eu não vou aceitar isso! — Renegada gritou em direção ao centro do vórtice em que se encontravam cada vez mais dentro — Você! Seu maldito desgraçado, apareça aqui e lute comigo agora! — Renegada tirou as luvas de couro de suas mãos, jogando-as sobre o convés, e concentrou totalmente sua energia nas palmas, lançando chamas em diversos formatos e em direção ao local onde supostamente seu inimigo estaria. — Apareça, seu desgraçado, agora!

Enquanto Renegada continua revoltada contra seu inimigo inalcançável e Lobo se dirigia aos seus homens para ficarem juntos em seus últimos momentos, Daniel estava ajoelhado com os olhos fechados e respirando profundamente. Dentro de sua mente, o jovem buscava sua amada novamente.

— Elizabeth? Por favor, fale comigo... — Após alguns instantes, Daniel recebeu resposta da doce voz da jovem.

— Daniel... O que está acontecendo? Eu estou sentindo você triste...

— Elizabeth, eu... Me desculpe... Fomos pegos em uma armadilha, em um turbilhão que está nos engolindo e nem Renegada sabe como podemos escapar. Eu não vou te alcançar.

— Mas, Daniel... Eu não vou conseguir sem você. Você está com a minha alma, sem você eu vou...

— Eu sei. Me desculpe, eu não consegui... Eu... Eu queria... — Daniel não conseguiu completar a sua frase sem que as lágrimas viessem ao seu rosto.

— Daniel... Está tudo bem... Obrigado... Obrigado, meu amor, por tentar.

— Eu encontrei meu pai em um dos desafios que eu enfrentei para encontrar sua alma... Quero dizer, não era bem ele, era somente uma ilusão, mas eu consegui conhecê-lo...

— Mesmo? — Daniel pode ouvir a risada fraca e leve que Elizabeth levava com seu sorriso meigo — E o que achou dele?

— Ele... Era incrível. Em dois anos consegui descobrir muito sobre ele. Ele era um dos maiores guerreiros da época dele, e até mesmo enfrentou Mestre das Almas algumas vezes...

— E o que ele falou para você?

— Ele... Ele falou para eu lutar. Lutar por toda a justiça, amor, e por tudo que eu acreditar. Ele falou para eu salvar o mundo, assim como ele salvou pra mim...

— Daniel... Então é isso. Seu pai te deu todas as respostas...

Daniel estranhou aquela resposta da jovem. As palavras eram positivas, mas havia uma tristeza e um pesa sobre a voz de Elizabeth.

— O que? Como assim ele me deu todas as respostas?

— Ele te deu as respostas, Daniel. Existe uma forma de escaparem daí.

Renegada estava desesperada enquanto observava o Imperatriz se dirigir cada vez mais rápido para o centro daquele ciclone. Mais uma vez, após todo o esforço que haviam realizado, a jovem sentia que estava perdendo para

Mestre das Almas. Colocava as mãos sobre a cabeça e pensava em uma forma de impedir que seu oponente afundasse o navio novamente, mas ele estava muito distante, e talvez Renegada só alcançasse o corpo de seu oponente quando o Imperatriz já estivesse derrotado.

Mas então, Renegada sentiu uma mão sobre seu ombro, e quando virou seu corpo ficou surpresa ao constatar que Daniel trazia um sorriso no rosto.

— Nós descobrirmos como salvar o Imperatriz.

— O que? — Renegada quase não conseguia falar, de tão pega de surpresa que fora — Como assim descobriram? E como assim, nós?

— Nós, Renegada. — Daniel ainda sorrindo, colocou a mão sobre seu coração — Eu e Elizabeth.

— Então, qual é a sua resposta?

— Ela é mais clara do que qualquer outra! Afinal, Renegada, você já escapou daqui, não é? — A Renegada sorriu e riu de leve quando percebeu que Daniel e Elizabeth estavam atrasados em seu raciocínio.

— Eu já pensei nessa hipótese, Daniel. Poderíamos usar o poder da Alma Pura para escaparmos daqui ilesos, mas é perigoso demais. A teletransportação é perigoso para qualquer alma, pois vai contra limites da nossa natureza. Elizabeth poderia morrer no processo.

Renegada se virou e voltou a olhar o ciclone que engolia o Imperatriz quando ouviu a voz de Daniel:

— Nós sabemos... Nós sabemos desse risco, Renegada.

— E mesmo assim querem tentar? Daniel, não podem estar falando sério!

— Estamos sim, Renegada! Você mais do que todos deveria ver isso! Se esperarmos para cairmos aqui, Mestre das Almas vai encontrar o meu corpo e absorver a alma de Elizabeth. Podemos tentar escapar daqui através da energia dela, ou, se ela não conseguir isso, irá morrer e toda a alma dela vai se esvair, impedindo Mestre das Almas!

— Vocês não podem estar falando sério! Elizabeth não pode estar falando sério sobre se sacrificar para que possamos fugir! Eu não aceito isso!

— Renegada, você não está entendendo! Essa é a única forma de parar Mestre das Almas, é a forma de completarmos nossa missão!

— Eu não estou dando a mínima para nossa missão!

A chuva ficava cada vez mais forte enquanto o Imperatriz se aproximava do abismo do turbilhão

— Eu... Eu só... — Por trás da máscara, Renegada sentia as lágrimas correrem quentes sobre seu rosto frio — Só não quero perder minha família...

Daniel arqueou as sobrancelhas ao ouvir a companheira falar aquilo. Não esperava que Renegada estivesse preocupada com sentimento àquela altura, mas aquela confissão da jovem mostrava que, de fato, ela estava ali não para impedir Mestre das Almas, mas para salvar a garotinha com quem havia vivido durante oito anos inteiros.

Renegada se deixou ser abraçada por Daniel, e quando ele apertou o abraço, a mulher lançou seus braços aos ombros do companheiro, segurando-o firmemente, chorando sem que ninguém pudesse perceber. E quando Daniel, falou, Renegada conseguiu escutar, ao fundo, uma leve voz feminina

— Você não vai nos perder, Renegada. Estaremos sempre contigo.

Quando Daniel soltou o abraço de Renegada, sorriu para ela e a mulher, com uma expressão surpresa no rosto, acenou positivamente. Daniel virou-se e andou até a vela mais próxima dele, encostando sua mão sobre a madeira maciça e estendendo o outro braço para Renegada, que o segurou firme. Trabalhariam com todas as suas forças para escapar daquela armadilha. Daniel olhou novamente para a tora na qual sua mão estava apoiada e, concentrando-se mais do que nunca, pensou no lugar para onde aquele navio deveria ir.

Automaticamente o jovem começou a sentir um incômodo em diversas partes de seu corpo que começou a aumentar e incomodar cada vez mais. Renegada sentia o mesmo, pois ambos estavam passando por uma intensiva carga de energia que começava a se espalhar pelo Imperatriz, transmitindo o desejo de Daniel através de seus canais mágicos.

Mas mesmo sendo um navio mágico, Daniel e Renegada sentiam uma tremenda dor em todo seu corpo. Além disso, o jovem conseguia ouvir Elizabeth gemendo e soltando gritos de dor junto deles. Não parecia possível que conseguissem sair dali, por mais energia que usasse.

Nesse momento Renegada sentiu uma pressão estranha sobre sua mão livre, e quando olhou para ela, percebeu que outra mão a segurava. Continuando o caminho do fino braço, Renegada se deparou com o olhar corajoso e bravo de Salazar, que mal tinha ideia do que estava ocorrendo ali, mas que estava disposto a ajudar. Atrás dele, Lobo segurou a mão do adolescente, e Lycan segurou a mão de seu eterno capitão.

E todos no Imperatriz começaram a dar suas mãos e transmitir sua energia para junto da Alma Pura, que trabalhava em tirá-los de lá, A tensão se espalhou sobre todos os corpos, e bem próximo do momento no qual o Imperatriz cairia para dentro do abismo do turbilhão, Daniel fechou seus olhos e pensou mais forte do que nunca em seu lar.

Nos Portões, Mestre das Almas e seus discípulos assistiam felizes enquanto Mikail sugava o majestoso Imperatriz para seu segundo sono. Todos, incluindo Mestre das Almas, estavam bem confiantes de que aquele seria o momento final de principal frente de batalha contra a Sociedade das Almas.

Mas de um momento para outro, Mestre das Almas sentiu uma força totalmente inesperada sobre o Imperatriz, que desvaneceu toda sua confiança. Sua cara de espanto e aflição foi percebida pelos seus discípulos que, distraídos, perguntavam para ele o que estava acontecendo.

— Não... não, não agora... — Era a única coisa que ele respondia.

Então, ignorando os gritos e sustos de seu mestre, os aprendizes somente sorriam pelo que viam ser um Imperatriz que estava prestes a ser engolido pelo fundo do Mar Cinzento. As ondas já pareciam cobrir o navio que se inclinava mais e mais para o epicentro daquele turbilhão produzido por Mikail.

Então, após um forte relâmpago, seguido de um grito de loucura de Mestre das Almas, o turbilhão iniciou seu processo para se fechar e tanto o mar quanto o céu começaram a voltar a sua tonalidade neutra e passiva.

A única coisa que continuava conturbada era a expressão de Mestre das Almas, que continuava a olhar fixamente para o ponto onde havia ocorrido a batalha. Estranhando aquele comportamento, um dos aprendizes da Sociedade das Almas se aproximou bem cautelosamente.

— Meu... Meu Mestre, parabéns! Nós... finalmente conseguimos! Destruímos nossos oponentes com nossa força! Nós conseguimos!... Não é mesmo? — Mas Mestre sabia a verdade. O Imperatriz havia escapado. Virando-se em direção aos salões dos Portões, Mestre se limitou a dizer:

— Não. Nós não conseguimos.

Capítulo 31 — Renascimento

Daniel abriu lentamente seus olhos e respirou um ar fresco enquanto sua vista se acostumava com a intensa luminosidade que invadia sua vista. Enquanto isso, deitada no chão, Elizabeth olhava para um céu azul com algumas nuvens brancas. Um sorriso estava em seu rosto, por mais que sentisse um cansaço extremo em seu corpo. Através da ligação que a metade de sua alma realizava entre ela e o jovem que ela amava, Elizabeth conseguiu transmitir seus pensamentos para Daniel, como se ambos conversassem lado a lado.

— Você.... Você chegou...

— Sim. Eu te prometi que iria voltar, não prometi?

— É verdade. Daniel, eu não sei como explicar como estou feliz em sentir você tão perto de mim.

— Não precisa.

— O que? Como assim?

— Não precisa me explicar como está se sentindo.

— Por que?

— Porque eu estou sentindo sua alma, Elizabeth... E o meu sentimento é idêntico.

A Renegada levantou-se lentamente, utilizando suas forças reservas para se manter de pé e em equilíbrio na embarcação que se encontrava livre do tormento do Mar Cinzento. Ao redor do Imperatriz, ondas de um mar de cor azul marinho refletiam um sol com poucas nuvens. A guerreira olhou para a embarcação onde se encontrava, constatando que os marujos estavam mais atônitos do que ela mesmo. Há poucos dias, nenhum deles acreditava na energia que ela controlava. Aquilo era demais para todos eles.

Mas dentre todos os marinheiros, Renegada percebeu que um deles estava parado na proa do navio, olhando para o horizonte. Renegada andou até o marujo e logo reconheceu o capitão do Luzes da Aurora, a mais nova ruina engolida pelo Mar Cinzento.

— Não parece tão surpreso quanto a sua tripulação, capitão.

— Acredite, estou tão incrédulo quanto qualquer um deles, senão mais — Lobo sorriu para a jovem, sem saber se a mesma o correspondia por baixo da máscara.

— Então por que parece tão tranquilo?

— Não lhe parece claro? Acabamos de escapar de um ciclone criado pela magia de um único homem! Acredite, sair de lá através de uma feitiçaria parece uma coisa bem menos assustadora do que o nosso destino se o plano não tivesse dado certo.

— Você está com toda a razão, capitão. — Renegada olhou para o jovem e viu que Lobo estava rindo enquanto olhava para o mar. Seu olhar tinha um quê de vazio. — Eu disse algo engraçado?

— Você me chamou de capitão durante duas vezes nessa conversa, Renegada. Que tipo de capitão eu sou sem um navio? O Imperatriz foi libertado, mas a moeda de troca foi o Luzes da Aurora.

— Entendo..., mas quem lhe disse que você não tem um navio?

— Do que você está falando, Renegada?

— De nada Lobo, só estou pensando alto. Claro, creio que terei que conversar com Daniel por esse navio ser dele por herança, mas... creio que estamos devendo um favor para aquele que salvou nossas vidas.

— Renegada, não fale besteiras! Você e Daniel que nos tiraram do Mar Cinzento!

— Quais besteiras? Nós tiramos o Imperatriz das mãos de Mestre das Almas, mas nada disso teria ocorrido se você não tivesse nos salvado antes e tivesse, junto com seus marujos, nos auxiliado no resgate da Alma Pura. Lobo, confie em mim, Alexander ficaria orgulhoso se o navio dele fosse comandado por um jovem como você.

— Suas palavras são muito cativantes, mas não creio que Daniel estará de acordo com isso.

— Conheço Daniel há mais tempo que você, acredito que ele estará de acordo. Além do mais, ele não completou os estudos de navegação na Marinha.... Sem contar que, daqui a diante, as coisas não serão tão simples...

— Afinal, Mestre das Almas ainda tem metade da alma de Elizabeth, correto?

— Exato e dependendo do nível de insanidade dele, que não é baixo, Mestre vai considerar que está com forças o suficiente para atacar o Império, e conquistá-lo por completo.

— Isso quer dizer... que ele vai atrás de meu pai?

— Sim. E o Império jamais esteve tão frágil contra um ataque do tipo que o Mestre vai executar. Eles não possuem nenhum conhecimento ante energia como as pessoas possuíam nos tempos da guerra com os Rebeldes.

— Eles não. Mas nós já enfrentamos o Mestre e sua Sociedade.

Renegada virou-se para Lobo neste momento, vendo que o jovem havia mudado seu olhar para uma expressão de coragem e determinação.

— Lobo, Mestre tomará providências para que não seja fácil resistir a uma invasão...

— ..., e nós vamos ter certeza de estarmos prontos quando a tempestade alcançar o Império. Seremos a Resistência, Renegada.

— Fico muito feliz em poder contar com seu companheirismo, Lobo. Assim que acabarmos por aqui, farei questão de apoiá-los com as devidas estratégias para enfrentar o tipo de energia que a Sociedade das Névoas utilizada. Mas antes, precisamos chegar em Ludarius e devolver uma alma.

O Imperatriz navegou para além do Porto de Ludarius, atracando em uma praia deserta. Daniel pisou levemente sobre a areia branca da praia, pensando que jamais voltaria ao continente Rebelde.

Os marinheiros aliviaram-se um pouco da madeira do Imperatriz, e os tripulantes finalmente descansaram na areia após a batalha do Mar Cinzento. Renegada ficou próxima ao mar, olhando para o horizonte, enquanto Lobo, sendo um dos últimos a descer da embarcação, ficou ao lado do jovem companheiro de batalha.

— Acho que Renegada já lhe disse que estamos de acordo sobre você ser o capitão do Imperatriz — Disse Daniel, sem olhar para Lobo.

— Tem certeza disso, Daniel? Alexander deixou este navio para você

— Mas meu pai jamais teria como saber o que aconteceu com todos nós. Lobo, quando estava dentro do labirinto construído pelo Ilusionista, um dos momentos que enfrentei foi o momento no qual meu pai salvou a sua vida durante a Guerra Imperial. Você prometeu a ele que seria um bom homem, correto?

— Sim

— Então estou lhe dando essa oportunidade, em nome de Alexander Stormheart. O Imperatriz foi o símbolo do início de uma nova era, melhor do que a que os nossos pais viveram. Seja o comandante desse navio e faça essa nova era nascer.

Lobo sorriu com o discurso da Daniel, pois esse seria exatamente o objetivo que Lobo teria quando sua tripulação voltasse para Simariel. Como a Renegada havia dito, cabia a ele criar a Resistência contra o futuro ataque de

Mestre das Almas ao império. E o Imperatriz seria o símbolo daquela força.

— Creio que você e Renegada precisam encontrar Elizabeth, correto?

— Sim. Acho que os soldados que me perseguiram dois anos atrás a mando de Strauss não vão me reconhecer.

— É verdade. Encontrem Elizabeth então. Concluam nossa missão.

— Sim, claro que sim — Nesse momento, Daniel virou-se para o mar, e viu que Renegada estava se levantando e colocando a mão dentro de um dos bolsos do seu manto cinzento — Renegada, vamos! Eu consigo sentir Elizabeth cada vez mais perto! — Renegada simplesmente balançou sua cabeça positivamente e começou a andar em direção ao jovem. Com a mão dentro do bolso, apertava firmemente o presente que o mar havia entregado.

Ao andar pelas ruas de Ludarius, Daniel sentia a presença de Elizabeth cada vez mais próxima, ao mesmo tempo que olhava para as construções familiares das ruas estreitas da sua cidade natal.

— É incrível como as ruas e construções ficaram intactas durante dois anos, mesmo após o ataque descontrolado do Mestre das Almas que você me contou.

— Sim. É como se Ludarius fosse imortal durante o tempo que passou. Aquela hospedagem, na esquina, foi onde eu me hospedei há dez anos atrás, quando eu e Elizabeth escapamos do Imperatriz pela primeira vez.

Renegada continuou falando sobre suas memórias enquanto ambos caminhavam, mas após alguns momentos, percebeu que Daniel não estava mais ao seu lado, e logo detectou o motivo disso ao ver o jovem adiante.

Daniel estava parado de frente as ruínas de um incêndio. As telhas negras e pedras esfumadas se empilhavam de forma caótica sobre o chão chamuscado. Ele estava de frente as ruínas da casa na qual viveu durante dezesseis anos. Renegada se aproximou delicadamente dele, e percebeu que o jovem não ostentava tristeza, mas somente uma expressão mais vazia.

— Daniel... Você está bem?

— O último Stormheart, certo?

— Sim.

— E o único capaz de parar Mestre das Almas, segundo a profecia?

— Correto. De fato, os Stormheart são uma família bem antiga, que vem de eras antes da divisão do Império e dos Rebeldes. Algumas vezes são tratados com outros nomes, mas a sua família sempre foi decisiva na história.

— Mesmo?

— Sim. Seu pai foi um Leviatã. Seu tio salvou a sua vida para escapar de Ludarius, mesmo sacrificando a dele. As histórias de seu avô, bisavô e outros antepassados são repletas de conquistas e grandes marcas, mas como a magia, a Nova Era do Império tratou de apagar quaisquer resquícios de profecias, incluindo seus membros.

— Entendo... Obrigado Renegada. Eu peço perdão pelo que disse no Mar Cinzento e em nossa missão. Você não fez as escolhas erradas, mas fez as mais difíceis. Abandonar sua natureza por seus ideais, aceitar o sacrifício de colegas para o bem maior.... Eu não quero que desapareça da minha vida e de Elizabeth....

— Daniel...

— Pelo contrário, nós iremos precisar muito de sua ajuda enquanto Elizabeth se acostumar com a alma dela e....

— Daniel, vire-se.

Daniel estava preparando sua próxima frase quando foi interrompido por Renegada. Obedecendo a amiga, Daniel virou-se e sentiu, neste momento, uma pontada no seu coração.

No final da rua, Daniel podia ver uma silhueta fina, que caminhava em sua direção em um ritmo fatídico. Quando começou a se aproximar, Daniel percebeu que a pessoa possuía longos cabelos cinzas sobre os ombros.

— Não pode ser...

Mas como se fosse uma resposta para sua frase, Daniel ouviu de forma bem baixa:

— Daniel... Sou eu... — Daniel não pensou duas vezes e rapidamente começou a correr em direção a jovem que havia deixado há dois anos atrás, a jovem a qual havia prometido voltar para salvá-la.

Ao se aproximar de Elizabeth, que estava de braços abertos, Daniel diminuiu os passos e levou sua mão ao pescoço gelado da jovem. Colocando os dedos sobre a nuca, Elizabeth ficou arrepiada, e lançou o corpo sobre o de Daniel. O jovem rapidamente abraçou a jovem pela cintura e os lábios dos dois encontraram-se em um beijo que esperou dois anos para ser entregue. Um beijo longo e repleto de amor.

Quando Daniel abriu os olhos, viu que o cabelo de Elizabeth era castanho e que seus olhos novamente eram azuis como o mar.

CAPÍTULO 32

SETE DEMÔNIOS

Longe das praias de Ludarius, alguns jovens com fortes energias correndo sob suas peles encontravam-se desolados nos Portões do Mar Cinzento. Mesmo tão poderosos, haviam falhado na missão para a qual treinaram tanto. Seus inimigos haviam escapado, e um de seus mestres fora assassinado durante a batalha. O outro mestre dos jovens se encontrava dentro de um dos salões dos portões, sentado sobre um trono de pedras brancas.

Mestre das Almas estava quieto no escuro do salão. Estava tendo dificuldades em aceitar a situação presente. Seu plano havia falhado, e o resultado de toda a Operação Olivier se mostrava menor do que o esperado. Percebia a energia da Alma Pura correr pelo seu corpo, mas como estava dividindo aquela energia com Daniel, sentiu o exato momento no qual a energia da Alma Pura regressou para Elizabeth, sua proprietária original. Agora Mestre tinha uma conexão especial com a jovem, e aquilo causava repulsa dentro do coração do mestre da Sociedade das Névoas.

Aquela alma era sua. Havia sido responsável por aquela energia durante dezoito anos, e agora que estava pronto para tomar poder sobre ela, sentiu sua maior obra sendo repartida com um ser que não havia sido nada além de um receptáculo, de uma incubadora para o desenvolvimento primordial daquele cristal maravilhoso.

Mestre passeava nas imagens de sua memória como um álbum de fotografias, buscando compreender seus erros para que Renegada e Daniel tivessem escapado. Percebia que claramente havia subestimado o poder de sua aprendiza, assim como a coragem do herdeiro da família Stormheart, julgando-o jovem demais para conhecer a própria força. Mas além disso, sabia que aquela batalha poderia ter um futuro bem diferente se o homem que se escondia nas sombras a sua frente houvesse participado dela.

— Saia de seu esconderijo. Eu ainda posso sentir sua energia, Lucius. — O jovem lentamente saiu das sombras, ficando em uma região a frente de Mestre das Almas, onde a luz do céu entrava parcamente pelo salão.

— Pelo que posso ver, as coisas não saíram bem como esperávamos.

— Cuidado com a sua arrogância, menino. Posso não ter a alma de Elizabeth completa, mas basta metade dela para lhe dar bons modos.

— Mas creio que não seja o suficiente para conquistar o Império da forma que deseja, não é mesmo?

Uma pausa silenciosa pairou sobre o salão, até Mestre falar novamente.

— Onde você estava? — Mestre das Almas não levantava sua cabeça para olhar seu pupilo.

— Me vingando. Algo que vocês parecem ter esquecido, foi que meu irmão foi o primeiro sangue a ser derramado em nosso lado nesta guerra.

— De fato, Excelsor foi uma profunda perda, assim como Ilusionista.

— Pude perceber isso quando cheguei aqui. Quer dizer que ele também caiu?

— Sim.

— Quem o derrotou?

— Não importa — Mestre não estava disposto a relembrar a morte de seu companheiro de lutas passadas. — Fale-me sobre a sua vingança. Queimou o meu futuro palácio, onde seu irmão foi morto?

— Não, isso seria muito simples — Lucius sorriu maliciosamente. — Eu usei os poderes que você e Ilusionista me entregaram e explorei mais a fundo minhas capacidades. Com o poder do fogo, vocês me deram a passagem para o submundo, para as cavernas de fogo e de espinhos. A minha vingança seria com o mundo. Eu iria resgatar o meu irmão de lá.

— Entendo. Só que, como só posso sentir sua energia aqui, creio que não teve sucesso em sua revolta.

Porém, quando terminava de falar sua frase, Mestre ouviu uma voz a sua esquerda.

— Cuidado com seus sentidos, Mestre — O portador da voz avançou até um feixe de luz solar, e Excelsor continuou — Somente porque não pode sentir algo, não quer dizer que não exista.

Mestre, visivelmente surpreso de forma positiva, levantou do trono de pedra branca e se aproximou de Excelsor. Era possível perceber que sua pele estava mais escura, e em algumas regiões do braço havia pele cauterizada. Embora parecesse uma situação de extremo sofrimento, o aluno não demonstrava sinais de dor.

— Isso é incrível, Lucius, estou surpreso! Como conseguiu salvá-lo?

— Não foi difícil quando os guardiões perceberam que eu controlava o fogo infernal. Consegui me esgueirar pelos recônditos do submundo e resgatei Excelsor da dor eterna. Estamos de volta para continuar com nosso plano, Mestre. Quais são suas ordens?

— Minhas ordens?

— Correto, meu querido Mestre.

Mestre das Almas fez uma pausa para experimentar as palavras que iriam sair de sua boca.

— Temos os generais e agora temos a força. Vamos atrás de nossos soldados.

EPÍLOGO

Salazar, junto aos marujos do Luzes da Aurora, que agora seguiam Lobo e Lycan no navio Imperatriz, carregavam suplementos para o navio enquanto o pôr do sol iluminava o céu através do horizonte. Renegada ajudava-os como pudesse, empilhando caixas e usando sua energia para erguer as caixas. Ela sabia o que descansava nos Portões do Mar Cinzento, e mesmo que ele portasse somente metade da Alma Pura, Mestre das Almas ainda era um perigo para a paz do mundo.

Lobo e Lycan sabiam disso também, assim como sabiam qual seria o próximo movimento de Mestre. Mesmo não tendo todo o poder que esperava, Mestre das Almas era audacioso o suficiente para comandar um ataque da Sociedade das Névoas contra Simariel, para tomar o Império. Apesar de ter sido expulso de sua própria casa, Lobo não podia aceitar que as pessoas de sua cidade natal sofressem pelas mãos daquele homem. Ele estava preparado para defender essas pessoas, para criarem uma Resistência quando o poder de Mestre caísse sobre Salazar.

E enquanto todos preparavam a partida do Imperatriz, rumo ao continente Imperial, Daniel permanecia sentado na areia da praia, enquanto acariciava os curtos fios de cabelo de Elizabeth, que não parava de olhar para o seu amado com seus olhos coloridos.

— Você não quer assistir ao pôr do sol comigo, agora que eu voltei para cá?

— Eu vi todos os pores do sol que eu precisava durante dois anos, Daniel. É de você que estou com saudades. — O jovem abaixou a cabeça, sorrindo, e beijou os lábios quentes e macios de sua amada.

— Como se sente?

— Feliz.

— E sua alma? Como sente tê-la de volta, mesmo que pela metade?

— Eu não sei explicar. Umbelon uma vez me disse que se sentia vazio. Acho que era assim que eu me sentia...

— Sinto muito pela morte dele. — Elizabeth havia contado para o Daniel o que havia ocorrido quando Renegada deixou ela e o feiticeiro com as Sombras, que haviam sido afetadas pela força de Ilusionista.

— Está tudo bem, Daniel. Ele está melhor agora, nas Terras Além dos Mares. Mas como eu estava dizendo, eu me sentia vazia. Agora existe todo um arrepio pelo meu corpo, é como e eu me sentisse mais conectada com o mundo ao meu redor e sentisse ele de forma mais intensa. Você não percebe isso?

— Não. Talvez tenha sido porque eu nunca tive minha alma retirada de mim, ou talvez porque minha alma não é tão pura quanto a sua.

— Você acha isso?

— Claro, a sua alma é a mais pura de todas. Eu a vi, Elizabeth, é a coisa mais linda que eu já vi.

— Bem, então eu posso dizer: A sua alma é a coisa mais linda que eu vejo.

Ambos sorriram um para o outro e trocaram mais beijos e carinhos. Quando Daniel levantou sua cabeça, Renegada estava parada em frente deles.

— Você não imagina como estou feliz de vê-los tão felizes e juntos.

— Você não imagina como nós estamos com isso — Elizabeth sorria meigamente, mas de forma aberta.

— Você vai com eles? — Daniel balançou a cabeça em direção ao Imperatriz.

— Lobo e Lycan são ótimos navegadores. O Imperatriz está protegido contra o Mestre das Almas. Eles não precisam de mim agora.

— Bem, você pode ficar conosco então, Renegada!

— Muito obrigado, Elizabeth. Daniel, será que poderíamos conversar a sós um instante? — Daniel olhou para a jovem em seu colo, que balançou positivamente a cabeça. Quando ele se levantou, Renegada encontrava-se próxima do mar, deixando as pequenas ondas molharem suas botas. Daniel se manteve ao lado dela enquanto assistiam o pôr do sol em seu momento final.

— Daniel, recorda-se quando as Sombras te encontraram pela primeira vez, naquela festa em Simariel?

— Sim. Elas me salvaram dos soldados do Império.

— Exato. Elas levaram o que você havia roubado de uma pequena jovem. Lembra-se do que era?

— Um broche. O Broche... Leviatã.

— De fato, não era um broche que qualquer um pudesse ter e muito menos exibir facilmente. Somente certas pessoas tinham broches com os desenhos dessas criaturas cravadas em joias.

— Mas ele se foi, não é? As Sombras levaram com elas, e como o navio explodiu, o broche desapareceu.

— Não Daniel, ele não se foi, ele somente deve ter caído no mar, e deve ter sido empurrado para baixo juntos com as madeiras rachadas.

— Bem, pra mim isso é bem próximo de desaparecer.

— Não se você estiver se tratando dos Mares e das Sombras, Daniel, muitas coisas inesperadas podem acontecer. Acredite... — Renegada, sem olhar para Daniel, colocou a mão dentro de um bolso de seu manto — Os Mares parecem estar ao seu lado.

E quando Renegada tirou a mão de seu bolso e a abriu, o Broche Leviatã encontrava-se intacto sobre a palma enluvada. Daniel ficou surpreso de imediato.

— Encontrei quando desembarcamos aqui. E como você o conquistou com suas habilidades, ele é seu. Pegue-o — Daniel pegou delicadamente o broche — Agora abra-o.

Daniel não entendeu de primeira o que Renegada queria dizer ao falar para ele abrir o broche, mas depois de um tempo, o jovem achou uma das pontas da joia que, ao ser pressionada, liberou uma trava que fez com que o broche se abrisse, revelando ser oco. Ao olhar com mais clareza, Daniel viu que lá dentro havia uma pequena imagem, como uma fotografia, emoldurada em uma das concavidades do acessório.

Na foto, era possível ver um homem muito familiar.

— Alexander.

— Daniel, eu o conheci. Ele foi uma das pessoas mais corajosas e mais fortes que eu já tive o prazer de conviver. E a coragem dele, a força e o amor dele vivem em você. Ele vive em você, assim como a história dele continuará com você. Não só a dele, mas como a de todos os heróis e heroínas que passaram por essa terra em prol de um mundo melhor. Você, Daniel, é um Leviatã, e o mundo novamente possui pessoas prontas para protegê-lo do Mestre das Almas. A nova guerra está apenas começando. E a primeira vitória foi nossa.

O fim do ocaso denunciava o fim do entardecer, e a primeira estrela brilhou no céu naquele exato momento.

O Encontro das Almas

AGRADECIMENTOS

Isso é tão difícil! Como agradecer todas as pessoas envolvidas nesse livro? Talvez com uma história:

Alma Pura foi o primeiro livro que escrevi na minha vida, ainda em 2014. Ele veio antes de "A Casa", "Olhos Secos" e todos os outros livros e contos que publiquei desde 2019. Talvez por isso seja um livro mais juvenil e colorido. Na época eu tinha somente dezoito anos.

Alma Pura quase deixou de existir. Jovem e na beira de um precipício que ia me levar a uma longa depressão e ansiedade, eu decidi deletar todas estas páginas por considerar um hobby qualquer e que não me levaria para lugar nenhum. Ainda hoje eu dou risada com a ironia do mundo.

Eu perdi tudo que tinha sobre o livro. Apenas em minha mente as memórias vinham de vez em quando e faziam eu pensar no erro que tinha cometido. Eu jamais conseguiria trazer Alma Pura de volta à vida.

Foi então que, em 2018, durante o processo editorial de "A Casa", que um velho amigo do trabalho entrou em contato comigo. Acontece que, antes mesmo de conhecer o conceito de leitores beta, eu compartilhava cada capítulo com dois colegas do escritório. E não é que eles guardavam cada uma das páginas de Alma Pura que eu tinha deletado? Portanto, estes agradecimentos precisam começar com dois nomes: Lucas Coelho e Anderson Lima. Como uma fênix, Alma Pura ressurgiu das cinzas graças a vocês. Muito obrigado.

A revisão desta obra foi feita pela minha eterna companheira nessa carreira literária, Camila Alves. Obrigado pelo carinho em cada letra e cada personagem.

Seus comentários me encheram de felicidades enquanto realizamos esse processo. A diagramação e capa ficaram por conta de Yueh Fernandes, a qual me encantou com seu trabalho de diagramação desde Olhos Secos, uma das minhas obras de suspense. Tanto a Camila quanto a Yueh também são autoras de suspense e fantasia. Façam o favor de conhecer o trabalho maravilhoso delas.

As ilustrações maravilhosas em aquarela foram produzidas por Daniel Lopes, um artista sensacional e com o qual eu entrei em completa sincronia. Minhas palavras e os seus traços se uniram de forma sensível e maravilhosa. Todo esse trabalho foi realçado e ganhou tons mais sombrios com o tratamento de Gabriel Soares, meu irmão de outra mãe.

Um pouco do meu coração ficou com cada um dos meus leitores e leitoras beta, que também se encantaram com Daniel, Elizabeth, Renegada, Mestre das Almas e tantos outros. Meu carinho imenso às seguintes pessoas: Pedro Henrique de Araújo, Karla Cristina de Almeida Nunes, Camila Alves, Beatriz Faria, Daniela Bernardes, João Gabriel, Natasha Louise e Natalia Rocha.

Família, amizades, parcerias e tantas pessoas que tem me apoiado nessa carreira. São tantas pessoas. Dezenas, centenas de pessoas com as quais eu cruzei meu caminho e me fizeram quem eu sou hoje. Sem vocês, Alma Pura não estaria aqui. Talvez nem mesmo eu estaria aqui. E graças a todo esse amor, eu fico mais e mais motivado a escrever para vocês.

Por isso nos vemos logo mais, em "A Guerra das Almas: Volume 2 – Alma Corrompida."

Murillo Pocci
São Paulo, 30 de Junho de 2021